朱良志 ◎ 辑注

石濤詩文集

The Collected Poems and Proses of Shitao

北京大学出版社
PEKING UNIVERSITY PRESS

图书在版编目（CIP）数据

石涛诗文集 / 朱良志辑注. — 北京：北京大学出版社，2017.6
ISBN 978-7-301-28046-1

Ⅰ.①石… Ⅱ.①朱… Ⅲ.①古典诗歌—诗集—中国—清代 ②古典散文—散文集—中国—清代 Ⅳ.①I214.92

中国版本图书馆CIP数据核字（2017）第024346号

书　名	石涛诗文集 SHITAO SHIWEN JI
著作责任者	朱良志　辑注
责任编辑	艾英
标准书号	ISBN 978-7-301-28046-1
出版发行	北京大学出版社
地　址	北京市海淀区成府路205号　100871
网　址	http://www.pup.cn　　新浪微博：@北京大学出版社
电子信箱	pkuwsz@126.com
电　话	邮购部 62752015　发行部 62750672　编辑部 62756467
印刷者	北京中科印刷有限公司
经销者	新华书店 720毫米×1020毫米　16开本　26.5印张　420千字 2017年6月第1版　2022年4月第2次印刷
定　价	68.00元

未经许可，不得以任何方式复制或抄袭本书之部分或全部内容。
版权所有，侵权必究
举报电话：010-62752024　电子信箱：fd@pup.pku.edu.cn
图书如有印装质量问题，请与出版部联系，电话：010-62756370

目录

前言 /1

卷一

赋 /6

课锄赋 /6
题双清图 /8
题吴南高像 /8
题牧牛图 /9
题兰竹芝石图卷 /9

四言诗 /11

同心之兰 /11
观渔之乐 /11
春风留玩 /11
高咏其间 /12

五言古诗 /13

寄呈愚山太史 /13
风木吟 /14
桃花源白龙潭上赠冰琳上人 /14
谒圣谕先生祠赋得十二韵时梅远闻诸君复
　新祠宇敬志喜也 /15
赠同乡邓明府兼示大世兄 /16
重过鸠江赠玉振林公诸友 /16
题画山水 /17
题松瀑鸣琴图 /17
赠新安友人 /18
秋日简友人 /18
夏日口占 /19
长干诗并序 /19
题海屋奇观图 /20
暴雨后戏作 /20
题仿米山水 /21
感赋谢图公 /21
南归赋别金台诸公 /22

题写竹画屏 /22

潦倒清湘客 /23

次韵白沙翠竹江村十三景 /23

题白沙翠竹江村泛舟图 /26

题春江图 /27

题黄山图 /27

和王叔夏 /28

雨中牧牛 /29

山水有清音 /29

种竹茅斋头 /30

病过群猊主人索笔写菊 /30

岚气尽成云 /31

题赠思老扇面 /31

独酌一江小 /31

奉答贻冠 /32

题黄海轩辕台 /32

题溪山隐居图 /33

友人问了心 /34

题蒲帆挂月图 /34

题睡牛图 /34

上文殊院 /40

登莲花峰绝壁 /40

炼丹台逢籊翁吼堂诸子 /40

题白龙潭 /41

山溪道上 /42

前澥观莲花峰 /42

癸丑怀雪次家喝兄韵 /42

忆蒲田友人作 /43

重登水西 /44

游丛碧亭 /44

寄九峰老人 /44

春日寄郑司马唐寓斋先生作楫石城三首 /45

秋日同吴彦怀许子柔登溪阁 /46

春日卧病昭亭忽闻溪涨怀祖庵禅师青溪阁中二首 /46

赠张南村游黄山 /47

探菊 /48

题自写种松图 /48

愚山先生招游敬亭归分得烟字 /49

题双溪道古松 /49

题西岩藏云图 /50

一枝酬魏雪舫明府二首 /50

重过宣城道上怀谢司马扩如先生 /50

与新安曹健夫论诗 /51

风雨连宵烟云满室得少自在赋谢兰逸主人 /51

东庐山雨中入寿国访祖庵兄作 /51

一枝阁诗七首 /52

吟笔墨禅 /53

题赠忍庵 /53

登雨花台 /54

卷二

五言律诗 /38

登岳阳楼 /38

西津桥上作 /38

黄山道上怀冠五曹郡守 /39

独访东山 /54

与友人游丛霄 /55

题画石榴 /55

新桂生香简友人作 /55

寄怀黄文钵老友 /55

凤凰台 /56

赠寿国祖座法兄 /56

登天印山峰顶 /57

江城阁同友人赋 /57

品泉 /57

次田志山来韵 /58

题蕉菊竹石图 /58

徐府庵古松树 /59

六朝雷火树 /59

丙寅深秋宿天隆古院快然作此二首 /60

访闵宾连蒋前民二首 /60

题写竹 /61

移蕉诗 /62

寄梅渊公宣城天延阁 /62

因境书怀 /62

贺田林五十初度 /62

题画山水 /63

题画梅竹 /63

依东只来韵 /64

客真州许园学道处柳色成章惊喜幽绝漫兴五首 /64

渡西泠 /65

题隔江山色图 /65

题写花卉 /66

题富春山色图 /66

为拱北作山水 /66

放生池上观白荷花分赋 /67

再题白描莲花图 /67

幽人看竹图 /67

临溪洗砚 /68

秋日作画 /68

题采石图 /68

题画木瓜 /69

题画秋果 /69

题万里漕艘图 /69

题秋花疏篁图 /69

咏高人宅 /70

题长夏消闲图 /70

程鸣三十初度二首 /70

赠问亭 /71

题画山水 /72

题笋竹墨笔立轴 /72

题黄山白岳图 /72

用九先生匡山读书图 /73

题画荷花 /74

题画兰 /74

九日 /74

题谢嚼公赠笔 /75

题蔬果图 /75

一水从何受 /75

题端午即景图扇面 /76

梅花吟十首 /76

题疏竹幽兰图 /78

题兰竹梅石图 /78

卷三

五言绝句 /82

黄山诗五首 /82

秋空 /83

为季翁作画并题 /83

孤鹤 /83

题竹石梅兰图 /84

山居戏答 /84

题画华阳山 /85

题画四首 /85

题芦荡垂钓图 /86

丹井 /86

夜雨响山扉 /86

写竹无他诀 /87

悠然对松石 /87

古木径无人 /87

平头树 /87

题泼墨芭蕉图 /88

那知秋山色 /88

书陈道山扇头 /88

山麓听泉 /89

悠然有殊色 /89

舟过八闸为友人作 /89

题兰竹 /90

题秋风落叶图 /90

小亭倚碧涧 /90

题画花果 /91

题画兰 /91

山谷行 /91

霜降 /91

云中读书 /92

墨闲 /92

题苍松竹石图 /92

数里青山径 /92

题画扁豆 /93

题画二首 /93

临流鼓琴 /93

题仿梅道人山水 /93

不学桃花色 /94

兰为廉士草 /94

渺渺高天近 /94

彩虹 /95

幽香发空谷 /95

题画二首 /95

莲泊居士 /96

题十萸图 /96

题匡庐憩寂图 /98

题画二绝 /98

题秋山图 /98

题画二首 /99

放鸢 /99

晚芙蓉 /99

采采东篱间 /100

鸡冠花 /100

题画竹 /100

题为西玉作扇面 /100

云水山居 /101

题画山水 /101

题山水册子 /102

题画二首 /102

秋葵 /102

题画七首 /102

六言诗 /104

题画菊花 /104

题山窗研读图 /104

题忍庵居士像 /104

秋菊 /105

题留别五翁先生山水图 /105

题画山水 /105

题白描水仙 /106

墨花 /106

人在云霞影里 /106

石上云生 /107

题画六言八首 /107

题与八大合作兰竹图 /108

秋水芙蓉 /108

题画二首 /108

南宫点墨 /109

初试梅花 /109

君与梅花同赏 /109

山色半浓带雨 /110

题别有天地图二首 /110

题天地浑熔图 /110

卷四

七言古诗 /114

登黄鹤楼 /114

游黄山初上文殊院观前海诸峰 /114

观扰龙松作 /115

写兰竹卷寄吴尔纯 /115

登清音阁索施愚山梅渊公和章 /116

客中赠友人 /117

江城阁上作 /118

古歌赋赠施彦恪赴京兼呈愚山学士 /118

赠翁山 /119

宣州司马郑瑚山见访枝下时方奉旨图江南之胜 /119

答友人以诗见怀 /120

江东秋日怀张瑶星周向山张僧持汤燕生戴务旃杜苍略柳公含吴野人周贞栖诸布衣作 /121

归来酬友作 /122

与吴山人论印章 /122

题丹岩巨壑图 /123

忆鹰阿 /123

题云色崔嵬图 /124

题山水大幅 /124

生平行：一枝留别江东诸友 /125

古墩种松歌 /126

题品茶图 /127

长安雪霁呈人翁先生大维摩正 /127

大司农王人岳属写仙霞岭及古松并悉
　　命意 /128
雪中怀张笨山 /128
辛未冬日雪中张汝作先生见招才人杰
　　士拥座一时公来日有都门之行赋谢
　　兼赠 /129
题沉泥砚赠李桐君明府 /130
故城河口号 /131
临清过闸口号 /131
题聚石执拂小影 /131
归来呈友人 /132
题丰溪闲棹图 /132
喜雨吟 /133
上元感怀 /133
燕思天容拱北宝涨湖观荷各赋一首 /134
简许劲庵 /134
客松风堂 /135
题画赠汪牧庭之闽海兼呈思白学
　　使者 /135
访陈定九 /136
怀韦华江陵不至 /137
寄怀石友兄之龙沙 /138
种闲亭梅花下赠石亭主人 /138
与友人夜饮 /139
简程肖悦作 /139
题狂壑晴岚图 /139
寄景翁先生 /140
题松风泉石图卷 /140
题黄山图 /141
薄暮同萧子访李简子 /142

题程载锡小照 /143
赠吴秋潭之湖上 /143
题松石大帧寿新安友人 /143
重岩叠嶂崔嵬中 /144
简王我旋 /144
郑破水昨年彭泽舟中以诗见怀依韵
　　却寄 /145
题万里黄河图 /146
题雪江卷子 /146
广陵简禹声年世翁 /147
忆笔墨中师友并序 /147
七夕雨中寄愚翁 /149
题大涤草堂图 /150
题画白菜 /151
题淮扬洁秋图 /151
题张公洞图 /152
题忆雪楼红树 /153
和曹子清盐史对牛弹琴诗（附曹子清
　　原韵） /154
和杨崇木太史对牛弹琴诗（附杨太史
　　原韵） /155
题竹石图 /156
题壁公归庐岳之图 /157
溪山晚渡 /158
题画马 /158
题秋潮图 /159
行书记雨歌 /159
题洪陔华像 /160
书天台寒山拾得像 /160
题写梅枝 /161

题通景屏 /161

题画莲藕 /161

题苍壁长松图 /162

联句 /163

探梅联句 /163

卷五

七言律诗 /166

登白云楼 /166

买归舟 /167

怀雪次韵二首 /167

阊门夜泛惠泉作 /167

登灵隐飞来峰下作 /168

奉闻瞿山先生 /168

登幕山大观亭 /168

丙辰春仲喜圣瑞兄雨中见过索写蕉叶正
　　拟搁笔家兄泾溪远归戏写芭蕉漫题
　　请正 /170

送孙予立先生还朝兼呈施愚山高阮怀两
　　学士 /170

登凌歊台 /171

重过采石太白祠次韵 /172

敬亭晚眺 /172

敬亭 /173

长干塔 /173

次张南村周雪客杨布山闰中秋登太白
　　楼韵 /173

赠後杓与偕乔梓 /174

题赠万石年翁 /174

九日程穆倩周向山黄仙裳冯蓼庵诸公置
　　酒邀余同家喝兄周处台分赋 /175

赠忍庵 /175

恭颂恩朱母费太孺人 /176

梅尔止先生过存一枝语及归里迎养赋此
　　志喜 /176

登雨花台 /176

怀周向山丛霄道院 /177

登雨花木末 /177

金陵探梅诗九首 /177

题东庐听泉图二首 /179

六塔诗 /180

客广陵平山道上见驾纪事二首 /181

圣驾南巡恭迎二律 /182

题画秋葵 /183

题醉后写菊 /183

题画水仙 /183

题写荷花 /184

八里庄看杏花二律 /184

用沧洲韵寿桐君先生 /185

长安人日遣怀 /185

谢辅国将军博尔都问亭见寄 /185

题游华阳山图 /186

诸友人问予何不开堂住世书此简之 /186

赠具辉禅师 /187

舟泊泊头丁允元郑延庵诸子清言雅论复
　　索予
　　书画作书以赠订方外交 /187
舟中九日夏镇与诸同人遣兴笑作 /188
王宫弄墨 /188
次韵友人 /188
夏日登金山龙游寺写意 /188
春日张谐石姚纶如潘宸臣何以三招予
　　登金山寺是日波恬浪静诸君索诗为
　　首唱 /189
登御书留云亭唱和 /189
焦山双峰顶下云声庵复寻天然堂恒上人
　　以野菜麦饭作供书壁留赠 /190
看环翠园菊分韵 /190
秋日陪圣邻菊庵元震君过劲庵留耕园
　　赏菊菊蓑如锦次日余先归读书学道处
　　留别请正 /190
与客夜话 /191
题画赠吴季子 /191
头白依然未有家 /192
水仙花和韵 /192
题画人物 /192
题梅花图 /193
夏日避暑松风堂画兰竹偶题 /193
中庙阻风登阁二首 /193
晚泊金沙河 /194
和友人作 /194
覆舟 /195
雨花深雪 /195
社集西园送秋分得十二侵 /195

访狄向涛于文星阁 /196
项子赠我名香佳茗春雪忽狂呼笔
　　索笑 /196
题岩兰 /197
自题兰画 /197
赠孙如斋 /198
秦淮秋兴九首 /198
广陵探梅诗三十二首 /199
题竹图 /204
题画梅竹 /204
题画牡丹 /204
题秋林人醉图并序 /204
绝粒二首 /205
送梅耦长归宣城 /206
芦笔步韵 /206
寄江舟都门 /206
题湖边书室图 /206
九日戏作 /207
题对菊图 /207
题屈翁山诗意图册 /207
题墨竹图 /209
春日漫兴 /209
题画兰竹 /209
名山许游未许画 /210
题松山茅屋图 /210
寄佟钟如中宪 /211
雨中作画题此 /211
蜀冈梅花 /211
一生生事林壑间 /211
年年客路三千里 /212

庚辰除夜诗并序 /212
上元感怀 /213
题梧桐枸杞图 /213
题墨荷 /214
题画山水 /214
题费氏先茔图 /214
送春 /215
堤畔烟雨 /215
题赠沧洲山水图 /216
平山折柳 /217
题赠退夫梅竹图 /217
清凉台 /217
题牡丹兰花图 /218
赠吴惊远 /218
闰中秋登采石 /219

卷六

七言绝句 /222

题画梅枝 /222
江舟夜行 /222
悟襄阳法 /222
夜泊水阳 /223
跋渴笔山水花卉册并序 /223
自题为彦怀作山水花卉册 /224
题画 /224
虎窥泉 /224

赠粲兮七绝 /225
赠志山 /225
赠唐载歌先生 /225
题山居图 /226
作画荡我胸 /226
题画七绝三首 /227
祥符题壁 /227
光明顶 /227
戏题山水轴 /228
桐柏青青 /228
客云间留别智达上人兼呈赵双白 /228
黄山紫玉屏 /229
湖上青山处处幽 /229
题蓬莱芝秀图 /230
题扁舟泊岸图 /230
题画松梅 /230
天空地阔倪高士 /230
我昔寻芝入鹿群 /231
为蓼庵题画四首 /231
钟陵归来 /232
题黄山图赠友人 /232
湖上清吟 /233
题柳岸清秋图 /233
题梅竹图 /233
墨荷 /234
题月夜泛舟图 /234
题竹画 /234
题腊梅 /234
为友人作画 /235
中秋夜雨至漏尽而月复皎然不胜阴晴
之感江城阁步半岳四韵 /235

一枝阁闲咏 /235

芭蕉 /236

重阳无雨懒登高 /236

题菊画 /236

长干见驾天恩垂问二首 /237

庚午秋过缥色亭醉后主人出宫纸索写
   竹外荷花因题断句二首 /237

五十孤往 /237

题画竹赠问亭 /238

题松山图 /238

题醉吟图 /238

题菊竹石图 /239

题余杭看山图 /239

过巢湖 /240

题画 /240

一天风雨绘秋诗 /240

墨中补出画中诗 /240

忆三十六峰 /241

画法关通书法律 /241

谁共浮沉天地间 /241

十万长松结屋安 /241

无家 /242

题写巢湖 /242

题江村销夏图 /242

舟泊芜湖 /242

题写折枝 /243

题写海棠 /243

题江帆图 /244

题平湖放棹图 /244

白沙江村采莲 /244

荒亭岑寂荒山里 /244

九月寒香露太真 /245

山色苍苍树色秋 /245

自题江村泛舟卷子二首 /245

题画赠器先 /245

题芦汀钓舟图 /246

题画西湖 /246

武陵溪口灿如霞 /246

无端清吹起长竿 /247

一峰十载犹难尽 /247

新花新叶添新涨 /247

题写兰蕙二首 /248

题画古梅二首 /248

沿堤又见送春归 /248

秋日忆金陵 /248

紫茄 /249

题画扁豆 /249

题画鲜果 /249

醉乡 /249

题蕙兰 /250

题并蒂苏 /250

题兰石 /250

题画两株兰 /250

题画芭蕉 /251

题芝兰相并 /251

题芝松图卷 /251

题白莲图 /252

题荷花紫薇图 /252

放艇湖头归来 /252

题醉兰 /253

题卓然庐图 /253

题松窗读易图 /253

题仿倪秋山幽居图轴 /254

题奇峰楼阁图 /254

风急湖宽浪打头 /254

题残红霜叶图 /255

题薄暮秋光图 /255

题画梅石竹 /255

江行舟中作十二首 /256

摇落风尘旧竹西 /257

幽香拂珮 /257

兴来写菊 /257

题白云初破图 /257

题画扇 /258

梅花吟十绝 /258

金陵怀古七绝二十首 /259

变作夭桃世上花 /262

素质幽芬 /262

笔如削铁墨如冰 /262

题画花卉册七绝八首 /263

题画花卉 /263

题兰竹当风图 /264

题华山图 /264

题画竹笋 /265

题听泉图 /265

题画兰 /265

题秋林人醉图 /266

题松庵读书处 /266

题竹菊图 /266

题画荷花 /267

题赠苎斯扇面 /267

题柳溪放棹图 /267

颠放迂疏共一人 /268

题苦瓜戏墨 /268

写山壁立 /268

邵伯 /268

题黄牡丹图 /269

题画绣球花 /270

赠友人 /270

金陵咏叹六首 /270

题陆浑山庄图 /271

题画蔬果花卉七首 /272

题八大山人水仙 /273

题八大山人洗钵图 /273

舟至广陵 /273

题画山水 /274

赠拱北先生 /274

题半千满船载酒图二首 /275

芙蓉湾里锦城秋 /275

题梅壑山水卷二首 /276

题梦访虬峰图 /276

吴下人家水竹居 /277

壬午春三月大涤堂下北窗海棠妖艳戏写
　　并仿佛黄筌遗意 /277

爱看流水入春潮 /278

半空半壑远山村 /278

题画牡丹 /278

题轻舟观瀑图 /279

林下萧然 /279

秋水接天三万顷 /279

11

题松竹梅 /279
题樱笋柳枝 /280
题夕阳人醉图 /280
闲步溪桥 /280
题桐阴图 /280
题危峰老树图 /281
颇有枯山天地间 /281
题白云迷寺图 /281
题画芭蕉 /281
老夫能使笔头憨 /282
淡泊幽居 /282
题世掌丝纶扇面 /282
题二瞻画二首 /282
仿张鏐没骨画法 /283
砂壶水仙 /283
题画二首 /283
题胆瓶拳石兰梅 /283
萧疏片叶 /284
题茎兰 /284
题双钩兰竹 /285
题剩水残山图 /285
小水小山千点墨 /285
题瓢儿菜图 /285
自题蜻蜓叶图二绝 /286
题画山水六绝 /286
题画柿子 /287
题画荸荠 /287
题画百合 /287
题画冬笋 /288
题桃花图扇面 /288

为扶老作扇面 /288
题溪边茅屋图扇面 /288
题螳螂蝴蝶图 /289
题云到江南图 /289
题长夏山居图 /289
题梅竹图 /289
江城阁上送春 /290
跃马山溪 /290
一花一草无心得 /290
金陵八景诗 /291
题为苍牧作山水 /292
题写桃花 /293
题画兰花 /293
题画菡萏 /293

卷七

乐府 /296

清平乐·金陵怀古 /296
广陵竹枝词 /297

尺牍 /300

致亦翁札二通 /300
致八大山人札一通 /301
致张潮札一通 /302
致滋翁札一通 /302

致程道光札六通　/303

致江世栋札五通　/305

致程哲札十一通　/307

致予潴札一通　/309

致慎老札一通　/310

题跋 /311

题郑慕倩仿倪高士拜柳亭图　/311

跋汪秋涧摹黄大痴江山无尽图卷　/311

跋阁帖　/312

郑穆倩狮林图卷跋　/313

题陈良弼罗汉图　/313

为问亭摹《百美图》跋　/314

题渐江画　/316

卷八

杂说 /320

论画南北宗　/320

题山水人物图卷　/321

题松石图　/322

题山水册论笔法　/322

题独峰石桥图　/323

题山居图　/323

题秋声图卷　/324

题烟林晴阁图　/324

与友人论画语　/325

题幽溪垂钓图　/325

论笔墨　/325

与文水论画　/326

题万点恶墨图卷　/327

闻周向山先生将隐丛霄走举讯之兼呈
　黄文钵黄与载两君　/327

论画竹法　/328

题四时写兴图卷　/328

与禹声论法　/329

题兰竹图　/330

题细雨虬松图　/330

题赠次翁扇面　/331

题古木垂阴图　/331

题赠沧翁扇面　/331

无法而法　/332

题梅兰竹图卷　/333

题搜尽奇峰打草稿　/333

题赠长源先生画　/334

师古人之心　/335

清供　/335

题双松泉石图　/336

题为鸣六作山水　/336

与季翁论画　/337

笔墨资真性　/337

题石榴图　/338

题花卉册　/338

与乔白田论画　/338

题仿倪黄笔意扇面　/339

墨醉　/340

13

题仿倪山水 /340

与张鹤野观册子 /340

题江天山色图 /341

论画之清赏 /342

论古 /342

梅花枝满 /342

题因病得闲山水册 /343

题山亭独坐图 /343

题云山图 /343

笔墨当随时代 /344

跋竹画 /344

法度渊源 /345

论翰墨家养气 /345

论苔点 /345

与友人论画 /346

论古松 /346

题竹石图 /346

题高睨摩天图 /347

空山无人之境 /347

从陈贞庵学竹 /348

论笔力 /348

与廷佐谈写梅 /349

题丛竹兰石图 /349

画月下竹 /349

题山林胜境图 /350

题郊行图 /350

论画气 /350

以笔墨说画法 /351

题渔隐图 /352

题秋冈远望图 /352

题谢名友 /352

题枯木竹石图 /353

题设色山水图轴 /353

题花果册 /353

题墨竹 /354

与月坡论书 /354

题竹石图 /355

画如何求好 /355

题瑞兰图赠吴文野 /355

论诗中画和画中诗 /356

题江干访友图 /357

论惜墨泼墨 /357

题灵芝图 /358

论笔墨 /359

解脱法门 /359

作画重蒙养 /360

题画百合 /360

题秦淮论道图 /361

斩关之手 /362

赠觉翁山水轴 /362

卷九

画语录 /366

一画章第一 /367

了法章第二 /368

变化章第三 /369

尊受章第四 /370

笔墨章第五 /370

运腕章第六 /371

绚缊章第七 /372

山川章第八 /373

皴法章第九 /374

境界章第十 /375

蹊径章第十一 /375

林木章第十二 /376

海涛章第十三 /376

四时章第十四 /377

远尘章第十五 /377

脱俗章第十六 /378

兼字章第十七 /378

资任章第十八 /379

《苦瓜和尚画语录》跋 /381

附：

《画谱》序 /382

画谱 /382

四种石涛诗文辑录著作中误录文字 /396

一、汪绎辰《大涤子题画诗跋》 /396

二、汪研山《清湘老人题记》 /398

三、神州国光本《大涤子题画诗跋》四卷 /402

四、汪世清《石涛诗录》 /404

小结 /408

附录

传序 /392

大涤子传 /392

瞎尊者传 /394

赠浮屠石涛序 /395

前言

　　石涛（1642—1707），生于广西桂林，明皇室靖江王朱守谦（1361—1392）之后。守谦于洪武三年（1370）受封，去世后由其子赞仪继位，是为石涛十世祖。所以石涛有一枚"赞之十世孙阿长"的印章。

　　石涛乳名阿长，谱名若极。年四岁，其父朱亨嘉"以唐藩序不当立，不受诏"（李驎《大涤子传》），被捕，次年"幽死"。从此石涛过着漂泊的生活。后进入佛门，得法于旅庵本月，法名原济（又作元济），号石涛，为临济宗第三十六世。初居宣城广教寺，1678年至金陵，为西天禅寺僧人。1687年至扬州，卓锡于净慧寺。1690年春夏之交至北京，挂笠于北京南城慈源寺，偶尔在大司农慎庵王封溁的"且憨斋"歇息。在此淹留不到三年，1692年秋末南还。数年间过着行脚僧的生活，至1696年末其自建大涤堂成，开始定居于扬州大东门外这处简陋的居所，直至离开这个世界。1697年，石涛正式离开佛门，成为在家的道教修行者。"大涤子"乃是其进入道教之门所用之号。石涛另有苦瓜和尚、清湘老人、瞎尊者、零丁老人、支下人（或枝下人）、膏肓子等号。

　　石涛年幼时就学书学画，显示出卓异的才能。1666年至宣城，初见梅清（当时是有名的画家）时，抱着自己的一捆作品去请教，梅清惊为天人。今存世的《十六应真图》（藏纽约大都会博物馆）、《百开罗汉图》（北京私人收藏）是石涛1667年到1672年间的作品，可以看出这位年轻画家的不凡创造力。石涛一生绘画创作成就巨大，对三百多年来中国绘画乃至中国艺术都产生了重要影响。这主要体现在三个方面：一是他留下了大量具有极高欣赏价值的艺术作品；二是围绕他的艺术创作形成的不少新的方式，至今仍然具有价值；三是他的独特的艺术哲学思想具有很高理论价值，他是中国传统艺术中真正的"智者"。

　　石涛还是一位卓越的诗人，他的画之所以取得这样的成就，在一定程度上是与他的这种诗人气质、他一生的诗性探讨以及将诗融入画中的努力分不开的。他以诗心穿透画意。看他的几本《杜甫诗意册》，选择杜诗中的妙句，以自己的当下所观所感去体味它，将自己的生命化入鲜活的体验中，这可以说是真正的诗情画意，具有很高的艺术品位。石涛留下大量的诗歌创作，他的画多有诗题，而且多是精心吟出。要想真正了解石涛的绘画艺术，不读他的诗，几乎是不可能的。

石涛一生的思想探讨和诗意旅程，留下了大量的文献，这些文献与他的书画之迹同样重要。在当时刻书业发达的扬州，石涛的很多朋友都有诗文集传世，石涛也有手录自己诗文的习惯，他可能考虑过自己诗文集的刊刻，但至今没有发现这方面的任何踪迹。石涛离世之后，1731年，汪绎辰辑录石涛部分诗成《大涤子题画诗跋》，附在《苦瓜和尚画语录》之后。19世纪末，十二砚斋主人汪研山酷爱石涛艺术，辑成《清湘老人题记》，内容比汪绎辰辑本丰富很多。20世纪20年代，程霖生搜罗石涛书画之迹和诗文，编成四卷本的《石涛题画录》，稍后邓实和黄宾虹又编成四卷本的《大涤子题画诗跋》，由神州国光社印行。此二书内容丰富，很多是前此辑本未见之文字，惜多有伪品羼入其中。2006年，河北教育出版社出版了文史大家汪世清先生的《石涛诗录》，更将石涛诗文整理提升到一个新的水平。

　　这本《石涛诗文集》是在充分吸收前辈研究成果的基础上形成的。我在编订此书时注意以下几个问题：一、本书包括石涛的诗和文两部分，石涛很多随笔、题跋文字具有很高的理论价值，是研究石涛不可忽视的部分。二、尽可能使选入此书的文字可靠。传世石涛作品真伪参半，本书所辑是在拙著《传世石涛款作品真伪考》的基础上形成的。少数伪托之作可能来自对失传的石涛真迹的模仿，题识仍有参考价值，但大量的伪迹题识所涉诗文非石涛所作，本书对此作了必要的拣择。三、石涛绘画题识中所涉之诗，不少来自前代或同时代名家（或其友人）之手，石涛有时加以说明，有时并未说明，极易与石涛所作混淆。本书在这方面也做了一些辨析工作。四、为了有助于对石涛诗文的理解，本书作了一些注释和文字校对。

　　全书共九卷，以赋、四言诗、五言律、五言绝句、六言诗、七言古诗、七言律诗、七言绝句、乐府、尺牍、题跋、杂说、画语录编排。诗文编排基本依时间为序，时间未定者，依其内容大体推定。

　　由于自己的水平所限，也由于石涛传世文献本身的复杂，本书定然存在不少错误，也定然有不少遗漏，切盼读者诸君多多指教，谨致以真诚的谢意。

卷一

赋

课锄赋

　　猗良辰以多暇，惜吾生之行休。愿勤力以祛惰，淡寡营兮焉求。劳不胜以惟弱，世难入而与谋。言有圃地，僻处城隅。或平或陂，匪确匪腴。种禾苦隘，近惬艺蔬。乃佣园丁，备畚锄，购嘉种，通曲渠，身先后以劝董，亲草土而寄娱。察土脉于初解，信气蒸之潜润。方信宿以甲坼，忽萌芽而奋迅。叶微微以心舒，条纷纷而光映。林立者接畛成行，藤牵者挂篱蟠塍。花不艳而倍珍，蒂交错而难认。爰有姜蹊芋区，瓜棚豆畴。耘晨溉暮，自夏徂秋。累累根熟，种种新收。此非老圃之盛赏，而陆机郭璞之所委琐而求哉！

　　或毓自璇星，或数应地支。或半菽见珍，或五色华滋。或矜千户以收利，或私累世以取资。莫不引蔓，冉冉分畛，离离甘辛，各遂燥湿，异宜信旨，蓄之攸赖，岂适口以自私越。若圆腹长颈，肥白光腻，曰瓠与匏。畏垒四坠，老不厌坚，代饔充佩。蔚彼白苋，美此紫瓜，带以露葵，掩以胡麻。匪梯杖以为期，宁粉腻之用夸。羡臭味之攸同，美影阴之交加。尔乃苞丛丛而类草，叶油油而覆地，台披土而甲抽，根魁奇而骇悸。虽分植而异时，喜易蕃而难瘁。此则菘芥蔓菁、苦蘾莴苣、诸葛菠薐之布护弥漫，称芸芸也。

　　竹非卉木，笋寔嘉蔬。凿寒雪于坼土，焙香筐于茶厨。金华玉版，惟淡益腴。谁与为类，芦蒋菰蒲。接予水荇，菱藕芬敷。托根滋于垣户，散绿华于沟池。静栽培无烦欣，欣采撷之应时。而凡蒿蘋菌耳，薇蕨青莪，亦且并任其滋长，又何庸其爱憎而芟夷剪伐为也。

　　于是雨滋葱茜，风过纷披，引蔓松毛之架，缎花竹户之篱。萦蜨蝶以出入，掷螳螂而高低。纺绩喧以催候，鹡鸰蔽而下窥。乃有怯暑老人，耽嬉稚子，把扇曳杖，扶携至止。或卧或步，意授颐指。徐以观夫儿童之掇采奔竟，而欢同舞雩。香积乍启，瓦钵杂陈。烹从新摘，供谢外宾。盐犹露浥，羹挟雾氲。茄攒箸吐，齿颊芳芬。资饱饫于淡泊，息喧嚣以盘桓。唾青蚨而斥遣，谢伊蒲之赍颁。迎皎月于树杪，聊扪腹以髀宽。信矣乎优哉游哉，可以卒岁，而并无事于遥采。

注　　此赋录自纽约佳士得拍出之石涛《课锄图》立轴。香港开发有限公司1969年出版之张万里、胡仁牧辑《石涛书画集》第三册第92图影印。纸本设色，纵80厘米，横62厘米。上题有此长赋，款"清湘大涤子课锄说画，笔在手，点染生意，老年乐事，庚辰春日破砚斋"。下钤"前有龙眠济""清湘老人""赞之十世孙阿长"三印，题跋前有"于今为庶为清门"引首印，右下有"大涤堂"押角印。此为石涛真迹。有"之溪真赏之宝""李家世珍""人间至宝"等鉴藏印。657字的长赋，所录竟然无一字之误，笔笔清晰，从容中度，亦可见石涛作此诗画之心态。其书与石涛书法相契，与华盛顿弗利尔美术馆藏的《大人先生颂》、台北"故宫博物院"藏的张岳军所赠之《道德经》在同一水平上。作于1700年春，也是石涛生活由颠簸激荡而进入波平浪静之时所作，洵为不可多得之珍品。

此赋或为石涛所作，非袭汉赋之成文。其中所谓"香积乍启"，用《维摩诘经》众香界香饭之典，加之其中有郭璞之说，料非出自汉代。此长篇内容纷繁而多致，语词雅洁而丰赡，节奏清逸而易诵，非高手莫办。此赋又不似他人之作，若如此长文，全文录出，石涛一般会加以说明。且落款处明确交代"清湘大涤子课锄说画"。赋中描绘，与石涛当时状况也相合。如"劳不胜以惟弱，世难入而与谋。言有圃地，僻处城隅"。1700年之后，居于东城之外大涤堂的石涛，的确是一位隐居亲田者。而石涛晚年作赋渐多，虽多为小赋，但其兰竹之作中，常系以清新小赋，令人宝爱。故我初步将此判为石涛之作。如此，心中犹惴惴矣，担心自己阅读狭窄而导致误判。然亦有欣喜，若此作诚为石涛所作，石涛真不愧艺坛巨手、文苑云龙。

此地名款为"破砚斋"，在大涤堂中，是石涛晚年的斋名之一，多不为人所知。石涛《庚辰除夜诗》云："强将破砚陪孤冷，奈有毛锥忍不呵。"石涛有破砚珍品，故以此为斋名。

保利五周年上拍一件蔬果图，上题《清湘石道人和鑃赋》，其实所录的就是这篇《课锄赋》。不仅错误多出，而且中间丢了一大段文字："叶微微以心舒，条纷纷而光映。林立者接畛成行，藤牵者挂篱蟠塍。花不艳而倍珍，蒂交错而难认。爰有姜蹊芋区,瓜棚豆畴。耕晨溉暮,自夏徂秋。累累根熟,种种新收。此非老圃之盛赏,而陆机郭璞之所委琐而求哉!"此作无论是画、印章还是题诗、书法,无一与石涛相合。

题双清图

何纷披,复绰约,韵交清,两落落,信尘外之静侣,而输素心以无怍。彼顽石何为者,巧支撑,斗潇洒,此君欣然慰倚藉。而彼美人兮,嫣然以相假。

注　　此赋录自上海博物馆所藏石涛《双清图》。图作于1700年冬。《中国古代书画图目》编号为沪1-3133。画梅竹,题有此清新小赋。款云:"庚辰冬日雪窗写寄旷斋先生博教。清湘大涤子济。"闵长虹(1662—?),字在东,号旷斋。石涛居扬州时,与其交往密切。他是闵世璋(象南)之孙,石涛1673年就有赠象南作品。石涛另有一大幅梅花轴赠旷斋(戴萍英基金会旧藏之《梅竹双清图轴》),其款云:"庚辰七夕前二日雨后生凉,广陵梅花吟九十首之八,并画为旷斋先生吟坛博教。"

神州国光本《大涤子题画诗跋》卷二也录有一图,其上有题云:"何纷披,复绰约,韵交清,两落落,信尘外之静侣,而输素心之无怍。彼顽石何为者,巧支撑,斗潇洒,此君欣然慰倚藉,而彼美人兮还媚然以相假。丙辰长至后清湘道人大涤子若极耕心草堂。"若此图为石涛所作,作于1706年。然而相隔若许年,题跋的文字几乎一样,只是款有不同。此画当非石涛所作。

而上海博物馆另藏有一《梅竹图轴》,《中国古代书画图目》编号为沪1-3172。题识之赋与上举《双清图》基本相同,最后两句作"攸美人兮,还嫣然以假",款"清湘老人大涤子阿长"。此轴之笔墨和书法,似非石涛所作,或出于其代笔者之手。

题吴南高像

爽气飘然,凝神怡悦。领长松之飞篁,临秋水之清冽。科头亿白眼之高人,怀抱具湖海之时杰。浩浩乎纶竿已拂,非乐鱼而不屑;渺渺兮孰让古人而定优劣。噫,志已清,意已洁,高山流水情难竭,贯古贯今何分别。我知者希,岂敢决舌,行藏非可等闲说。日月易迭，正当澄澈，人生行乐，休言虚设。

注　　此赋录自北京故宫博物院所藏《吴南高像》。图是石涛与人物画家蒋恒之合作。《中国古代书画图目》编号为1—4764，题为《垂纶图》。画上题此赋，款云："南高年世兄道引笑正，清湘大涤子济。"左侧小字款"云阳蒋恒写"。又见汪研山《清湘老人题记》著录。吴与桥，字南皋（又作南高），歙之丰南人。此画作于1700年左右。

题牧牛图

前筋为体，双角何长？饮流川竭，牵鼻同行。耕向一犁烟，晓眠来高垄。风凉唤起，谁家小竖，著蓑细草朝光。方斯时也，村茶炊熟，田饭盆香。高枕老翁卧石头而初起，清吟稚子数棋局而飞腔。尔乃高马人来，轻鞭径小，一厄一蔬，月华开早。顾百亩以泉翻，驱四蹄而风矫。或稻秋之满畦，或稷粱之辽渺。少收千斛，多得万仓。尔力既厚，尔勤敢忘。惜有村而菲薄，待饲牧于馀粮。顾鲲鹏以千里，起云海而高翔。虽论志之不同，请□□而观将。

注　　此赋录自上海人民美术出版社1990年出版之郑为《石涛》第81页影印的石涛款《牧牛图》。画烟雾朦胧中，一放牛小子戴着斗笠，随牛前行，牛昂着头，颇有气势。上题有此赋，无款。从所钤"阿长"一印看，此图若是石涛所作，当作于1697年之后。其真伪待考。

题兰竹芝石图卷

嵌空诧人，参差拂云。既烟霏兮夕澹，复风疏兮晓清。信尘外之遥赏，留逸韵以迓宾。尔乃轩楹启，茗椀陈，飒爽气欣，披襟徘徊，按軫而起，为湘山之吟。吟曰：潇潇何处起江声，数竿烟迷不胜情。帝子一时招不得，鹧鸪飞去夕风清。

注　　此赋录自保利五周年拍卖（2010）之石涛款《兰竹芝石图卷》。款题："甲申冬日，为章翁老年台先生雅况。清湘同学弟大涤子极。"时在1704年。与石涛晚岁竹石画法相像，或为石涛真迹。

此卷本为萱晖堂藏品。裱边有萱晖堂主程琦篆书图名"清湘老人为周章成写兰竹芝石图",并有题云:"章成,名世璋,号安素,太仓人。生于崇祯丙子(1636),卒年七十馀,有《五经类编》二十八卷,康熙甲子自序其端。石公此帧写于甲申,时年六十有四,而章翁六十有九。其以寿章翁者也。寒斋供养明末四高僧绝品之一。辛亥嘉平,新安程琦伯奋父。"

四言诗

同心之兰

同心之言,其臭如兰。如兰之意,其合永欢。子宜佩之,保护春寒。春风寒兮,谁谓乎安!

注　此诗录自纽约大都会艺术博物馆所藏石涛《归棹》册之对题。所配之画是一本白描兰花。约作于1695年。

观渔之乐

水云交际,渔翁活计。以手穿鱼,雨风色丽。

注　此诗录自上海博物馆所藏石涛十二开《山水花卉册》。其中一开画风雨中一捕鱼的老者。此画气氛好,是此册中之上乘者。上题有此诗,款题:"湖头风雨忽至,观渔之乐,归来写此。清湘老人写。"作于1699年。

春风留玩

春草绿色,春水绿波。春风留玩,孰为不歌!

注　　此诗录自纳尔逊-艾金斯美术馆所藏石涛十二开《苦瓜妙谛册》其中一开题跋。款题:"清湘老人阿长。"亦见汪绎辰《大涤子题画诗跋》。

高咏其间

盈盈渌水,叠叠青山。放吾艇子,高咏其间。

注　　此诗录自京都泉屋博古馆所藏石涛十二开《山水精品册》其中一开题识。此画有王熹儒对题云:"暂作东西南北身,只□湖舫聚萧晨。□弦柳岸知谁主,落绮湘风自得邻。酒散离忧酣日暮,坐无拘忌见天真。群公竞霜头方黑,惆怅临岐晚岁人。己卯季夏吴楷亭招同黄宫允、研芝、贳文右、潘受安、黄燕思、程退夫游红桥□□,和研芝留别原韵。熹儒。"作于1699年。

五言古诗

寄呈愚山太史

班史起汉代,马迁缵周人。前载旷继迹,我公今炳麟。天禄倏以开,秘书纷自陈。岂不盛聚讼,名山类沉沦。丹书倚公启,方见史笔真。请谢嚚尘言,白日开丝纶。

注　　此诗录自《宛雅》三编卷二十所载"释济"之作。施闰章（1619—1683），字尚白，号愚山，宣城人，顺治六年（1649）进士，清初著名诗人，官刑部主事、翰林院编修等，参修《明史》。晚年辞官不就，归宣城侍奉叔父施誉终老。施愚山以道德文章举于世，石涛在宣城时，二人多有诗歌唱和，

　　诗作于1675年前后。施愚山对石涛的艺术非常欣赏。1675年，他作有《石公种松图歌》（自注：画是梅渊公笔）诗："梅翁石公皆画松，倔强不与时人同。石公飞锡腾黄岳，万松诡异罗胸中。劫来黄檗袈裟地，便拟手擎双塔寺。茎草拈成六丈身，旧时云鸟来依人。金鸡舞罢吼龙象，种松欲遍无荒榛。上人逸兴多如此，黄岳千峰归眼底。高坐松阴自在吟，役使神猿及童子。客来笑把种松图，看取新松种几株。俄顷空中声谡谡，青天万树齐浮屠，为问西飞黄檗归来无？"（《施愚山集》之《诗卷》卷二十二）

风木吟

丁巳夏日，石门钟玉行先生枉顾敬亭广教寺，言及先严作令贵邑时事，哀激成诗，兼志感谢，录正，不胜惶悚。

板荡无全宇，沧桑无安澜。嗟予生不辰，髫龀遘险难。巢破卵亦陨，兄弟宁忠完。百死偶未绝，披缁出尘寰。既失故乡路，兼昧严父颜。南望伤梦魂，怛焉抱辛酸。故人出石门，高谊同丘山。劫来敬亭下，邂逅兴长叹。抚怀念旧尹，指陈同面看。宿昔称通家，两亲极交欢。须眉数如写，气骨光来寒。翻然发愚蒙，感激摧心肝。识父自兹始，追相遥有端。便欲寻遗迹，从君石门还。一为风木吟，白日凄漫漫。

注　此诗见北京故宫所藏《诗画合璧卷》，书法一部分作于1677年，书法其他部分和绘画作于1692年前后，为后人合裱所致。这首诗属1677年所作书法部分。款题："清湘苦瓜和尚昭亭之双幢下。"昭亭，宣城之古称。双幢，即敬亭山之双塔寺，为临济祖庭。

钟玉行，光绪五年刊《石门县志》（属浙江）卷八载："钟朗，字玉行，顺治甲午解元，己亥进士，由翰林改工部营缮司主事，升员外郎，出视江南、江西、湖广等处……历刑部郎中，多所平反。视陕甘学政，严绝苞苴，振拔寒畯。升布政司参议，旋致仕。归家居之日，惟以敦敬睦族、恤寡矜孤为务。年七十三卒，今祀乡贤祠。"此钟朗即石涛之故人。

钟朗为浙江石门人，石涛此诗道及父亲朱亨嘉曾任浙江石门县令事。钟朗此次宣城之行，其实就是来看望亡友朱亨嘉之子的，所谓"指陈同面看"，勾起了石涛无尽的身世叹息。一句"识父自兹始"，令人唏嘘！

《风木吟》为编者所加，诗中有"一为风木吟"句。

桃花源白龙潭上赠冰琳上人

高人修白业，朝对白龙潭。石上呼龙出，岩前构草庵。何以疗晨饥，采药常盈担。种桃不计岁，面壁遗尘贪。只明峰六六，莫辨语三三。从人问迷津，引手当指南。伊予忆仙源，梦寐怀幽探。辗转忽十载，春风乘舆篮。有幸晤芳躅，握手成长谈。一听鸣弦琴，再坐十笏龛。到此积虑消，胜览如沉酣。幽阻在穷竟，险历固所甘。天都晦风雨，何日舒晴岚。飞步出空外，鸾鹤方同骖。

注　　此诗录自京都泉屋博古馆所藏石涛《黄山八胜图册》第六幅《白龙潭》。题跋中有"桃花源白龙潭上赠冰琳上人"。石涛登黄山晤冰琳在1669年。《黄山志》（康熙刻本）卷五载曹宾及《游黄山纪》，其中描绘"己酉九月"，他和诸同人登黄山，"沿泉而上，抵桃花源，僧冰琳出肃，余属觅前导"。石涛便在其中。从石涛诗中"辗转忽十载"看，《黄山八胜图册》大致作于1678年，在石涛居宣城后期。冰琳，黄山桃源庵僧人。

校　　此诗石涛款作品多处书之：

1. 1684年所作《黄山耸秀图卷》上题有此诗，题为"游黄海桃花源白龙潭上赠冰琳上人"，所书内容无别。款"苦瓜和尚济"。此图为石涛真迹。

2. 汪研山《清湘老人题记》载此诗，题为《游黄山桃源白龙潭上同冰琳禅师作》："高人修百业，朝对白龙潭。石上呼龙出，岩前构草庵。何以疗晨饥，采药常盈担。种桃不计岁，面壁遗尘贪。只明峰六六，莫辨径三三。逢人问迷津，引手当指南。伊余忆仙源，十载怀幽探。辗转忽逾时，春风乘舆篮。有幸晤芳躅，握手成长谈。一听鸣弦泉，再坐十笏庵。到此积虑浣，胜揽如沉酣。出阻在穷境，险历固所甘。天都晦风雨，何日舒晴岚。飞步出空外，鸾鹤方同骖。"款"石涛济"。所录诗与《黄山八胜图》当非一作。其中"逢人问迷津"，上二本（《黄山八胜》和《黄山耸秀》）作"从人问迷津"；"辗转忽逾时"，上二本作"辗转忽十载"；"到此积虑浣"，上二本作"到此积虑消"；"胜揽如沉酣"，上二本作"胜览如沉酣"；"出阻在穷境"，上二本作"幽阻在穷竟"。《清湘老人题记》所录疑非石涛所作。

谒圣谕先生祠赋得十二韵时梅远闻诸君复新祠宇敬志喜也

梅花芳未歇，祠宇带高阡。俯仰寻遗躅，飞扬忆昔年。唐音既以替，大雅复谁传。杰起公无敌，清吟思独专。孤高矜白雪，疏越引朱弦。庾谢齐梁后，真探正眼前。大风开寝殿，韶箾奏新篇。倾听后夔起，遥惭郑卫捐。流光昭有宋，遗藻映群贤。奕叶声相继，千秋迹莫湮。松林秋入望，华表墓齐骞。取荐将何托，江蓠映素泉。

注　　此诗录自《石涛和尚四开诗书册》（日本东京聚乐社1937年影印之《石涛名画谱》收录，高岛菊次郎旧藏）第二开。梅尧臣祠堂在宣城。梅远闻，宣城诗人，上海博物馆藏石涛《为远闻作山水扇面》，款"远闻老道兄博笑大涤子极，丁亥"。时在1707年。

　　此诗写于石涛居宣城之时。

赠同乡邓明府兼示大世兄

　　客行违清湘，爱问清湘人。君子抱芬芳，洁服秀不群。如何淹岐路，未会风雨云。予怀喟多感，为君眉复伸。奉亲志良苦，安遇言自真。已安亲亦怡，何论贱与贫。遭逢谅有时，努力惟其身。不见豹隐日，泽养何其珍。

注　　此诗录自嘉德2013年春拍之石涛《自书诗二十一首》书法册。此册为石涛真迹。其中第四页书有此诗，款"赠同乡邓明府兼示大世兄"。此诗是赠给邓又清的，又清时任泾县县令（县令又称明府）。邓琪棻，号又清，一字伟男，广西人（石涛称其为同乡），顺治十四年（1657）举于乡，此年石涛方十五岁，又清大于石涛。石涛居宣城时曾数至泾川，与又清深有交谊。石涛与喝涛曾客居于此地的寺院较长时间，与又清及其家人都有密切关系。这里所说的"大世兄"，指的是又清之子。石涛或可能指导其子学诗学画。

　　此诗又见《清湘老人题记》。诗基本相同，落款却有别："寄赠邓世兄兼呈文明府。石涛济中秋灯下戏舞秃笔作楷法，丙寅西天寺之怀谢楼中。"康熙丙寅在1686年。于是，在石涛研究界出现了一个有关"邓世兄"的问题。邓又清年长于石涛，石涛不可能称其为"世兄"——对后辈的称呼。《自书诗二十一首》款"赠同乡邓明府兼示大世兄"，《清湘老人题记》的"寄赠邓世兄兼呈文明府"，要么是误录，要么所录之作为伪品。

校　　"不见豹隐日"，原为"不豹隐日"，落一"见"字，据《清湘老人题记》补。

重过鸠江赠玉振林公诸友

　　大雅久不作，世态秋云薄。落落今古间，旷焉谁与托？羡君清芳长，偏寓江之阳。读书遵秦汉,结交貌侯王。典型夙所树,高深钦有素。同气笃天伦,过庭尊孔父。家世一经传,风雅傲昔贤。坐看人似玉,春水爱膺船。秋仲来江上,伊人中心贶。俯仰区湖傍,不遇增惆怅。雪鸿为谁翔,孤锡再登堂。道气氤氲里,云汉开天章。吾道欣有附,宗风审所惧。喝棒应当机,豁然开豹露。

注　　此诗录自程霖生《石涛题画录》卷一,又见神州国光本《大涤子题画诗跋》卷一。诗本题于一大幅山水立轴之上,款"重过鸠江,再为玉振林公书,石涛济山僧"。这是石涛过芜湖时所作。此诗或作于1678年之前。鸠江,指芜湖,芜湖古称鸠兹,有水名鸠江。玉振林公不详其人。

　　所题之画今不见,无从判断其真伪。但诗似石涛所作。

校　　"道气氤氲里",原脱"氲"字,补。

题画山水

春风吹萝衣,发我西山兴。手策绿玉杖,著屐蹑山磴。山光曳青苍,松声引遥听。采蕨拨云根,幽探入修径。踏歌如有期,岩阴昼而暝。长啸落晴晖,栖鸟惊复定。牧竖讶相呼,樵者问名性。朝采不供餐,一钵尚悬罄。贫病是良谋,饥渴保正命。饮鼠怡于情,巢禽适其性。忆昔耻粟人,今古称贤圣。

注　　此诗录自清震钧(1857—1920)《天咫偶闻》卷十。画题名为《大涤子书画》,此为画上题诗。画作于1679年,今不见,无法判断其真伪。但诗风似石涛,录此备考。

校　　"忆昔耻粟人",原作"忆惜耻粟人",改。

题松瀑鸣琴图

深山有怪松,举世人罕识。生植万木间,挺出亦孤特。老干嵌龙鳞,修枝扇鸾翼。折旋摩青霄,婆娑俯崱屴。霏霏瀑雨悬,郁郁日车匿。静夕引长风,恍惚潮江减。我行惬奇赏,叹息动颜色。根株穿断岩,岁月谁复忆?白鹤翔来栖,徘徊意无极。秦封亦浮荣,神护在冥默。相对谢尘埃,啸咏适所得。

注　此诗录自神州国光本《大涤子题画诗跋》卷一。款"清湘陈人大涤子时丙辰□□",后二字原脱。又见程霖生《石涛题画录》卷一著录。康熙丙辰为1676年,其时石涛并无"大涤子"之号,此画为伪托。然诗或为石涛所作,录此备考。

赠新安友人

文章与绘事,近代宛称雄。最爱半山者,泼墨上诗筒。拟以羲之画,一字一万同。独立兼老健,解脱瞿研翁。又爱雪坪子,落笔如清风。晓原黄山来,神参鬼斧工。吾友产天都,啸傲惊群公。向我谈笔墨,谁是称江东?山固不可测,水亦不可穷,欲求山水源,岂在有无中。

注　此诗录自嘉德2013年春拍之石涛《自书诗二十一首》书法册第八页。此作书于晚年,所书诗可能作于1680年前。
　　半山,即徐在柯,住宣城半山庵,故号半山,工画。曾与石涛一道登黄山。石涛与其切磋画艺。
　　瞿研,即梅清(1623—1697),字渊公,号瞿山,又号瞿硎(又称瞿研)。在宣城诸家中,梅清是对石涛艺术影响最深之人。石涛1666年来黄山与其订交,二人的友谊持续一生。石涛晚年常拈梅清之诗作画,以寄怀念之情。石涛以"老健"和"豪放"评梅清画。
　　雪坪子,即梅庚(1640—1722),字耦长(又字子长),号雪坪,晚号听山翁。"宣城画派"之中坚。
　　晓原,也工画。邓汉仪《诗观二集》卷十云:"蔡瑶,字玉及,号晓原,宣城人,有《徐闲堂集》。"《宛雅三编》卷十七有蔡瑶传,云其"字玉及,息意进取,以画鸣。山光林影,森秀可爱,刻有《晓原诗》"。

秋日简友人

忆君古道人,是我淡泊友。我拙拙撑门,君卧钟山久。赋诗逃诸名,乐道忘前后。吾道本希声,吾辈宁虚守。莫学文字障,法门绝音吼。秋风昨已凉,秋月避人走。我门捶将破,我腹还空纽。何时再踏一枝来,看我门前白云厚。

注　　此诗录自上海博物馆所藏石涛《书画合璧册》对题之诗。此册乃赠好友张瑶星之作。张怡(1608—1695),初名鹿徵,一名遗,字瑶星,号白云道者,江南上元(今南京)人,遗民诗人,住金陵钟山白云庵(钟山,古称摄山),好佛学,人称"摄山僧寺张白云"。诗作于石涛居金陵之时。

夏日口占

朱夏偶便静,林池浮曙光。的的荷珠流,冉冉苻带长。白鸟掠平芜,黄鹂鸣短墙。人生适晏然,世事靡恒常。居不择邻里,交亦辞炎凉。宁为兰蕙折,讵作萧艾芳?囊贫客见畏,才拙身亦藏。古道谅有存,淡薄良所当。餐松有馀味,饮涧滋枯肠。俯仰从所安,骚首瞻穹苍。

注　　此诗录自普林斯顿大学美术馆所藏石涛《书法卷》。此卷书有二诗,未系年,当为石涛居金陵或之前之作品。

长干诗并序

客长干时友人知予有苦瓜和尚之说,即赠以苦瓜诗,言潇洒,言太古,皆本色。余何足以当之!渡江人姑作一二俚言,用当别语,韵难和。稿已失,而得之故纸中,今书之此卷后。

少年耽远游,山水助行色。一径出泱漭,何心顾欹仄。挥洒借毫素,嵌岩掷心力。自谓落落然,何烦假修饰。颠倒江海云,装取笔与墨。避迹来长干,本不用筮测。为佛茶一瓯,清冷犹未极。灯残借馀月,瓶空且忘食。高人不自高,转欲下相即。雪心倘不忘,同觅好栖息。

注　　此诗录自上海博物馆所藏石涛《长干图卷》。此卷是石涛定居大涤堂后的作品,构图精致,笔墨精纯,是他晚年杰构。后有序,叙诗之所来和作画缘由。款题："清湘陈人济大涤堂下并识。"

从画中风格以及款印看，不会晚于1700年。跋中所谓"稿已失，而得之故纸中，今书之此卷后"云云，是说自己曾经有和友人苦瓜诗，偶于故纸中看到，书于此卷后。画与诗，都有回忆色彩，是对自己初至金陵岁月的回忆。在思念故人的同时，也略陈抱负，字里行间充满自信。此画毋宁说正是以图画来说"潇洒、太古"之本色，这是石涛毕生追求。虽然清冷淡泊，但却有高古之格。张大千多次临仿，真可谓知石涛者，他觉得此卷有本色在焉。

此诗作于1685年前后。

题海屋奇观图

海屋多奇观，取道下松谷。怪石忽接天，惊我一回目。爱兹幽境深，穿水缓踯躅。出溪见清潭，遥沉山影绿。旭日正东升，群峰翠若沐。仙居自有人，举火赖我仆。此处觅酒浆，人知忙归宿。亦来相对余，助我以蔬蕨。云敛海更明，醉起看修竹。

注　此诗录自无锡博物馆所藏石涛《海屋奇观图》。款题："丙寅春正月石涛于一枝阁下作。"作于1686年。所画似为京口焦山之景。石涛生平多次至京口，1693年前后，曾在此地的寺院挂笠有时，《金山龙游寺图册》就作于是顷。他关于京口焦山之作甚多，如1702年所作《剔碑图》，惜今未存。

暴雨后戏作

从来未发笑，笑自耳边飚。夜雨怒江岸，惊魂梦不牢。主人呼不起，客子声嘈嘈。床头生霹雳，床下起波涛。画栋蛟龙影，空堂卷漫高。乘虚凌此际，休问广陵舠。

注　此诗录自北京故宫博物院所藏《石涛石溪行草书诗翰册》。有一页书此诗，款题："丁卯夏日客三槐堂，五月十五夜雷雨大作，水涌床下，四壁涛声，竟成泽国，晓来戏为此体。广陵树下书。"诗作于1687年。时石涛初至扬州，居三槐堂。

题仿米山水

南宫称墨妙,妙意适在笔。笔墨两重关,透过知消息。试问个中者,是二还是一?

注　此诗录自《十百斋书画录》己集。诗为一幅仿米山水的题跋,款"清湘小乘客石涛"。但不能判断为石涛所作,存此备考。

　　石涛极重米家法,可能受董其昌文人画观念的影响,于此得淹润流荡之妙。李骥《书大涤子所临米颠雨后山手卷后》云:"此大涤子所临米颠雨后山也。永叔曰:'古画画意不画形。'东坡曰:'论画求形似,见与儿童邻。'晓此则知此卷之超绝矣。长林丰草之间,老屋败篱,断桥孤舟,疏密掩映,笔墨所至而神即赴之。郁郁葱葱,无非学问文章之气。非胸怀汪洋如万顷波者,岂能为之乎?昔人谓巨然画宜于远观,而此则远观近观,靡有不宜,即使元章见之,当亦必绕屋狂叫矣。"(《虬峰文集》卷十九)

感赋谢图公

不睹荆山玉,安知圭玷华?小堂初下榻,独院少移花。时有高车过,风标未许夸。红颜方乍对,白雪敢吟呀。辗转枕难已,踌躇兴益奢。礼文因病废,诗事写心遐。愿借同堂手,持书启绛纱。

注　此诗录自《虚斋名画续录》卷四。北京故宫博物院所藏石涛《清湘书画稿》题诗之第三首录此。款题:"卧病慈源,值大司寇图公见访,尔时不知主人月公往,便感赋以谢。"

　　石涛在北京期间主要在南城之慈源寺驻锡,有一段时间寄居且憨斋。大司寇图公,指图纳(?—1697),满洲正红旗人,号谨堂,曾任山西巡抚,陕西、四川总督、内阁大学士等,也是一位大藏书家。石涛在北京时,图纳为刑部尚书。这里所说的"月公",指图纳之子图月坡,是石涛的画弟子。

　　此诗作于1691年。

南归赋别金台诸公

鲲翼覆千里，百翎难与俦。旷然思天地，其亦等蜉蝣。倦歌蓬莱石，兴翻沧海流。往来无逆志，大块终悠悠。吾身本蚁寄，动作长远游。一行入楚水，再行入吴丘。乘风入淮泗，飘来帝王州。兰蕙多契合，氤氲相绸缪。感君洗我心，愧我污君眸。三年无返顾，一日起归舟。良会实不偶，怅怀那得休。赠言劳纸笔，缱绻当千秋。

注　　此诗录自上海博物馆所藏石涛《书画合璧册》，系八开外另页所书。此诗与本册其他诗不同的是，非属《癸亥近稿》，而作于石涛从北京归来之后，大约在1693年到1694年之间。

校　　除此册外，现知书有此诗者，尚有以下三件作品：

1. 北京故宫博物院藏《清湘书画稿》第一段以正书书此诗，内容与上基本相同，仅"兰蕙多契合"作"兰蕙本契合"。《清湘书画稿》是石涛于歙县程浚松风堂避暑时所作，时在1696年。

2. 北京故宫博物院藏《诗画合璧卷》第三段是书法，书古体诗两首，第一首为《谢辅国将军博尔都问亭见寄》，第二首为《南归赋别金台诸公》，正书略带隶意。"氤氲相绸缪"，其作"氤氲相稠缪"。《诗画合璧卷》作于1693年之后。

3. 本托藏于普林斯顿大学美术馆、后出现于嘉德2013年春拍之石涛《自书诗二十一首》，共五页，其中第二页以正书书此诗，内容与上海《书画合璧册》相同。此作作于1693年到1694年之间。

题写竹画屏

石文自清润，层绣古苔钱。令人心目朗，招得米公颠。余颠颠未已，岂让米公前。每画一石头，忘坐亦忘眠。更不使人知，卓破古青天。谁能袖得去，墨幻真奇焉。菊竹若清志，与尔可同年。真颠谓谁者，苦瓜制此篇。

注　　此诗录自台北"故宫博物院"所藏石涛《写竹通景屏》。此屏为张岳军先生捐赠。款题："癸酉冬初题于邗上之大树堂。"作于1693年。

潦倒清湘客

潦倒清湘客，因寻故旧停。买山无力住，就枕索拳宁。放眼江天外，赊心寸草亭。扁舟偕子顾，而且不笻丁。

注　　此诗录自纽约大都会艺术博物馆所藏石涛十二开《归棹》册之对题。款题："'停'书之'过'，登舟故尔。白沙江村留别，枝下人写。"意思是第二句的"因寻故旧过"之"过"应该是"停"，匆匆登舟，所以写错了。此诗几乎将当时的气氛都表现出来。

《归棹》册是石涛生平代表作品之一，上世纪初曾为日本收藏家桑名铁成（号铁城）收藏，册页后有日本近代南画泰斗富冈铁斋之跋。1914年，铁城将此册赠友人耕雪光醒，后为萱晖堂程琦收藏，册后有程琦1958年之题签："清湘老人山水花卉十二帧，皆有对题，元气淋漓，脱尽画家蹊径，颇具超尘之想。按傅抱石《石涛上人年谱》谓此册写于康熙四十七年乙亥，上人时年六十有六，尤为精诣之作也。戊戌蕤宾伯奋识于海东寓所。"此后，画又流入美国，1967年密歇根大学举行石涛大展，出现此套册页，引起轰动。1976年，此册由唐氏家族购得，捐赠给大都会艺术博物馆。

此册最初发表于桥本关雪1926年所著《石涛》一书。1948年傅抱石《石涛上人年谱》谈到石涛这套册页。1967年美国学者艾瑞慈(Richard Edwards)在《道济的画》中，列出部分收藏于日本与美国的石涛作品，其中也谈到这套册页。1976年，时任大都会艺术博物馆亚洲部主任的方闻教授发表《石涛〈归棹〉册页研究》，对此进行深入研究。册页共有二十四页，十二对开，纸本，每开书画并页，右为画幅，左为书法对题。作于1695年前后，时石涛客居真州。

次韵白沙翠竹江村十三景

耕烟阁
迢递好江村，上我耕烟阁。黄犊柳阴眠，藕花浮约略。不尽鸟飞来，风断歌声猎。

香叶山堂
观望著山堂，大风响云汉。双双挺立间，徘徊明月畔。秦封亦浮荣，婆娑影光灿。

见山楼

远案晴如黛，空江天际横。淡烟施未了，群鹭点苍明。若不乘招隐，身轻那得轻。

华黍斋

怪石堆古壁，止水投文鱼。抱琴闲不弹，烟焚静有馀。达人自高淡，妙悟迥如如。

小山秋

树树珠光起，客醉广寒里。花覆比肩齐，氤氲香十里。老去独悲秋，清见杯中底。

东溪白云亭

白云如幽人，日日亭上见。过岭叠千层，学水分一线。

溉岩

隔江开五丁，载石列奇饌。就手天成窦，崆峒未必工。溉岩苔藓碧，题字墨难丰。

芙蓉汀

我来荷出水，住久叶渐凋。日午蜻蜓立，夜阑荧火飘。芙蓉虽满岸，来看泊秋潮。

筱筤径

入望何非节，烟封雨后敲。出墙初脱粉，拔尾玉如杪。果尔琅玕食，凤鸾当结巢。

度鹤桥

声振翻千里，摩天不可招。乍来双月下，照水立溪桥。莫漫丹青影，风神破寂寥。

因是庵

凿土种梅花，藏真可是庵。花时扶月上，散影入蒲龛。香泛何堪寐，语外悉非贪。

寸草亭

如云都可惜，关心上此亭。东风才匝地，四野色胶青。过客谁呼酒，光阴实可停。

乳桐岭

空惜万人力，五年香壑冷。石拨云过泾，岩虚洞接岭。秋风叶乱飘，扫桐我先肯。

注　　此十三诗录自汪研山《清湘老人题记》。款题："白沙翠竹江村图，为肇新作十三景。"石涛生平有一重要图册《白沙翠竹江村十三景册》，今已失传。汪研山见十三景图，并录下十三首诗，这十三首诗与文献中所存当时友人之间的唱和之作相吻合。他所见图很有可能是石涛真迹。

白沙翠竹江村初建于明代，为张均阳所筑。郑肇新之前，为江都名士员燉（字周南）家所有，《淮海英灵集》戊集卷三载员燉诗序，称："白沙翠竹江村，旧属余家别业。更历数主，至郑氏始增台榭。多名流题咏。近归香林，遂为江北名构。"郑肇新对这座园林进行了彻底的改造，本来一座并不知名的园林，至其手，一跃而成为真州名园。

洪嘉植（1646—1712）《读书白沙翠竹江村记》云："扬子县有白沙之故，今亦名白沙，城之东十里曰新城，江村在新城东二三里许，故汪氏之东庄，今为郑子东邑别业。有竹数千个，曰白沙翠竹江村云。"嘉庆《扬州府志》卷三十三云："白沙翠竹江村，在新城都天庙东南，滨江，康熙中郑肇新新筑。"此园建成在1695年，石涛可能是这次园林改建的设计者。

1695年，石涛客居真州，白沙翠竹江村十三景成，一时文人群集，多有题咏，先后有田林、先著、程梦星、洪孝仪、洪嘉植、李澄中等。石涛此十三景诗，是和白沙翠竹江村十三景原韵诗，共十三首，每首五言六句。十三景的顺序也大体固定。

如先著《之溪老生集》卷三《药里集》上《白沙翠竹江村十三咏》之《耕烟阁》："野烟满村墟，朝日杏花白。江郊土初柔，牛耳方湿湿。耦耕人相呼，力作不遑息。"《香叶山堂》："劲挺双柏树，结根近中堂。交柯百餘年，落月凉苍苍。空山无斧斤，尔材堪栋梁。"《见山楼》："江水绕其外，南山如列屏。木落沙渚见，天清鸿雁轻。远帆疑不动，徙倚在檐楹。"《华黍斋》："深池养文鱼，茂树听佳鸟。鸟栖少惊弹，鱼潜绝衔钓。六笙诗未亡，一义备众妙。"《小山秋》："何处可招隐，小山丛桂秋。玉露瀼瀼白，金粟香光浮。婆娑月户影，落蕊何人收。"《东溪白云亭》："残霞淡东冈，白云生一缕。鸟飞牵云来，著水暮能去。时时鱼跳波，老鹳似人语。"《溯岩》："斗山采奇石，刻削见天骨。谁移拔地峰，即此一峦足。积雨生莓苔，题字岩间绿。"《筱簜径》："烟梢缀雨叶，月筱复风篁。怒笋全穿土,新枝半出墙。谷中逢晚食,曾记笑筼筜。"《芙蓉汧》:"飞萤窜长廊,鸣萤伏虚馆。枯荷风中擎,落叶池上乱。秋水不添潮,芙蓉开欲满。"《度鹤桥》:"海门五百里,江月一千顷。白鹤遥飞来,徘徊恒不定。抗声振空霄,石梁照双影。"《因是庵》:"种药标时序,苦草为庵庐。花时岂容卧,可以静跏趺。一尘西竺义,一觉南华书。"《寸草亭》:"芳草一寸长,我心难与违。美人感迟暮,延领望斜晖。衮衮东风裹,春田花乱飞。"《乳桐岭》:"泱泱水田白,纂纂林花紫。岭上多修桐,举袂拾桐子。陟岭动江光,山月分于此。"

与石涛之作对比可知,石涛之诗乃是和章。

校　　《东溪白云亭》原作四句("白云如幽人,日日亭上见。过岭叠千层,学水分一线"),从这组诗的总体体例,再参照其他人和诗,可以看出,《清湘老人题记》少录两句。由于真迹不存,无法补充。

题白沙翠竹江村泛舟图

雨过夕阳留,荷深好荡舟。凉风初去暑,偏趁夹衣游。种纸与蠋斋,诗兴不能休。菲泉犹未至,既至当何求?主人如郑虔,竹树开高楼。平畴接沙渚,远峰送双眸。稻花野田水,一天香泛秋。我生得何幸,而与高人酬。归来慰我思,开轩写林丘。图罢置君案,大笑征所由。

注　　此诗录自陆心源《穰梨馆过眼录》卷三十六《石涛方文山书画合册》中一图之题识。图今不存,当是石涛1695年客居真州时所作,与《白沙翠竹江村十三景》《归棹》册等,同为此期之作品。

耕农菲泉姓王,字菲泉,号耕农。顾友星(或作友惺),号种纸。蠋斋,乃先著之号。而"主人如郑虔",乃是白沙翠竹江村之主人郑肇新。此四位都是石涛的诗友。石涛客居白沙翠竹江村之时,先著等来看望石涛,他们在这座美丽的江边园林中,留下了不少美妙的诗篇。

先著与石涛在金陵时就结下很深的友谊。后来石涛北上,先著来真州居住,曾作《渡江云·寄怀石涛上人广陵》抒发胸中的思念:"长干尘外境,高僧飘笠,曾借一枝栖。放南山入眼,小阁如拳,落叶闭门时。情深得句,写峰峦,尺幅淋漓。有随身,澄泥研子,日日啜榆糜。　　何期,我来卜筑,师去孤游。念往还无几。知爱向芜城久住,烟水凄迷。昨年垂柳虹桥畔,奈轻舟过去才知。相思甚,因风托寄新词。"(《劝影堂词》卷中,清康熙刻本)石涛后来来真州居住年余,就与先著等友人的邀请有关。这是他离开佛门的先声。

题春江图

书画非小道,世人形似耳。出笔混沌开,入拙聪明死。理尽法无尽,法尽理生矣。理法本无传,古人不得已。吾写此纸时,心入春江水,江花随我开,江月随我起。把卷坐江楼,高呼曰子美。一笑水云低,开图幻神髓。

注　　此诗录自陈鼎《瞎尊者传》。此传作于1697年,故诗是前此之作。《春江图》今不见。汪绎辰当有见,他的《大涤子题画诗跋》也录有此诗,所见之图即《春江图》。

　　　石涛论画以超越理、法为重要特点,他将既有的秩序称为"智隔",故此诗中所说的"理法本无传,古人不得已"的观点,与《画语录》的基本思想是相合的。这首诗所反映的观点,也就是石涛"一画说"的精髓。

校　　"把卷坐江楼",《大涤子题画诗跋》作"把卷望江楼"。"江花随我起",《大涤子题画诗跋》作"江水随我起"。

题黄山图

黄山是我师,我是黄山友。心期万类中,黄山无不有。事实不可传,言亦难住口。何山不草木,根非土长而能寿;何水不高源,峰峰如线雷琴吼。知奇未是奇,能奇奇足首。精灵斗日原气初,神彩滴空开劈右。轩辕屯聚五城兵,荡空银海神龙守。前海秀,后海剖,东西澥门削不朽。我昔云埋逼住始信峰,往来无路,一声大喝精旗走,夺得些而松石还,字经三写乌焉叟。

注　　此诗录自上海人民美术出版社1960年出版之《石涛画集》第一幅《黄山图》第二跋。款题:"友人观此图问黄山之胜,以诗答之。清湘瞎尊者元济广陵之大涤堂下,丁丑。"作于1697年。图今藏刘海粟美术馆。

艾瑞慈等所编之《道济的画》一书第105页影印《黄山图》，诗大体相同，款题："时丁卯冬日北游不果，客广陵之大树下，日与次卣先生谈及黄澥之胜。不时应二三知己所请，予以此答之，书进博笑。清湘石涛济山僧。"石涛或录旧诗为友人题旧作。

和王叔夏

虚堂澹荣枯，抱膝忘宇宙。悠然天地初，交际扫前后。造化爱小年，敢冀大春寿！潜心挟微尚，血气恐时斗。荒疏到饮食，偃蹇挥句读。岂知王摩诘，诗思忽飞走。连篇累百言，远送给清漱。开卷如天风，况味荡灵鹫。一吟月色加，孤云拔奇岫。夜光泄腾迁，兰臭突重覆。庶几果吾腹，餍饫濡其沫。长歌动比邻，发兴如稚幼。我岂关荆辈，扛鼎力深厚。笔墨亦偶然，阃奥未云扣。客梦破真州，畴曩忆春昼。作画据江山，贾勇拼老瘦。鬼斧辟蚕丛，神工任补救。假以六月息，未拟同人觏。而君过我堂，不觉出怀袖。城阙秋风生，杂树共鸣吼。山横青欲接，口开笑微漏。何意得朋来，大可消眉皱。盘乏白鸦栗，案拥洞庭柚。欣兹对面谈，胜拟平原绣。君真老成人，能洗时俗窦。一见一飞腾，再别恐邅骤。此后历两年，往事蒙杰构。读之沁心脾，铭刻逼篆籀。人物得品题，英妙动神秀。因兹重有感，频年递闲究。素心何日忘，春雨十分透。以胶投漆中，白首要如旧。愿言罔变更，光芒亘列宿。白雪为我歌，扬夸为君赋。朋侪抵弟昆，讵肯失声臭？顾余不羁鸟，终难恋栈豆。

注　　此诗录自石涛《诗书画三绝卷》。曾见台湾学者李叶霜编《石涛的世界》（台北雄狮图书公司，1976）第156—157页影印，又见章东磐《石涛书画集》（人民美术出版社，1983）第80—81页影印。此诗并非图之题识，而是接画部分的书法。手卷画冬瓜、萝卜等菜蔬，有款云："庚辰夏日寄南高道兄清玩，大涤子石涛。"作于1700年。

张大千《清湘老人书画编年》录此作，题为《冬瓜螳螂》。本是罗志希旧藏，今藏台北故宫博物院。

吴与桥，字南皋（又作南高），歙之丰南人。其父承勋（字铭卣）、伯父承励（1662—1691，字懋叔，又作茂叔）以及祖父吴尔世（1623—1668，字延支，号卷石山人）三代，都与石涛有密切关系，石涛生平有大量作品与这个家庭有关。石涛曾应南高之请，作《溪南八景图册》。

《诗书画三绝卷》的书法部分书有此长诗,款云:"庚辰夏日,叔夏年先生佳什见赠,即倚原韵奉酬。志不忘也,并求定正。兼正觉士、名友诸同学。清湘弟大涤子济草。"

王时,字叔夏,号懒侬,歙岩镇人,善画。王时赠石涛之诗不见。《淮海英灵集》丙集卷三:"王方岐,字武徵,号蒙谷,江都人……不为科举之业,博通典籍,放情诗酒,与弟方魏偕隐。"武徵乃歙人而居维扬,为扬州著名遗老。其有二子,一为王觉士,工画;一为王棠,字名友,号勿翦,工诗。石涛与这个家庭关系密切。

石涛与王时订交,或在居金陵之时。诗中记载了他们在真州相与为欢、作诗作画之情景。所谓"客梦破真州,畴曩忆春昼。作画据江山,贾勇拼老瘦",时当在1695年石涛客居真州之时。1700年,石涛与老友在扬州重聚,王时作诗相赠,石涛以此长句和之,足见二人情趣相投。

李骥《虹峰文集》中有画家名"王觉四",与石涛所说的"王觉士"为一人。李骥《湖上即事可占四首》其三云:"菰蒲青处水禽呼,法海僧楼望里孤。恨不携来王觉四,挥毫写就夕阳图。"自注云:"王觉四,歙人,善画。"《虹峰文集》卷五又有《寒夜程载锡招同钱达人、王觉四、勿翦、张良御饮自强堂》。石涛晚年赠觉翁山水册,就是赠王觉四的。

雨中牧牛

白雨东南澍,牧童归有趣。黑风卷茅茨,农忙陇亩具。雨笠忽随风,到岸高一步。

注　此诗录自上海博物馆所藏石涛十二开《山水册》中《雨中牧牛过水图》一开。款题:"清湘苦瓜老人济戏墨。"此册作于1699年。

山水有清音

山水有清音,得者寸心是。寒泉漱石根,泠泠豁心耳。何日我携家,耕钓深云里。念念心弥悲,秋风吹月起。

注　　此诗录自上海博物馆所藏石涛《山居赏秋扇面》。后云:"久不与元凯年翁相见,昨雨若翁自秦淮来访予大涤堂下,云是元老雅扇在手,索写数笔,庭前老翁似有悲秋于怀,题此博元凯先(落一'生'字)一笑。清湘陈人石涛济青莲草阁。"

雨若,即石涛宣城时期就订交的至友吴肃公(1626—1699)。吴氏字雨岩,号晴岩(自称晴叟、晴道人),又号街南。此为石涛 1697 年到 1699 年间之作品。元凯,朱观《岁华纪胜》初集在篇首所列诗人之名中有"歙浦,江元凯,虞升",疑即此人。

而波士顿美术馆所藏赠刘石头十二开《山水大册》,其中一开题此诗,款题:"清湘大涤子耕心草堂呈小山先生博笑。"诗最后一句作"春风吹月起",篡改了原诗中"悲秋"的格调。此图非石涛所作。汪绎辰《大涤子题画诗跋》所录此诗亦作"春风吹月起",或即从波士顿美术馆所藏件录出。

种竹茅斋头

种竹茅斋头,春深护新笋。晨昏对此君,寒绿映衾枕。我思王子猷,高意有谁领?

注　　此诗录自北京故宫博物院所藏石涛六开《山水花卉册》。其中一开画野居者,题此诗,款"清湘野人济"。诗作于 1700 年左右。

病过群猊主人索笔写菊

诗病皆因酒,酒病必医茶。茶伤本非病,能使卧烟霞。君病本奇特,枯瘦如黄花。何时问秋色,同到野人家。

注　　此诗录自嘉德 2013 年春拍之石涛《自书诗二十一首》书法册第八页。

岚气尽成云

岚气尽成云,松涛半似雨。石径野人归,步步随云起。往来发长啸,声闻拟千里。达者自心知,拂袖从谁语?

注　　此诗录自京都泉屋博古馆所藏石涛十二开《山水精品册》中一开题识。款题:"瞎尊者写此乐极。"《南画大成续集》一《山水》曾影印此画。此册为赠黄砚旅而作,是石涛晚年之作。

此开有大村李国宋对题云:"繁云抱空山,沧沧杳无际。高蹈一老翁,游戏鸿濛内。夙耽丘壑踪,久滞穷海澨。对此心茫然,辗转夜无寐。"

泉屋博古馆所藏此十二开精品册,是石涛生平最重要的作品之一,受到后代收藏家的重视。此册后有何绍基的题跋,颇具胜义,对理解石涛画很有帮助:"画至苦瓜和尚,奇变狡狯,无所不有矣。最其得意迹,则黄山之松也。万山青破中,著古怪衲子,如吸云光饮涛绿者。盖苦瓜自写照耳。顾尝闻六舟上人谈及黄海之游,不唯村烟绝踪,佛宇亦罕,憩眠食饮,或竟日不得其处,虽耆游者,少至焉。因知名山灵境,惟其与人世隔绝,故松气石色云月况俱自成古旷,与太清接。苦瓜必恒造斯域,得其荒空灵异之趣。故画家无不心师造化,无如此老之真得髓也……治弟何绍基漫记。"

题赠思老扇面

溪室小于瓢,问山翠可宝。烟云无定容,顷幻模糊画。

注　　此诗录自上海博物馆所藏一石涛扇面。《听飐楼书画记》卷四著录《大涤子山水花卉扇册》第二帧《晴林归晚》,即此扇。款题:"冬日为思老长兄,大涤子济。"作于1700年左右。

独酌一江小

世事付沧波,觉来如梦晓。人似霅溪翁,独酌一江小。乘藤系野情,欲去忘归道。

注　　此诗录自上海博物馆所藏石涛六开《杂画册》中之山水图。画苍茫之景中一舟闲渡，乃石涛晚年笔。

奉答贻冠

仰天一片力，爱首不成裘。谁许氤氲归，任世尽披裘。席石胡为来，补天孰与酬？瞿昙问（落一字）发，老聃笑我头。搏得葫芦冠，裘葛喜自由（自注：杨人万）。自喜人兴怪，怪予坠天瘤。儿童好议论，何常计转眸。客有竹冠者（自注：叶南冈），愿为胡卢俦。一节结我首，吞声数自尤。予非衣冠人，道路飞传邮。忽逢玛瑙冠（自注：郑余山），其状半玉球。既而服此冠，瞻仰多缚绸。造物俱不禁，何用笑沉浮。若非知己心，所见那得求？六合几玉冠，惠我体先周（自注：吴赐玙）。生平最其四，慷慨纽前修。琼瑶如世报，行乐等悠悠。

注　　此诗录自纽约涤砚草堂所藏一石涛扇面。款云："奉答贻冠四君，把盏缘情，放浪珍品之作，书谢余山道兄博笑。清湘大涤子阿长。"此为赠郑余山之作，涉及石涛四位朋友，除余山外，有杨人万、叶南冈和吴赐玙，石涛称"生平最其四"，可见感情之深。

郑余山，徽州人，八大山人也有赠余山扇面，也为纽约涤砚草堂所藏。陈良璧《罗汉图卷》为吴赐玙所藏，石涛1688年题此卷时说："今吴君赐玙先生以此卷索题于清湘者，是动清湘之思也。"其他二人生平不详。

此诗作于1700年之后。

题黄海轩辕台

轩皇契至道，鼎湖昼乘龙。千载渺难追，俄此访遗踪。岩壑倏已暝，白日翳苍松。浴罢丹沙泉，过宿轩辕宫。拂枕卧烟霞，抠衣问鸿濛。人生匪金石，西日不复东。藉登黄发期，百岁有终穷。黄鹄紫霄气，威凤游苍穹。托迹既已迈，矰缴安所从。所以青云士，长啸出樊笼。

注　　此诗录自天津博物馆所藏石涛《黄海轩辕台图轴》。图以古拙高逸笔触画高山仙踪，一人松下静坐，目对四海，悠然有凌云之志。上题有此诗，款云："东翁老年台先生八十初度，清湘大涤子拈来进觞博教，十月大本堂中。"此图当作于1705年左右。东老年翁，疑即姚曼（东只），长于石涛，是当时扬州最为活跃的诗人之一，石涛多次参加由其组织的社集。这是一幅祝寿之作，诗与画配，没有那种陈词滥调，高逸的超脱意味令人印象深刻。石涛即使到晚岁，其文其诗其画其书，都无晦暗之气，这是非常难能可贵的。

倪永清《诗最》初集卷七有东只《晤赠石涛和尚》诗："杖锡来何地，相逢似旧缘。诗从无意得，月共异乡圆。名重非关学，心空别有禅。浪仙真不愧，宁只订忘年？"诗作于石涛初来扬州之时，在1687年前后。诗中说到二人是"忘年"交。

《淮海英灵集》续集卷二："姚曼，字东只，江都人。身长玉立，才略过人。当事咨以大事，辄筹画井井。好客忘贫。吴蔄次序其集云：'苟有意以相投，常相肝胆鸣不平，为何事辄动须眉。'可想其为人。"姚曼性格豁达硬朗，石涛此诗此画风骨有以当之。

题溪山隐居图

虽著衣冠久，其如暑气加。渭公嫌放钓，列子惜回车。池上常看鹭，林间不醉花。藤萝依旧是，莫说葛洪家。世事休嫌错，阁天岂厌蒸。就嘘支力健，即雨汗躯澄。窗下呼云叶，楼头听月棱。不知谁与共，枕簟卧诗乘。

注　　此诗录自香港鸿禧美术馆所藏石涛款《溪山隐居图卷》。款题："清湘遗人极袪暑大涤草堂作画并识。"此卷见户田祯佑、小川裕充《中国绘画总合图录续编》第二卷第64—65页著录，编号为S24-022。

卷前有若洲"溪山隐居"隶书四大字，后有谢稚柳之跋文："此卷所写，峰峦树石，纯用杂色，五彩缤纷，炫人眼目，殊为奇绝，亦石涛画中所仅见。故人张大千尝年善写石涛著称，惜大千不可作，倘令见之，定当起舞。庚午岁暮过香港壮□翁，稚柳得观此卷，因忆大千，真有黄钟之感。"

此卷非石涛所作，诗似石涛风，或仿石涛之作而成。

友人问了心

将心拟欲了,似石激沧浪。石坠还归定,波流乱逐行。须知空是月,莫认白为霜。门外无多径,迷云覆古墙。

注　　此诗录自嘉德2010年秋拍之石涛十二开《书画册》第八开书法对题。所作时间不详。此为石涛真迹。

题蒲帆挂月图

薄暮泛轻舟,放歌月未起。秋波涌雪涛,菰蒲映寒水,伊人宛中央,萧然隔尘市。

注　　此诗录自汪绎辰《大涤子题画诗跋》。据而录出之图今不见,无从辨其真伪,录此备考。

题睡牛图

牛睡我不睡,我睡牛不睡。今日清吾身,如何睡牛背?牛不知我睡,我不知牛累。彼此却无心,不睡不梦寐。

注　　此诗录自上海博物馆所藏石涛《睡牛图》。题诗后叙作诗之因缘:"村老荷蒉之家以甓瓮酌我,愧我以少见山林树木之人,不屑与交,命牛睡我以归,余不知耻,故作睡牛图,以见大涤子生前之面目,没世之踪迹也。耕心草堂自匿。"图和诗作于1705年左右。

石涛此画与八大山人一画一书合裱在一起,前有李东阳"菊庄"之大字题签,系装裱者所为。

卷二

五言律诗

登岳阳楼

万里洞庭水,苍茫失晓昏。片帆遥日脚,堆浪洗山根。白羽纵横去,苍梧涕泪存。军声正摇荡,极目欲销魂。

注　　李虬峰《大涤子传》说石涛早年"既而从武昌道荆门,过洞庭,经长沙,至衡阳而返"。此诗当作于他早年漂泊岁月中。曾有数见:

1. 大英博物馆所藏《江南八景图册》中一开题此诗,款云:"登岳阳楼。清湘零丁大涤子广陵青莲草阁。"

2. 端方《壬寅销夏录》著录,上海有正书局曾影印此册,名《八大山人石涛上人合册》,其中有一开为石涛画,上题有此诗,款云:"此诗是吾少时离家国之感,过洞庭,阻岳阳之作,今日随笔写此,从旧书中得之,无端添得一重愁也。"

3.《石涛和尚四开诗书册》(日本东京聚乐社1937年影印之《石涛名画谱》收录,高岛菊次郎旧藏)录此诗,名为《重登岳阳楼》。

西津桥上作

雨霁白云楼,峰青个个幽。飞云过去岭,流水打来舟。眼逼沧洲满,心空树影非。浮此回昔景,落日恐生愁。

注　　西津在宣城附近之宁国，宁国县城东有河名东津，向西称西津，两河在北向宣城方向交汇。嘉庆《宁国县志》卷十一云："西津，即县溪也，在县西北五里。"

石涛的西津之行，与县中的奉圣禅院有关。嘉庆《宁国府志》载有奉圣禅院，在宁国县，"寺观奉圣禅院在县西三里，旧名白云山。唐大中时裴休请黄檗禅师讲经于此。乾宁中赐额用永清。宋治平中，改奉圣。熙宁中为禅院。自宣和迄明宣德、崇祯间屡经废兴。国朝康熙辛卯陈养元重修"。而白云楼就在奉圣禅院附近。乾隆《宁国府志》有云："奉圣禅院……国朝康熙辛卯知县陈养元重修。右有留云楼，嘉靖时额曰'洞观'，万历时改曰'白云'。郡守萧良誉有诗。"

旅庵本月大约于1664年来到奉圣禅院。石涛来此，是受其老师之接引。

黄山道上怀冠五曹郡守

万里青鞋□，□峰黄澥心。风高闻坐啸，讼息想长吟。署是烟霞坞，诗皆山水音。自惭非惠远，情忆谢公深。

注　　此诗录自京都泉屋博古馆所藏石涛《黄山八胜图册》。款题："黄山道上怀冠五曹郡守。湘源苦瓜和尚。"此页所画似为曹冠五官署，即诗中所言之"署是烟霞坞"。曹鈖《游黄山记》开篇云："丁未春，家大人出守兹郡，余登署中紫翠楼，见双峯对屹，议即云门峰，心怦怦为所动，欲游不果。"诗作于1667年。《黄山八胜图册》是回忆性作品，题此诗于图上，时在1677年到1678年间。

曹鼎望（1618—1693），字冠五，号澹斋，河北丰润人，顺治己亥（1659）进士，授翰林院庶吉士等职。康熙五年（1666）典试湖北，康熙六年出守新安，在此地数年，功勋卓著，后因触犯上级而被夺职，康熙十六年出官江西广信府，康熙十九年为江西饶州知府，康熙二十三年为陕西凤翔知府。晚年辞官归里。博学多才，工诗，尤善治墨，其"曹墨"向为收藏界所宠。

曹鼎望有三子，皆成功名。长子曹钊，字靖选，号眉庵，为例贡生。次子曹鈖（？—1689），字宾及，号瘿庵。三子曹鋡，字冲谷，号松茨，候选理藩院知事。三人都曾随父读书黄山。闵宾连《黄山志定本》卷首所列姓氏中，这三兄弟皆在其中。石涛与曹氏一家为友，曾数次与曹鼎望、曹宾及登黄山。与黄家的交往，对石涛一生都有影响。如北京之行，就是由曹宾及推荐的。而两次接驾之事，也与曹家有关。晚年石涛还在扬州偶见曹松茨。

上文殊院

折蹬衡峰上，飞泉扑面寒。践苔嫌石瘦，眮壑借云攒。一线开天小，群峰拔地宽。便思投杖屐，长此托盘桓。

注　此诗录自北京翰海2013年春拍之石涛《黄山耸秀》手卷书法部分（此为石涛真迹）。款题："石涛济道人书于容城官署。"作于1684年。容城官署乃金陵学政赵崙之官署，当时金陵学政署在句容，故称。所题诗是早年游黄山之作。

校　胡积堂《笔啸轩书画录》卷上著录《僧石涛书画册》，其中有一诗《上文殊院》："折磴冲风上，飞泉扑面寒。践苔嫌石瘦，涧壑乱云攒。一线开天小，群峰拔地宽。欲思投杖屐，僧食正炊餐。"胡积堂所见此册所录七首诗，其中有三首为石涛所作，均与黄山有关。有两首署年款（辛亥、癸丑），分别在1671、1673年。此册作于宣城，早于其作于容城官署的《黄山耸秀》手卷。石涛后来或对此诗作了修改。

登莲花峰绝壁

绝壁临千仞，攀缘兴益浓。径迷通一木，风怯抱孤峰。松冷日无色，云开月忽重。空花散流影，奇绝信仙踪。

注　此诗录自京都泉屋博古馆所藏石涛《黄山八胜图册》。后题云："登莲花峰绝壁，有石大如月轮，内横一松，俗称月里婆罗。"此诗与《前澥观莲花峰》题于同一图上。

炼丹台逢铎翁吼堂诸子

一上丹台望，千峰到杖前。云阴封曲径，石壁划流泉。声落空中语，人疑世外仙。浮丘原不远，萝户好同寮。

注　　此诗录自京都泉屋博古馆所藏石涛《黄山八胜图册》，又见《石涛和尚四开诗书册》（日本东京聚乐社1937年影印之《石涛名画谱》收录，高岛菊次郎旧藏）。炼丹台在黄山。

　　　　籜翁，《国朝诗的》江南卷十三载："黄湘，字郢公，号籜庵，古歙人。"其乃歙县潭渡人，居黄山。石涛所见，或为此人。吼堂为黄山僧，法名成绪。朱观《国朝诗正》收"释成绪吼堂"之诗。曹鈖（宾及）《游黄山记》云："下光明顶，行草中，遇吼堂上人，同坐松林移时，霖野至，同至庵。吼堂询余游状，余曰：登老人，山在天上；登莲华，山在肩上；登丹台，山在脚下。吼堂曰：黄山最奇在海，明晨登狮子峰，铺海或不果，日之初升可观也。余竟夕不能寐，时闻霖野从梦中说偈，质明，整衣出，而吼堂已俟户外，遂同往。不八百武抵峰上。天光冉冉，自山麓起，吼堂曰：今日海矣。东方渐白，云族四出，虽匼匝中往来有序，诸峰尽没，惟天都、莲花、炼丹不为掩。……反饭，吼堂庵中供以野馔，味殊媚舌，即拉吼堂为始信前导。"石涛与宾及同登黄山，宾及所描绘的见吼堂之情况，亦当为石涛所遇。

题白龙潭

石飞珠百斛，玉挂碧千寻。怒吼山林动，光寒日月沉。穷源无尽意，到此得空心。何日呼龙出，能施大地霖。

注　　此诗录自胡积堂《笔啸轩书画录》卷下。题"辛亥夏日"作，时在1671年。

　　　　白龙潭为黄山胜迹。北京故宫博物院所藏石涛早年《山水册》中就有一幅题"黄山白龙潭上写"。宣城诗坛元老沈泌（方业）题此册云："石公冰雪姿，亦复烟霞貌。秃笔貌苍颜，高寒想同调。窈窕白龙潭，铮琮石门道。能事化工并，皆能殚厥妙。云气之所濡，仿佛烟岚冒。"郑为《石涛》影印石涛六开《山水花卉册》，第五开为《白龙潭上》图，题："穷源无尽意，到此得无心。白龙潭上有此。苦瓜老人写。"今藏于福建积翠园之《罗汉十二屏》，其中一屏也画白龙潭景。

校　　《黄山八胜图册》中有一页题《黄山白龙潭》诗："沫飞方百斛，瀑挂忽千寻。

时讶山林动,平□日月沉。穷源无尽意,到此得空心。我欲呼龙起,为霖下暮阴。"款题:"清湘石涛济黄山白龙潭,今以飞白法写之。"泉屋博古馆所藏此八开册大约作于1677年到1678年间,在胡积堂所录《题白龙潭》诗之后。二诗显然有联系。《黄山八胜图册》所题此诗,当是对前诗的修改。

山溪道上

驱车别旧田,行色望新安。日晚客心急,山阴云气寒。一筇求合远,半榻拥衣单。赖有幽探兴,能忘道路难。

注　此诗录自京都泉屋博古馆所藏石涛《黄山八胜图册》。所画一人携筇远望,颇似《庐山观瀑图》中的一段。

前澥观莲花峰

海风吹白练,百里涌青莲。壁立不知顶,崔嵬势接天。云开峰堕地,岛阔树相连。坐久忘归去,萝衣上紫烟。

注　此诗数见于存世石涛作品:
1. 京都泉屋博古馆所藏《黄山八胜图册》一开,名为《前澥观莲花峰》。
2. 嘉德2013年春拍之《自书诗二十一首》,名为《游黄山坐前澥观莲花峰》。
3. 北京故宫博物院所藏五开《石涛石溪行书诗翰》有一开书此诗,名《前澥观莲花峰》。

三处所题文字无别。莲花峰是黄山最高峰,石涛游黄山曾数至此峰。澥,通"海"。黄山,因终年在云雾中蒸腾,又称黄海。石涛《画语录》中的山即海,海即山,就受到黄山之启发。

癸丑怀雪次家喝兄韵

气运通霄壤,灵元造物机。川原多自变,雨雪故应稀。幽谷思春至,寒梅带岁归。梦回窗上白，惊起看云飞。

注　　此诗录自香港收藏家赵从衍所藏石涛《水墨山水图卷》。图作于1673年。

　　石涛与喝涛之间多有诗歌唱和。"二涛"中，石涛名震天下，喝涛也并非无名之辈。二人在宣城时，人们以"二涛"并称之。《十百斋书画录》戊集载汤岩夫诗云："海风吹瀑濯闲身，山屐相随遣俗尘。避地寒山将拾得，观空无著共天亲。云岩置屋凭谁叩，雾壑栖禅愿与邻。尽取庐山添逸韵，龙眠好与卧公麟。"款署："石涛师见惠佳画，其兄喝涛上人亦自黄山来过访赋诗。"这里暗将石涛兄弟比为禅宗中的寒山、拾得，又比作佛门的无著和天亲。喝涛性格比石涛更幽冷。杨翰《归石轩画谈》说他："此尤孤冷，人少知者也。"

　　《宛雅三编》卷二十有喝涛传，其云："释亮，字喝涛，一号鹿翁，粤西人，驻锡姑山，能诗善画，与弟济俱有时名。"录有喝涛诗数首：

　　1.《友人游黄山归诗以讯之》："遥登黄岳顶，诗草自盈囊。寓目烟霞外，行吟水石长。何峰真险绝，几岫好潜藏。更说天都上，身同飞鸟翔。"

　　2.《酬元素彦怀两叔侄雨中见过》："庭阴连日雨，岑寂废吟哦。山犬烟中吠，舆夫竹里歌。苍苔迎白壁，清籁接悬河。深谢籍咸辈，湿衣到薜萝。"

　　3.《城中晚归双塔途中偶作》："孤城烟际出江滨，返照行看藜杖春。归鸟数声音上下，高楼一曲动星辰。平翻麦浪云千顷，短插秧针绿倍新。更望敬亭山上月，风流今日付何人。"

　　4.《庚辰春留别广陵诸同门并石涛弟》二首，其一："山花艳艳壮行踪，眼底春光处处同。回首雷塘宵市路，枝头莫叫杜鹃风。"其二："检点奚囊无剩钱，理装断简与残编。春江夜雨听新涨，不若长风送我舡。"

　　这说明，至1700年时，喝涛尚在世，并到广陵看望石涛。

忆蒲田友人作

薄暮寒江外，空林集晚鸦。飞来齐点叶，散去忽澄霞。遥忆蒲田友，诗成卧酒家。近年消息断，幽梦各天涯。

注　　此诗录自上海人民出版社1960年出版之《石涛画集》第10图《寒林暮鸦》。图是其早年作品。

重登水西

乱壑秋高树，凭虚一小亭。倚身还怯怯，蹬足且停停。幽意尽归此，闲情隔浦汀。溪山如好旧，一醉十里醒。

注　　这是石涛《重登水西二首》之一。水西，泾县城西有水西山，石涛曾在此驻锡有日。此地水西书院、大安寺均曾是石涛驻足之所。屈大均《石公种松图》诗云："泾西新得一山寺，移松远自黄山至。"所谓"一山寺"即指水西山中的大安寺。北京故宫博物院藏石涛作于1676年山水，题识中有"丙辰客赏溪之大安寺"语。

　　此诗在存世石涛作品中两见，一是大英博物馆所藏《江南八景图册》，一是嘉德2010年秋拍之十二开《石涛和尚山水册》。

游丛碧亭

小亭闲永昼，客况岂无聊。碧水浮天际，青山近市郊。心随巢鸟逸，情逐野云飘。人世真如梦，何劳问谷樵。

注　　此诗录自嘉德2010年秋拍之石涛十二开《书画册》第一开对题。此册山水十二页，设色，并有书法十二页对题，共二十四页。1930年上海中华书局曾影印此册，名为《石涛和尚山水集》。

　　题诗后款题："游丛碧亭写此。大涤子济。"丛碧亭不知位于何处，从所谓"客况"之"无聊"看，当作于早年客居泾川之时，时在1675年前后。

寄九峰老人

敬亭深卧处，云鸟伴孤踪。不断岩前瀑，常留谷口松。听猿初上阁，随虎一扶筇。放眼空天外，时时见九峰。

注　　此诗录自《石涛和尚四开诗书册》（日本东京聚乐社1937年影印之《石涛名画谱》收录，高岛菊次郎旧藏）第一开，是石涛真迹。其中有多首诗为存世

石涛文献中所仅见。

九峰老人,即石涛老师旅庵本月。《五灯全书》卷七十三旅庵本传说:"师退隐松江三泖九峰,一坐十载,至康熙丙辰孟冬十四日闻钟声,告众而寂。"故号九峰。梅清《天延阁诗后集》卷二收其乙卯(1675)所作诗,其中《因石涛师诣九峰复寄旅庵大师》诗云:"淼淼泖湖寺,经年闭竹关。世缘空自淡,僧腊老能闲。凫石引猿下,江云带鹤还。遥知相见处,花雨重追攀。"此年石涛与祖庵一道去松江探访老师。老师于1676年下世。

这是现存文献中仅见的石涛给老师的赠作。诗中说自己虽在敬亭山中,但"时时见九峰",不忘老师的教诲。

春日寄郑司马唐寓斋先生作楫石城三首

司马风何远,清声到处传。政成棠树下,禅寄雨花前。坐对昭亭酒,行吟剡水篇。遥遥正无限,又命石城船。

习战临江甸,艨冲近借筹。如云看挂席,蔽日压惊流。作楫声先合,乘风绩可收。早闻飞诏下,制胜倚嘉猷。

桃叶迎舟近,花台傍辔高。春风时极目,客兴满芳皋。故郡澄江上,攀辕众庶劳。酒酣应有思,莺语接回镳。

注　　此三诗录自石涛《自书诗二十一首》。此作本托藏于普林斯顿大学美术馆,后出现于嘉德2013年春拍,是石涛生平重要书法作品。铃木敬《中国绘画总合图录》收录,编号为A18—032。

清末震钧(1857—1920)《天咫偶闻》卷六载石涛一作,上题《春日寄怀郡司马唐载歌先生作楫石城》诗三首,款"甲寅夏日清湘石涛济道人敬亭双塔寺",后有"膏肓子济"白文印。诗作于1674年。唐载歌,号寓庵。石涛传世作品中还有《赠唐载歌先生二首》。

校　　《自书诗二十一首》录此三诗,第三首"春风时极目",落"风"字,据《天咫偶闻》补。震钧《天咫偶闻》所录第二首诗中"制倚嘉猷"一句,脱一"胜"字。

秋日同吴彦怀许子柔登溪阁

消受名山处,清音小阁闲。悄声低竹鸟,放意高云鹇。许子歌将歇,涛僧记一斑。彦郎兴不浅,回首空跻攀。

注　　此诗录自上海博物馆所藏石涛早年八开《山水册》。其中一开画竹林中有一两层小阁,上题有此诗,款云:"秋日同吴彦怀、许子柔登溪阁并画。"

清音阁在宣城敬亭山中,周围多有竹。石涛曾与宣城元老梅清、施愚山在此游览唱和。此图和诗所记则是他与年轻的朋友游乐之事。

许子柔,乃石涛在宣城期间的朋友。梅清诗集中多载有其事,1676年,梅清作有《吊许青岩兼慰子柔大春》,可知子柔乃黄山遗老许楚之后。吴彦怀,是吴嘉纪挚友郝羽吉的外甥,顺治辛丑(1662)年间曾读书陋轩,嘉纪晚年居扬州,曾有《芜城病中谢吴彦怀寄敬亭茶叶》诗。康熙壬戌(1682),嘉纪在《过郝乾行青葵园》诗中写道:"野话谁与共,门生吴彦怀。"

天津人民美术出版社出版之《石涛书画全集》下册第390页,收有石涛款《溪阁图轴》,今藏沈阳故宫博物院。此画上部有题云:"消受名山处,清音小阁闲。悄声低竹鸟,放意高云鹇。许子歌将歇,涛僧记一斑。彦郎兴不浅,回首空跻攀。"款题:"秋日同吴彦怀、许子柔登溪阁写此记事。清湘野人济。"此作为伪作,隶书书法全无石涛之味,水平较低。题识中写此次登溪阁之记事,而画中却是另外一种面貌。

春日卧病昭亭忽闻溪涨怀祖庵禅师青溪阁中二首

春雨积篱落,声声响春树。卧病枕席间,春鸟乱春呼。忽闻溪涨生,迷离失前路。徙倚怀素人,无力工诗赋。

华阳山万重,遥接昭亭暮。可怜青溪翁,梦吟九江句。一色淼茫茫,四顾浑无际。何处觅人家,渔舟绕烟雾。

注　　此二诗录自嘉德2013年春拍之石涛《自书诗二十一首》第七页。普林斯顿大学美术馆所藏《书法卷》也书有此二诗,题名为《春日卧病忽闻溪涨有怀青溪祖庵兄作》。诗作于昭亭(古宣城之名)。

祖庵元锐，同为旅庵本月法嗣，是石涛的法兄弟。《五灯全书》卷九十四云："溧水寿国祖庵锐禅师，赣州信丰曾氏子。"初住宣城青溪庵，该庵在响山，后驻锡溧水之寿国寺。石涛作此诗时，祖庵尚在宣城。

赠张南村游黄山

欲穷黄澥路，须到散花边。逼眼峰当际，攀萝臂接天。风生烟酿雨，云驾石为船。自此一游后，山名不浪传。

注　　此诗录自嘉德2010年秋拍之石涛十二开《书画册》第十开书法对题。《湖社月刊》第六十六期（1933年）曾影印《释石涛山水花卉册》，其中一开也题有此诗。

石涛与张南村订交约在1673年，也正是此次张南村游黄山之时。当时石涛在宣城，南村来访。梅清《天延阁删后诗》卷十四《雪庐偶存草》，前有张南村序，叙及此事："癸丑（1673年）九月，余过敬亭，访瞿山于宛溪草堂……私谓大江南北，风俗之淳朴，莫若宛陵，若而梅氏渊源风雅，自都官暨季豹、禹金两公，而后瞿硎尤称宗坛……望衡则有愚山先生，暨沈子方邺、蔡子玉及，家庭之比缕述庐者，又有子彦、耦长辈，方外更有半山、石涛诸公。"在此卷中，梅清有《送张僧持游黄山》《题画送张南村游黄海》。石涛此诗就作于是顷。

这次黄山之游，南村与石涛虽然没有同行，当有很多交流。很多年后，南村至天津，与天津诗人张笨山谈黄山之胜。笨山有诗云："昔逢宗人南村叟，为游名山成白首。名山游多谈始快，中有黄山不离口。千语万语总奇特，形容拮据终难剖。正欲细细问其详，草草南归遂分手。七年以来绝消息，黄山亦在无何有。岂云游者乏其人，亦乃奇山难乎友。苦瓜上人本奇士，身在庐山住已久。一旦得识黄山奇，反觉庐山面目丑。黄山之奇在何处，为余快谈十八九。……昔闻南村谈黄山，黄山之奇或可扣。今闻吾师谈黄山，黄山之奇真乃负。他年奋志下江帆，定游奇山觅奇偶。吾师吾师且归矣，南村南村无恙否？"（《绿艳亭稿》卷一《乙丑诗稿》）

探菊

　　十里探花兴，东篱几径斜。浅深惟有叶，看去适无花。赢得一枝秀，分携两袖沙。诗成发长笑，清供足生涯。

注　　此诗录自上海博物馆所藏石涛《梅菊合卷》之菊段。款题："时甲寅秋日同友人探菊归，诗成漫兴涂此。清湘石道人济敬亭下。"时在1674年。

题自写种松图

　　双幢垂冷涧，黄檗古遗踪。火劫千间厦，烟荒四壁峰。夜来曾入定，岁久或闻钟。且自偕兄隐，栖栖学种松。

注　　此诗录自《石公种松图卷》。图作于1674年，其中石涛画像可能为其友人所作，而山石松林等为石涛手笔。款题："时甲寅冬日清湘石济自题于昭亭之双幢下。"

　　其上自右向左有戴本孝、扬州诗人苏阚（易门）、画家王槩、芜湖友人汪士茂（惕斋）、法兄弟祖琳语山和芜湖元老汤燕生等六题。其中汪士茂题作于戊午（1678），并透露出此年石涛应钟山西天禅院之邀由宣城去金陵之重要史实。语山题跋作于壬申（1692），与他题写《石涛执拂小影》时间相当。兹备列于后：

　　1. 宁种天上榆，宁栽海上桑，何必种松山之阳？那有千年不坏古道场？即今荆棘满天地，桑榆弄影何苍凉。谁见一时种松千尺长？劝公抛却手中锸，孤啸江天岂不乐。鹰阿山樵夫本孝敬题。

　　2. 有觉斯世，长驱自御。时至事起，成功则去。天风不羁，浮云何处。东海苏阚。

　　3. 好向雪泥留指爪，选将白石种龙鳞。坐依双幢作同伴，手□千株结化身。纸上分明相对语，胸中早已有斯人。松根净拂为招我，放胆空山活鬼神。绣水弟王槩顿首。

　　4. 时戊午长至，石公和尚应钟山西天道院之请，舟过鸠江，出种松图见示，展卷酣读，恍然导我身外之身、生我想外之想，遂成二偈，用志廿载心交，不避续貂，深惭疥壁，博和尚蹶然一笑。萝衣藤杖点松花，日日锄云伴赤霞。莫道湘山唯古佛,前身无量是吾家。(湘山无量寿佛始此。和尚慧睿奇姿,能仁伟抱,其后身耶?)蘖院风流谁可湮,开山不作住山人。翛然台笠西天界,俯看千松百世新。颍川弟汪士茂惕斋父赠。

5. 想见栽松旧主宾,长镵木柄水云身。黄猿智尽前驱力,白石心坚后起人。故态可能忘凤昔,痴情原只爱清贫。相逢此夕为何夕,并作羊肠阮步兵。咄哉黄檗山中老,惯学翻空却又来。天下岂令无识者,古人偏自扼多才。遗阴手植云千亩,浪迹身随海一杯。凡圣路头容不得,快开诗窖活深埋。壬申冬日为石老法弟和尚题兼正。黄海祖琳。

6. 面兹瞿昙,天然静朴。素尚绝尘,孤标凌玉。韵高于桐,人澹如菊。弱龄罹屯,偕兄弃俗。香梵齐修,祖筵双续。息心了义,开蒙振朴。洪钟待扣,昏衢与烛。弘济有愿,人天感触。晏坐崖巅,经行涧曲。自把长锄,荆榛尽斫。植此云根,贞松几束。节自磊砢,根株盘伏。凌冬讵损,岁寒滋绿。吟啸其间,含毫绚缛。妙尽通灵,元人比躅。师胡不廉,文事兼属。惟师含笑,烟云过目。瞻对忘疲,虎头金粟。 俚颂上石涛大师呈正。黄山弟汤燕生。

愚山先生招游敬亭归分得烟字

一春今日霁,结伴好山缘。步壑云依杖,听泉花落肩。问天高阁语,息静下方禅。归路迥幽绝,松横十里烟。

注　此诗录自北京故宫博物院所藏石涛十开《清音图册》。款题:"丁巳诗,甲子三月忽忆愚山图此。"诗作于1677年。时愚山归老乡里,石涛与之优游。1684年春,石涛居一枝阁回忆与愚山翁登临之事,作画记之。画中山腰间有攀登者,当是他与愚山"结伴"游山之景。愚山于1683年下世,此图此诗显然有忆念之意。

题双溪道古松

不惜探奇兴,支筇入万峰。数竿君子竹,相伴大夫松。势古苍虬死,枝摊捉雨风。几回看不厌,留待白云封。

注　　此诗录自《宛雅三编》卷二十。图为石涛在宣城时期之作品。双溪当为宣城一地名。

题西岩藏云图

闻有西岩石，藏云一抹齐。夜来隔坞看，天晓怅山迷。径软藤穿壁，跻攀不用梯。呻吟挥好句，风急雁行低。

注　　此诗录自《自怡悦斋书画录》卷五著录之《石涛西岩藏云图》。款题："石涛济山僧。"似为其早年居宣城时之作品。录此备考。

一枝酬魏雪舫明府二首

不及□巢鸟，高飞两翼轻。一枝甘寄迹，十载愧知名。塔势依人立，江声背郭行。晚来消受尽，月白与风清。

即此成佳话，相期转不齐。高平山作几，俯视径如梯。灯皎开书帙，春归罢杖藜。良朋幸多恕，时复过幽栖。

注　　此二诗录自1917年神州国光社出版之《风雨楼扇粹》影印石涛扇面。诗当作于他金陵为僧之时，时居一枝阁。款题："一枝酬魏雪舫明府作书进先生正之。石涛济。"钤"苦瓜和尚""济山僧""冰雪悟前身"三印。

重过宣城道上怀谢司马扩如先生

万峰初迹雪，两水意依然。霜雁澄渔艇，寒山出暮烟。遥瞻叠楼树，杖□平林边。灵运风流在，青莲何日传？

注　　此诗录自1917年神州国光社出版之《风雨楼扇粹》影印石涛扇面。谢公洪，字扩如，保定人，康熙二十年（1681）到二十二年任宁国府同知。诗当作于石涛驻锡金陵之时，时回宣城。

与新安曹健夫论诗

好学岂须远，开尊对客期。极偏无意语，会得绝精辞。胆阔心犹壮，思沉笔亦奇。古来吟咏士，一往谢群疑。

注　　此诗录自1917年神州国光社出版之《风雨楼扇粹》影印石涛扇面。诗作于石涛居金陵之时。

风雨连宵烟云满室得少自在赋谢兰逸主人

爱此市廛寂，风狂雨急时。云来同染翰，客去独吟诗。非是行藏癖，皆因兴致亏。感君交好意，十载见相期。

注　　此诗录自1917年神州国光社出版之《风雨楼扇粹》影印石涛扇面。此与上引《一枝酬魏雪舫明府二首》《重过宣城道上怀谢司马扩如先生》《与新安曹健夫论诗》书于同一扇面上，款题："公美先生博教。石涛济山僧。"

东庐山雨中入寿国访祖庵兄作

雷雨入山寺，冲风谷口腥。万泉崩木杪，一气泻沧溟。回首南天街，当前北嶂青。晚钟催不定，刚到石门停。

注　　此诗录自《大风堂书画录》第一集著录之《苦瓜诗翰》。纸本，高二尺五寸，宽九寸，上有"石涛"朱文印引首。款题："东庐山雨中入寿国访祖庵兄作，为夏翁道先生正之。清湘苦瓜和尚济。"此为访溧水寿国寺祖庵禅师时所作。此中东庐山，指此地小东庐山。

一枝阁诗七首

　　得少一枝足，半间无所藏。孤云夜宿去，破被晚馀凉。敢择馀生计，将寻明日方，山禽应笑我，犹是住山忙。

　　身既同云水，名山信有枝。篱疏星护野，堂静月来期。半榻悬空稳，孤铛就地支。辛勤谢馀事，或可息憨痴。

　　清趣初消受，寒宵月满园，一贫从到骨，太寂敢招魂。句冷辞烟火，肠枯断菜根，何人知此意，欲笑且声吞。

　　楼阁峥嵘遍，龛伸一草拳。路穷行迹外，山近卧游边。松自何年折，篱从昨夜编。放憨凭枕石，目极小乘禅。

　　倦客投茅补，枯延病后身。文辞非所任，壁立是何人。秋冷云中树，霜明砌外筠。法堂尘不扫，无处觅疏亲。

　　门有秋高树，扶篱出草根。老乌巢夹子，头白岁添孙，淮水东流止，钟山当槛蹲。月明人静后，孤影历霜痕。

　　多少南朝寺，还留夜半钟。晓风难倚榻，寒月好扶筇。梦定随孤鹤，心亲见毒龙。君能解禅悦，何地不高峰。

注　　此组诗作于1680年秋，其时石涛由怀谢楼移居一枝阁（作于"庚申初夏"的《双骥图》地名款仍为怀谢楼），此后近七年间，就居于此。一枝阁或本无名，石涛居此，因其小而名之，以此暗合禅宗当下即成之理。《五灯全书》卷九十四以"金陵一枝石涛济山僧"，误"一枝"为金陵之僧寺名，其实只是一狭小兰若。当时石涛是西天禅寺的僧人。

　　"一枝"二字在石涛一生中打下深深印记。石涛有"支下人"等号，亦与此有关。此组诗中透露出他当时的心情以及对禅宗的理解，其"小乘客"号之含义也寓于其中：非信小乘，乃针对当时徒然追求大乘之名而无其实的佛门之风。

　　此组诗见于《一枝阁图卷》。手卷今藏上海博物馆，款题："庚申闰八月初得长干一枝七首，清湘石涛济山僧又画。"先有此组诗，后作画配之。庞莱臣《虚斋书画录》卷六曾著录此卷。

校　　1680年之后，此组诗成，后石涛常题此组诗作画。如：作于1707年的《金陵怀古册》（今藏华盛顿弗利尔美术馆），其中有一开就题"清趣初消受"诗。北京故宫博物院藏石涛十开《山水册》，其中一开题"倦客投茅补"诗。

　　保利2009年秋拍之石涛《诗书画联璧卷》，其中书法部分书有《清湘元济石涛苦瓜和尚稿》，款"津门道中书"，书于1691年，全录《一枝阁诗》七首。然文字略有不同。石涛后来对此组诗作了调整，题名为《庚申八月秦淮一枝静居即事七首》，说明这是其静居时所作诗，并非和作。第一首第二句"半间无所藏"，改作"半门无所藏"；第四句"破被晚馀凉"，改作"群雁蚤成行"；第五句"敢择馀生计"，改作"不作馀生计"；第六句"难寻明日方"，改作"将寻明日粮"；第六首第四句"头白岁添孙"，改作"修竹岁添孙"。

吟笔墨禅

懒去坐枯禅，还来亲笔砚。老干数花枝，新篁几叶片。花自有短长，叶岂无背面。我怀东坡翁，此道谁称善？

注　　此诗录自上海博物馆藏石涛十开《山水花卉书法册》之书法页。款题："清湘石涛济山僧偶书于金陵一枝阁中。"后有石涛好友周向山小字题跋，云："雨邹曰：唐人有卢鸿，隐于嵩山，其名鸿；一者尸子云：鸿飞天首……京又所闻如此，敢又质之辟疆。"此段在讨论卢鸿。后接冒襄之题识："……右先师董文敏题画一则，巢民七十又一老人冒辟疆书。"三人之题装为一页，或可能此册曾为周向山收藏。周京（生卒年不详，比石涛年长），字雨邹，一字向山，江宁人，工诗，为金陵丛霄道院之道士，石涛挚友。

　　此诗作于1680年前后。

题赠忍庵

尔我深投契，天涯有几人。鸿飞声不断，枝息意何亲。把扶难藏拙，分襟亦慨神。相思方寸地，雨洗句山新。

注　　此诗录自波士顿美术馆所藏石涛《书法卷》。此卷与《寿桐君山水卷》装裱在一起，原不属一体。此诗之后有款云："小诗赠送忍庵先生归容城署中，并求和正。石涛济山僧。"忍庵，石涛学生赵子泗之号，与其父赵阆仙都是石涛在金陵时期的朋友。如果此卷是石涛所作，当作于1684年左右，时与其学生赵子泗交往密切。容城署中就是赵子泗父阆仙的官署。石涛可能有这样的作品。但这件作品或为仿作，因所钤印章为"大涤堂""靖江后人"，石涛在1684年前后不可能使用。录此备考。

登雨花台

市声销远近，追步上平台。次第人烟起，空中火树开。线霜从月降，滴露叶边来。拟访闻公寺，钟残鼓角催。

注　　此诗录自方濬颐《梦园书画录》卷二十著录之石涛十二开《书画小册》第十二开。款题："乙丑立冬先一日，同绎陶晚登雨花台，拟访闻公冢，不果，归路踏月成诗，书为天老道翁正。石涛济山僧。"又见《清湘老人题记》。

独访东山

不辞幽径远，独步入东山。问路隔秋水，穿云渡竹关。大桥当野岸，高柳折溪湾。遥见一峰起，多应住此间。

注　　此诗录自大英博物馆所藏石涛《江南八景图册》。其中有一开题此诗，款云："独访东山。清湘苦瓜老人。"此册作于1700年左右，诗却作于石涛居金陵之时。

华盛顿弗利尔美术馆藏石涛十二开《金陵怀古册》，其中一开亦题有此诗。此册作于1707年，是石涛最晚之作。本为清末民初粤籍收藏家颜世清旧藏，册末附页有颜氏题跋云："石涛画余藏数本，各极其妙，稿本无一雷同。胸中富有丘壑，不事依傍，直舒己意，而笔墨超凡，脱尽画师习气，尤为人所难能。余最嗜石师墨妙，见佳迹辄倾囊收之。"

与友人游丛霄

鸡鸣月未落,钟散寒潮清。结伴丛霄游,问舟秋水行。江空塔孤见,树开峰远晴。幽意一林静,起我长松情。

注　　此诗录自华盛顿弗利尔美术馆所藏石涛十二开《金陵怀古册》。款云:"与友人游丛霄作画,大涤子。"道光《上元县志》卷十二《寺观》在道观之中列丛霄道院,云:"丛霄道院在大锦衣仓西,俗谓之古东岳庙。"石涛曾多次来此道院,此为周向山所居道院,他与周向山之间交往频密。

　　诗作于石涛居金陵之时。

题画石榴

露深蓉桂早,锦树栽珠囊。夜夜诗喉放,朝朝运腕忙。背人风乍影,睹面月初妆。一种天生子,移来君自芳。

注　　此诗录自石涛与霜晓合作之《花果图》。图今藏上海博物馆,作于1680年左右。霜晓,不详其人。

新桂生香简友人作

夜雨传香细,微风何处来。清心知欲吐,扑面定全开。去水人家近,隔林旧院栽。呼童先讯主,新月好徘徊。

注　　此诗录自嘉德2013年春拍之石涛《自书诗二十一首》第二页。又见《渐江石溪石涛八大山人书画集》(台湾历史博物馆,1978)第67页影印。本为罗志希收藏,曾见清李佐贤《书画鉴影》卷二十四著录。

寄怀黄文钵老友

芳兰佩始香,名山游始知。结交在忘怀,片言敢或私。君心渺无际,烟芳澹成诗。我意怅长往,君念当何如?

注　　此诗录自嘉德2013年春拍之石涛《自书诗二十一首》第三页。款题:"苦瓜和尚济邗上旅亭倦书。"黄文钵、黄与载兄弟二人是石涛在金陵时的好友。石涛有《闻周向山先生将隐丛霄走举讯之兼呈黄文钵黄与载两君》诗。汪绎辰《大涤子题画诗跋》有《古墩种松将行北上赠老友文钵》,其中有"七十二叟学种松"句,可知文钵年长于石涛。

凤凰台

凤去无踪迹,千秋一古台。青山日夜抱,碧水古今来。树里鸣骑出,云中嘹燕回。凭栏舒长啸,薄暮照行杯。

注　　此诗录自沈阳故宫博物院所藏石涛书画二页,又见《石涛和尚四开诗书册》(日本东京聚乐社1937年影印《石涛名画谱》收录,高岛菊次郎旧藏)。凤凰台在南京城西南,李白有诗云:"凤凰台上凤凰游,凤去台空江自流。"
　　诗作于石涛居金陵之时。

校　　沈阳故宫本此诗"云中嘹燕回"句落"中"字,补。

赠寿国祖座法兄

生平冰雪友,唯尔独翛然。爱竹临溪水,栽松隔市烟。一龛心自古,半偈客争传。岂是今时辈,雌黄乱说禅。

注　　此诗录自沈阳故宫博物院所藏石涛书画二页。祖庵元锐,是石涛的佛门法兄,同为旅庵本月法嗣。石涛驻锡广教寺时,祖庵挂笠于宣城青溪一寺院。1675年,他们曾一道去松江泗州塔院探视老师旅庵。老师圆寂后,石涛来金陵,祖庵也移驻溧水寿国寺。
　　诗作于石涛居金陵之时。

登天印山峰顶

　　踏天通顶路，孤啸若为情。俯仰随风堕，沉吟落涧声。地高始平意，险过入幽清。何事龙池水，云中作浪行。

注　　此诗录自大英博物馆所藏石涛《江南八景图册》。图画山峰入云，款云："登天印山峰顶，有石龙池寺即今之方山也。枝下人石涛。"天印山，在南京江宁东山镇，状如天垂之玉印，故得名，又称方山，明"金陵四十景"之一。石涛生平曾多次至此地。此地之定林寺为六朝古寺。

　　诗作于石涛居金陵之时。

江城阁同友人赋

　　谈深风日清，虚阁静江城。柳色看时变，花伤不住情。七贤狂啸咏，三益气峥嵘。海鹤云中举，翩跹向座鸣。

注　　此诗录自上海美术家协会所藏石涛十二开《山水册》。此册自由洒脱，很有韵味。

　　诗作于石涛居金陵之时。

品泉

　　品茶先斗水，风味落冰壶。一线蕉边滴，群杯座上呼。团风（自注：湘扇也）商象（自注：石鼎也）古，归洁（自注：笊帚也）执权（自注：准茶秤也，与茶一两，计冰二升）殊。苦节君（自注：茶具也）尝在，吾生兴不孤。

注　　此诗录自上海博物馆所藏石涛《书画合璧册》之书法页。石涛善茶道，书画诗中与品茶相关者甚多。金陵多美泉，石涛在此与友人多有品茶之事。此作款云："秋日同祖庵法兄、李子瞻年翁及旭子、东林过永宁寺，品泉作。今泉止耳，故复书此诗。"永宁寺在梅冈，为大报恩寺所领之寺，距石涛所居一枝阁不远。永宁泉颇著名，石涛《品茶图》中记与胡孟行丙寅年会茶，诗中有"永

宁吸水莫问价，玉川分椀还胜杯"之句。

上引诗之括号中语，均为石涛自注，见于明顾元庆《茶谱》。诗作于石涛居金陵之时。

次田志山来韵

四壁窥山月，墙崩老树支。酒人催翰去，骚客恶书迟。烧竹馀新笋，餐松忆旧枝。斯时无可对，惟复把君诗。

注　此诗录自嘉德2007年秋拍之石涛《苦瓜老人三绝册》一开对题。又见华盛顿弗利尔美术馆藏石涛十二开《金陵怀古册》，其中一开也书有此诗，题名为《枝下次友人》。

田林（1643年生，1730年之后仍在世），字志山，号髯翁，当时金陵著名诗人，是石涛初至金陵后结交的至友，二人关系维持相当长时间。石涛赠作中屡见"奇老"者，即此人。田林《诗未》中有颇多与石涛相关之资料。

诗作于石涛居金陵之时。

题蕉菊竹石图

幽寻何必远，高卧绿阴长。客到清吟起，襟披过雨凉。坐令尘梦断，饮助碧瓷香。怪底王摩诘，生绡写不忘。

注　此诗录自上海博物馆所藏石涛《蕉菊竹石图轴》。款题："丙寅长夏清湘石道人长干一枝下。"作于1686年，是石涛离开金陵前之作。

此诗又见广西壮族自治区博物馆藏《白阳山人石涛和尚墨花合册》，册前有道光时刘泽源题签，又有吴昌硕"清白之风"四字题签。共六开，其中有一开书有"幽寻何必远"五律诗，款"清湘遗人极大涤山堂"。作于1705年左右。

这套册页本是江世栋的旧藏，也是石涛与徽州收藏家朋友密切关系的一个重要证据。册后有江世栋之孙江德量的题跋："白阳是册笔墨澹远，有遗世出尘之想，幅必对题，当时盖颇自矜贵。先大父（志按：指江世栋）生平家宝爱之，摩挲日不去手。一昔款客斋中，淋弃几半，石涛和尚为补其缺。淳甫以澹生韵，清湘以浓见奇，遂使神明顿还。……乾隆丁未八年江德量谨识。"

德量之记载，使我们了解此册初成之因缘，非因装裱，乃是石涛当席补画，以成一段佳话。

册中并有王棠（勿翦）之对题："风雨杂沓至，神游绿天里。卷舒我不如，鹿梦因之起。极闷欲题诗，淋漓若出水。拂拭再三看，清湘一画纸。"款"丰山王棠"。

徐府庵古松树

脱尽凡枝叶，从根鼓直条。周身封古雪，一气撼青霄。自有齐天日，何须问六朝！贞心归净土，留待却风摇。

注　此诗录自华盛顿弗利尔美术馆所藏石涛十二开《金陵怀古册》。其中一开画松树，款题："徐府庵古松树。大涤子若极。"徐府庵，金陵胜迹，在雨花台附近，离大报恩寺不远。

诗作于石涛居金陵之时。

六朝雷火树

六朝雷火树，锻炼至于今。两起孤根岫，双分破臂琴。插天神护力，捧日露沾巾。偶向空心处，微闻顶上音。

注　此诗作于石涛居金陵之时。石涛在多作中题有此诗：

1. 罗志希旧藏《书画合璧诗跋册》书法页题有此诗，款题："题雷焚银杏树。"（见《渐江石溪石涛八大山人书画集》）

2. 华盛顿弗利尔美术馆藏石涛十二开《金陵怀古册》，第十一开题有此诗，款题："秦淮青龙山古银杏树。大涤子。"

3. 嘉德2013年春拍有石涛《自书诗二十一首》，其中一页书有此诗，名《题古银杏树》。

4. 加州大学伯克利分校博物馆藏石涛十开《赠觉翁山水册》，其中题有此五律。后有说明云："余常于秦淮探梅，忽至青龙山古寺前，睹此二树，乃银杏也。曾留五言诗，今挥洒时忽忆此，写出为觉翁老友笑正。清湘弟极大涤草堂。"

此四处所书诗内容上没有差异。

丙寅深秋宿天隆古院快然作此二首

寻常多散乱,今坐静无穷。偶失从前见,能迟向后功。山涛翻石出,松籁吼云中。猛自发深省,寒生衣袂风。

石磴从空下,凌云欲御风。置身丘壑里,何虑险巇中。天海青霄迥,山峰丹嶂雄。此间描不尽,霜叶更飞红。

注　　此二诗录自汪绎辰《大涤子题画诗跋》。康熙丙寅在1686年,时石涛在金陵。张大千曾见一石涛山水并仿之,其题云:"茅屋人稀到,幽襟可尽欢。水流云外乡,猿啸谷中寒。顽壁奇松寄,崇峦险石安。老夫无一事,携杖过桥看。丙寅秋九月,过天隆古院,得阅巨然墨笔,意法劲秀而丘壑别具一番神味,玩之深有得于心者,遂尔拟出。清湘石涛济山僧。"(张大千《仿石涛立轴》之题跋)不知其所仿之作是否为石涛真迹,今已不传。天隆古院是金陵城西一寺院,画家石溪曾居之。

访闵宾连蒋前民二首

处士城南路,方塘曲径中。转篱还不是,别院更相同。藤蔓游蜂阻,花深引客通。到门将入晤,风细鹤鸣空。

此地高人在,非君谁与寻?从来遁迹者,未可世知音。相说移家近,仍闻闭户深。新秋方著雨,处处白云心。

注　　此诗录自四川省博物馆所藏石涛《山水二段》。其中第二段画拜访隐居者,款题:"时丁卯秋日奉访宾莲先生隐居复同过蒋前民读书处二首,并请教正。清湘石涛济。"时在1687年。

闵麟嗣(1628—1704),字宾连,歙人,居扬州,明遗民,《黄山志定本》的作者,工诗。蒋易,字前民,又字子久,江都瓜洲(今属扬州)人,也是明遗民。时杜茶村亦客居蒋前民家，故其"读书处"在当时扬州文士中很出名。《方苞集》卷十三《杜茶村先生墓碣》有云："客维扬，则主蒋前民。"

孔尚任《湖海集》卷二载《停帆邗上，春江社友王学臣、望文、卓子任、李玉峰、张筑夫、彝功、友一，招同杜于皇、龚半千、吴蔺次、丘柯村、蒋前民、查二瞻、闵宾连、义行、陈叔霞、张谐石、倪永清、李若谷、徐丙文、陈鹤山、钱锦山、僧石涛集秘园即席分韵》，此次社集也在1687年，石涛初至扬州，就与蒋前民、闵宾连等相与优游。

题写竹

新篁千尺粉，散叶碧云分。香祖离尘种，开花羡不群。幽人爱欣赏，野客图清芬。醉许颠学士，藏珍补石君。

注　　世传有两件石涛与"二王合作"竹画，一件是今藏于台北"故宫博物院"的与王原祁合作之《兰竹图》（《故宫书画三百种》印出），一件是今藏于香港何耀光至乐楼的与王石谷合作之《兰竹图》（见《明月清风：至乐楼藏明末清初书画选》），二图均为赠博问亭之作。问亭嘱二王补坡石，遂成此合作之品。前者曾为乾隆宫中所藏。

上引诗题于石涛与王石谷合作之《兰竹图》上，款云："问翁以楮国公见寄，命予写兰竹，云有高人补石，故予忖笔留其馀，以待点睛也。更求先生博教。清湘石涛济山僧。"石涛作此图时，尚不知这位"高人"为何人。石涛在诗中所说的"醉许颠学士，藏珍补石君"，也暗含待高人补之的用意。台北"故宫博物院"所藏石涛与王原祁合作本笔墨纵逸多致，而这件作品中石涛笔墨较为局促，或可推测于台北藏本，问亭并未告诉石涛有人补笔。

钮琇（？—1704）《觚剩续编》卷三中说："石涛道行超峻，妙绘绝伦，太仓麓台谓海内丹青家不能尽识，而大江以南当推石涛第一。余与石谷皆所不逮。""二王"对石涛确很推崇，今观流传三家之作，"二王"有这样的评价并不奇怪。

此诗约作于1691年。

移蕉诗

　　绿天分数本，移补竹篱疏。雨滴闻新砌，风鸣忆旧庐。开轩心乍敛，把酒意同舒。纵有苏髯句，含毫未肯书。

注　　此诗录自北京故宫博物院所藏石涛《芭蕉图》。款题："移蕉诗，偶书其意，石涛济。"此画本为博尔都收藏，右下有"问亭鉴赏图书"白文方印。

寄梅渊公宣城天延阁

　　半世游云客，思君历九秋。黄尘空促步，白发渐临头。倦矣怀商老，归兮袭子猷。薜萝春尽月，飘叶下扬州。

注　　此诗录自北京故宫博物院所藏石涛《清湘书画稿》，《虚斋名画续录》卷四著录。约作于1691年春，石涛第一次准备离开北京之时。后至天津之后，又返回北京，至次年秋方南还。

因境书怀

　　小鸟恋枝树，双双傍巢鸣。独有秋高雁，长为万里征。努力越海峤，餐霜更宿冰。倦投落南渚，惨淡芦花情。

注　　此诗录自荣宝斋所藏石涛款伪迹《梅兰竹石图并诗卷》，似石涛诗风，或作伪者见过石涛真本所题此诗，录此备考。诗若是石涛所作，当作于南归途中。

贺田林五十初度

　　一艇南旋日，生辰值小阳。慰怀翻问别，把手讵辞忙。茶灶泉烹白，霜华菊剩黄。佳儿还自课，辛苦读书忙。

注　　石涛在金陵时的至友之一田林，1692年岁末五十生日，《诗未》中有一组《五十赠答诗》，编在康熙癸丑（1692）。田林序云："五十之年，血气始衰，俯仰自嗟，倏焉已至。亲知不我弃，遗以诗章相宠饰，遂得十数篇，可谓过情之称，非分之幸矣。而清湘石公复为余作图，妙得山家之意。"这组诗中包括蒋埏植、张南村、郑司勋（梦老）、董曾（删斋）、张震（止稺）、刘杓（薛林）、先著、吴良枢（石墨）、原亮（喝涛）、原济（石涛）、魏崇文（简庵）等十一人的祝诗，田林一一相和。

上诗乃石涛贺诗。田林的和诗云："六年重一笑，亲切话朝阳。我辈无穷意，人生有底忙。清吟今昼彻，妙墨昔倪黄。木末云如故，期公扫竹堂。"诗中叙说他们已经六年没有相见了。

题画山水

地迥别群山，苍崖半倚天。猿啼青嶂晓，鹤唳白云边。古屋筑虚险，高岩列碧鲜。此中深有意，脱屣定何年。

注　　此诗录自陆心源《穰梨馆过眼录》卷三十六著录之《石涛山水轴》。款题："小乘客石涛济。"

题画梅竹

记别何曾别，曰归实未归。道穷心力健，胆大事非微。赤脚踏千仞，孤身结草衣。感君诗律细，而我愧依稀。

注　　此诗录自荣宝斋所藏石涛《梅竹小轴》。款题："壬申北归秦淮。石涛济山僧画。"时在1692年。这与石涛南还时间是相合的，这年冬天石涛已经到了金陵。是时田林五十初度，友人聚会，石涛也来参加，有"一艇南旋日，生辰值小阳"诗贺之。这首《题画梅竹》言"感君诗律细"，或为赠田林之诗。记别，又作"记莂"。佛记弟子成佛之事叫记别，授此记别于弟子，谓为授记。

依东只来韵

感时催朽木,疏雨浸邗沟。意与谁同识,书来破我愁。香生茶鼎沸,花落酒杯浮。遥忆隔溪水,归云殿阁收。

注　　此诗录自广州美术馆所藏石涛十四开《书画杂册》。册中画与书法部分非作于同时,画部分作于1693年左右,本为孔氏岳雪楼所藏。此为画部分第一开山水题诗,款题:"依东只来韵复图此。苦瓜老人济。"

　　东只与石涛可谓忘年之交,长石涛有二十有余。北京故宫博物院所藏《黄澥轩辕台》,就是石涛贺东只八十寿辰之作。东只工诗,与张潮(山来)等又是热心诗社的友人,石涛晚年与他们之间唱和颇多。今存世石涛书画作品中,有多件为赠东只之作,但也有不少托名赠东翁的伪作。

客真州许园学道处柳色成章惊喜幽绝漫兴五首

读书学道处,好客主能贤。陶谢风流在,朱张何足传。知名心迹远,相晤两忘年。细把君诗读,花飞落砚前。

读书学道处,秋好到春深。多少关情事,消磨老病临。梅花支冷月,梧子落冰心。阶下芊芊草,开襟细雨禽。

读书学道处,竹密柳如城。敛色三冬肃,才黄照眼明。丝垂云不乱,影动日移情。莫问夭桃好,风生尔亦生。

读书学道处,空阔逸情伸。好月随人影,名花不受尘。虫鸣何足羡,鹤唳一声珍。惯爱闻香舞,居然品绝伦。

读书学道处,双桧迥留亭。桥曲耸山石,萍开堕塔铃。根株拿古雪,羽扇舞空青。百年凭虚望,烟笼昼阁冥。

注　　此五诗录自北京故宫博物院所藏石涛十开《书画册》。此册是石涛晚年之作,本为吴湖帆旧藏。款题:"客真州许园学道处柳色成章,惊喜幽绝,漫兴五首。石涛。"读书学道处是许松龄(劲庵)真州许园的一处书斋名,石涛1695年前后曾在此客居有日。现存石涛多件作品地名款为此处。

许松龄,字颐民,号劲庵,又号柏庵,歙县唐模人,工诗,善书。其父是著名徽商许承远。据民国《歙县志》卷九记载:"许承远,唐模人,居仪征,独资修仪征县学大成殿。子松龄修明伦堂,俱祀仪征乡贤祠。孙彪、曾孙华生,克成先志,四世修学宫及名宦乡贤祠。"许松龄为廪生,官中书舍人(故人称其为中翰),继承祖业,在扬州和真州都有居所,在扬州的居所叫"留耕堂"。真州的别墅许园是一处著名的园林,中有半山亭、古柏庵、留松亭、读书学道处等景点,成为当时诗人流连之所。

渡西泠

偶欲渡西泠,扁舟荡画间。清波渺渺然,能令豁心颜。堪惜乘槎客,星河徒往还。何如手中楫,举止得真闲。

注　此诗录自洛杉矶美术馆所藏石涛八开《赠鸣六山水册》。此册为石涛真迹。图画寒风中的老木,下有清冷的溪水,一人泛舟其中。又见《清湘老人题记》。

此册作于1695年,诗或写于1675年前后,时石涛与祖庵一道去泗州塔院探视老师旅庵,居留有日,曾至杭州。

题隔江山色图

才结新茅屋,欣逢好友回。三千馀里外,一水隔江来。霜色明沙渚,钟声隐废台。相期真绝倒,持赠二难才。

注　此诗录自上海友谊商店旧藏之石涛《隔江山色图轴》。此轴收入《中国古代书画图目》,编号为沪6-09。近年在国内拍卖中出现。款题:"时丙子冬日,张少翁远归,同良友先生见访于广陵之青莲阁下伸纸命画,偶以形似之,书博大教。清湘膏肓子济。"画作于1696年冬。张少翁,即石涛的朋友张少文。

此图是研究石涛生平的重要依据。诗中说:"才结新茅屋,欣逢好友回。"是说他的大涤堂刚刚建成,欣迎朋友来访。这与石涛生平情况是相合的,是证明大涤堂建成的直接资料。1697年初,石涛正式离开佛门,改称"大涤子",不再用"苦瓜和尚"之号。由此他成为一位黄冠道士,一位在家的道教修行者。

题写花卉

不设此花色,焉知非别花。此花惟设色,而恐近涂鸦。如何洞如火,神韵无毫差。吾为此作者,游戏炼明霞。

注　　此诗录自上海博物馆所藏石涛十二开《花卉册》。作于1697年左右。此册是石涛花卉代表作。

题富春山色图

偶来寻石叟,吟上一峰颠。仰卧云根石,俯临天际船。江翻吞白日,路转叠青田。一啸苍茫里,飞扬让谪仙。

注　　此诗录自纽约涤砚草堂所藏石涛《富春山色图轴》。款题:"偶忆富春图有不得见者,复写是图于青莲阁上。"

为拱北作山水

报说玉华长,更年始一游。烟回知径转,藓护有诗留。曲折闲披画,熹微澹写秋。会心言不尽,人与景俱幽。

注　　此诗录自上海博物馆所藏石涛《为拱北作山水》立轴。款题:"大涤堂下与拱北世翁言己卯有建宁之游,故志之案头一快。清湘老人济。"作于1699年。《大风堂书画录》著录此轴,名《苦瓜山水》。拱北与程京萼、先著、石涛等相与优游,石涛多有作品及之,如石涛曾与燕思、天容、拱北宝涨湖观荷,然其生平今尚不能详知。《清湘老人题记》录有《赠拱北先生》:"真率如君迥脱尘,繁华弃绝爱清贫。廿年训导称儒雅,古调清商孰与亲?"言其曾经做过训导之类的官。

放生池上观白荷花分赋

冒雨乘双屐，看花直到楼。分题还二子，索句问谁酬。翠许一千叠，香难十丈求。惟应根蒂洁，不尽逐波流。

注　　此诗录自林伯寿旧藏之石涛《白描莲花图轴》。台湾历史博物馆1978年出版之《渐江石溪石涛八大山人书画集》第119页影印。诗后有题云："辛巳薄暮，雨中携筏御、彦伦登放生池上小楼观荷花分赋，独无旭子、东林。因闲居数日，得此宣纸，澹钩素描，展玩之如清净大士云。"时在1701年。东林、旭子，为石涛的朋友。上海博物馆藏《书画合璧册》其中一页所题品茶诗上有见："秋日同祖庵法兄、李子瞻年翁及旭子、东林过永宁寺品泉。"

再题白描莲花图

爱花还爱叶，爱雨爱秋烟。不向烟中看，谁明画里禅。数鱼浮水去，一鸟立东边。如此探幽兴，何人许浪传？

注　　此诗录自石涛《白描莲花图轴》之再跋。款题："将归，复题于花下。清湘济枝下人。"诗当作于石涛晚年定居扬州之时。

幽人看竹图

树老颠岩间，阴生涧底黑。幽人看竹来，屐齿破苔色。对岸藤花开，悠然心自得。长笛起秋声，夕阳光影蚀。

注　　此诗录自斯德哥尔摩远东博物馆所藏石涛款二开《山水册》。此册乃是赠刘石头之作。其中一开题此诗，款"大涤子阿长"。另见汪绎辰《大涤子题画诗跋》。若是石涛所作，当作于1700年左右。但不能肯定为石涛真迹，录此备考。

临溪洗砚

朝来鸥不疑,我亦渐忘水。洗砚而临溪,偶然片云起。茶香持赠君,非此则何以?明朝浩相思,江郭几千里。

注　　此诗录自华盛顿弗利尔美术馆所藏石涛十二开《金陵怀古册》。其中有一开画两人溪边洗砚作书作画,并题有此诗,款题:"清湘大涤子极。"这可能是石涛在一枝阁生活的直接记录。

秋日作画

秋月净如洗,秋云几叠长。钟声动林杪,蟋蟀鸣花旁。将卧忽复起,高吟停复扬。挥毫越纸外,却笑图仓忙。

注　　此诗录自华盛顿弗利尔美术馆所藏石涛十二开《金陵怀古册》。款题:"秋日作画。大涤子极耕心草堂。"

题采石图

先唐两胜事,一面涤江尘。有声传朽木,无梦谪仙人。才子空留影,将军不到身。今朝遗笔砚,始见过来真。

注　　此诗录自北京故宫博物院所藏石涛《采石图轴》。款题:"大涤子怀诗倡句飞拜采石之图。"又见《虚斋名画录》卷四著录。此图是怀念之作,作于1697年之后,是石涛晚年重要作品。采石矶,在今安徽马鞍山附近,是长江中下游重要景点。因李白之故,此地历来是文人朝拜之地。又因石涛早年在宣城,来往金陵、扬州都要途经此地,留下了大量与此地有关的作品。

题画木瓜

既咏琼瑶后，常随秋赏时。一樽藏味洁，高枕诗香倚。青剥安期枣，黄燃太乙藜。可谈亦可画，厌杀木瓜诗。

注　　此诗录自上海博物馆所藏石涛八开《蔬果册》中木瓜一开。款题："清湘大涤子极。"

题画秋果

不必怀明月，因名雪亦通。赤梨开大谷，黄叶染丹枫。品盖潘安果，心非伯玉功。秋深方见汝，愿载石书中。

注　　此诗录自上海博物馆所藏石涛八开《蔬果册》之一开，为晚年所作。款题："清湘遗人极大涤草堂。"

题万里漕艘图

万里漕艘至，连天下故宫。半城拟荡外，高雉碾波中。人辨江湖粟，潮飞日月虹。年年着眼去，渔稼不曾空。

注　　此诗录自景元斋旧藏之石涛《万里漕艘图》。图画江上漕运之景，船相连，两岸楼宇俨然，乃扬州也。诗当作于石涛晚年定居扬州期间。

题秋花疏篁图

羡尔非俦笔，如何亦爱声。只缘当面惜，不见世颜轻。红雨应时化，晓风为宿清。古今看尽美，谁放白头倾？

注　　此诗录自沈阳故宫博物院所藏石涛《秋花疏篁图》。款题："清湘陈人大涤子阿长。"图作于1697年之后。

咏高人宅

潇洒高人宅,清阴带绿天。摊书堪永日,听雨每忘眠。翠借壶尊起,凉生石径偏。远惭怀素笔,披写费朝烟。

注　此诗录自纽约佳士得1999年春拍之石涛十开《山水册》(程琦萱晖堂藏品)第五开。此为石涛真迹。图画隐居者之所,假山芭蕉旁一屋,上有大树掩映,格调古朴幽深。

题长夏消闲图

山霏绿云肥,水涸清波细。到者自知奇,悠然静心地。清湘作此图,长夏消闲睡。无法任人嗔,岂图求世媚。

注　此诗录自郑为《石涛》第33页影印之《长夏消闲图轴》。款题:"清湘大涤子济青莲草阁。"图作于1697年之后。

程鸣三十初度二首

白发丹霞子,居心抱世兰。怀清终未泄,志远且弹冠。有字羞题凤,蒸诗不让鸾。羡君中立后,三献至长安。

手把陶家菊,红衣负醉竿。斗酒浇懵懂,寸管出奇峦(自注:归隐小山,笔情放纵)。品洁承前志,人风岂后看。与君交不浅,岁月莫称繁。

注　此诗录自张大千所藏一石涛书法扇面。款题:"时酉秋八月二十九,友声老弟先生三十初度,清湘遗人大涤子极里言二律书赠博教。"又见日本编《南画墨迹大成》第十卷《扇面》,题为《道济五言律二首》。酉秋,即乙酉秋之省称,时在1705年。程鸣生于1676年,至此年为三十岁。

石涛与程浚(1638—1704)为至交。程浚有四子,长子喈(1656—?),字修驭,号梧冈,康熙己丑(1709)进士,为候补中书,改选知县。次子启（1666—?），字依闻，号鹤岑，候选州同知。三子哲（1668—1739），字圣跂，号蓉槎，官潮州同知，王士禛门人。四子鸣，字友声，号松门，为石涛画弟子。

程鸣是康雍时期画家，其山水承石涛一脉，并形成自己的特点。作品今存世者不少，拍卖中也时而有见。石涛与程鸣之间关系深厚，二人相关之资料时有显现。郑文焯《勇庐闲诘》云："海盐陈氏藕如，藏有石涛和尚鼻烟壶一具，乃贝多树制成者。色苍黝，微紫，体圆，径寸许，腹本空空。背刻石涛小像。并铭云：贝子西藏栽，西方僧带来。纹银二十两，石涛和尚买。款泐弟子程鸣。背刻松门题并刻。松门旧属新城王阮亭诗弟子，丹青逸逸，与石涛、石溪辈交契最笃。"（此条资料据郑拙庐《石涛研究》，第34页，上海人民美术出版社，1961）郑文焯《樵风乐府》卷六（吴昌绶双照楼刻本）也载有此事："石涛和尚为胜国楚藩之裔，以诗画逃禅，高逸绝世。海盐陈氏藏其所制鼻烟壶，以西藏贝多树子为之，上有程松门刻小象并壶铭。余爱其朴栗古致，为赋一解。乞得此壶，亦香国中鼻功德也。"

赠问亭

帝乡千里外，一望九回馀。不著人间泪，敢忘天上书。风高情自溢，致远画难如。欲尽苍生眼，愁深肯教予？

注　　此诗录自上海有正书局1923年出版之《中国名画集》外册第五影印八开《石涛上人山水册》。册前有狄平子"清湘遗墨"之题签。最后一开题有上所引之诗，款题："秋日拈朧硎杂句作画，依韵寄博将军都门，共十册。清湘大涤子。"这套册页主要是引梅清诗而作画，后来打散，这八开《石涛上人山水册》并非都属原册。画作于1700年左右。石涛南还之后，此顷虽与问亭南北分离，但多有书信往来。

石涛此诗表达了对老友的思念。1705年钞本《问亭诗集》卷四《答清湘道士》："长跪剖双鱼，分襟数载馀。音容千哭梦，涕泪一封书。树带秋云暝，山街日照虚。西风天外落，渺渺但愁予。"石涛所谓"依韵"者，正是与问亭诗歌唱和也。

题画山水

问天春不老,尽腊未归时。心泰回青发,衣单觅旧诗。梅非今日瘦,雪是去年痴。且看池边水,东风知不知?

注　　此诗录自上海博物馆所藏一石涛扇面。《中国古代书画图目》编号为沪1—3139。此外,《南画大成》卷八所著录一扇面上题有此诗,正是此图。款题:"癸未冬暖作画,为汐庵老年台先生博教。清湘朽弟大涤子一字钝根。"时在1703年。汐庵,其人不详。

题笋竹墨笔立轴

谁道非干俗,偏联白石翁。漏云常作雨,筛月不由风。有节无心抱,如琴似曲通。年年樱笋候,莫放此君空。

注　　此诗录自神州国光本《大涤子题画诗跋》卷二。诗是一幅《笋竹墨笔立轴》之题识,款题:"甲申首夏日清湘大涤子写并识于耕心草堂。"时在1704年。又见程霖生《石涛题画录》卷二。

校　　此诗又见《大风堂书画录》,"莫放此君空","空"作"容",误。

题黄山白岳图

石辟天常冷,松眠地自荒。才知行气老,多作员苓香。雨露晴非少,风雷日更长。翻思住草木,无社说封疆。

数息闲穿日,如泉似水陂。有声通岳处,无异挟山时。旧注痴龙养,幽归亢鹤期。桥头看不尽,一顾一回迟。

注　　此诗录自神州国光本《大涤子题画诗跋》卷一。款题:"清湘遗人大涤子忽忆黄山白岳间写此,并识于耕心草堂。"又见《石涛的世界》(台北雄狮图书公司，1976）第153页影印。此图与石涛风格有异，但诗似石涛手笔，录此备考。齐云山有白岳峰，故又称白岳。

用九先生匡山读书图

曾闻高隐士，昔日住庐山。古道居然复，新声尽已删。远来初一晤，别去倍相关。脉脉怀难语，唯凭梦往还。

注　　此诗录自汪绎辰《大涤子题画诗跋》。款题："时乙酉孟夏，作此小图并题五律请正且以送行云。"图作于1705年，今不见。这位用九先生虽与石涛初晤，却建立了颇深厚的友情。

曾燠《江西诗征》卷六十八云："毛乾乾，字用九，原名惕，字慎若，德化人。学成，不求闻达。精乐律，尤工推步之法。宣城梅鼎祚推重之。"其中收其一诗，题《归自洪州移菊赠匡山诸友》："客观何所有，奚囊饱载菊。持赠素心人，结契在空谷。我爱菊情闲，不共春华逐。莫言终隐沦，幽言出帘幕。"写得清新可人。毛用九之名取《周易·乾·文言》"乾元用九，乃见天则"之意。他是一位数学家，与宣城梅文鼎相善。曾燠说宣城梅鼎祚推重之，应是误记，因此时梅鼎祚早已去世。毛用九女婿也是数学家，在扬州。《扬州画舫录》卷二《草河录下》载："谢野臣，字庭逸，其先世河南郑州人，徙家于宜兴，为匡山隐者毛乾乾之婿。明天文历算之学，与宣城梅文鼎、吴江王夤旭同时在扬州，主汪氏。著《推步全仪》。"王夤旭（1628—1682），名锡阐，字夤旭，清代天文学家。

毛用九来扬州之时，梅文鼎也在扬州。他与梅文鼎论周径之理，因推论及方圆相容相变之率，梅文鼎极为称许。而梅文鼎学天文历数之学于倪正（观湖），后者是与石涛交往密切的道士。

毛用九与八大山人之侄朱堪注为江西诗友。朱观《国朝诗正》卷四录朱堪注诗，其中有《毛用九客京口诗寄之》，诗云："黄天荡里撼秋波，别后思君唤奈何。风起芦花迷野棹，霜深雁字寄悲歌。频年作客诗因富，此日知心友不多。莫向金山山顶望，蕲王古庙满烟萝。"

石涛的这位用九友人来自江西庐山，诗中有"曾闻高隐士，昔日住庐山"之语，石涛所画《匡山读书图》，就是画用九在庐山读书之事。1705年毛用九来扬州与石涛相见时，堪注还在扬州。石涛与用九相识，并成为难舍的朋友，与堪注有关。

题画荷花

曲曲风生处，亭亭出水涯。六郎才照面，十丈不胜花。韵入天边艳，香清锦上纱。有心闲物色，似体卧莲车。

注　　此诗录自嘉德2007年春拍之石涛款《荷花立轴》。款"清湘大涤子极"，钤"若极""清湘遗人"二印。作于1705年左右。
　　　这幅画是大风堂的旧藏，著录于《大风堂书画录》，图上钤有"大风堂供养"等鉴藏印。后归大石斋，上有谢稚柳、唐云等鉴藏印。

题画兰

幽植众谁知，芬芳只暗持。自无君子佩，未得国香衰。白露沾常早，春风到每迟。不如当路草，分馥又何为。

注　　此诗录自汪研山《清湘老人题记》。款题："大涤画兰漫题。"录此备考。

九日

旧愁逢九日，新事拟谁陈。老大渐离索，长年癖隐沦。霜龛吴寺竹，风艇楚江蘋。零落同游者，相看复几人。

注　　此诗录自沈阳故宫博物院所藏石涛书画二页。款题："九日重书。"时间不详，为石涛晚年之作。

题谢嚼公赠笔

磁管祛炎笔,年从万历开。几曾经固恋,半臂托蓬莱。化却江山梦,情怀故土灰。感诚无可说,一字一徘徊。

注　　此诗录自密歇根大学美术馆所藏石涛书翰。款题:"乙酉新夏,感嚼公大师尊宿以先神宗故笔见赠,把玩不忍释手,书此顶谢。清湘大涤子极。"时在1705年夏。

嚼公,号嚼腊道人,驻锡黄山。朱观《国朝诗正》卷五云:"宋显,君谟,嚼蜡道人,江南歙人。"嚼公工诗善书。《国朝诗正》卷五又云:"道人夙谙四声,兼工八法,虽生当乱离,游屐所经,不废题咏。惜乎丰于才而啬于寿也。"

题蔬果图

滴滴酸同味,黄黄胜过金。有仙难作酒,无藕不空心。设芰情非少,投瓜意可深。如何清更极,未许一尘侵。

注　　此诗录自张大千旧藏、今藏普林斯顿大学美术馆之石涛《蔬果图》。款题:"乙酉八月一日清湘大涤子漫设于耕心草堂。"作于1705年。上画冬瓜、南瓜、藕等,是石涛晚年手笔,与赠王叔夏的《三绝图》相似,具有很高水平。书法、绘画、印章三者都符合此期特征,是石涛真迹。

而王季迁旧藏一件《枇杷清藕图》,画蔬菜和枇杷。上亦题有此诗,款题:"酉秋八月漫为东老年道兄先生教之。清湘遗人大涤子极耕心草堂。"此画有明显仿普大所藏《蔬果图》的痕迹,疑非石涛所作。

一水从何受

一水从何受,流连石半全。东分三峡冷,西涨几湖妍。侧目风才过,当怀日倍先。爱君非寂寞,开在早秋天。

注　　此诗录自广西壮族自治区博物馆所藏《白阳山人石涛和尚墨花合册》。作于 1705 年。此册本是石涛好友江世栋的收藏。据世栋孙江德量记载，一次友人聚会，其祖父拿出陈白阳书法花卉册与大家分享，一不小心，册被水淋。石涛当即补画补书，后来世栋重装。

题端午即景图扇面

景丽交端午，风吹墨上池。艾随蒲叶战，酒洒角黍时。琪乱翻为锦，榴悬续命丝。图来真倏忽，童叟孰无知。

注　　此诗录自上海博物馆所藏石涛扇面。款题："为圣跂年先生正。丙戌端午日，清湘大涤子若极耕心草堂。"作于 1706 年。

程哲（1668—1739）是石涛晚年最亲密的朋友之一。据民国《歙县志》卷七记载："程哲，字圣跂，岑山渡人，幼颖悟，嗜学，师事新城王士禛。博考深思，经史百家，靡不究览，收蓄书籍，金石文字甚富，著有《蓉槎蠡说》，尝校刊罗鄂州小集，官潮州同知。"《新安岑山渡程氏支谱》记载更为详细："哲公原名祖念，字圣跂，号蓉槎，休复公继子，本浚公四子。初任奉天锦州府宁远州知州，例升知府，改补广东琼州府崖州知州。招抚生黎就化，黎童服教有知诵读者，立唐宋三贤祠祀李德裕、胡铨、赵鼎。政绩夥，著擢户部陕西员外郎，提升两广盐运判，同历潮州府同知，内迁福建司主事，以原官致仕。"程哲是江南徽州府歙县岑山渡人，曾长期居扬州。

梅花吟十首

不必埋丘壑，还劳近水陂。既能安老日，犹剩少年时。月是君家梦，云非世外奇。柴门呼鹤子，切莫叫燃藜。

一日如千载，丰神那得催。甘从清处绝，香岂待风来。说艳非为艳，怀才不见才。就中堪寂寞，可惜渡江回。

真有扬州鹤，羁栖一障惊。尘埋摇落面，官阁古今程。悬榻思豪举，飞觞叹毕情。几年相聚首，无所不宜行。

春气自腾腾，花飞咫尺深。无人通铁石，有日解冰心。极道天涯去，常摹画谱临。眼前名太厌，痴重一番寻。

昨夜星辰去，何妨冷故宫。几忘形迹外，又立白云中。人老难藏洁，梅衰却是翁。看他渔猎后，犹问过来空。

不会真忘俗，才逢笑发华。何尝栽大地，空被列仙家。惆怅庄周梦，参横汉使槎。可嫌无妙理，对此未为赊。

自古如私好，从今不及新。敛神风自沁，焚笔醉何茵。草木难为匹，疏狂忽的亲。一生无款段，何以达花津。

欲辨生涯态，其如宇宙宽。准拟今岁好，不赖去年安。可托成知己，无因绝俗干。重嗟筋力老，犹似故山看。

收拾太平业，何当此境通。枯根随意活，堕水照人空。只许吟间见，难凭纸上工。远看与近想，不是六朝风。

倚杖清成癖，休全石砚荒。看深无所说，就浅有馀狂。夕照才烘色，香疏已觉忙。莫随前辈老，且抱一春王。

注　　此十诗录自北京故宫博物院所藏石涛《梅竹图》手卷。款题："丙戌春得宋罗纹纸一卷，闲书梅花吟六首，复写梅于后，又得五言写梅十首。清湘遗人若极大涤下。"作于1706年，是石涛晚年的杰作。

校　　汪研山《清湘老人题记》也著录此图跋，题诗后所录款与上同。就中所录文字与此略有别，或许乃误录。如第一首"切莫叫燃黎"，"黎"《题记》作"藜"；第五首"看他渔猎后"，"渔猎"《题记》作"余腊"；第七首"焚笔醉何茵"，"茵"《题记》作"因"，"疏狂忽的亲"，"的"《题记》作"尔"；第八首"准拟今岁好"，"拟"《题记》作"期"，"犹似故山看"《题记》作"犹如故人看"；第十首，"倚杖清成癖"，"清成"《题记》作"成清"，"休全石砚荒"，"全"《题记》作"令""香疏已觉忙"，"忙"《题记》作"狂"。

题疏竹幽兰图

密试如恒节,传来一叶新。意从眉宇下,先辟案头春。长醉成疏野,幽香惜自珍。若非经布置,何计得相亲?

注　　此诗录自高邕泰山残石楼所藏石涛款《疏竹幽兰图轴》。款"时癸酉冬日写此。清湘石道人",钤"大涤子""四百峰中箬笠翁图书"二印。康熙三十二年癸酉,乃1693年。时石涛无"大涤子"之号,也无"大涤子"之印,图轴也未达到石涛兰作的水平。另外,程霖生《石涛题画录》卷二著录《墨笔疏竹精品立轴》,也题有此诗,款题:"岁癸丑冬日写此。清湘石道人。"康熙癸丑为1673年。此作可能也是伪品。此诗或为石涛所作,录此备考。

题兰竹梅石图

出尘非所托,先到竹根边。不放痴狂态,怎消冷淡天。香疏情若结,风在意谁搴。岁岁余倾倒,何须说逋仙。

注　　此诗录自《神州大观续编》第十集影印之石涛《兰竹图》。款题:"清湘大涤子冬日写此。"此作曾收入日本《南画大成》第二卷,名《释道济兰竹梅石图》。图不似石涛手笔,诗或为石涛所作,录此备考。

卷三

五言绝句

黄山诗五首

平天矼
画里曾游处,青年涤素襟。蒲团松自在,幽梦与相寻。
(自注:余己酉与曹宾及游黄山,投杖坐其顶,四望无际,复寻光明顶师子而止。)

百步云梯
天路居然是,凭虚与世分。飘飘垂宇宙,鸟道迥凌云。
(自注:对山望百步云梯,如鼻悬天上,有不测之险。)

光明顶
黄山名胜地,兹顶出中峰。即此赏奇足,青葱百万重。

仙灯洞
总览黄山好,仙灯洞亦奇。青鸾峰势逼,天际远追随。

小心坡
何处客来往,双松暗指迷。峰峦看不尽,须上白云梯。
(自注:迎送二松乃黄山七松之二。清湘大涤子济。)

注　　许承尧《歙事闲谭》卷十五载《雪庄评〈黄海真形图〉》,评时人图写黄山之画迹。其中收石涛作品五幅,今已不见。上录石涛五诗,即四十五《小心

坡》、四十六《百步云梯》、四十七《平天矼》、四十八《光明顶》和四十九《仙灯洞》。

雪庄（1653—1721）为康熙时画僧，名悟，字惺堂，又号通源，居黄山。宋荦《西陂类稿》卷十五谈到雪庄的《黄海山花图咏二十首》，其序云："楚州雪庄悟公住黄山之皮篷，性孤高，有花癖，尤擅绘事，时时含丹吮粉于幽岩邃壑中，貌人间未见花，久之成秩。"

另，汪世清《石涛诗录》第110页引藏于歙县博物馆的《黄宾虹仿黄筠庵黄山图》稿本，其中录石涛诗五首，与上引同。黄祺，清初画家，字麓亭，又字筠庵，潭渡人。工山水，其黄山图主要是仿渐江、石涛。

此组诗作于1670年左右，石涛晚年书法。

秋空

秋空山霁寒，清流汇溪碧。输与箨冠人，吟诗坐苔石。

────────

注　此诗录自广州美术馆所藏石涛十四开《书画杂册》。款题："小乘客苦瓜济。"诗题为编者所拟。此为石涛早年之诗，作于1670年之前。

为季翁作画并题

削峰巉如掌，一径入幽深。日落天将晚，寒花恼客心。

────────

注　此诗录自上海人民出版社1960年出版之《石涛画集》第3图影印石涛四开《为季翁作画》。作于1673年。此"季翁"，疑为吴菘。详见本书卷五《题画赠吴季子》注。

孤鹤

孤鹤韵遥天，鸣琴秋水边。松风生十指，得道古今传。

────────

注　此诗录自北京故宫博物院所藏石涛早年十开《山水册》。

贞观国际2003春拍有石涛款十二开《山水花卉册》，其中一开亦题有此诗。然此册非石涛所作。

题竹石梅兰图

一叶一清静，一花一妙香。只此消息子，料得山中藏。

注　　此诗录自上海博物馆所藏石涛《竹石梅兰图》。作于1679年。款题："援笔写墨本，余兴未已，更作竹石，虽一时取适，顿绝去古今画格，唯坡仙辄取云尔。吴惊远属寄怀祖先生。己未十月石涛济。"

吴震伯（约1640—约1717），字惊远，号兼山，歙县丰南人，居扬州。工诗文，富收藏。其父尔纯（名不详）与石涛有交往，长子承章（字尧臣）、次子承夏（字禹声）也与石涛交往颇多。石涛生平有大量作品与其家有关。

石涛来金陵之后，吴惊远时常来金陵，与其过从甚密。罗怀祖，歙县人。据魏禧《魏叔子文集·罗母六十序》，可知歙人罗若履有三子，长子庆善，字有章，次子述善，字怀祖，三子教善，字临思，均向学。吴嘉纪有《怀罗仲》（自注：字怀祖）："仲也耽苦吟，亦夫有禅癖。释子满四座，诗人为上客。"（《陋轩诗》卷十）

台湾历史博物馆《渐江石溪石涛八大山人书画集》第93页影印一《兰竹图》，本为王雪艇旧藏。画两竿竹，题云："援笔写墨本，余兴未已，更作兰竹，虽一时取适，顿绝去古今画格，唯坡仙辄取云尔。戊辰三月东老属。石涛济山僧大树下。"若是石涛所作，当作于1688年。而其中一段题跋，竟然与石涛1679年所作《竹石梅兰图》基本相同。此图疑非石涛手笔。

一花一世界，一草一天国，当下圆满的思想，是禅宗的精髓。石涛此诗就表达了这样的观点。

山居戏答

居山无别快，篱傍四时花。烹鼎拾松子，烧香吃苦茶。

注　　此诗录自《石涛萧一芸等书画集册》。郑为《石涛》第60页影印此图。款题:"山居戏答友人,为涵中老道书。石涛济。"这是石涛在宣城时的作品。涵中,不详其人。

题画华阳山

经冬松不改,梅花春乱生。悠然独远望,孤鹤下云横。

注　此诗录自北京故宫博物院所藏石涛十开《山水册》之华阳山景。款题:"道过华阳,似点苍山。客狮子岩,予以篆法图此。"诗作于石涛居宣城之时。

华阳山在宣城,石涛曾游览此地。1691年,他在天津曾作《游华阳山》立轴。

题画四首

一水菰蒲绿,半天云雨清。扁舟去远浦,可遂打鱼情。

树色凝深谷,人语落孤峰。试问同游者,青山高几重?

丝丝垂柳下,春水满山田。农夫寒带雨,耕破一溪烟。

何事柴桑翁,倚石觅新句。松风飒然来,悠悠澹神虑。

注　此诗录自北京故宫藏博物院所藏石涛六开《山水人物图册》。此册本是张大千旧藏,后归浙人蒋祖怡(字谷孙,1913—1992),再归李一氓(1903—1990),后李一氓捐赠给故宫。上引四诗均见此册中。此四诗作于石涛居宣城后期。

芝加哥艺术学院藏石涛八开《山水册》,此四诗均见于题识中。此册为仿北京故宫本之作,乃伪品。

题芦荡垂钓图

把钓坐湖船,沧波最可怜。一声何处雁,惊破水中天。

注　　此诗录自上海博物馆所藏石涛早年八开《山水册》。图画芦苇丛中,一人悠闲垂钓。款题:"石涛济。"

丹井

丹井不知处,药灶尚生烟。何年来石虎,卧听鸣弦泉。

注　　此诗录自京都泉屋博古馆所藏石涛《黄山八胜图册》。此册本为住友宽一旧藏,是石涛生平重要作品,大约作于石涛居宣城的后期,约1677年到1678年间。上引此《丹井》诗,描写黄山一处重要景点,在这里可以看黄山著名的飞瀑鸣弦泉。诗后款题:"寻药炉丹井,复看鸣弦泉,傍有山君岩。石涛元济苦瓜和尚。"

同样藏于京都泉屋博古馆的十二开《山水精品册》,作于1698年左右。其中一开也题有此诗,款题:"寻药炉丹井,复看鸣弦泉。旁有山君岩,今以二樵子点出。苦瓜老人济。"

夜雨响山扉

夜雨响山扉,峰峰白练飞。水鸡声不断,云气暗周围。

注　　此诗录自北京故宫博物院所藏石涛十开《山水册》。其中一开破墨画丛树村舍,将雨后的迷离表现得非常生动。此册无时间款,大约作于石涛居金陵初期。

写竹无他诀

写竹无他诀,及须手腕彻。不登大雅堂,此道难称绝。

———————

注　　此诗录自上海博物馆所藏石涛《兰竹图》。款题:"己未冬日石涛济。"画作于1679年。

悠然对松石

不作人间语,悠然对松石。松下春潮生,年年添百尺。

———————

注　　此诗录自石涛《渴笔人物山水梅花册》之《老屋秃树图》。款题:"秋日村路偶得老屋秃树法,拈笔计之,石涛。"图载《大风堂名迹》第二集《清湘老人专辑》,作于1682年,是石涛真迹。

古木径无人

古木径无人,流水折空谷。幽鸟识春心,响入千山腹。

———————

注　　此诗录自上海博物馆所藏石涛《书画合璧册》。此册约作于1683年。

平头树

惯写平头树,时时易草堂。临流独兀坐,知意在清湘。

———————

注　　此诗录自北京故宫博物院所藏石涛十开《清音图册》。此册作于1684年,是石涛早年细笔干皴杰作。石涛生平好画平头树,易出苍莽古拙之态。

题泼墨芭蕉图

野性自逍遥,新诗换酒瓢。狂来无可对,泼墨染芭蕉。

注　此诗录自上海博物馆所藏石涛八开《山水花卉册》。其中一开画一人执扇于芭蕉之下,题有此诗。《虚斋名画续录》卷四著录此册。此册约作于石涛至金陵初期,墨法精微,颇富诗意。

那知秋山色

不寐夜惊雨,一筇来晓林。那知秋山色,早已如此深。

注　此诗录自嘉德2013年春拍之石涛《自书诗二十一首》第六页。所作时间不详。

书陈道山扇头

道人净初□,心与本同古。山中少游人,来去烟云侣。

注　此诗录自嘉德2013年春拍之石涛《自书诗二十一首》第八页。陈舒（1612—1682）,字原舒,一作元舒,号道山,浙江嘉善人,一作华亭（今上海市松江）人,晚年居金陵雨花台下,与石涛所在之大报恩寺相距不远。道山乃进士出身,擅花鸟、山水。诗中反映出石涛与道山有直接交往。石涛《赠鸣六山水册》中说"高古之如白秃、青溪、道山诸君辈",以"高古"评道山画。

　　诗当作于石涛居金陵时期。

校　首句"道人净初"后一字不辨,似为"选"。

山麓听泉

听泉入山麓,访旧到松源。踪迹无知处,高枝一挂猿。

注　　此诗在石涛存世作品中两见,一是荣宝斋藏《山麓听泉图轴》,作于康熙癸酉(1693),上款为"肖翁老先生"。《穰梨馆过眼录》卷三十六录《石涛方文山书画合册》共十二开,其中第五开书有一诗,题名为《简程肖悦作》。程祚印,字肖悦,号鹫庵,徽州歙人。

二是上海博物馆藏十开《山水册》,作于"大涤堂期"。其中一开题有此诗。

美国曹仲英藏石涛《山水图轴》,《中国绘画总合图录续编》第一册第247页收录,编号为A53-019。画上题有此诗,款题:"庚辰夏六月快雨写寄南高道兄博正。清湘苦瓜和尚济。"此画多有不合,非石涛所作。

悠然有殊色

悠然有殊色,貌古神亦骄。宁不在兹乎,雨响风一飘。

注　　这是石涛一首著名的题画芭蕉诗,在多画中出现,如上海博物馆所藏十二开《花卉册》、华盛顿弗利尔美术馆所藏八开《花卉册》等。或作于石涛北上期间。

嘉德2013年春拍之石涛《蕉竹图》,是一件由美国回流的作品。画芭蕉和竹子,上题有此诗,款"清湘陈人大涤子"。下有博尔都题:"何处起秋声,绿蕉滴微雨。静听寂无言,所思隔南浦。东皋怀玉子问亭题。"先后为张大千、王雪艇所递藏。

舟过八闸为友人作画

舟行将八闸,湖水荡无涯。渔艇千家岸,芦花一色沙。

注　　此诗录自北京故宫博物院所藏石涛《清湘书画稿》,亦见《虚斋名画续录》

卷四著录。作于石涛南归途中。

题兰竹

但不著尘俗，皆当附凌云。余生有何系，无如此二君。

注　　此诗录自北京故宫博物院所藏石涛《清湘书画稿》，亦见《虚斋名画续录》卷四著录。作于石涛南归之后。

题秋风落叶图

流水含云冷，渔人罢钓归。山中景何似，叶落如鸟飞。

注　　此诗录自汪绎辰《大涤子题画诗跋》。此外，纳尔逊-艾金斯美术馆藏石涛十二开《苦瓜妙谛册》，其中一开也题有此诗。

校　　第三句"山中景何似"，《苦瓜妙谛册》作"山中境何似"。又见《穰梨馆过眼录》卷三十六《石涛赠石溪山水册》（当为《赠石头山水册》），也作"山中境何似"。

小亭倚碧涧

落叶随风下，残烟荡水归。小亭倚碧涧，寒衬白云肥。

注　　此诗录自纽约大都会艺术博物馆所藏石涛《归棹》册。所配之画为岸边的山崖上，隐约有一小亭，小舟从远方飘来。真州郑肇新的白沙翠竹江村有十三景，石涛曾为之作图。其中有一景为寸草亭。此诗中所写之小亭，即为此亭。

诗当作于1695年。

题画花果

花开盛似梅，只逊梅开早。今日未梅黄，此子知先好。

注　　此诗录自北京故宫博物院所藏石涛十二开《墨醉图册》（又称《杂画册》）。作于1696年。

题画兰

画兰不见香，悟书还写竹。书画杳难追，纵横求整肃。

注　　此诗录自北京故宫博物院所藏石涛十二开《墨醉图册》（又称《杂画册》）。作于1696年。

山谷行

巃嵸盘鬼谷，马首惜残碑。水尽馀天险，苔深雪满衣。

注　　此诗录自上海博物馆所藏石涛十二开《山水花卉册》。其中一开画险峻山谷，有人艰难前行，题有此诗，款题："清湘大涤子济漫设于大涤堂下。"作于1699年。

霜降

节未逢霜降，朝来早降霜。画师坐憎董，染就菊花黄。

注　　此诗录自上海博物馆所藏石涛十二开《山水花卉册》。其中一开画大石旁菊花灿烂，上戏题此诗。诗与画、书，都有快乐轻松的格调。石涛之不可及处，往往在天真乍露的情性。款题："寒露二日清湘老人济漫设。"作于1699年。

云中读书

白云迷古洞,流水心冷然。半壁好书屋,知是隐真仙。

注　　此诗录自上海博物馆所藏石涛十二开《山水花卉册》。其中一开画深山茅屋读书人,题有此诗,款题:"清湘老人游山写此。"作于1699年。

墨闲

何有深丘壑,常年见一斑。两三大墨点,应带许多闲。

注　　此诗录自上海博物馆所藏石涛十二开《山水花卉册》。其中一开题有此诗,款题:"大涤子青莲草阁初快。"作于1699年。

题苍松竹石图

一锭两锭墨,千年万年枝。纸短兴宽处,藏之四句诗。

注　　此诗录自上海博物馆所藏石涛《苍松竹石图》。款题:"大涤子醉后戏为之也。时辛巳十一月至日,写后复题。"题于1701年冬。

数里青山径

数里青山径,无人日往还。松声寒若雨,流水自潺潺。

注　　此诗录自上海博物馆所藏石涛六开《杂画册》中一开山水。未系年,乃石涛中期之作。

题画扁豆

个个皆称豆,年年一线连。留青对红叶,不到御沟前。

注　　此诗录自上海博物馆所藏石涛八开《蔬果册》中扁豆一图。作于晚年,款"零丁老人"。

题画二首

执卷当窗坐,楼高送远眸。鸟飞沙际散,湖水空悠悠。

云霄回鹤梦,泉石伴人间。不识乾坤老,青青天外山。

注　　此二诗录自上海博物馆所藏石涛十开《山水册》中两开山水。后一首又见汪绎辰《大涤子题画诗跋》。

临流鼓琴

水影山谷洗,云林翠筱疏。拂琴坐苔石,试问兴何如?

注　　此诗录自汪绎辰《大涤子题画诗跋》。录此备考。

题仿梅道人山水

当年梅道人,圆点笔头新。略与巨然别,松根多竹筠。

注　　此诗录自中国国家博物馆所藏石涛《仿梅道人山水》。款题:"枝下野人偶意为之。大涤子。"乃石涛晚年作品。

不学桃花色

不学桃花色,非同柳叶黄。芳心何处著,薄暮仰斜阳。

注　　此诗录自华盛顿弗利尔美术馆所藏石涛八开《花卉册》。此册是石涛晚年作品。

兰为廉士草

此为廉士草,乃作寒岩馨。幻以百花媚,轻此蒲苇形。

注　　此诗录自天津博物馆所藏石涛《兰花图》。图画两本兰花,一立,一俯仰向之,画面空灵。上题有此诗,款"蓼汀世道兄属于大涤草堂,清湘遗人"。上款之吴蓼汀是石涛的朋友,徽人而居于扬州,与石涛交谊颇厚。1707年秋,石涛为其画《双清阁图》。姜实节题云:"蓼汀世兄构双清阁于平山之阴,杜门却轨,不与世相往来。里人亦无有知其处者。知之者惟有黄虞外士、清湘子及余而已。"黄虞外士,即黄山道士方熊。许承尧《歙事闲谈》卷三十一《厉樊榭题吴蓼汀双清阁诗》条云:"蓼汀乃丰南人而居扬州者。"

诗作于1700年之后。

渺渺高天近

渺渺高天近,唯唯任口开。月当溪下出,云听脚跟来。

注　　此诗录自萱晖堂旧藏、纽约佳士得1999年春拍之石涛十开《山水精册》。图画淡淡月影下的高山,若隐若现的登山者,笔墨精纯,色彩幽淡,格调高朗,是石涛晚年之作。

四川省博物馆所藏一石涛款《山水册》也题有此诗,然此册非石涛所作。

彩虹

籁彻多无极,虹垂亦是桥。不邻霄汉住,岂受眼光饶?

注　　此彩虹小诗,清新可人,是石涛南归之后作品。流传石涛款作品中有多作题之:

1. 台湾历史博物馆编《渐江石溪石涛八大山人书画集》中有《垂虹图》,题有此诗。

2. 郑为《石涛》第78页影印石涛款《霄汉虹桥图》散页,与上图题识、构图、印章基本相同,是明显的"双胞胎"。但台北本设色,上海此页为墨笔,二者收藏印也有区别,前者为张大千,后者为程十发。从画面的基本情况判断,上海本为伪本。

3. 上世纪初流传李瑞清旧藏、后归张大千的一件石涛款《诗书画卷》,前有签条二,一为唐云所题:"石涛和尚书诗画卷。癸巳十二月,唐云。"一为萧平所题:"石涛诗书画真迹卷。萧平。"前引首页有李瑞清篆书"石涛墨宝"四字,款"庚申二月清道人"。卷中有"唐云鉴定真迹""陆南山收藏印"等收藏印。拖尾有词人、学者、收藏家向迪琮(1889—1969)题跋,题有一诗,款云:"右石涛师所作墨梅水仙及自书题画诗共三幅,大千道兄装潢成卷,属题,因赋此解题水仙幅。丙子秋九月又六日,向迪琮。"可知将此画三部分合为一卷者,乃张大千。其中一开为书法页,题有此诗。此卷疑伪。

幽香发空谷

幽香发空谷,清绝抱寒阿。相赠无酬答,春风有笑歌。

注　　此诗录自纽约涤砚草堂所藏石涛《兰花图》。无年款,当为石涛1690年后作品。

题画二首

一绳穿鸟道,千尺下蛟门。不断人间路,青山处处痕。

红尘才昧却,千古论同方。未遣瑶池会,非花不欠霜。

注　　此诗录自上所言李瑞清旧藏,后张大千、唐云等递藏的石涛款《诗书画卷》。此卷共有三段,两段画,其中一段水仙,一段古梅,还有一段书法,书有五绝四首。其中两首已见本书所引。此二诗也出自此卷。

此手卷非石涛所作,但所题诗可能为石涛所作,录而备考。

莲泊居士

莲花泊,张少文先生故乡地名也。少文因自号莲泊居士,得宋纸属余写莲泊居士图。吾意三韩之间山川兀奡,而莲花一泊映带风流,固足为少文写照,率此应之。清湘零丁老人济大涤草堂。

闻道莲花泊,生涯结万山。是乡占气魄,天地别开颜。

江表浮家客,莲花泊故乡。畸人天眼里,图画出非常。

注　　以上文字录自汪绎辰《大涤子题画诗跋》。

张景蔚,字少文,号鹤野、莲泊居士、铁墨、乾净斋主、借亭等,辽阳人,工诗,为当时著名书法家、篆刻家。

关于莲花泊,张少文之友王源(字崐绳,一字或庵,大兴人)《居业堂文集》卷十一《莲泊居士乾净斋说》云:"乾净斋非居也。意尔嘻难言哉!莲不染也,莲之泊静而无所隐也。命以义夫!惟外,惟内,惟我,惟蒙,惟狂,孰从而溓焉……灵禽污羽,不惜自髡;秋蝉之洁,蜣螂是蜕。居士其将隐乎,居士曰:吁咈哉,吾将出矣。"

诗作于1697年之后。

题十葵图

不放秋光好,如何及晚寒。自君同月醉,犹耐隔墙看。

月下仙人掌,风开承露盘。不知忙底事,忽意且簪冠。

莫说今秋早，风光或让春。冷香酸不去，故占案头新。

且酌还且笑，可思亦可猜。渊明何处去，不待此风来。

是花有出处，为此不知秋。色变池边墨，花疏笔上钩。

霜怜头上信，风断过来分。石屑叨知己，寒山独抱君。

爱玉非为澹，寻篱不是村。已消轩冕气，犹傲野夫尊。

九九不知菊，一一便同梅。看醉还蒙醒，零丁逐个陪。

不惹一分尘，故托三生侧。欲却世间金，可惜霜前色。

菊是三秋眼，人非太古心。要知夙洁处，此调孰堪深。

注　　此十诗录自嘉德2007年秋拍之石涛款《竹菊图轴》。款题："清湘一枝石道人冬日写花十首书为十英帖于大本堂中。"此作无论是书法还是竹菊之画，均非石涛手笔，倒与石乾《金陵二十景图册》风格相似，当为石乾之伪托。但这十首诗似为石涛所作。其中如"爱玉非为澹"在他作中也有出现。"是花有出处"也见郑为《石涛》一书第100页影印。"莫说今秋早"一首，胡积堂《笔啸轩书画录》有载。

　　此轴有近代鉴定专家张珩题签："石涛上人水墨竹菊图。诗书画三绝。□□同志鉴藏。"上有"唐云鉴定真迹""楚生曾观""怀民鉴定之印""大坳山民郑氏珍藏""郑梅清丙戌以后所得书画"等鉴藏印多方，曾为近代唐云、周怀民、来楚生、郑梅清（大坳山民）等收藏大家经眼。此作曾见1937年中国画学研究会编《艺林月刊》第18期影印。

　　此十诗若是石涛所作，当作于他晚年定居扬州之后。

校　　嘉德所拍这件石涛款《竹菊图轴》，其中"是花有出处"一首第四句"花疏笔上钩"，原落一"笔"字，据郑为《石涛》第100页影印石涛《杂画册》所题此诗补。"莫说今秋早"一首，《笔啸轩书画录》第二句作"风光不让春"，意较合。

题匡庐憩寂图

庐山山上水,鄱湖湖上山。相看两不厌,人在一亭间。

注　　此诗录自纽约大都会艺术博物馆所藏石涛《匡庐憩寂图》。款题:"有客自玉川门来,以此纸索画。清湘大涤子。"玉川门,乃庐山景点之一,位于九叠谷口,两崖峙立,垒石如门,飞泉泻落,如空洒雨,溅瀑如玉,故曰玉川门。石涛早年曾在庐山有日,庐山之友甚多。

　　诗作于1697年后。

题画二绝

明月不留人,红颜意衰老。何日归湘滨,与君还旧好。

野外逢人少,山坡落叶稠。青松如旧识,曾到此中否?

注　　此二诗录自《虚斋名画录》卷十五著录之十开《石涛山水花卉册》中的两开。其中"明月不留人"一首,又见《大涤子题画诗跋》。

题秋山图

千山红到树,一水碧依人。避暑知无计,鱼缯雪染陈。

千山红到树,一水碧依人。似有云来岫,呼之澹远亲。

千山红到树,一水碧依人。寄兴前溪士,当寻作比邻。

千山红到树,一水碧依人。记得我旋路,开轩接渭滨。

注　　此四诗录自张大千《大风堂书画录》著录之石涛《秋山图》。图今不知藏于何处。款题:"时丁卯长夏客三槐堂,谓老道翁见访,读案头卷上,喜予'千山红到树,一水碧依人'之句,出纸命予写出,复用为起语,并呈索笑。石涛济山僧。""谓老道翁",即王谓升,字我旋。此画作于1697年。

题画二首

对岸有青山，独钓爱奇绝。得句懒归来，拟欲待明月。

霞光涵秋色，层层照眼明。移来宫纸上，光艳若登瀛。

注　此二诗录自北京故宫博物院所藏石涛八开《山水花卉册》。

放鸢

我爱二童心，纸鹞成游戏。取乐一时间，何曾作远计？

注　此诗录自普林斯顿大学美术馆所藏石涛八开《人物花卉册》。其中一开画两童放鸢，上题此诗。此诗画或受徐渭影响。黄生（白山）对题云："布衣平步上青天，何曾儿童放纸鸢。忽落泥中逢残□，有如不为利名牵。偶感题此，白叟。"黄生（1622—1696），字生父，字扶孟，一字房孟，号白山子。石涛居扬州，与这位著名学者多有交往。

晚芙蓉

临波照晚妆，犹怯胭脂湿。试问画眉人，此意何消息。

注　此诗录自普林斯顿大学美术馆所藏石涛八开《人物花卉册》。其中一开画芙蓉，灿若云朵，清露欲滴，上题此诗。有"老渔汪遁于"对题二首，第一首云："荣瘁随朝暮，偏宜载酒来。偶逢名士过，况对好花开。秋水吟沙岸，红云映客杯。美人妆不及，玉露莫频催。"第二首云："闻道芙蓉馆，仙人十二楼。曼卿工作赋，西子倍含愁。初日三竿上，晴霞四望浮。前村黄叶路，惨淡半天秋。"后款："□梁张赤崖招赏芙蓉，旧作二首因书册上。老渔汪遁于。"汪颖（1630—？），字钝予，又字遁予，号遁于，又号老渔，故又称汪遁渔，歙县籍，汉阳人，与石涛交谊颇厚。

采采东篱间

采采东篱间,寒香爱盈把。人与境俱忘,此语语谁者?

注　　此诗录自普林斯顿大学美术馆所藏石涛八开《人物花卉册》。其中一开画渊明嗅菊,上题此诗。此册本为大风堂所藏,为石涛晚年居扬州时作品。

鸡冠花

红紫两相杂,风扬翼鸣走。山童睡起痴,取作扫尘帚。

注　　此诗录自普林斯顿大学美术馆所藏石涛八开《人物花卉册》。其中一开画两枝鸡冠花,上题此诗。有吴肃公对题:"望之如木堪谁冠,怪底闻声未有时。春日繁华无酒分,尊前刀几不须精。右四十年前咏鸡冠花诗警句也,忆书之。晴叟吴肃公。"

吴肃公(1626—1699),字雨岩,号晴岩(自称晴叟、晴道人),又号街南,宣城人。石涛居宣城时,与其日夕相游。晚年石涛居扬州,肃公也曾在此客居。二人交谊深厚。涉及二人交往的文献甚多。

题画竹

未许经栽种,凌云拔地根。试看雷震后,破壁长儿孙。

注　　此诗录自李虬峰《大涤子传》。其云:"一日自画竹一枝于庭,题绝句其旁。"后题有此诗,赞扬其奇峭惊人、不事雕琢的诗风。

题为西玉作扇面

曲里听霜珂,云山到处过。朝晴还著屐,前路雨声多。

注　　此诗录自上海博物馆所藏石涛扇面。款题："西玉道兄正。原济。"据汪世清先生考证，汪琯（1661—1740），字西玉，歙之松明山人，例授儒林郎，候选州司马（《石涛诗录》，第299页，河北教育出版社，2006）。此扇曾见《听骊楼书画记》卷五《方外书画扇叶》第八帧著录。作于石涛晚年。

　　石涛晚年与西玉交往颇多，今可见多件与西玉相关之作品。上海博物馆另藏有一赠西玉扇面，题云："西玉老年兄以此扇寄余，余向许为说黄，今吾以手说，君以眼听，吾不愿使他人得知，公以为然否？一笑。庚辰三月，清湘钝根老人济志于大涤草堂。"（又见《清湘老人题记》著录）《清湘老人题记》著录另一与西玉相关作品："空山无人，水流花开，拈坡公语为西玉道兄。阿长。"

　　上海博物馆藏另一石涛款书法扇面，上题有《画语录》之内容，但与《画语录》不同："太古无法，太朴不散，太朴一散，而法自立矣。法自立，乃出世之人立之也。于我何有，我非为太朴散而立法一，非立法以全太朴也。此一画之立，于今一辟于古，古不辟则今不立。所以画者，画者，从于心。一画者，见于天人，人有画而不画，则天心违矣，斯道危矣。夫道之于画，无时间断者也。一画生道，道外无画，画外无道。画全则道全，虽千能万变，未有不始于画而终于画者也。古今环转，定归于画；画受定，而环一转，此画矣。画为万象之根，辟蒙于下人，居玄微于一画之上，因人不识一画，所以太朴散而法自立。然则画我所有，法无居焉。画法背原章第一，为西玉道兄说。清湘老人阿长大涤堂下。"这是一件伪作。石涛离世之后，其《画语录》流传甚广，其中出现了大量依《画语录》而仿作的伪品，如《画谱》。此扇面也是其中之一。

云水山居

空钓石不染，乱竹点青天。茅屋无人到，云生谷口田。

注　　此诗录自汪绎辰《大涤子题画诗跋》。《云水山居图》今不见。录此备考。

题画山水

古木深岩下，当年旧草亭。路随黄叶转，衰发独停停。

注　　此诗录自汪绎辰《大涤子题画诗跋》。录此备考。

题山水册子

万山一夜雪，飞石点银龙。欲问麻姑境，年来失路踪。

秋风惊竹鸟，夜起独吟诗。烟雨寒深寂，窗前云到眉。

注　　此二诗录自汪绎辰《大涤子题画诗跋》。录此备考。

题画二首

高人读书处，取境非尘寰。尤爱茆檐际，梅花雪里山。

小亭大于笠，高置幽岩巅。镇日来无人，水木空清妍。

注　　此二诗录自《清湘老人题记》。当是题山水之作，图已不存，很难判断其真伪，录此备考。

秋葵

溽暑开团扇，菖蒲白酒香。葵花满街市，佳节近重阳。

注　　此诗录自《神州国光集》第二集影印之石涛花卉图。款题："靖江后人大涤子。"录此备考。

题画七首

古松摇春风，梅花丽春昼。独足窗中人，清气帘下透。

夭桃何灼灼，春色醉繁英。谁识无言者，方蹊下自成。

老去爱春晴，芸窗物自荣。兰香兼竹色，相对有馀清。

淘美园林种，移根入汉家。熏风披拂处，火齐缀新花。

芙蓉向风立，花影自缤纷。江水秋弥洁，潆洄玉有文。

把酒尝黄菊，不知三径荒。醉中逢妙品，能作澹然妆。

岁暮多冰雪，江乡殊寂寥。何当值幽处，花萼映书寮。

注　　石涛作为清初有影响的画家，曾两次见驾，与清廷中很多官员有交往，但他的作品并不为宫廷收藏所重，清宫中收藏其画极少。这可能与其遗民身份有关。《石渠宝笈》仅收其一册页，在初编卷四，是一十开的《花卉册》，云："僧济花卉一册，素笺本，墨画。凡十幅，每幅俱有款题。"又云："前副页有程邃隶书'笔底春风，腕中造化'八字。后署垢道人题。"正因此，此作或非石涛所作，乃是伪托，因此册有大涤子之款，而程邃（1607—1692）不及见。而流传石涛款画迹中，伪托程邃、姜实节题跋题签者甚多。或乃装裱者所为，合程邃他处所书与此册为一。未见真迹，无法判断。

上引七诗录自此册，诗风无石涛的跳脱，或非石涛所作。录此备考。

六言诗

题画菊花

昨夜风疏雨绽,今朝霜重愈香。怪底幽人相爱,寄情卮酒偏长。

注　此诗录自广东省博物馆所藏石涛十二开《山水花卉册》中菊花一开。款题:"九日五柳斋中写,石涛济。"从笔墨特点看,似为宣城时所作。

题山窗研读图

飞流乱水若电,奇峰叠瀑如云。溪鱼历历可数,山花忽见忽闻。但能枕石其下,自然香满长裙。

注　此诗录自上海博物馆所藏石涛《山窗研读图轴》。款题:"辛酉十二月一枝室中粲兮先生补题一笑。"图作于1681年。粲兮,姓吴,是石涛在金陵时期的朋友。石涛曾将早年所作十开图册赠之,该册今藏北京故宫博物院。

题忍庵居士像

这汉洪才智广,山僧恰有奇缘。不是灵山一会,也因少室亲传。与他一柄如意,说些梅花枯禅。

注　　此诗录自纽约大都会艺术博物馆所藏《忍庵居士像》。石涛以隶书题上诗，款题："甲子夏日张子为写忍庵居士像，复属济山僧补石，敬写三十六字，可当求公案也。清湘苦瓜一枝阁下。"作于1684年，乃石涛与一位姓张的画家合作，但此张姓画家不详其人。赵子泗，号忍庵，石涛学生。

秋菊

西风颇解余意，篱根吹绽黄花。不独晚山月上，张灯且试欹斜。

注　　此诗录自香港佳士得2008年春拍之石涛十开《细笔花卉册》中墨菊一开。款题："瞎尊者原济。"

题留别五翁先生山水图

山色欲雨不雨，纸窗忽暗忽明。山澹石澹松澹，水光去去心惊。

注　　此诗录自王南屏旧藏、今藏西雅图美术馆之石涛《留别五翁先生山水图》。款题："己巳留别五翁先生北游并正。石涛济山僧。"作于1689年。五翁先生，不详其指，或为石涛早年朋友曹冠五。
　　此画《南画大观》卷十四影印。

题画山水

峰峭插天未了，松奇跨水复止。笔游到处横生，坐见幽人大喜。

注　　此诗录自香港畏垒堂所藏石涛《山水图》。图作于金陵时期，第二段跋为南归之后题，款"癸酉秋深长安归后题"，时在1693年。后又另题云："一峰空起，连冈断堑，变幻顷刻，似续不续，如云护蛟龙交股间凑接，亦在意会而已。"

上有杜乘隶书题跋："渐江老去幽栖冷，万里沧溟失真影。何人捉笔写奇峰，拔地撑云荡秋颖。清湘老石胆如斗，倒抹黄杉悬石肘。墨浅肤寸起烟霞，林立直作蛟龙走。泰岱乔松寒皎皎，洞庭雨霁青瀰小。吾师妙手真有神，顷刻移来缘窗晓。昔日王孙亲捧研，袈裟常在诸侯先。而今寂寞守荒亭，孤灯吟老寒无馔。时来卷石如高山，衙官徐沈骇荆关。掷彼氍毹拂袖看，恨正生逢王孟端。用老道兄持此索题，因书旧赠石师句请正，愿世守勿失也。时癸酉立冬日，谁堂杜乘。"钤"杜乘"朱文和"书载"白文印各一。题跋作于1693年。

香港开发有限公司1969年出版之《石涛书画集》（张万里、胡仁牧辑）第三册第84页影印《峰峭插云图》，上题有此诗，款"时己巳春日客邗上，用贤老道兄以官纸命清湘野人写山并题博笑"，有"释元济印""墨胎"二白文印。

题白描水仙

君与梅花同赏，岁寒独许争夸。暖日晴窗拈笔，几回清思无涯。

───

注　　此诗录自香港佳士得2008年春拍之石涛十开《细笔花卉册》中水仙一开。此册是日本回流作品。款题："清湘小乘客济漫设。"画作于1695年。

墨花

爱尔绝无脂粉，向阳颇露精神。溽暑茅堂独对，素质清丽逸人。

───

注　　此诗录自香港佳士得2008年春拍之石涛十开《细笔花卉册》中墨花一开。款题："瞎尊者原济半砚斋头。"画作于1695年。

人在云霞影里

人在云霞影里，鸟飞锦帐之中。阵阵晚风摇落，举杯月色朦胧。

───

注　　此诗录自香港佳士得2008年春拍之石涛十开《细笔花卉册》中芙蓉一开。

画作于 1695 年。

石上云生

芙蓉偏爱秋水，高高下下云生。日日小舟来去，与他越高频争。

注　　此诗录自北京故宫博物院所藏石涛十二开《墨醉图册》（又称《杂画册》）。作于 1696 年。

题画六言八首

笔底山香水香，点染烟树苍茫。心住白云画里，人眠黄鹤书堂。

山皋夹土夹石，树木半死半生。路白草枯霜打，鸟声送客多情。

寂寞苦寒岐径，也须眼底住思。怪煞恶山俗水，累他虎头大痴。

悟后运神草稿，钩勒篆隶相形。一代一夫执掌，羚羊挂角门庭。

天地氤氲秀结，四时朝暮垂垂。透过鸿濛之理，堪留百代之奇。

竹树丛丛黑暗，白云笼罩山巅。虎过腥风乍起，人家住在溪边。

丘壑自然之理，笔墨遇景逢缘。以意藏锋转折，收来解趣无边。

碧草没腰荒径，柴门半掩萝昏。江村月上犬吠，渔归把火烧痕。

注　　此八诗录自汪绎辰《大涤子题画诗跋》。在现存石涛款作品中，八诗皆有见。其中"悟后运神草稿"一首，见于王季迁旧藏、今藏斯德哥尔摩远东博物馆之两开《山水册》。"笔底山香水香""寂寞苦寒岐径""丘壑自然之理""竹树丛丛黑暗"和"碧草没腰荒径"五首，见于波士顿美术馆所藏十二开《山水大册》。"天地氤氲秀结"见于纳尔逊-艾金斯美术馆所藏《苦瓜妙谛册》。而"山皋夹土夹石"则见于香港北山堂所藏四开《山水册》（首句误作"山笨夹土夹石"）。所题作品真赝互见，但诗为石涛所作则可肯定。

纽约佳士得1999年春拍有一件石涛十开《山水册》，本是程琦萱晖堂藏品。其中一开以八分书题"寂寞苦寒岐径，也须眼底住思。怪煞俗山恶水，累他虎头大痴"诗，乃波士顿题此诗之图所本。波士顿此图款"小乘客阿长树下"，石涛有"阿长"之款时，已经离开佛门，居大涤堂，并不住在净慧寺的大树堂，以"树下"为地名款，恐非石涛所作。

题与八大合作兰竹图

八大山人写兰，清湘涤子补竹。两家笔墨源流，向自独行整肃。

注　　此诗录自广州美术馆所藏石涛八大合作《兰竹图》。石涛款题："大涤子补墨并识。"程霖生《石涛题画录》卷二著录，名《兰竹双绝图轴》，后收于神州国光本《大涤子题画诗跋》卷四，曾见泰山残石楼影印。

秋水芙蓉

秋水江楼泺洁，芙蓉曲岸生文。小立坡头如画，夕阳影落缤纷。

注　　此诗录自天津博物馆所藏石涛八开《花卉册》。此册作于1697年后，为石涛晚年粗笔山水杰作。

题画二首

秋水湖天一色，钓船点破沧浪。落日钩在渔手，至今冷笑声长。

一望湖平水远，峰危秋路无人。书声与雁齐起，黄叶飘摇树身。

注　　此二诗录自北京故宫博物院所藏石涛八开《山水册》。约作于1696年前后。这套册页大部分曾在1908年上海神州国光社出版之珂罗版《神州国光集外增刊》之三《清湘老人山水册》九开中影印过。其中有几页画得精纯，然似

有伪作杂乎其间。

此册原本十二开,十二开多散佚,今存八开中,有的并不属于此册中。后有题跋三纸,今存。袁枚(1716—1797)题云:"余小园构成,似村公子曾以清湘老人仿宋人小屏十二帧为贺,至今犹悬壁间。壬寅五月客游邗江,□□侍御新得此册于马氏小玲珑山馆……"此册后曾为粤籍藏家叶云谷所藏。翁方纲(1733—1818)题云:"清湘老人诗名为画所掩,即其书,法云林亦入三昧。是册不独画称逸品,而题句益见幻化,洵属艺林精美。"

南宫点墨

千笔万笔一笔,南宫点墨成蹊。想见再来之士,光芒气吐云霓。

注　此诗录自香港佳士得2007年秋拍之石涛《苦瓜老人三绝册》。第二开画如铁山水,上题此诗。诗中言及受"南宫点墨"影响,然毫无米家山水之风。郑为《石涛》第78页影印一仿米家山水图,也题有此诗。

初试梅花

初试一朵两朵,渐看十田五田。落日霞明远映,与余笔墨争先。

注　此诗录自大都会艺术博物馆所藏石涛《归棹》册。其中一开画萧疏梅竹,梅之枯枝以渴笔钩出,竹以浓墨画就,梅与竹显出层次。对题页题此诗,诗与画相呼应,拓展其表达空间。

君与梅花同赏

君与梅花同赏,岁寒时许争夸。暖日晴窗拈笔,几回清思无涯。

注　此诗录自大都会艺术博物馆所藏石涛《归棹》册。其中一开画白描水仙,对题页题此诗。

山色半浓带雨

山色半浓带雨，松涛断续含云。疏钟暮催寒谷，怪石秋横野渍。

注　　此诗录自裴景福《壮陶阁书画录》卷十六著录之石涛《山水册》。本有四开，此为其中一开题诗。

题别有天地图二首

地暖时时花草，门幽处处松萝。玉篆神仙留诀，云庄天子披图。

点点花随流水，双双鸟落平芜。人间别有天地，世外悠然老夫。

注　　此二诗录自张大镛《自怡悦斋书画录》卷五著录之《石涛别有天地图》。款题："庚辰夏四月廿日靖江后人大涤子阿长石涛。"后又有一跋："丁亥秋日，清湘老人坐耕心草堂，时有友人携此过斋头，展之乃吾画也。时其烟岚秀逸之气近觉反不及此，多为老朽好闲习懒之故也。于是乎题，较前又八年矣。"初跋在 1700 年，再跋乃在 1707 年。题诗和两跋符合石涛生平艺术风格，也与其生活道路相合。此作当为石涛真迹。

题天地浑熔图

天地浑熔一气，再分风雨四时。明暗高低远近，不似之似似之。

注　　此诗录自香港虚白斋所藏石涛《天地浑熔图》。款题："清湘大涤子论画之作，时壬午秋八月，青莲草阁。"时在 1702 年。

卷四

七言古诗

登黄鹤楼

黄鹤楼高不可登,楚哀湘怨思难胜。黄鹤蹁跹杳何处,楼空惆怅江流去。江流滚滚绕山腰,大别岧峣秋气高。万家废井迷烟树,夹岸征尘卷暮涛。风涛万顷来云梦,叠叠群峦岌摇动。飞帆忽蔽夕阳来,惊烽遥起骚人恸。劝君吊古慢沾衣,劝尔怀仙早息机。黄鹤楼高登不得,羁心一片忆将归。

注　　此诗录自台湾历史博物馆《渐江石溪石涛八大山人书画集》第 67 页影印之书法页。本为罗志希旧藏,清李佐贤《书画鉴影》曾著录。

又见《十百斋书画录》辛卷著录,款题:"时壬寅秋深,李泉石山人、胡二传道士、赵还清招予登鹤楼感赋,清湘小乘客复为此者,可见乐事,但时人不足传耳。"康熙壬寅为 1662 年,其时石涛刚二十岁。此卷今不存。

游黄山初上文殊院观前海诸峰

十日祥符何足妙,直上老人峰始啸。手携竹杖拨天门,眼底飞流划石奔。忽然大笑震天地,山山相应山山鼓。惊起九龙归不归,五丁六甲争斗舞。舞上天都峛崺峥,开万丈之劈斧。银台金阙在天上,文殊座立遥相望。迎送松环一线天,不可阶处如蚁旋。立雪岩分前后瀚,云生浪拨采莲船。

注　　此诗录自京都泉屋博古馆所藏石涛《黄山八胜图册》。此册作于石涛居宣城时期。此诗在石涛后来作品中屡见：

1. 北京故宫博物院藏石涛十开《山水册》，其中一开题此诗，款云："游黄山初上文殊院观前海诸峰，夕阳在山，色紫，用卷云法图之。"

2. 《石涛和尚诗书册》（日本东京聚乐社1937年影印之《石涛名画谱》收录，高岛菊次郎旧藏）之第三、第四开书有此诗。

观扰龙松作

山之奇兮黄之峰，峰之奇兮多奇松。真奇那得一轻示，一峰拔出蹲拢龙。扰龙盘旋数十丈，枝枝叶叶争抢攘。我来游观不敢扪，金光逼逼若飞屯。翠翠髯鬣亦奋迅，风雷呼起山山应。吾将收拾在毛锥，兴到临池逢人赠。

注　　此诗在存世石涛作品中三见：

1. 《黄山八胜图册》有题。款题："观扰龙松作，灯下苦瓜和尚并书。"

2. 《石涛和尚四开诗书册》有题。此册日本东京聚乐社1937年影印之《石涛名画谱》收录，高岛菊次郎旧藏。《黄山八胜图册》所题此诗多有漫漶，因得而校之。

3. 纽约佳士得1999年春拍有一件石涛十开《山水册》，本是程琦萱晖堂藏品，其中第十开书有此诗。

三处所见诗内容基本相同。

写兰竹卷寄吴尔纯

黄山之奇世稀有，出入往往超风尘。我闻溪南爱结纳，与君一见神相亲。君家家世称更老，令子翩然擅文藻（自注：为惊远）。任侠时推剧孟兄，清言常令王澄倒。只今置酒开高堂，称觞献舞春酒香。一时为寿异流俗，不取笙歌故和章。尊前何以相贻赠，兰竹风生起清影。君素爱此持寄君，驻颜号共轩黄并。

注　　此诗录自潘正炜《听飒楼书画记》卷四著录之《集明人书画扇叶二十四

幅》中石涛扇面。上书二诗，此为其中之一。此扇见于嘉德2003年春拍。

石涛在宣城时与吴尔纯有交往。尔纯乃歙之丰南人，时居宣城，与施愚山、吴街南、沈方邺、梅渊公、蔡晓原等相善。《街南文集》中多有尔纯评语，如卷十《刘乾初五十序卷跋》，后有尔纯之题："乾初不羁而事徵君最笃，宜晴岩述而志之。吴尔纯。"而梅清也与尔纯颇有交情。梅清有《为程季徵题吴左干南山幛子歌》，其小注云："幛为吴尔纯所赠，诗中溪南谓尔纯也。"诗中有句："君不见溪南更酌麻姑酒，倾我□糜汁一斗，索我长松一声吼。"

吴尔纯二子惊远、元素，都是石涛朋友。惊远子禹声，也是石涛的忘年交。诗中言"君家家世称更老"，尔纯祖父吴应明，字以诚，号怀沙，《丰南志》载其宦迹，为明万历进士，曾做过太常寺少卿。

现存石涛与吴尔纯相关作品还有吉林省博物馆所藏石涛《松石图》，作于1674年。其题识有云："避暑山居，了无一事，予与惊远箕居百尺长松之下，而老干纵横，精爽蓊郁，惊老曰：'异哉，此十万峰中一大观也。愿师为我稍点其意。'余急走笔图之，为尔翁先生博粲。"

登清音阁索施愚山梅渊公和章

清音兰若澄江头，门临曲岸清波柔。流声千尺摇龙湫，凄风楚雨情何求。云生树杪如轻雪，鸟下新篁似滑油。三万个，一千筹，月沉倒影墙东收。偶来把盏席其下，主人为我开层楼。麻姑指东顾，敬亭出西陬，一倾安一斗，醉墨凌沧洲。思李白，忆钟繇，共成三绝谁同流，清音阁上长相酬。

注　此诗录自北京故宫博物院所藏石涛十开《清音图册》。诗作于石涛居宣城时期，《清音图册》作于1684年。故此画题诗后款题："登清音阁，索施愚山、梅渊公和章，甲子新夏澹逸图之。"

梅清（1623—1697），字渊公，号瞿山，顺治十一年举人，授内阁中书，清初著名画家。施、梅二人均与石涛有至交。

校　世传与此相关的石涛款作品至少有三件：

1. 1684年初，石涛与霜晓合作《花果册》，今藏上海博物馆，为石涛真迹。其中一幅画竹，题云："云过树杪如轻雪，鸟下新篁似滑油，三万个，一千筹，月沉倒影墙东收。'此予昔时清音兰若中语也。偶因写竹，戏书数字可作点□，一笑，文水先生。"画赠忍庵赵子泗。"云生树杪如轻雪"，此作"云过树杪如轻雪"。

2. 程霖生《石涛题画录》载有石涛《石竹》一图，又见神州国光本《大涤子题画诗跋》卷二。题云："清音兰若澄江头，门临曲岸清波柔。流声千尺摇龙湫，凄风楚雨情何求。云升树杪如轻雪，鸟下新篁似滑油。三万个，一千筹，月沉倒影墙东收。偶来把盏席其下，主人为我开层楼。麻姑指东顾，敬亭出西陬，一倾要一斗，醉墨凌苍洲。思李白，忆钟繇，共成三绝谁同流，清音阁上长相酬。再过宣城清音阁下画壁，索施愚山、梅渊公和章。清湘石道人。"款中云"再过宣城清音阁"，且是"画壁"，料非石涛所作。

3. 张大千《大风堂书画录》第一集录《苦瓜墨竹图》，其上题云："清音兰惹澄江头，门临曲岸清波柔。流声千尺绕龙湫，凄风楚雨情何求。云升树杪如轻雪，鸟下新篁似滑油。三万个，一千筹，月沉倒影墙东收。偶来把盏席其下，主人为我开层楼。麻姑指东顾，敬亭出西徂，一倾要一斗，醉墨凌沧洲。思李白，忆钟繇，共成三绝谁同流，清音阁上长相酬。清湘大涤子清音阁题壁，兼怀施愚山、梅渊公，书此幅存稿。"此作当非石涛所作。首句"兰惹"，北京故宫藏《清音图册》和上海藏与霜晓合作《花果册》（二作均为石涛真迹）均作"兰若"。兰若，乃僧房之谓，亦可代指寺院。作为僧人的石涛，不可能犯这样的错误，将"兰若"写成"兰惹"。"绕龙湫"，真迹作"摇龙湫"。"云升树杪"，真迹作"云生树杪"或"云过树杪"。"敬亭出西徂"，《清音图册》作"敬亭出西陬"。陬，山角。徂，往也，朝某地而去，动词。用"徂"意思明显不合，而且也不合韵脚（楼、陬、繇、流、酬等为尤韵）。此亦云"题壁"，而真迹中并无题壁之事。

客中赠友人

长年作客办行装，榴花开遍火云翔。忆得昨冬拥炉坐，北风吹雪何扬扬。徐生向云不停手，大醉千篇倾一斗。口中乱骂高扬徒，自欢自得称颜柳。此时相对竹千竿，又闻君子抱琴弹。恍如飞瀑落沉潭，冰生十指不知寒。吕子壶中客，徐生醉里禅。两人乐乐颠非颠，相期倾倒情依然。别有天地非人间，新诗吟罢绝追攀。而狂而韵情难割，但听山僧一声喝。

注　此诗录自施念曾、张汝霖辑《宛雅三编》卷十二。这里的"徐生"，指徐半山。吕子,指吕慧,字定生。据乾隆十八年刊《宁国府志》,吕慧为宣城人,善绘画,尤工人物花卉。石涛与吕慧关系颇为亲密,这位"壶中客",给石涛的艺术也带来了醉意。

江城阁上作

山气雨非雨,泉声闻未闻。由来倪迂原不迂,匏公托赏岂偶然。朝朝但把鸣琴操,起听心期若个边。

注　　此诗录自广西壮族自治区博物馆所藏石涛《书画卷》画部分。款题:"石涛济道人江城阁上。"

诗当作于石涛居金陵时期。

古歌赋赠施彦恪赴京兼呈愚山学士

莺声出谷芳菲早,才子思亲片云晓。省觐不辞千里长,鸣鞭直指长安道。长安文苑如云屯,君家严君擅清声。挥斥千载目不瞬,奏对一言人尽惊。趋庭便可登天禄,自是君才美如玉。遇主还应羡凤毛,传经恣与分宫烛。此时相见好相亲,况复移家及上春。朝回花底开高宴,醉里诗成自有神。

注　　此诗录自潘正炜《听飒楼书画记》卷四著录之《集明人书画扇叶二十四幅》中石涛扇面。嘉德2003春拍有一件扇面,上书此诗。此扇面或即潘正炜所见。

愚山有二子,长子彦淳(1648—?),为恩贡生;次子彦恪,字孝虔,一字少慕,号逊岩,工书法。1683年,愚山在京中生病,彦恪入京侍病。石涛此诗当作于是顷。

彦淳继其家学。毛奇龄《西河集》卷一百七十六《施大公子彦淳生日作》云:"清江绿草照青袍,二十趋庭一俊髦。有弟共分荀氏玉,怜君先佩吕虔刀。经传碧嶂星俱动,候近朱明天渐高。自愧修涂长拟附,春风万里凤凰毛。"

赠翁山

罗浮四百峰，峰峰结莲蕊。散水作天香，梅根浸石髓。蝴蝶食之大如轮，凤凰之鸟时亲人。吾将半百未归去，对君说是罗浮仙，故乡那得如君贤。

注　　此诗录自北京故宫博物院所藏《石涛石溪行草书诗翰》。

屈大均（1630—1696）与石涛相识于1679年到1680年间，其时石涛由宣城至金陵。而屈大均也在1679年避乱举家北上。二人多有诗歌唱和。

翁山有题《石公种松图》诗："师本全州清净禅，湘山湘水别多年。全州古松三百里，直接桂林不见天。湘水北流与潇合，重华此地曾流连。零陵之松更奇绝，师今可忆蛟龙颜。我如女萝无断绝，处处与松相缠绵。九疑松子日盈手，欲种未有白云田。乞师为写潇湘川，我松置在二妃前。我居滩南忆湘北，重瞳孤坟竹便娟。湘中之人喜师在，何不归扫苍梧烟。"（《翁山诗外》卷三）

石涛在金陵时期，与翁山交往密切。《翁山诗外》卷二十五载《从石涛禅师乞花插瓶》诗："方丈多花发，秋深恰似春。从师分数种，来伴坐愁人。最是芙蓉好，枝枝拂镜斜。幸无头上雪，不怕笑人花。菊花先爱黄，次乃及红白。黄者味逾甘，落英犹可惜。鸡冠大一尺，朵朵红葳蕤。花头虽太重，霜压不曾垂。花中谁得似，长是老来红。折取当明镜，衰颜欲与同。立冬前未冷，已是放梅时。一朵开方半，人从定里知。桂树凌寒开，香多嫌酷烈。不若早梅清，平生在冰雪。先开避冰雪，岂是南枝心。欲与黄花并，芬芳作一林。一枝穿海棠，未开人不觉。寄语枝间禽，蕊香休乱啄。花爱仙人好，相将隐玉壶。不知花主意，肯割数枝无？"

石涛晚年常拈翁山诗作画，民国年间珂罗版印刷的《泰山残石楼藏画》有石涛作品三册，其中有一套十二开山水册页，最后一开题云："翁山屈子诗如画，枝下陈人尽取之……"

宣州司马郑瑚山见访枝下时方奉旨图江南之胜

宣州司马多清声，扣关日午遥相寻。问禅直扫众人见，文采风流向上论。当今诏下图丘壑，缥帙山林恣搜索。画师如云妙手谁，请君放眼慢惊愕。一言鉴别万眼注，并州快剪分毫素。欲向皇家问赏心，好从宝绘论知遇。

注　　此诗录自上海博物馆所藏石涛《书画合璧册》。此册作于1683年。

郑载飓，字瑚山，浙江缙云人，康熙六年（1667）进士，官内阁中书，康熙二十年江西乡试主考。与施闰章为好友，《学馀堂集》诗集卷三十八有《赠郑瑚山中翰》。善鉴藏。

答友人以诗见怀

吾本煨山烧芋子，所贵攀藤岩壑□。被人笑作老诗翁，□免行藏终不是。衰残法道沿门走，画虎不成终类狗。仰天长啸生嗟吁，忽地成章耻非偶。我卧江东十七载，故人观望多惊疑。大千震动非其时，魔佛并行难解秽。感君白雪忆清湘，知音一曲情非常。神龙首尾时时变，此日思之焉敢忘。芒鞋拄杖再相访，风雨一诗先寄将。

注　　此诗录自上海博物馆所藏石涛《书画合璧册》之对题。作于1683年。

校　　上博藏此册有残损，此诗有不可读者。幸而石涛另处题有此诗，香港佳士得2007年秋拍有一件石涛《山水书法册》（又称《苦瓜老人三绝册》），书有此诗，诗题为《答胡孟行见怀之作，醉后书于枝下》，据此可知《书画合璧册》之"答友人"之"友人"乃胡孟行。

胡任舆，字孟行，号芝山，上元人，1681年乡试第一，1687年以廷试第一名登状元第，授翰林院侍讲，1704年卒。石涛至金陵，胡孟行是这里的诗坛名宿。

纽约佳士得曾拍卖一件石涛款《品茶图》，款题："丁卯搜得丙寅重午前雨中解元胡孟行先生以芥见赠一稿，来朝清爽，一与芥同烹既熟，□画笔随就，并成短句……"图作于1687年，时石涛在扬州，叙1686年与孟行品茶一事。

据此本，可知上海本两处残损："所贵攀藤岩壑□"，作"止"；"□免行藏终不是"，作"未"。

江东秋日怀张瑶星周向山张僧持汤燕生戴务旄杜苍略柳公含吴野人周贞栖诸布衣作

卷四

三年高士怀同俦，非为文字甘相求。江东可语者谁是，屈指聚散成幽忧。白云老翁倏地去，青城复作丛霄游。南村独往无定迹，岩夫补过中江鸥（自注：公斋名补过）。近日鹰阿成懒癖，往来时卧长干楼。一枝崐冯寄空外，默张冷眼虚搜求。人生不乐伤白头，苍略事事宽杯休。愚谷广南拂钓钩，野人潮落寻无由，哭虫随叶干啾啾。

注　　此诗录自上海博物馆所藏石涛《书画合璧册》。

诗中所述诸友人：张瑶星，即张怡，号白云道者。张僧持（？—1694），号南村。石涛在宣城时就与南村有交往，至金陵后二人更是朝夕相见。汤燕生（生卒年不详），字元翼，号岩夫，又号黄山樵者，安徽太平人。书法家、诗人，晚居芜湖，石涛与其交谊甚深。戴本孝（1621—1691），字务旄，是一位有很高成就的艺术家。杜岕（1615—1691），字绍凯，号苍略，又号些山，湖北黄冈人。与兄杜濬（字于皇，号茶村）同避乱金陵，被称为"二杜"。柳堉（1620—1689？），字公韩，又字公含，号愚谷，金陵人。诸生，工诗善书画。吴野人，即诗人吴嘉纪（1618—1684）。周贞栖，又作周贞萋。卓子任《遗民诗》卷十收有其诗，传云："周蓼刜，字贞萋，号哭虫，湖广江夏人。少为佳公子，后流寓金陵，性倔强。"

校　　保利2009年秋拍之石涛款《诗书画联璧卷》，亦书有此诗，名《江东秋日怀白云诸布衣处士》。二作相核，上海所藏《书画合璧册》中此诗剥落处和脱字处便得以校正。如："非为文字甘相□"，不可识处为"求"；"江东□□者谁是"，残损处为"可语"；"青复作丛霄游"，应为"青城复作丛霄游"；"往来时卧长干□"，不可识处为"楼"（多识为"栖"，误）。

另外，佳士得2007年秋拍之石涛《苦瓜老人三绝册》中也书有此诗，其云："三年高士怀同俦，非为文字甘相求。江东可语者谁是，屈指聚散成幽忧。白云老友（自注：张瑶星）倏他去，青城复作丛霄游（自注：周向山）。南村独往无定迹（自注：张僧持），岩夫（自注：汤燕生）补过中江鸥（自注：公斋名补过）。近日鹰阿（自注：戴本孝）成懒癖，往来时卧长干楼。一枝（自注：余养静之地名一枝）崐冯寄空外，默张冷眼虚搜求。人生不乐伤白头，苍略（自注：杜苍略）事事宽杯休。愚谷广南拂钓钩（自注：柳公含），野人潮落寻无由

（自注：吴野人），苦虫随叶干啾啾（自注：周贞栖）。"款题："江东秋日怀白云诸布衣处士。清湘枝下人济草。"

归来酬友作

感君赠我青藜光，长安纸贵争豪强。挥毫直扫边城藏，光芒九天对玉皇。文星惊落胡笳床，悲歌慷慨徒猖狂。不如归来扬子江，弄波吟月箫声长，钓龙打凤安之将。

注　　此诗录自上海博物馆所藏石涛《书画合璧册》第七开所录四诗之第二首。诗作于石涛居金陵时期。

与吴山人论印章

书画图章本一体，精雄老丑贵传神。秦汉相形新出古，今人作意古从新。灵幻只教逼造化，急就草创留天真。非云事迹代不精，收藏鉴赏谁其人？只有黄金不变色，磊盘珠玉生埃尘。吴君吴君，向来铁笔许何程，安得闽石千百换与君，凿开混沌仍人嗔。

注　　此诗录自上海博物馆所藏石涛《书画合璧册》第七开所录四诗之第三首。石涛善印，此诗所赠之"吴山人"不知何指，或为旅居金陵的莆田印人吴晋（字平子，善八分书印，时与程邃齐名），或为程邃的亲家吴山，吴山与其子吴万春（程邃女婿）均善印，待考。诗作于石涛居金陵时期。

北京故宫博物院藏有一件石涛款隶中带行的书翰，收入《中国古代书画图目》，编号为京1-4746。鉴定七专家都以之为石涛真迹。其上书有此诗。诗大部分相同，唯"吴君吴君，向来铁笔许何程"一句，改为"凤冈凤冈，向来铁笔许何程"。款题："凤冈高世兄以印章见赠，书谢博笑。清湘遗人大涤子草。"此作为伪迹。

高翔（1688—1753），李斗（1749—1817）《扬州画舫录》卷四载："高翔，字凤冈，号西唐，江都人。工诗画，与僧石涛为友。石涛死，西唐每岁春扫其墓，至死弗辍。"阮元（1764—1849）《广陵诗事》卷十载："石涛和尚自画墓门图，并有句云:'谁将一石春前酒,漫洒孤山雪后坟。'诗人高西唐独敦友谊,年年为之扫墓酹酒。闵廉风有《题石涛墓门图》诗云:'可怜一石春前酒,剩有诗人过墓门。'"石涛与高翔二人相差四十多岁,高可能曾为石涛学生。作伪者可能正是在此历史传说基础上,杜撰此伪迹。

题丹岩巨壑图

非痴非梦岂非颠,别有关心别有传。一夜西风解脱尽,万峰青插碧云天。即此是心即此道,离心离道别无缘。唯凭一味笔墨禅,时时拈放活心焉。人间宫纸不多得,内府收藏三百年。朝来兴发长至前,狂涛大点生云烟。烟云起处随波澜,树头树底堆成团。崩空狂壑走天半,飞泉错落高岩寒。攀之不可极,望之徒眼酸,秋高水落石头出,渔翁束手谢书闲。丹岩倒影澄巨壑,洗耳堂悬一破颜。

注　此诗录自北京故宫博物院所藏石涛《丹岩巨壑图》。款题:"过天地吾庐呈叔翁先生大士博笑。清湘瞎尊者石涛并识。"此中之叔翁先生即当时金陵学使者赵崙,字叔公,别号阆仙。叔公与其子忍庵均好佛事,是在家的居士,故此称为"大士"。石涛与阆仙交往密切之时在1684年前后,此画当作于是顷。天地吾庐当为阆仙之斋名。

忆鹰阿

迢迢老翁昨出谷,夜深还向长干宿。朝来杖策访高踪,入座开轩写林麓。细雨霏霏远烟湿,墨痕落纸虬松秃。君时住笔发大笑,我亦狂歌起相逐。但放颠,得捧腹,太华五岳争飞瀑。观者神往莫疑猜,暂时戴笠归去来。

注　此诗录自明德堂旧藏、今藏华盛顿弗利尔美术馆之石涛《忆戴鹰阿山水》。款题:"夏日访迢迢谷戴鹰阿于长干里,纵观作画,雨中戴笠而归。此诗昨于书中偶得之,今图中三老,仿佛当时,因书其上。戊寅菊月清湘陈人大涤子济。"石涛此诗当作于1684年前后,是他在一枝阁中与戴本孝相与优游的记录。十余年后,再读当时所作之诗,引动思念之情,率然作图。

戴本孝(1621—1691),字务旃,以布衣隐居和州(今在安徽和县)鹰阿山,故号鹰阿山樵,迢迢谷在鹰阿山中,故又号迢迢谷农。这里所说的"迢迢老翁昨出谷""访迢迢谷戴鹰阿于长干里"中的"迢迢",都是指他的号。

石涛与戴本孝是性灵知己。贫寒的戴本孝来金陵时,常常在一枝阁歇息。他在《长安一枝阁酬苦瓜上人》诗四首中说:"钴鉧潭边月,休言有别传。安巢不择地,到处有支天。每对清湘老,如亲浊酒贤。寒岩存一片,期尔听鸣泉。""雨洗琉璃塔,雷惊舍利鸣。短墙扶老树,破榻倚孤铛。画到山无色,吟残笔有声。相过撰杖履,世外特纵横。""出世既黄檗,全身复苦瓜。祖宗恩果大,兵火劫难遮。松种何时老,茶香即兴奢。霜枯吾再至,醉亦写黄花。""晓霁梦还破,砚云犹未干。更思窥野阁,还共数晴峦。将欲扣舷别,相期扫石看。隔江樵斧响,应忆碧岩寒。"诗中表达出对石涛的深刻理解。

此诗又见香港佳士得2007年秋拍之《苦瓜老人三绝册》。

题云色嵬嵬图

云色嵬嵬奇未已,百尺何来虬旖旎。遥将茗色凌鸿蒙,中有高人相坐起。满身翠影惊高风,采芝采实何从容。昔闻徐福出东海,复见二君来江东。

注　　此诗录自《清湘老人题记》。款题:"丙寅七月避暑枝下写。"康熙丙寅为1686年。时石涛在金陵,居一枝阁。《云色嵬嵬图》今不见,无法判断此诗是否为石涛所作,录此备考。

题山水大幅

青山之麓山臣匝,双松拱峙作门阖。枝撑长讶巨石坠,攀跻惟恐两崖合。寿藤古木相夤缘,一径深沉少见天。肩头溟蒙披云气,采药仙人接香谷。振衣直上翠微峰,层峦止水映虚空。钓竿千尺丝纶在,山水清幽具其中。

注　　此诗录自端方《壬寅销夏录》著录之《僧石涛山水轴》。款题:"丙寅秋仲于天龙古院写,清湘老人石涛济山僧。"

端方记载云:"纸本,高一丈零三寸,宽四尺四寸,水墨。画山深林密,流水淙淙,一客渡桥,一童抱琴从之。再进草堂数间,一人读书其中,隔溪渔艇,一人垂钓。再进楼阁高寒,杂以云气奇峰匼匝,瀑布直下千尺。"此画今不存。康熙丙寅在1686年,时石涛在金陵。

金陵有"天隆古院",不作"天龙古院",此作或为端方误录,或是伪托之作。录此备考。

汪绎辰《大涤子题画诗跋》中录有《丙寅深秋宿天隆古院快然作此二首》。另张大千曾见一山水,有题跋云:"丙寅秋九月,过天隆古院,得阅巨然墨笔,意法劲秀而丘壑别具一番神味,玩之深有得于心者,遂尔拟出。清湘石涛济山僧。"石溪也曾居此院,其画中有此落款地。

生平行:一枝留别江东诸友

生平负遥尚,涉念遗埃尘。一与乱离逢("乱离逢",《题记》作"离乱后"),超然遂吾真。访道非漫游,梦授良有(有,《题记》作"友")神。潇湘洞庭几千里,浩渺到处通仙津,不辞双屐踏云断,直泛一叶将龙驯。海眼五色迓叫啸,岳灵百变来逡巡。韩碑元尊焕突兀,片言上下旁无人。掉头不顾行涕泗,笠之以筇吴楚邻。眷言来嘉招,袂筇访名秀。浮云予("予",《题记》作"去")何心,沧波任相就。五湖鸥近翻情亲,三泖峰高映灵鹫。中有至人证道要(自注:先老人旅庵),帝庭来归领岩窦。三战神机上法堂,几遭毒手归鞭骤。谓予("予",《题记》作"余")八极游方宽,局促一卷隘还陋。三竺遥(此落"连",《题记》有)三障开,越烟吴月纷崔嵬。招携猿鹤赏不给("给",《题记》作"竭")。望中忽出轩辕台,银铺海色接香雾,云涌仙起凌蓬莱。正逢太守划长啸(自注:新安守曹公冠五),扫径揖客言奇哉,诗题索向日边篆。不容只字留莓苔,此时逸兴浩何以。此际褰衣("衣",《题记》作"裳")欲飞去,不道还期黄檗踪,敬亭又伴孤云住(自注:黄檗禅师古道场留凡上下十馀载)。敬亭之磴何敬欽,下拂双塔兮上出千林,忽乘石华舟,又上青云梯,长笑谢谢公,恕我偶不羁。劫来游倦思少("少",《题记》作"稍")憩,有友长干须禅寄(自注:勤公、实公、唯公。《题记》作"勤上人"),金地珠林总等闲,一枝寥寂真予("予",《题记》作"余")计。漫问枝从何处长,漫疑枝向何方曳。雨掩门庭独鸟啼,风回几席流香细。谢客欲尽难为情,客来妙不惊逢迎。泼墨几度染茶碗,挥麈未厌摇花英。花英茶碗颜同霁,浮图矗映花台起。或访青溪问旧居,或寻古寺临高垒。社就先教种夏莲,解成乍可怜秋水。绣佛从来属雅人,蒲团端合酬知己。昨夜飘摇梦上京,鸽铃遥接雁行鸣。故人书札偏生细,北去南风(自注:曹宾及。《题记》无此注)早劝行。噫吁嘻,人非麋鹿聚不轻,缥缈宕落("宕落",《题记》作"跌宕")真生平。生平不解别离苦,劳劳亭上听清声。神已游于太华，又何五台二室之峥嵘，顺江淮以遵途，越大河兮遐征，寻远游以成赋，将扩志于八纮。为君好订他年约，留取江城证在盟。

（文字依《诗书画联璧卷》所录，与《清湘老人题记》不同处在括号内注出）

注　　《生平行》作为石涛生平最重要的诗歌之一，作于1686年，是他人生经历的总结。石涛在多作中书有此长篇歌行。此处文字引见保利2009年秋拍之石涛款《诗书画联璧卷》，其中书法部分书有此诗。书法长卷前有"清湘元济石涛苦瓜和尚稿津门道中书"，作于1691年，时石涛客居天津。书法卷共录诗二十四首，这是其中之一首。

《生平行》长诗另有三处出现：1.《苏仙赤壁图卷》；2.荣宝斋所藏《梅兰竹石图并诗卷》；3.《清湘老人题记》。前两件作品为赝作。《清湘老人题记》所录之作已无从得知，虽无法判断其真伪，却是近百年来人们了解石涛这首长诗依凭之本。今《诗书画联璧卷》所书此长诗浮出，人们可据之对此诗有更准确的了解。

校　　对照《诗书画联璧卷》和《清湘老人题记》所录此长诗，可以看到二者基本相似，略有不同。其中《诗书画联璧卷》题作"生平行：一枝留别江东诸友"，而《题记》作"生平行：留题一枝别金陵诸友人"。

诗中夹注有别：1.《联璧卷》"北去南风"下有"曹宾及"小注，而《题记》无。这一小注涉及石涛北上的重要缘由，石涛是受早年好友曹鼎望之子、时任中书舍人的曹鈖（字宾及）之邀而去北京的，两次接驾也蒙这位中书舍人居中安排。2.关于离开宣城去金陵的绍介者，《联璧卷》注"勤公、实公、唯公"，而《题记》减为"勤上人"。

具体文字差异，见所录文字括号中注释。

古墩种松歌

七十二叟学种松，真堪历历成虬龙。摩天之势在指日，转眼莫辨云已封。种松老人精力健，种松之诗清且雄。长坡短坡迷岭路，大石小石开宗功。细叶细枝清露少，学龙学凤未全工。何必天台石梁二千尺，不如古墩十万随长风。吾欲收之笔墨中，且待归来松下卧，浓煎苦茗与公日日相扶笻。

注　　此诗录自汪绎辰《大涤子题画诗跋》。诗作于1686年，时石涛将离开金陵，告别老友。款题："古墩种松，将行北上赠老友文钵。"黄文钵、黄与载兄弟是石涛在金陵时期的好友，石涛作品中多有提及。1674年，石涛有《石公种松图》，十余年后石涛为其友作《种松歌》，或含有志趣相投之意。

题品茶图

半晴半雨襟难披，榴花蒲叶枝枝奇。节佳何与道人事，笑支瘦骨临窗西。叩门者谁数行寄，芥山之茗妙新至。一介持赠手自封，烹傍炉香聊自试。何以当此双眉开，瀹铛然炭先悠哉。永宁吸水莫问价，玉川分椀还胜杯。白隐碧漾雪何翠，心从古沁诗断催。吟成数语半难就，须待先生同结构。来朝雨霁兴如何，一樟凉风满怀袖。

注　　此诗录自纽约佳士得拍出之石涛《品茶图》。款题："丁卯搜得丙寅重午前雨中解元胡孟行先生以芥见赠一稿，来朝清爽，一与芥同烹既熟，□画笔随就，并成短句，未知有当于七椀两腋以供一笑否？今用书此，尽自是清湘一家言。石涛济道人广陵树下。"

画作于1687年，其时石涛已至扬州，驻锡于净慧寺的大树堂。所记却是1686年在金陵与胡孟行品茶之事。

长安雪霁呈人翁先生大维摩正

君不见长安市上走车马，渔樵牧竖共肩摩。琼沙自古为天堑，萧萧腊月北风多。北风吹断天山云，下土咸瞻日月心。朱门此时乐圣武，农民尚复忧岁春。春耕不藉岁杪寒，耙时无由得饱餐。忽惊夜半玉龙退，晓来银甲散长安。铜柯结地成础碗，金城比屋注波澜。山川草木尽玲珑，近日梅花待好风。蓬门父老咸叹息，啧啧称道大司农。谓是精诚格天意，泽及四海非神工。野人伏处蓬庐久，优游兀坐俯青松。敲冰取水供笔墨，磊落奇观意不穷。特来一展经纶地，世外烟霞纸上逢。

注　　此诗录自四川省博物馆所藏石涛《雪景山水》。款题："时庚午清湘元济石涛。"张大千《大风堂书画录》著录，题为《苦瓜雪景山水》。

此"人翁"指王隲（1614—1695），字人岳，号相居，清顺治十二年（1655）进士，官至户部尚书。工诗，善书法，为明著名学者王应麟曾孙。曾出官闽、浙两省，后被朝廷召回，石涛至京时，王隲任户部尚书。有《养素堂文集》。此画作于1690年冬。诗是专为歌颂这位户部尚书而写的。

大司农王人岳属写仙霞岭及古松并悉命意

天下山水孰奇壮，最奇不过闽与浙。余生虽未游斯境，旧昔曾闻有人说。峻岭仙霞直上天，苍岩绝壁如临渊。王公出为两省制，旂旐鈇钺经其巅。昨年天子近呼来，景物依然尚念哉。思之不见爱余写，一一细说传其材。岭下白云横麓起，岭头红叶接天开。参横树木捻无度，劈立一松勘四顾。披鳞带甲嫩不胜，百尺撑空承雨露。冰霜蚤励岁寒心，近日春光犹托付。翠竹连环万亩阴，风生清籁如瑶琴。此间注目欲飞去，目送江郎羽化岑。清湘本为泉石客，闻君此语愈冷心。开襟便作峦屿想，落笔一搜华岳林。岁月催人世，粉墨辉黄金。山川自尔同今古，吾将以此赠知音。

注　此诗录自《虚斋名画续录》卷四。北京故宫博物院所藏《清湘书画稿》题诗之第二首录此，款题："大司农王人岳属写仙霞岭及古松树并悉命意。"据《福建通志》之《职官志》，王隲康熙二十七年（1688）任闽浙总督，"有宦绩"。仙霞岭在浙江，东起衢州、金华、丽水三市交界处，西延浙江、江西、福建三省交界处。

北京故宫博物院藏石涛十开《书画册》，本为吴湖帆旧藏，是石涛晚年的杰作。其中有一开书法页也题有此诗，名与《清湘书画稿》同，内容无别。

另见荣宝斋所藏石涛款《梅兰竹石图并诗卷》书法部分，然此卷系伪托。

雪中怀张笨山

眼中才子谁为是，燕山北道张天津。此时破雪拥万卷，手中笑谢酒半巡。一觞一韵字字真，的真草稿惠何人？羡君颠死张颠手，羡君摧折李白神。赠我双箑称二妙，秋毫小楷堪绝伦。至今停笔不敢和，至今缩手时为亲。知我潦倒病，念我无发贫。授我以心法，忆我相思陈。入城出郭两苦辛，倾心吐语皆前因。落落无知己，满面生埃尘。奇哉奇不已，长啸谢西秦。

注　　此诗录自北京故宫博物院所藏石涛《清湘书画稿》，亦见《虚斋名画续录》卷四著录。张霈（1659—1704），诗人。山东抚宁人，其父在天津经商，家天津。廪贡生，授中书舍人。他是大悲寺元世高则的弟子，与石涛同为临济三十六世。石涛与笨山兄弟皆为朋友。《国朝畿辅诗传》卷二十四："张霈，字念艺，号笨山，霖弟。官中书，有《帆斋逸》《晋史集》《欸乃书屋集》《绿艳亭集》。"此诗作于1691年冬。

笨山《绿艳亭集》卷十四《辛未诗稿》有《苦瓜上人自都至，将归江南赋简》："奇气不得发，十犬之尘间。天涯易白首，梦里唯黄山。一苇海门渡，八月秋江还。冰阻慎中路，时哉知所艰。"石涛本准备在1691年就南还（或遇不顺心之事），经笨山等天津友人的规劝，复返回北京。二人在艺术上引为知己。《绿艳亭集》卷十四有《苦瓜设色图〈亭空山入声〉见惠》诗云："我愧诗中画，君成画里诗。无声偏耐读，设色愈增奇。意别李思训，痴同顾恺之。卧游愁失路，双目早迷时。"

梅成栋《津门诗钞》收有笨山《观石涛上人画山水歌》，也作于1691年石涛客居津门之时："石公奇士非画士，惟奇始能得画理。理中有法人不知，茫茫元气一圈子。一圈化作千万亿，烟云形状生奇诡。公自拍手叫快绝，洗尽人间俗山水。人间画师未经见，舌捧不下目光死。公之画也不媚俗，出乎古法由乎己。古法尚且不能拘，沾沾岂望时人喜。忆我初得见公画，亦但谓其游戏耳。岂料观其捉笔时，一点不苟乃如此。既于意外得其意，又向是中求不是。倘有痕迹之可寻，犹拾古人之渣滓。奇气独往以独来，奇笔大落复大起。人间绢素空纷纷，只画宋明旧府纸。知公之画世为谁，公但摇头笑不止。"

辛未冬日雪中张汝作先生见招才人杰士拥座一时公来日有都门之行赋谢兼赠

半生南北老风尘，出世多从入世亲。客久不知身是苦，为僧少见意中人。天仙下世真才杰，我公心力能超群。君视富贵如浮云，游戏翰墨空典坟。爱客肯辞千日酒，风流气压五侯门。四海渔樵齐拍唱，归来长铗叹王孙。人生飘忽等闲情，且随酣畅眼纵横。感君白璧买歌笑，醉客不放东方明。倾情倒意语不惜，回山转海开旃檀。座客皆云不尽欢，歌见声杂冰雪团。冻云匝地酒龙醒，意气峥嵘豪士全。此夜真堪写怀抱，明朝诏下君王宣，相思回首心拳拳。

注　　此诗录自北京故宫博物院所藏石涛《清湘书画稿》，亦见《虚斋名画续录》卷四著录。张霖（？—1713）为笨山之兄，字汝作，号鲁庵，晚自号卧松老衲。由岁贡官工部营缮司主事，历官福建布政使、云南布政使，因事解职。康熙三十九年（1690），赋闲天津，筑堂建园等，其时石涛正客居天津，故常至其地。石涛与三张——鲁庵及其子张坦（字逸峰）以及笨山都有交谊。

诗中皆有所指，所谓"天仙下世"以下六句，写汝作辞官归里之事。关于其辞官，其友邵长蘅说："水部鲁斋以壮年历官曹郡，有声誉，一旦念太夫人春秋高，白其曹之长为请于朝，以养归者。"（《张水部归养诗序》，《青门旅稿》卷三）汝作有园曰遂闲堂、一亩园、问津园、思源庄、篆水楼等，南来北往之人多居此。"游戏翰墨空典坟"也有所指，乾隆《天津府志》说汝作："遂构问津园，法书名画，充溢栋宇，复招天下名流。""感君白璧买歌笑，醉客不放东方明"亦有所指，因问津园等有四方之人客居，人将其比作"月泉吟社，玉山草堂"，故石涛有"白璧买笑"之说。

题沉泥砚赠李桐君明府

胜石复胜瓦，润雨还滋烟。几回抱之卧，梦寐山与川。醒来拂拭日百遍，才研片墨光新鲜。生绢点染粗罢手，心赏先向尔欲颠。今别尔如别故人，愿言割爱贻所亲。尔侍君子分不薄，新旧故人同所托。

注　　此诗录自香港佳士得2007秋拍之石涛十二开《苦瓜老人三绝册》。其中第十一帧画雪山之景，书法对题录有此诗。波士顿美术馆藏石涛《寿桐君山水卷》，作于1691年。

在安徽南部生活多年的石涛，一生结交了大量的徽州朋友，对这里的文化非常熟悉。石涛的艺术与黄山画派、宣城画派有关系，更与这里的名物有关。他在传统艺术领域可谓一个多面手，对砚、墨、纸、笔等都有研究。他早年结交的曹鼎望、曹宾及是举世闻名的制墨家，存世文献中有不少他关于徽墨等的讨论。在明清以来书画领域，也很少有人像他那样对纸张痴迷和精通。对于砚石他更是酷嗜，有不少镌刻的砚台名品流传。石涛将自己挚爱的这方沉泥砚赠与朋友，正可见出二人之间情分之深。

故城河口号

千回百折故城河，东倾西长分嵯峨。白杨灌木参天柯，处处成行古道么。古冢荒碑庙逶迤，水流浪打雪狼窝。行路之人嗟叹多，峥嵘斧削飞岩坡。楼船画鼓快如梭，锦缆人来寸寸呵。归空粮艘遮天摩，歌声歌彻青云和。

注　此诗录自北京故宫博物院所藏石涛《清湘书画稿》。其中书法段书有此诗，题名《故城河口号》。

临清过闸口号

地倾水泻须凭闸，千里雷车迅怒嗥。卷浪抛开珠散彩，崩空舞碎雪分涛。七十二门向北牢，东归此去渐凭高。锦云旋绕织秋袍，仙障中分虎势條。鸣锣击鼓壮滔滔，行人驻看跃渊艚。飞帆拥簇驾图旄，推窗卷幔得挥毫。

注　此诗录自北京故宫博物院所藏石涛《清湘书画稿》，亦见《虚斋名画续录》卷四著录。临清，今山东临清市，运河从市区穿过，与卫河交汇，在入卫河处建闸。临清闸又称问津桥。

题聚石执拂小影

快活多，快活多，眼空瞎却摩醯大，岂止笑倒帝王前，乌豆神风摩直过。要行行，要住住，千钧弩发不求兔，须是翔麟与凤儿，方可许伊堪进步。

注　《聚石执佛小影》真迹不存，清末汪昉（1799—1877）有摹本，郑为编《石涛》第1幅即此图。所录石涛题诗后款云："友人为予写树下聚石执拂小影，因作此以归之。辛未秋日清湘苦瓜和尚济自书于长安慈源阁下。"此诗作于1691年。

图上汪昉又录语山祖琳和陈撰题跋。语山之跋云："想见栽松旧主宾，旃檀衣服水云身。黄猿智尽前驱力，白石心坚后起人。故态可能忘凤昔，痴情原只爱清贫。相逢此夕为何夕，并似羊肠阮步兵。咄哉黄檗山中老，惯学翻空却又来。天下岂令无识者，古人偏自扼多才。遗阴手植云千亩，浪迹身随海一杯。兀坐路头容不得，抉开诗窖话深埋。壬申冬日喜石老法弟和尚北归袖公种松图，□喜交集，援笔而题，不知自之拙陋，为博一正，何如？黄海祖琳手稿。"题于1692年，时石涛已归。

陈撰之跋云："清门苦瓜，生平断楂。称诗说画，□□根椏。芬酿杂袭，浩如绫麻。老人陔华，与契烟霞。排荡论击，不安齿牙。俯仰卅年，去若空花。仅存遗照，敢视土苴？其发髼髼，风吹袈裟。老松诘曲，□石周遮。恍惚见之，德音未遐。庶几分谊，见诸此邪？"题于雍正庚戌（1730）。

归来呈友人

举国皆云济不存，存之何用济多繁。若逢真济掀髯笑，笑煞当年老弟昺。淮水到门封大树，江云敛蜀忆王孙。六朝花事归来好，孤兴重携杖一根。

———

注　　此诗录自嘉德2013年春拍之石涛《自书诗二十一首》第四页。由此诗中"淮水到门封大树"，可知他归扬州后，仍住净慧寺大树堂。这可能是他初归扬州时的作品。

汪颖（遁予）此顷曾来扬州，他有《重晤石涛次易门韵》二首，其一云："山水偏多难，高僧屡去来。重逢霜鬓老，相对旅颜开。小阁拈花笑，千峰掷象回。松根铺破衲，吟啸见余才。"其二云："持钵三千里，锡飞远桂州。无生真自得，绝境复何求。藜杖空山夜，柴门大树秋。远公能载酒，莲社订同游。"（《东漪草堂诗历》卷三）所记正是石涛归来后二人在大树堂中相会之情景。

题丰溪闲棹图

溪南山水侠天下，我愧未到不能写。中有高人种树深，门对黄峰列天马。一别江淮不出山，闭门读《易》通天者。昔时与余论风雅，颠放之书足清洒。余生孤癖难同调，与世日远日趋下。时人皆笑客小乘，吾见有口即当哑。思君不见如有失，平生之友如君寡。令子禹声洞达才，金凤都将泥弹打。相思与尔一班深，却怪相思动牵惹。

注　　此诗录自王季迁旧藏之石涛《丰溪闲棹图轴》。作于1693年。时石涛由北京南还客居扬州之吴山亭，思念老友吴惊远（其时惊远远在歙之丰南），乃作此图以记其思绪。

　　此大立轴是石涛不可多得的山水佳作。款题："时癸酉北归邗上，写寄兼山惊远先生丰溪草堂。清湘苦瓜和尚元济。"诗中也提到对年轻朋友禹声的思念。

喜雨吟

五月六月六十日，日日南风抱双膝。但闻霹雳火云堆，枕簟如焚望山鹬。城中豪富十万家，米贵金多何用嗟。农子吞声互相泣，相逢道看秋胡麻。五日禁屠三日开，欢声饱肉轰如雷。立坛祷雨雨不至，坛收雨下天河催。天有至道非人力，安坐但听空中极。空中极，极不极，大坛小瓮饱我休，世外何劳空太息。

注　　此诗录自广州美术馆所藏石涛十四开《书画杂册》。款题："时癸酉夏日客吴山亭喜雨戏作此纸。湘源老人苦瓜济。"诗作于1693年。石涛1693年到1694年间，曾在扬州吴山亭客居有日。有多件作品提及此事（如四川大学藏石涛《双松泉石图》题："昨年癸酉岁客吴山亭，奉访鸣六先生。"其《访友图》也作于吴山亭。其《梅花吟》诗有"吴山亭上花枝好，我去山亭花乱飘"句）。

　　国内一拍卖行曾上拍一件石涛款《张僧繇访友图》，款题："时癸酉客邗上之吴山亭，喜雨作画，法张僧繇访友图，是一快事。"并题有此长诗。此为赝作。

上元感怀

雷电轰开新甲子，雨风雪雹何时止？蛟龙入海百虫伤，乌鹊投人为食死。中天有怒降灾殃，非时雨雪多不祥。回天转地贵自力，古来过分谁久长？纷纷豪贵赏花灯，只论一醉何论全。东家老翁多黑坐，欲眠不眠愁冰侵。一朝病卧北堂北，旧交新知惑不惑。长年老病客他乡，闻者不须动颜色。不惜泥封双屐肥，庵桥弥勒望中□。前村定是瞎尊者，扣门大笑相依依。我老无家安得诀，故人有问常结舌。一生爱听春鸠鸣，春鸠□我犹更拙。

注　　此诗录自四川省博物馆所藏石涛书翰。款题："时一亥上元诸，清湘石涛济大山堂。"

"一亥"即乙亥，时在1695年。上元即正月十五。诗中描绘的内容是石涛此时客居外地，据我初步研究，可能在歙县岩镇梅庄的娑罗堂。此地是石涛朋友吴苑与其弟吴菘以及吴苑之子吴瞻泰的庄园。地名款所言之"大山堂"，或就在此地。

校　　此书翰在"时一亥上元"后有一"诸"字，不知何意。

燕思天容拱北宝涨湖观荷各赋一首

良哉暑退可人意，一叶轻舟湖上行。水浅不须多载客，投交恰受两三盟。向来清兴数君别，每入郊原必有说。阵阵香风吹不绝，荷擎出水真精深。

注　　此诗录自北京故宫博物院所藏张大千仿石涛八开《山水册》之对题。诗当为石涛所作。燕思、天容、拱北三人都是石涛晚年的朋友。

诗当作于1695年前后。

简许劲庵

男儿堕地贵奇气，生不逢辰语难吐。四十无闻五十过，草衣木食何章句？敢云知己在孤竹，未是千峰不肯住。肉身大士谪仙才，三章今见君再来。妙语琳琅清到骨，摩空高韵奋风雷。感君命驾心悠然，至今林壑光鲜妍。猿鸟傍人吹月白，珠丝结网任风牵。空山啸发声振天，群灵知有机关息。吾门道大若何支，千佛出世空气力。以水洗水清净身，以心合心非无人。几回亲见光明顶，忽自化为萤光嗔。不知老病随痴顽，大千一瞬情境闲。写来尺幅谢东山，有人著屐绝追攀。钟陵红树白云外，天印飞泉响到轩。除却荆关无笔意，绘成我法一家言。

注　　此诗录自北京市文物管理处所藏石涛《兰竹图卷》。其上有两跋，前跋云："乙亥秋日，许颐民先生劲庵见访邗江之净慧寺，予即小幅简寄。"当时石涛为许氏作一小幅作品,并写有一诗。后数月,石涛来到真州,居许园,为劲庵再画大幅,并书此诗,款云:"劲庵先生以宋罗纹纸命苦瓜和尚写竹,并书近作于后。乙亥冬初,读书学道处。"

客松风堂

天都直耸四千仞,中藏三十六芙蓉,练江二十四溪水,争流倒泻兮朝宗。岑山砥柱中流溶,烟晴二溪声淙淙。松风堂在笼丛冲,至今开合散天下,出入往往矫如龙。我生之友交其半,溪南潜口汪吴贯。君家得药好容颜,美髯鹤发双眸灿。慷慨挥金结四方,风流文采分低昂。默而不语神溟溟,琅然歌发声苍苍。儿孙满座皆英才,雄谈气宇生风雷。狂澜兴发中堂开,焚香洒墨真幽哉!

注　　此诗录自北京故宫博物院所藏石涛《清湘书画稿》所题最后一首诗,亦见《虚斋名画续录》卷四著录。款题:"清湘瞎尊者原济。"

《清湘书画稿》长卷后附记云:"时丙子长夏六月,客松风堂,主人属予弄墨为快,图中之人可呼之为瞎尊者后身否也,呵呵!"此卷作于1696年,为避暑歙之岑山渡所作。所录诗以北上期间为主,并录南还途中经过,以诗记录南还途中的种种见闻和感慨。最后一首诗写对主人的谢意。

主人程浚(1638—1704),字葛人,号肃庵,徽州歙县岑山渡人,在岑山渡有斋居名松风堂。石涛生平得友人帮助,程浚一家为最突出者。

题画赠汪牧庭之闽海兼呈思白学使者

扬子桥边江水泛,柳丝弄色不管人白头。一春雨雪阻游屐,梅花尚可清明留。老去无聊藉朋辈,年来星散逐波鸥。汪子无端向我发长啸,吾将纵览闽海之奥妙。请君置我先向图画看,眼前丘壑都一扫,千里万里毫端见,非墨非烟聊寄傲。君家严亲百代才,一言奏对惊风雷。天子非常赐颜色,瀛台称旨今南来。多少寒灰待君活,看君作意为龙媒。

注　　此诗录自广州美术馆所藏石涛十四开《书画杂册》之书法页。题名为《题画赠汪牧庭之闽海兼呈思白学使者》,钤"半个汉"等三印,可知此作是1697

年之后作。

又见美国克里夫兰美术馆所藏《春江送别图》(他多作《闽江春意图》,误,今改)。图画广陵初春季节柳丝飘拂送别友人之景。曾为清何瑗玉(约1815—1889,字叔子,号蘧盦)收藏,轴下有其长篇题跋。石涛款题:"丁丑春题画赠汪子牧庭之闽海,兼呈思白学使者。清湘老人大涤堂下。"可知此诗与画作于1697年春。此画弥足珍贵者,还在其为石涛初题"大涤堂"之作品。他1696年冬入住大涤堂,1697年初始有"大涤子"号以及"大涤堂"之斋名。

汪薇(1645—1717),字棣园,一字思白,又字溪翁,号辱斋,别号隶园,歙岩镇人。康熙二十四年乙丑(1685)进士,以户部郎中视学福建,时在1697年(据《福建通志》,康熙三十六年到任)。石涛送汪牧庭去福建,是思白刚到任之时。石涛诗中言"君家严亲百代才,一言奏对惊风雷。天子非常赐颜色,瀛台称旨今南来",所谓"今南来",即刚刚南来,正合其时间。思白之子汪诚,字牧庭,康熙己丑(1709)进士(在石涛离世之后)。

牧庭闽海之游的踪迹,在其他文献中有见。吴菘、吴瞻泰《娑罗堂诗》之一《白华集》中,瞻泰有《戊寅夏仲从汪君牧庭及家四叔游四明后作泛海之想》,时在1698年。《娑罗堂诗》之二《四明集》,记载的就是这次闽海之行的经历。

访陈定九

丁丑三月上巳晴,清湘野老眼方明。手拖藤杖出门去,兴教寺前访旧盟。登堂拜揖惊大笑,密移一步快生平。十年泪尽故交散,此地逢君不易评。客里吟成才八斗,梦中头白酒千倾。人生适意解真乐,世事输赢朝暮情。有诗尽付枝下读,西去长安纸价争。

注　此诗录自广州美术馆所藏石涛十四开《书画杂册》之书法页。款题:"上巳日过兴教寺访陈定九。瞎尊者原济。"诗写于1697年早春之上巳日,是石涛与历史学家陈鼎交往的重要史料之一。《留溪外传》中的《瞎尊者传》是写石涛的第一篇传记。陈鼎(1650—?),字定九,号鹤沙,晚号铁肩道人,江阴周庄人。其《留溪外传》在谈到张潮时说,"岁丙子予客邗上者,凡载为文多就正先生"。这次客扬州从1696年到1697年。兴教寺位于扬州万寿寺街西,原为西隐庵,又名梵觉寺,宋时所建。

校　　纽约大都会艺术博物馆藏有一石涛书法扇面,为赠汪兆璋(苕斯)所作。其中书有三诗,就包括此诗。文字略有不同:首句"丁丑三月上巳晴",扇面作"丁丑三月已放晴";"密移一步快生平",扇面作"出门一步快生平";而扇面的诗题也易为"访陈定九喜晤穆履安诸旧好"。

怀韦华江陵不至

二月已过三月中,梅花不放抱犊翁。翁喜梅花有奇骨,梅亦对翁多古风。广陵思煞好朋辈,恨不见翁犹我同。高谈雄辩耳边近,身未渡江神已通。铁画草能开百代,玉钩新月挂高空。好将一幅摩天纸,试展翁书始尽雄。

注　　此诗录自广州美术馆所藏石涛十四开《书画杂册》之书法页。款题:"怀韦华江陵不至,大涤山人济。"诗当作于1697年,与以上数诗同为"丁丑"之作。此期石涛刚由"苦瓜和尚"改称"大涤子",不像1698年之后,"大涤子"之名相对固定,此期称谓还有些游移,如称"大涤尊者""大涤山人"等,1698年之后的作品中罕见此类称谓。而在1696年的真迹中,则不见"大涤子"之号,如藏于北京故宫博物院的十二开《墨醉图册》,作于1696年,十二开作品款印无一涉及"大涤子"。

程京萼(1645—1715),清康雍时著名书法家,梁巘《论书帖》:"得执笔法,学黄庭坚,然结体倾斜,亦未成家。"包世臣《艺舟双楫》"国朝书法"将其和石涛同列于"逸品下"。乃著名学者程廷祚(1691—1767)之父。京萼字韦华,号袯斋、鞸老,江南徽州府歙县槐堂人,居金陵,又往来于扬州,是石涛生平至友之一。石涛在金陵时与其朝夕相见,后在真州、扬州都有与韦华相与优游的记录。石涛存世作品中多有与韦华相关者,他对八大山人的了解最初也来自韦华。

上海天地2005年春拍之《石涛程京萼书画册页》,八开画为石涛作,八开书法为韦华作,作于1681年,说明石涛来金陵不久就与韦华为友。北京故宫博物馆藏石涛《翁山诗意山水册》,每开有韦华对题,二人通过不同的方式来体会他们共同的友人屈大均的诗意。京都泉屋博古馆所藏石涛十二开《精品山水册》,其中有韦华多处题跋,其纵逸的书风给人留下深刻印象。

校　　"身未渡江神已功","功"点去,在诗后补写小字"通"。

寄怀石友兄之龙沙

　　一春雨雪二月杪，病夫小阁巢如鸟。拥被高眠懒下床，齿长疏痛食渐少。念子将归还不归，夜来梦入神飘渺。知己无多远间隔，笔墨虽快成潦倒。请君一笑解相思，扬帆来者清湘老。

注　　此诗录自广州美术馆所藏石涛十四开《书画杂册》之书法页。钤"半个汉""赞之十世孙阿长"印。诗当作于1697年，与此册书法六开作于同一时间。

　　本为承训堂旧藏、今藏纽约大都会艺术博物馆的一帧石涛书法扇面，也书有此诗，题为《春日寄远人有作》。

　　诗中所说"石友"，与石涛关系非同一般，或为沈奕琛。邓汉仪《诗观》二集卷十收沈奕琛之诗。奕琛字石友，高邮人，曾在金陵活动。程邃《萧然吟》中有《沈石友、子佩伯仲招同张子入、康小范、宋鸿生饮文游台却赠》诗。

种闲亭梅花下赠石亭主人

　　种闲亭上花如字，种闲主人日多事。多事如花日渐多，如字之花太游戏。客来恰是种闲时，雨雪春寒花放迟。满空晴雪不经意，砌根朵朵谁为之？主人学书爱种花，花意知人字字嘉。我向花间敲一字，众花齐笑日西斜。

注　　此诗录自承训堂旧藏、今藏纽约大都会艺术博物馆之石涛扇面。扇面录三诗，其中第二首即此诗。这位"石亭主人"，不详其人。波士顿美术馆藏石涛款十二开《山水大册》，其中一开画一人于桥上过，丛林中有屋俨然，题有此诗，款"清湘陈人大涤子阿长"。

　　石涛1680年曾在向山堂作《授易图》，此图见《大东美术》（原野谨次郎编，日本大东美术振兴会珂罗版印刷，1925）第一辑著录，是石涛初至金陵后的著名作品。上有两跋，第一跋款题："清湘石涛济写于秦淮之向山草堂，庚申夏五月。"第二跋云："此纸是予枝栖长干时为江汉友人所作。余与种闲主人石亭翁偶得之于广陵市儿之手，即携至予大涤堂下，惊喜欲绝，因命补款。再正石翁也。时丁丑立冬前二日清湘瞎尊者原济。"再跋中就谈到这位"石亭主人"。

与友人夜饮

忆昔相逢在黄檗,座中有尔谈天舌。即今头白两成翁,四顾无人冷似铁。携手大笑菊花丛,纵观书画江海空。灯光晃夜如白昼,酒气直透兜率宫。主人本是再来人,每于醉醒见天真。客亦三千座上客,英风飒飒多精神。拈秃笔,向君笑,忽起舞,发大叫,大叫一声天宇宽,团团明月空中小。

注　　此诗录自陈鼎《瞎尊者传》。其云"其诗益豪,尝与人夜饮",下录此诗。"忆昔相逢在黄檗",宣城广济寺原是临济宗祖师黄檗希运说法的地方,黄檗当指宣城。诗当作于石涛晚年居扬州之时,宣城朋友来访,于酒后作此。又见汪绎辰《大涤堂题画诗跋》。

简程肖悦作

不是心交那得群,平生知己莫如君。赏心竹叶千千个,快意机生杨子云。思不见,叩难闻,秋来何所乐氤氲,白云红树细殷勤。

注　　此诗录自陆心源《穰梨馆过眼录》卷三十六著录之《石涛方文山书画合册》第五页书法。程祚印,字肖悦,号鹫庵,徽州歙人。

题狂壑晴岚图

掷笔大笑双目空,遮天狂壑晴岚中。苍松交干势已逼,一伸一曲当前冲。非烟非墨杂逻走,吾取吾法夫何穷。骨清气爽去复来,何必拘拘论好丑。不道古人法在肘,古人之法在无偶。以心合心万类齐,以意释意意应剖。千峰万峰如一笔,纵横以意堪成律。浑雄痴老任悠悠,云林飞白称高逸。不明三绝虎头痴,逸妙精能胶人漆。天生技术谁值掌,当年李杜风人上。王杨卢骆三唐开,郊寒岛瘦探新赏。无心诗画有心仿,万里羁人空谷响。

注　　此诗录自南京博物院所藏石涛《狂壑晴岚图轴》。此图为石涛生平佳作。上题有此诗,气势磅礴,阐述自己的无法而法思想,涉及古代画论中的诸多命题，如逸神妙能四格说、画尚古意说、美丑分别论等。石涛提倡发自真性的创造，而不是拘拘于法度之中。

题诗后款云："西斋先生博教，大涤子济并识。"王仲儒（1634—1698），字景州，号西斋。雍正十一年刊《扬州府志》卷三十一《人物志·文苑》有王氏兄弟传，其云："王仲儒，字景州，兴化人，幼时颖悟，攻举子业，淹贯经史，为诸生领袖。中年绝意场屋，专肆力于诗，沉雄浑噩，独步少陵，不屑道轻靡脆弱一字。弟熹儒，字歙州，以诸生贡入成均，亦擅诗文，工书法，与兄齐名。"

此图作于1697年到1698年间。

寄景翁先生

百城烟水梦三湘，东海沿江一带乡。但见愁云阻江汉，人民白骨为鱼粮。前年海啸七月望，海风拔木太守惶。千峰顶上白浪涌，平地推桥堕屋梁。昨年湖水泛田庄，田夫如鸟依枯桑。水深树端人难载，岸远风狂事可伤。今年湖海都一国，楼高纵倚多彷徨。黄水破淮淮水翔，天文漫日无阴阳。元宵风雨入夏至，银河倒泻时倾将。苍桑更古由庚变，造化终然得理昌。眼中不独无烟火，儿女饥啼卧□□。吾庐大涤笙歌旁，画船箫鼓声飞扬。中间儿辈□□□，兴尽悲来学古狂。时哉时哉莫可当，老夫休矣□□□。

注　　此诗录自一石涛书法立轴。款题："寄景翁先生诗长教正。"此诗由汪世清先生发现（见《石涛诗录》，第27—28页，河北教育出版社，2006）。立轴藏于项景原后人之家。项宪（1644—1716），字景原，号耐庵，江南徽州府歙县（今安徽歙县）人，是石涛晚年的朋友。

诗作于1698年。

题松风泉石图卷

长风拂蓬瀛，松林发清音。朝见琴溪翁，青天共披襟。为予束指起大笑，置我图画图幽林。请公放笔莫暂缓，一挥直开万古心。嗟予探奇经几载，潇洒从来具遥解。兴来何处容尘氛，目中已此无江海。呼童涤青砚，焚香开中堂。墨汁十斗莫教惜,安坐但听声清苍。低昂奋袖差自喜,却步四顾劳回翔。素毫方落齐变色,十里长松森开张。腾蛟作怒缠皓腕,惊雷出入侵雕梁。既非秦女之所餐,复非秦人之所封。倚嵌历落杳不知几千尺,萧萧稷稷直欲驾日月而开鸿濛。古石倚其旁,飞泉灌其中,凉风起上下,冲激闻澎洵。正疑飞仙落环佩,复谓钧奏铿钟镛。吾闻天台四万八千丈,醴泉苔干栖仙踪。此间回合得无似,相呼便欲行相从。东岩真人意何适,悠然端坐临高空。貌清气爽默不语,即之正是琴溪翁。琴溪水清琴亦清,几年作宰仙同名。政暇不扰起清兴,琴声直接松风生。千岩万壑齐争鸣,猿出惊鹤起翩然。远下丹峤引为君,听琴奚歇为君舞。浮大白,君不闻,叶已王乔凫尽飞,海南葛洪丹有诀。济世由来非众人,寻仙必属真英杰。知君爱我情独殷,流水高山许共分。忽然掷笔起长啸,并缄新题一寄君。

注　此诗录自香港罗桂祥夫妇所藏石涛《松风泉石图》手卷。户田祯佑、小川裕充《中国绘画总合图录续编》第二卷第164—165页影印,编号为S35—018。款题:"己卯二月广陵树下写松风泉石,寿我泾川明府,率尔成歌,并呈博教。清湘朽弟极。"拖尾有谢稚柳题跋,其中有云:"舞退笔如丈八蛇矛,笔势壮阔如挟风雨,水墨尤为放荡沉酣。"

邓琪棻,号又清,一字伟男,广西人(石涛称其为同乡),顺治十四年(1657)举于乡,此年石涛方十五岁,又清大于石涛。石涛居宣城时曾数至泾川,与又清深有交谊。

《松风泉石图》疑非石涛所作,然诗或可能出自石涛之手,录此备考。诗或作于石涛居宣城时。

题黄山图

太极精灵堕地涌,泼天云海练江横。游人但说黄山好,未向黄山冷处行。三十六峰权作主,万千奇峭壮难名。劲庵有句看山眼,到处搜奇短杖轻。昨日黄山归为评,至今灵幻梦中生。不经意处已成绝,险过幽生冷地惊。昔谓吾言有欺妄,卅年今始信生平。几峰云气都成水,几石苔深软似绒。可是山禽能作乐,绝非花气怪天呈。石心有路松能引,空外无声泉自争。君言别我一千日,今日正当千日程。人生离别等闲情,愧余老病心凄清。有杯在手何辞醉,有语能倾那不倾?满堂辞客生平盟,雄谈气宇何峥嵘。座中尽是黄山人,各赠一峰当柱撑。请看秀色年年碧,万岁千秋忆广成。

注　　此诗录自京都泉屋博古馆所藏石涛《黄山图》手卷。此卷是石涛生平代表作之一，作于1699年夏，是一次朋友雅聚之后，石涛意兴极浓而作。款题："劲庵先生游黄山还广陵，招集河下，说黄海之胜，归大涤堂下，想相余三十年所经黄山前后海门，图此并题请正。清湘陈人苦瓜元济。己卯又七月。"许颐民（号劲庵）为黄山人。

石涛所说"招集河下"之"河下"，乃当时扬州富人聚居区。《扬州画舫录》云："钞关东，沿内墙角至东关，为河下街。自钞关至徐宁门，为南河下；徐宁门至阙口门，为中河下，阙口至东关，为北河下。计四里。"康熙年间，这里是扬州的商业中心。何嘉延《扬州竹枝词》云："盐商连樯拥巨赀，朱门河下锁葳蕤。乡音歗语兼秦语，不问人名但问旗。"（康熙《扬州府志》卷三十五《艺文》）

薄暮同萧子访李简子

先朝遗老屋邝上，古木钟声著书响。眼中白发有谁在，难得伊人地开朗。时与萧子（征义）出郭莽，林深草木脱疏爽。一径风篁君子心，到门知是吾家长。相逢一笑悲且慷，消得半生陈肮脏。从来除发除偏党，宾中之主日千丈。曾过大涤吾不知，老病饥寒支莫强。祖父千钟福不养，即今老去谁痛痒。身随落叶逐东西，大涤为庐谢尘网。吾今且退夕阳恍，再来萧子车同两。

注　　此诗不见于传世石涛真迹，但在北京故宫博物院所藏张大千仿石涛八开《山水册》中出现。诗中所描绘的情况与石涛生平相合，当为石涛所作。

萧旸，字征义，号也堂（又作冶堂），江都人，是当时扬州很有名气的诗人。据李骥《赠萧征义序》中描写，征义本是江都富家子弟，但不守田产家业，"独日挈一木瓢，负一蒲团，走三山之巅，咏诗见志，有不可一世之志"（《虬峰文集》卷十五）。李骥《萧也堂四十赋赠》云："萧子明哲人，肆志而玩世。奕奕本华冑，名都连甲第。秉性喜任达，龌龊羞流辈。自谓布衣尊，簪缨非所爱。……日与公卿游，不知公卿贵。振笔泻江河，吐气吞嵩岳。"石涛晚岁居扬州，多与征义游。如藏于纽约大都会艺术博物馆的石涛《秋林人醉图》，跋称"昨年与苏易门、萧征义过宝城，有一带红叶，大醉而归"，也是记游之作。

李简子，即李骥，是活跃于扬州的诗人。卓子任《近青堂集》中有《查德尹表兄招同戴南枝、王紫铨、孙物皆、闵宾连、费此度、李笋子、李苍存、程松皋、乔东湖、张星闲诸公大集平山堂……》诗，参与者就有李笋子。

题程载锡小照

明月照人成皎皎，举杯邀月月正好。月非解饮入杯中，酒入杯深自倾倒。请看今古绝纤尘，不漫花前第几人。

注　　此诗录自北京故宫博物院所藏张大千仿石涛八开《山水册》。此册虽非石涛所作，但所题之诗符合石涛生平，当为石涛所作。

程道光（1653—1706），字载锡，号退夫，歙县岩镇人，居扬州。早年家境贫寒，后业盐，家境渐丰，在扬州有自强堂、其恕轩、慎独室、敬久亭、自顺楼等。程道光乃乐善好施之人，石涛晚年居扬州多得其帮助。今存石涛有多通书札致之。

赠吴秋潭之湖上

青莲居士秋潭翁，十载未晤悲高风。雄才一扫时流空，百里如见芙蓉峰。胡然此地两相逢，相思解脱开心胸。拈笔却扫青芙蓉，云中紫翠朝霞封。笑指明朝揽吴越，故把新诗呈丑拙。故交星散见还难，天边飞镜如转辙。

注　　此诗录自北京故宫博物院所藏张大千仿石涛八开《山水册》。

吴孟龙，字伯御，号秋潭，号青莲居士。1687年举于乡，《江南通志》卷一百三十二《选举志》康熙二十六年丁卯科有"吴孟龙，徽州人"之记载。此诗作于石涛晚年，与吴秋潭多年未见，一朝相逢。张潮《尺牍偶存》卷二有《复吴伯御孝廉》。

题松石大帧寿新安友人

笔头□卓迅风雷，三十六峰移□载。弹指未终周甲子，大夫堂上看崔巍。大斧辟□黑墨苔，阴浓杂遝开合哉。神已游于天都莲蕊绝壁去，又想起石梁桥畔第三来。空空阔阔，风欲鸣而鼓舞；袅袅姣姣，翠欲低□而花开。大约可保长生，举杯先生为之大笑，清湘洒墨觉似乎凭猜。

注　　此诗录自北京故宫博物院所藏张大千仿石涛八开《山水册》。

　　　所忆新安友人，乃黄山之友人。诗中描写的"三十六峰""天都""莲蕊"等，都是黄山景。

重岩叠嶂崔嵬中

重岩叠嶂崔嵬中，无人得度，但见猿鸟栖龙嵸。飞泉一道泻天半，喷壑数里迷霜瞳。白虹饮涧飞电吼，苍龙走壁婉转生长风。幽人仰天吸松雾，山鸟呼处声玲珑。悠悠白日照深谼，野花碧草随天功。流霞忽散彩衣舞，落日沉西影射通。名山我昔探奇钥，白云满袖双赤脚。心粗气莽踏天趣，至今洒墨尤颠仙可错。

注　　此诗录自北京故宫博物院所藏张大千仿石涛八开《山水册》。诗题为编者所拟。

简王我旋

我旋堂上黄花早，我旋先生没烦恼。公爱吟诗瘦似花，我思泼墨斗花好。先生先生荷锄老，黄花黄花笑绝倒，能醉花前即有道。

注　　此诗录自北京故宫博物院所藏张大千仿石涛八开《山水册》。

　　　王谓升，字我旋，江都人。石涛南归至扬州后，与其多有交往。如上海博物馆所藏石涛《山林乐事图》就是为我旋而作。其题识云："余自都门归时，过我旋堂，喜老友谓升先生得一子，名孝徵，年已四岁矣。岐嶷聪俊，知其必能继父风也。喜为作画，付其收藏，俟二十年后展之，则知吾二老相知之深，有如此者，是一乐事。时癸酉冬月十九日，清湘老人石涛济并识于夕阳花下。"时为1693年。费锡璜《掣鲸堂诗集》卷八有《同王谓升、闵右诚、梅卫瞻、张历山、杜书载、萧征乂访石涛上人于净慧寺》。

石涛南还之后，与王谓升、杜书载等比邻而居，往来过从频繁。陶梁《红豆树馆书画记》卷七十载杜书载《移居五律四诗》，其中有云："十载四移家，迁乔只自嗟。鲤庭成往事，燕幕正无涯。仆怨书为累，朋疑酒是赊。老妻曾不倦，数数问黄华。未得鹿门去，居邻古墓弯。短墙低白日，高树远青山。听鸟支床稳，留宾伴月顽。何须勤相度，退福有无间。萍踪吾习惯，只此当浮槎。星斗窥檐近，风波隔户遮。囊空忘盗贼，壁破走龙蛇。为谢停车客，吟诗但煮茶。偃仰从吾志，南窗得稳眠。暖宜梳白发，寒不弃青毡。邻叟聋非俗（自注：谓升王子），山僧朴更贤（自注：谓苦瓜上人）。高城忻咫尺，扶杖看秋烟。"款题："戊寅季秋，移居广储门东城下，同人以诗见贻，用'花间茶烟'四字为韵，勉答四章，一以志播迁，一以慰雅好。西斋先生见而爱之遂书请正，不足以较音节者也。江都小弟杜乘。"由此诗，也可间接看出大涤堂坐落的地点及石涛晚年生活。

郑破水昨年彭泽舟中以诗见怀依韵却寄

忆昔少年游，一往奋千里。波涛汹涌中，气岸泼天圮。五岳三湖孟浪过，出头遭难拥兵戈。胜迹非无意，过眼成空幻得多。文章笔墨贵游踯，新诗潇爽堪成帖。大江月落早潮生，小姑烟里雪茎铗。恰似彭泽十日行，忆我老病羁芜城。今年小暑却无暑，满城墙壁深秋声。怪哉时又黑如漆，富者尽贫安可老。相逢几辈砚田荒，箧缚肚皮称隐逸。愿将此，咨郑虔，苍生此去若何圆？

注　　此诗录自北京故宫博物院所藏张大千仿石涛八开《山水册》。

郑晋德，字蕃修，号破水，江南徽州府歙县丰南人，工诗。早年曾走武昌，后居扬州。他在扬州的文坛很活跃，张潮《幽梦影》载有其跋文，如张潮在关于古之性情中人的论述后有云："郑破水曰：赞叹爱慕，千古一情。……心斋真情痴也。"又云："我愿来世托生为绝代佳人"，"郑蕃修曰：俟心斋来世为佳人时再议"。破水在扬州有梅花书屋，引来很多文人吟咏。朱观说："梅花书屋诗人，作者如林。"郑破水曾有西江之游，在南昌见到八大山人。八大在书札中也提及破水。

题万里黄河图

黄河落天走江海,万里泻入胸怀间。中有岳灵踞霄汉,白云滚滚迷松关。当门巨壑争泉下,绝顶丹砂谁人者。我时住笔还自看,犹胜飞空驾天马。

注　　此诗录自纳尔逊-艾金斯美术馆所藏石涛十二开《苦瓜妙谛册》。又见汪绎辰《大涤子题画诗跋》、陆心源《穰梨馆过眼录》卷三十六《石涛赠石溪山水册》(当为《赠石头山水册》)。

题雪江卷子

雪江先生耽清幽,标新取异风雅流。万里洪涛洗胸臆,满天冰雪眩双眸。架上奇书五千轴,瓮头美酒三百斛。一读一卷倾一卮,紫裘笑倚梅花屋。急霰飞飞无断时,冻波淼淼滚寒涯。枯禅我欲扫文字,却为高怀漫赋诗。

注　　此诗录自北京故宫博物院所藏《原济髡残行草书翰》。五开中一开录有此诗,名《题雪江卷子》。此为石涛真迹。

　　此"雪江"当即是当时活动于扬州和金陵的花鸟画家季尧堃。《国朝画征补录》卷下:"季尧堃,字雪江,工设色花鸟。"如皋人,著有《墨香居画识》《国朝画识》等。如皋季家为清初大族,雪江两位叔父应召(约1630—1674)和开生年轻时双双中进士,被称为"二季"。雪江祖辈父辈多有人擅丹青,应召也是清初有影响的花鸟画家。彭蕴璨《历代画史汇传》卷五十一:"应召,字天中,泰兴人,顺治乙丑进士,官至给事中。自幼喜摹仿宋元名迹,得子久三昧,诗笔俊爽有奇气,与弟振宜,有'双凤'之目。"石涛诗中描绘符合季雪江的特点。

　　而纳尔逊-艾金斯美术馆所藏石涛十二开《苦瓜妙谛册》中一开雪图,也题有此诗,款"冬日为石头先生年道长并正。清湘陈人阿长"。第一句的"雪江先生耽清幽",变成了"石头先生耽清幽",断非石涛所可为。此雪图非石涛所作。

　　汪绎辰《大涤子题画诗跋》也录有此诗,也作"石头先生"。

广陵简禹声年世翁

昨年作别銮江城,顷来相向邗江明。邗江之水何其清,朝朝暮暮寒潮生。作书作画乘潮起,芒鞋竹杖图舟轻。与君父子交三代,骨肉同盟朴素情。欲去不去五湖客,欲眠不眠老大行。放眼高歌一曲短,情真那不说生平。

注　　此诗录自北京故宫博物院所藏石涛一梅花扇面。款题:"广陵简禹声年世翁博教。石涛济山僧稿。"禹声,吴惊远次子承夏,字禹声。石涛与之交谊颇厚,不仅多有作品相赠,且与之讨论书画之法,如数件作品中有他与禹声论"无法而法"思想的记载。

忆笔墨中师友并序

偶忆诸师友,笔墨中人,自宣城起,画社中有梅瞿山、梅雪坪、高阮怀、蔡晓原、吕定生、王玉楚、徐半山诗画行一路。与予一家言者,如中江鲁子仁,云中梁崇此,武昌潘小痴,何能尽收?此十年之内知交数辈,学太白之歌,颇不寂寞云。

清湘有曲江东哦,宣州四子早蹉跎(自注:萧子佩、李永公、许士闻、刘雪溪)。秦淮屠,三杰出(自注:随园、东林、雪田),广陵又得程氏多。程三人,偶巢最,友声江右生长波。最初赐鼎真似济,近年更进更成魔。溪南吴子文野敏,有书难读家贫何?洪子廷佐梅花工,更羡燕京图月坡,萧骚兰竹影婆娑,司冠之子图绘科,东皋渔者(自注:博问亭将军)多诗歌。王君觉士孟阳槖,有时博变生嵯峨。蕙嵒走入八大室,书画一扫真传么。风流名胜堪成讹,点额鱼龙打破锣。南园耕隐老头陀,以诗说法称惟那,百万人天掷一梭。老夫且醉酏口醛,抱疴怕见苦松萝。

注　　关于这首回忆艺道友人的长诗以及诗前之序,现传有二本:
　　　　一是吴湖帆旧藏本。1929年曾由上海天绘阁珂罗版影印出版,吴湖帆名之为《清石涛清湘怀旧图卷》。
　　　　此卷吴湖帆有题云:"清湘此卷前年遇之,爱慕不能释,旋以返里事阻,议价未值而罢。及蒇事,问询,则为湘中曾氏收去。越二年,有友人持画卷至,开卷视之，仿佛如故旧重逢，别有缘会，遂倾囊携归……张君大千知余藏董文敏《山村清霁图》，因赠《潞水话别图》以成双璧，不胜知己之感，即举此卷答之。"（《吴氏书画记》，见《吴湖帆文稿》，第508页，中国美术学院出版社，2004）此卷后归张大千，但今不知藏于何处。

二是王绍尊藏本。王氏名之为《八十叙怀卷》。卷后有王氏长跋，时老人已九十有余，因目疾，嘱弟子、当代章草大家陈巨锁书出。题跋中说："此卷签题'清湘老人细笔山水真迹卷'，原为张之洞家藏珍秘。卷首题'石涛墨妙，癸未仲春南皮张公骕敬题'。后归余，已伴我度过数十个春秋。今耄矣，写上此话，是对石涛卒年问题的诠释，亦余与石涛知遇之缘也。"虽王氏所持此卷非石涛所作，其平生好石涛之志亦令人感佩。题签者张公骕乃张之洞（1837—1909）后人，现代书画家。

二本都非石涛所作。石涛定然有此诗，因诗及序中包含着石涛一生很多重要事件，他人无法得知。但真迹今不存。

诗序和诗中所列诸友人，梅瞿山、梅雪坪、高阮怀、蔡晓原、吕定生、王玉楚、徐半山诸人均为宣城诗人，并多工书画。

高咏，字阮怀，号遗山，宣城人，书画与诗世称"三绝"。

王玉楚（又作玉础），也是宣城一位画家。梅文鼎《绩学堂诗钞》卷一有《寄王玉楚王六》诗，序云："玉础与余妻兄陈三孚吉交三十年，无间。两人皆善画，一以平远，一以马人物，皆擅名一时。"可知玉础善山水平远之作。

徐半山和尚有《山水》，今藏安徽省博物馆。此八开册页，第八页为题跋，其上除宣城元老俞绶（去文）题跋之外，并有半山题三诗于其上，第三首为《雨霁玉楚过》："叶响溪云断，墙东人即过。老闲亲木石，钟午卧藤萝。旧殿新泥燕，啼禽唤插禾。相逢毋浪语，醉效夕阳酡。"谈到与王玉楚的交往。

石涛诗中言及"如中江鲁子仁，云中梁崇此，武昌潘小痴"三人，梁崇此，号芰梁，山西大同人，居天津，工诗，善书法，有《啸竹轩诗草》。他是张笨山的内弟。其他二人情况不详。

诗中"友声江右生长波"，是说他的画弟子程鸣，字友声。石涛晚年居扬州时，从其学画之人甚多，但成就最大、与石涛风格最为接近者乃是程葛人之子程鸣。

"溪南吴子文野敏"，吴文野是歙县丰南人，客居真州。石涛曾有《兰花图》赠之。

"洪子廷佐梅花工"，是说洪正治。正治字陔华，号廷佐，工诗，善画梅。石涛晚年赠其画甚多，《自述》一篇就为其所藏。

"更羡燕京图月坡",图清格,字牧山,号月坡,善画,尤工竹菊和鸭。《郑板桥集》载绝句二十三首,其中《图清格》一首注云:"号牧山,满洲人,部郎,善画,学石涛和尚。"他是大司寇图纳之子。

"东皋渔者多诗歌",博尔都是石涛的挚友,二人唱和极多,今见《问亭诗集》和石涛存世作品,凡十余首。

"王君觉士孟阳寀",王觉士,又作觉四,为石涛晚年画友。王氏山水从其乡贤程孟阳一路而出。

"蕙嵒走入八大室",蕙嵒是石涛与八大山人共同培养的画弟子。八大山人有数件作品提到这位画家,但至今其生平事迹一无所知。

"南园耕隐老头陀",是居扬州的僧人。汪研山《清湘老人题记》著录石涛一件《探梅联句图》,图今不见,所录题诗或可信:"折梅归去当诗题(苦瓜),踏冻行来日又西(牧庵)。一路春风人自醉,平山残雪鸟初啼(耕隐)。村烟隔水分新路(苦瓜),树影和云暗旧堤(耕隐)。登眺兴从幽处得(牧庵),出山刚对廿桥低(苦瓜)。梅花杖子过头诗(苦瓜),五字吟来步较迟(耕隐)。行到红桥刚一半(牧庵),归来觅路不嫌歧(苦瓜)。云中野色寺钟迟,年里人家户掩时(耕隐)。不是爱花情独懒,三人忍冻只般痴(苦瓜)。"

校　　二本相较,题识文字差别不大。有两处明显区别,一是作画时间,《清湘怀旧图卷》款"辛巳□□□作,□湘陈人大涤子济青莲草阁",作于辛巳,时在1701年。而《八十述怀卷》款"辛丑仲秋清湘陈人大涤子济青莲草阁",题作于辛丑,时在1721年。后者明显有误。

二是诗中第二句对"宣城四子"的注释不同,《清湘怀旧图卷》作"萧子佩、李士闻、刘雪溪、连永公",《八十述怀卷》作"萧子佩、李永公、许士闻、刘雪溪"。不仅人名有别,顺序也不同。

七夕雨中寄愚翁

秋雨凉,秋雨沁入人肺肠。秋色陆离阶砌光,盆盎洗有兰花香。秋雨凉,秋爽沁入人肺肠。如何作达排欢场,笔墨之趣不寻常。大白一浮眼剑芒,乌皮绢素横披张。奇情四出不可当,山川物理纷投降。或者抑,或者扬,造化任所之,吾亦乌能量。七月七夕巧乞将,天孙为织云锦裳,吾为此图拟报章。

注　　此诗录自张大千《大风堂书画录》著录之《苦瓜七夕诗画》。此图纸本浅设色，上题此诗，款题："七夕雨中寄上愚翁年先生博教。清湘大涤子济。"

此中之"愚翁"，当指石涛晚年的朋友朱观。朱观，字古愚，石涛晚年与之交往极为密切。古愚所辑之《岁华纪胜》中多载有石涛之事（如石涛《庚辰除夜诗》就部分录于此）。石涛赠古愚之作甚多。《岁华纪胜》二集在朱堪注《题郑破水梅花书屋诗》诗后说："大涤子曾为予绘《著书处》及《东海观潮图》，达四皆题之，因中多过奖语，不敢登载，恐涉自炫也。"此二画今不存。

题大涤草堂图

西江山人称八大，往往游戏笔墨外。心奇迹奇放浪观，笔歌墨舞真三昧。有时对客发痴颠，佯狂索酒呼青天。须臾大醉草千纸，书法画法前人前。眼高百代古无比，傍人赞美公不喜。胡然图就特丫叉，抹之大笑曰小伎。四方知交皆问予，廿年踪迹那得知。程子抱犊向予道，雪个当年即是伊。公皆与我同日病。刚出世时天地震。八大无家还是家，清湘四海空霜鬓。公时闻我客邗江，临溪新构大涤堂。寄来巨幅真堪涤，炎蒸六月飞秋霜。老人知意何堪涤，言犹在耳尘沙历。一念万年鸣指间，洗空世界听霹雳。

注　　目前所见有两件作品题有此长诗：

1. 大风堂所藏石涛款书翰。款"戊寅夏日题，清湘遗人若极"，康熙戊寅为1698年。

2. 日本永原织造所藏伪本《大涤草堂图》（日本东京圭文馆1961年出版之《石涛八大山人》第6图影印）。托名八大所画，左侧自上而下题长诗，款题："家八大寄《大涤堂图》，欢喜骇叹，漫题其上。使山人他日见之，不将笑予狂态否？时丙寅夏五月，清湘陈人大涤子济山僧草。"

大风堂所藏这件作品至今未见全图。最早见于傅申等《沙可乐藏画研究》一书，主要是根据王方宇先生的照片影印。王方宇《八大山人和石涛的共同友人》一文曾影印此题跋，不但题跋四行被从中截断，而且还印反了。傅申与王方宇都没有看过此作真迹。此作也是伪迹，或为张大千伪托。

但此长诗当为石涛所作。诗符合石涛诗歌中常见的那种狂涛大卷的风格。诗的气氛也相合，石涛与八大关系非比寻常，诗中的描写符合其特点。"四方知交皆问予,廿年踪迹那得知。程子抱犊向予道,雪个当年即是伊。"石涛与八大的交往始于1696年到1697年间,石涛开始对八大的情况并不是很熟悉。是由朋友介绍的。

永原织治所藏《大涤草堂图》以及大风堂所藏石涛题八大《大涤草堂图》诗,可能都是张大千所作。张大千极有可能藏有八大山人的《大涤草堂图》,其上就有石涛之题诗,但此作今不见。

王方宇《石涛和八大山人的共同友人》一文,在讨论抱犊为何人时,曾致信张大千。他在文章中引述张大千的回信:"承询程抱犊其人其事,弟只于三处见之,一、即旧日寄呈石师所题八大山人所画《大涤草堂图》中之一语。二、湖帆藏石师山水卷,用雨点皴。山间洞中有三高士,后有石师所自题长句,中多脱字,诗中曾及梅瞿山雪坪兄弟、抱犊及吕楚生等多人,已不能记忆。上海文明书局有印本(印时尚未归湖帆)。湖帆得之数年后,持以赠弟,倭人既降,弟自蜀重来上海,此卷存在网师园,家人往检余物,此卷不复见矣。三、战时经港返蜀,于一藏家见石师设色《黄山卷》,约长四尺,上款为抱犊。弟所知,仅此耳。"(香港《大成》月刊第54期,1978年5月)

题画白菜

请学为圃,春足风,夏足雨。上有青云下有土,真根不必论甘苦。今时缺此先能补,一种清芬向谁吐。

注　此诗录自天津博物馆所藏石涛八开《山水花卉册》。此开画白菜,款题:"清湘膏盲子原济并写于青莲阁下。"图作于1700年左右。

题淮扬洁秋图

天爱生民民不戴,人倚世欲天不载。天人至此岂无干,写入空山看百代。百代悠悠甚渺茫,空山对客较短长。山川陆海结中央,南奔北走辟淮扬。黄海之水广汪洋,黄海之山西蜀冈。九河不断分六合,水阔山横无处说。遥思文帝早知儿,丧家之于亡隋脉。隋家炀帝画图空,人道荒唐我述中。当年不废迷楼意,歌管楼台处处风。隋才自捷天难比,隋心自敏通经史。隋仁隋义孰倾心,胶结杨素传遗旨。遗旨元符一望开，隋家处处起瀛台。西池诏起十六院，南州又凿五湖来。五湖八曲风昧多，随心称意味天秋。红粉不到隋家死，彩女如何陆地过。隋荒自绝不思量，米珠薪桂天遑遑。征辽日日甲兵起，可怜社稷无人理。宫中李实共杨梅，不重杨梅重玉李。伤情目断平原巅，兴亡不在征辽边。一年三百六十日，只对烟花夜夜眠。扬州刺史新承宠，香车自走复懵懂。曲槛层楼迷不迷，能使神仙入情冢。河南杨柳谢，河北李花荣。杨花飞去落何处？李花结果自然成。迷楼宫人抗声咽，隋心犹恋云中阙。隋家歌管谁家阅，咫尺风流看饮血。荡心一丧天地轻，怎知天下无刀兵？纵教千年万载死，不如一顾一倾城。倾城不见迷楼无，西院十六隋毒屠。河开千里幸江都，至今目电焉可诬！我行隋地试难明，我图黄海笔难停。精麋亦有荒凉日，桑田亦变沧海形。今年居九夏，黄海千里崩腾下。隋河亦已竭，雨水平陵谁得悦？谁思禹注淮南北，民间争颂亦无勒。功深只令四海息，息时又树稼与穑。山川陆海没风波，一日绚起鱼盐色。久知隋地空徬徨，又询禹甸高翱翔。北顾南瞻尽天长，分淮沿水画岐阳。老夫自笑非屑屑，老夫自爱非忙忙。长歌短行非吾别，纵有丹青神不结。今移结神出涤楼，门前水退屋（落一字）舟。破砚拂开当日月，突笔写入洁时秋。禹功隋荒具之两不论，而吾之冲口划目有不尽。

注　　此诗录自南京博物院所藏石涛《淮阳洁秋图轴》。款题："为山老道先生正。大涤子极。"从所钤"若极"印和款"极"等情况看，当作于1705年左右。

　　上款山老道兄，当指张潮，字山来，号心斋，江南徽州府歙县（今安徽歙县）人，清初诗人、刻书家，与石涛交往密切。石涛写下如此长诗，诗中总揽扬州历史，内容极为丰富，而画面又如此讲究，是其晚年最用气力的作品之一，是艺术家的精心之作，一定是赠给一位重要的人物。《幽梦影》《虞初新志》等的作者、当世著名文人张潮是符合这一特性的。此画笔墨纯熟，如此长诗一气呵成，既有长篇歌行的贯通气势，又有竹枝词等民歌形式的活泼和晓畅，使人读之，似觉元白诗风存焉。

题张公洞图

张公洞中无人矣，张公洞中春风起。春风知从何处生，吹□千人万人耳。遂使玄机泄造化，奥妙略被人所齿。众中谈说向模糊，吾故绘中味神理。此洞抑郁如奇人，兀戛直逼天下士。肥遁窟穴渺冥中，彪炳即同虎豹是。君不见，弥纶石罅尽文章，女娲炼石穷奢侈。杂以林峦左羽翼，文质彬彬亦君子。洞乎洞乎作画图，潜虽伏矣烂红紫。此可目之为山水。

注　此诗录自张大千旧藏、今藏纽约大都会艺术博物馆之石涛《张公洞图卷》。图上何绍基之题跋云："苦瓜说法。张公洞或在桂林老君七里之间，故奥妙如此。请寿蘅告我，媛。"清末蔡乃煌（1861—1916）之题跋云："石涛为胜国楚藩之后，山水人物自成一家，每成一画，与古人相合，盖与唐宋诸家心领神会，久而有得者。此与白描罗汉取法李龙眠，缟袂飘摇，形状森穆，牛腰长卷却能真气贯注，毫发无遗，可信后无两峰，前无南羽，梁溪秦氏推为神品不谬也。番禺蔡乃煌题。"张大千之题跋云："大风堂供养，石涛第一，世界流传石涛第一。"给予极高评价。

此画大约作于1700年左右。石涛题诗后有款题："清湘大涤子济并识。"钤"头白依然不识字""清湘老人""膏肓子济""赞之十世孙阿长"四印。

何绍基说石涛所游张公洞在桂林，似未核。张公洞，在宜兴城西南之孟峰山麓。此处为道教圣地，被名为道教"七十二福地"中的第五十八福地，又名"三十六小洞天"。作为道教徒的石涛来此游玩，当有可能。宜兴距金陵颇近，石涛或在驻锡城西南寺院时，来此游观。石涛法门兄弟祖庵所在溧水寿国寺离此不远。另外，从诗中描写看，是实地游历后所作。石涛自三岁左右离开广西，再未回去，他不可能至广西之洞窟游历。

校　"吹□千人万人耳"一句，在"吹"旁有小点，意为丢字，石涛一般会在题跋最后补上，但此作未补。此漏字疑为"向"或"入"字。

题忆雪楼红树

鹅城刺史却绶住，忆雪依然最高处。仙人引见四百峰，未入罗浮点苍树。布帆无恙挂江边，兴来谁问老龙眠。当时迢递主能贤，即今四野称二天。至人著世声长久，风流往事王公后。白头相见喜非常，慷慨平生宛如旧。士林风月得何人，太守归来总率真。莫怪野人轻住笔，谭公妙韵借传神。人间万事看磊落，春花莫管秋云薄。频呼斗酒叫顷尘，碧桃花下醉绿萼。一觞一咏兴何多，千峰万壑抱蹉跎。图就凭君问笑眼，清湘端不为诗歌。真人有意他时约，蓬莱天涯书牛角。请君（落一字）住最高楼，有酒延仙仙可酌。

注　　此诗录自北京故宫博物院所藏石涛十开《诗画合璧册》。此册五开山水，五开书法，为吴湖帆旧藏。吴氏于每帧裱边有题跋，认为此册无论绘画还是书法都属神品，体现了石涛艺术的最高水平。《吴湖帆文稿》著录此册，名《石涛南归书画图册》。其中一开书法页题此长诗，款题："余欲摹惠州太守王紫诠忆雪楼，恨未目睹，今见谭真人妙韵，想像为之题此。辛巳三月清湘大涤子济。"画作于1701年。

忆雪楼为康熙时著名诗人王煃在广东的斋居名。王煃（1651—1726），字子千，号盘麓、南区、南村、紫诠（亦作紫铨），直隶宝坻（今属天津市）人，乐文事，好远游，于1689—1695年为惠州太守，1700年前后为苏州粮储副使。

南村与石涛订交在石涛北上期间。《忆雪楼红树图》作于1701年，今不存。次年石涛与王紫诠一道在镇江焦山下水中探名碑《瘗鹤铭》。南村《芦中吟》集中有《题杜处士书载造车图》，书载为石涛晚岁好友杜乘。诗共三首，其中第二首写石涛："却怪清湘老人，每从无意传神。共我剔铭焦麓，图山图水图人。"下有注云："壬午春与石涛同游焦山，寻《瘗鹤铭》，因作《剔铭图》。"时在1702年。此年石涛为南村作《焦麓剔铭图》，一时传为盛事，曹寅、王士禛、朱彝尊等都有题跋。

南村与石涛有很深的交谊。南村《涧上草》卷上还有诗与石涛有关，名《篛冠》，小注云："濮阳仲谦手制，清湘道人留赠。"其第一首云："绝技争夸老濮阳，篛冠巧制灿云章。故人赠我亦无意，恰称山僧霹雳裳。"第二首云："黄冠羽服是前缘，曾向罗浮遇上仙。许我餐霞廿年后，无端尘累尚相牵。"诗作于1713年。此中称石涛已是"故人"，石涛早已下世。

和曹子清盐史对牛弹琴诗（附曹子清原韵）

古人一事真豪爽，未对琴牛先绝赏。七弦未变共者谁，能使玄牛听鼓掌。一弦一弄非丝竹，柳枝竹枝欸乃曲。阳春白雪世所希，旧犊新犊羞称俗。耸背藏头似不通，徵招角招非正宫。有声欲说心中事，到底不爨此焦桐。牛声一呼真妙解，牛角岂无书卷在。世言不可污牛口，琴声如何动牛慨。此时一扫不复弹，玄牛大笑有谁尔。牛也不屑学人语，默默无闻大涤子。（和曹）

（曹子清盐史原韵：柳风扬扬白石礉，玄晏先生聘玄赏。何来致此觳觫群，三尺龙唇因鞅掌。麻姑海上载黄竹，成连改制无声曲。仙宫岑寂愁再来，乌犉白牿俱不俗。莹角翘翘态益工，寝讹龁饲函真宫。朱弦弛缁大雅绝，筝秦世反称丝桐。桐君漆友应难解，金徽玉轸究何在？老颠宁为梁父吟，老革讵作雍门慨。此调不传听亦靡，刻画人牛聊复尔。一笑云山杜德机，闭门自觅钟期子。）

和杨嵩木太史对牛弹琴诗（附杨太史原韵）

非此非彼到池头，数尽知音何独牛。此琴不对彼牛弹，地哑天聋无所由。此琴一弹轰入世，笑绝千群百群里，朝耕暮犊不知音，一弹弹入墨牛耳。牛便倾心梦破云，琴无声兮犹有闻。世上琴声尽说假，不如此牛听得真。听真听假聚复散，琴声如暮牛如旦。牛叫知音切莫弹，此弹一出琴先烂。（和杨）

（杨嵩木太史原韵：何年画手顾虎头，误墨染成乌牸牛。手挥五弦者谁子？知非无意良有田。赵瑟秦筝满都市，白雪阳春输下里。海上移情若个知，乘闲奏向牛文耳。平原软草眠绿云，或寝或讹耳不闻。惟牛能牛天自定，愧我人籁离其真。今古茫茫广陵散，世间寥阒夜未旦。更张且和牧竖歌，弹出南山白石烂。）

注　　此诗录自北京故宫博物院所藏石涛《对牛弹琴图》。此图是石涛晚年的重要作品。款题："清湘大涤子若极戏为之。"曹寅（1658—1712）于1704年初被康熙钦点以江宁织造兼管两淮盐务，与李煦两人轮流。而杨中讷于1705年来扬州参与校刊《全唐诗》。故《对牛弹琴图》最大的可能是作于1705年到1706年间。这也符合此期石涛款印"若极"的特点。

汪研山《清湘老人题记》也著录石涛此图，款题："偶写《对牛弹琴图》，乃蒙曹盐使子清杨太史嵩木赐题，依韵奉和各七古一首。"若依《清湘老人题记》记载，石涛初作《对牛弹琴图》，曹寅与杨嵩木各题长诗一首，顾维桢又和曹和杨各一首。由此看来，《对牛弹琴图》可能有两本，一是最初创作之本（今未见），此本经曹寅和杨嵩木、顾幼铁之题跋；二是石涛后依韵分别和曹和杨，恭录三家诗以及自己和韵于其上，这就是北京故宫本（本为庞莱臣所藏）。

世传石涛《对牛弹琴图》或只有此一本。汪研山所见之本或为伪作。不仅从以上所举之"落款"中可看出其和诗作画过程的反复，从其中文字也可见出。如故宫本和杨最后几句为"世上琴声尽说假，不如此牛听得真。听真听假聚复散，琴声如暮牛如旦。牛叫知音切莫弹，此弹一出琴先烂"，而汪研山本这几句却是"流水高山乏雅赏，敢期喘月求其真。何来牧竖歌成散，朝复朝兮旦复旦。独弹古调自悠然，任尔海枯与石烂"，文字出入不小，汪研山本或非石涛所作。当然也不排除石涛作有两图，后来对文字作了调整。因无图,无法判断。

杨中讷(1649—1719),字耑木,号拙宜主人,浙江海宁人。康熙三十年(1691)进士,授翰林院编修,曾典试河南,出视江苏学政。清人一般称翰林院编修为太史,故石涛以杨太史相呼。

顾维桢,字幼铁(慕元杨维桢幼铁之名),又字征远,江苏昆山人。顾景星之侄。约生于1641年到1645年之间,有《心声集》一卷存世。顾维桢在扬州交际颇广,曾住天宁寺。费锡璜《掣鲸堂诗稿》五律二有《天宁寺访顾幼铁》诗。

石涛此图此诗当时颇有影响,其密友费锡璜有《对牛弹琴歌》云:"朝出牧,暮出牧,牧罢归来放牛宿。古树阴森场圃平,取琴对牛弹一曲。邻家小儿拍手笑,对牛弹琴古所诮。答言世上知音少,此琴对牛弹转好。君不见,宛中长鸣声应宫,圣人准此定黄钟。又不见,虞廷昔日南风鼓,百兽率舞牛亦舞。至理纤毫失衡鉴,韩欧名世翻聋瞽。世上知音无如牛,南山白石为牛谱。曲声高,牛掉角。曲声低,牛食粟。徵羽宫商互换弹,随时应节如转轴。吁嗟乎,郭椒丁栎皆吾友,山庄班特谈文薮。世少詹何介葛卢,牛亦笑人人知否?"(《掣鲸堂诗集》卷七)

―――――

校　　石涛和作中,"耸背藏头似不通",原文无"耸"字,据文意补。曹寅的原韵"老革讵作雍门慨",石涛落一"老"字,依《楝亭诗钞》卷五补。

题竹石图

补其石,掩其姿,看他根本脱天痴。任从疏放任从支,一笑都成十二时。堂依地窄堪栽竹,尤恐龙终遍覆施。昨年已写一茎直,今复生儿东壁骊。霜雪过,风雨随,别有一天终不欺。森然如嶰谷,淋漓太液池。客时呼有义,邻鸟堪投枝。老夫揖客忙洗盏,月圆十五当天吹。茶烟初起翠云湿,垂头滴露穿茅茨。客时大笑值我手,谁道君非俊叔师。

―――――

注　　此诗录自浙江浩瀚2005年春拍之石涛《竹石图轴》。图作于1700年,其中所述事,在石涛研究中具有重要史料价值。

此竹石图上题此诗,后款题:"庚辰长至后一日,余时正写墨竹两丛于阶下东壁粉墙上,竹成,而曹冲谷先生忽至,俯仰久之而不能去。先生云:安用地坡水，在此入山谷中矣。余书壁以谢公，大笑而别。次日，公以此纸寄至大涤，命予写竹为文茂道兄。书博一笑。清湘大涤子济。"

他正作此画时，忽有冲谷来访，冲谷就是曹鼎望的三子曹鋡（字冲谷，号松茨）。石涛早年与曹氏一门交往，情谊深厚，但因史料阙如，1670年代之后罕有关于他们之间交往的记载。只有《生平行》石涛自注中谈及曹宾及促成他北游之事，其他再无一事言及。

曹氏一门四人才华卓绝，但颇多不顺。曹鼎望1693年下世，而其长子曹钊、次子曹鈖皆先于他在壮年离世，给这个家族带来极大的冲击。宾及大约在1689年下世。曹鼎望晚年辞官不做，或与这一因缘有关。冲谷工诗文，又善书画。

石涛与曹寅晚岁于扬州交往密切，其《对牛弹琴图轴》上有曹寅之题识。曹寅与曹冲谷为同辈兄弟，曹寅称其为"冲谷四兄"。《楝亭诗集》中有《冲谷四兄归浭阳，予从猎汤泉，同行不相见，十三日禁中见月感赋兼呈二兄》《病中冲谷四兄寄诗相慰信笔奉答兼感两亡兄四首》等诗。《曹鋡墓碑》云"休职佐郎曹四公讳鋡冲谷"，故有"四兄"之称。

另一件作品，也可证明此次曹松茨扬州之行。北京故宫博物院藏石涛《写兰册》，其中第七开画兰花几株，题"种花之馀"，有"清湘石涛"白文印。对题云："几枝凌乱几枝斜，莫道非花知是花。可惜国香人不识，断根残蕊满天涯。庚辰嘉平余走别，大涤先生出兰竹百幅相示，口占题其册末，以为垂老相见一佳话耳。松茨弟曹冲谷。"此处冲谷题跋，还可见出其书法有很高水平，与程京萼书法相比，有过之而无不及。此跋题于1700年腊月（嘉平月），石涛是年冬至正作画时，忽逢冲谷造访，数日后方告别。

题壁公归庐岳之图

庐山之高半天壁，我昔曾登庐山脊。大孤小孤两点青，汉王双剑一抹碧。黄岩阁上打铺眠，瀑布声中看云迹。仅拟住老此山中，芒鞋又苦催行役。至今梦寐苦相思，何日重登拟杖策。开元大寺来江东，把晤霜风话畴昔。对君如对旧庐山，须眉笑语烟霞癖。昨日别我还山中，命题是写还山册。携归试问五老峰，是笔是墨还是石。

注　　此诗录自《庐山秀峰志》卷六《艺文下》。诗中透露出石涛早年在庐山的

相关情况。

心壁，曾是庐山开先寺的住持，住山多年，后居南昌东湖边。乾隆《南昌县志》卷四十六《仙释》云："僧心壁，云南人，能诗工书法，游江西结茅庵，住东湖，与熊一潇、彭廷谟、饶宇朴、帅我、万承苍结社曰东湖社。宋中丞荦抚江西，闻其名造庐访之，为更筑憩云庵于湖畔。尝归省母，荦题《万里一归人图》赠之。后主庐山秀峰方丈。所著有《漱玉亭诗》三卷。"

石涛在佛门时，为临济三十六世，与心壁为同门兄弟。石涛是旅庵本月的法嗣，心壁是天岳本昼的法嗣。本月、本昼二人都是天童道忞的法孙。心壁曾亲至扬州，与石涛交往有日。

溪山晚渡

我家山南百馀里，日见烟岚如在几。布袜青鞋始出门，望中紫翠参天峙。寻源入谷水潺潺，突兀溪流未可攀。磴道百盘分瀑界，奇峰千叠倩云关。忆昔探奇度石巅，而今已有十馀年。今日临池来泼墨，纵横都是云与烟。

注　此诗录自神州国光本《大涤子题画诗跋》卷一，又见程霖生《石涛题画录》卷一著录之《溪山晚眺巨幅神品》题识。款题："清湘大涤子石涛济。"依题跋，此诗当作于1697年之后。而诗中所写是对以前生活的回忆，似写黄山之景，并说自己已经有十馀年未至其地。其实石涛在1670年左右数登黄山，至此时已近三十年，其晚年诗中多有表现。或为对居一枝阁生活的回忆。诗中描写与石涛生平有矛盾，而且诗格也与石涛有别，录此备考。

题画马

世间凡马皆无是，天骨殊相风云似。蛟龙变化顷刻间，游戏杂遝今尔尔。或讹或寝任所酣，羁者逸者信骄侈。神妙可以致天育，郭家狮子浑难比。沙场万里恣春情，细草如烟绿如水。风尘不动天地宽，马官厮卒闲弓矢。但愿边塞意悠游，骠骑健儿日如此。

注　此诗录自张大千旧藏之石涛款《番人秋狩图轴》。台湾历史博物馆编《渐江石溪石涛八大山人书画集》影印，此前一年日本东京堂株式会社出版之《石涛画集》也收录此作。款题："清湘陈人济写于金门之且憨斋。"若是石涛所作，当作于他客居北京时，在1690年到1692年间。但此顷他并无"清湘陈人"之号，且画面也不似石涛手笔，当是一件伪托之作。但诗或可能为石涛所作，伪托者或见过石涛真迹，录此备考。

题秋潮图

八月一日秋复潮，涤堂抚掌心非摇。连天波浪卷炎去，又得细流冷菰漂。岚势不结山不椒，人家苔径非萧萧。前翻水迫好沉飘，人民徒叹水中宵。此时心逸逸清邀，心与物态听转韶。此时自笑非鹔鹴，此世自类非王乔。诸君略住看侧笔，千垒万块已此消。天非鸾凤地非枭，水非澎湃秋非夭。野夫非事图潮意，何必移云趁水窑。

注　此诗录自上海鸿海 2005 年秋拍之石涛款山水立轴，可称《秋潮图》。款题："清湘遗人大涤子极酉秋作画。"酉秋，即康熙乙酉之秋，时在 1705 年。书画风格与石涛不类，诗或为石涛所作。石涛晚年在扬州，常系心民生、关乎天况，春风重起，秋意萧瑟，水旱暑寒，屡屡入其笔下，如《淮阳洁秋图》。此诗写在大涤堂中看洪水涌起之感受。

行书记雨歌

四月五月天不昼，风师雨师天不宥。家家问水不观天，却笑天人两不究。雨深水塞路不通，农不望耕市不贸。人民畏雨不畏天，只怪司天错时候。雨晴三日世者兴，雨晴三日天不覆。淮南三十六州场，千里洪波倾水窦。水来水来谢雨晴，雨去雨去交水授。如此雨多无奈何，何当又被水之又。沿途问驿往来希，州岸城围崩莫救。世间薪米喜者登，世外轸恤真难觏。乾坤不发眼前疮，人民怎去心上肉？昨宵梦入江湖宽，两千恨与水相扣。今朝池上望汪洋，飞马飞云水上骤。灾祥不记野夫心，雨水不害野夫疚。请君或上蓬莱山，海沸山惊能依旧。

注　此诗录自上海博物馆所藏石涛书法轴。款题："乙酉六月十六日雨后洪流千里,直下淮扬,两郡俱成泽国,极目骇人,难安心地,歌此记之。"作于1705年夏。石涛生平作品中有祈雨之作,又有水患之歌。他与有些画者不同的是,从不将自己束于高阁,他身上有一种"野夫"气息,对普通人生息的关注,成为其艺术的一个重要特点。

题洪陔华像

蒋子清奇美少年,手持彤管挥云烟。有时为客开生面,风神毛骨俱凛然。陔华洪子□潇洒,腰横古剑瞩长天。目穷万里将安极,望古凭今心自得。我偶披图一见之,为君补此岩岩石。徘徊四顾岂徒然,相对何人不相识。

注　　此诗录自华盛顿弗利尔美术馆所藏《洪陔华像》。款题:"丙戌花日清湘遗人大涤子极。"作于1706年。"花日",疑为花朝日,明清东南地区一般称二月初二为花朝日。《洪陔华像》由一位"蒋子"所画,石涛补树石。此"蒋子",疑为蒋恒。北京故宫博物院藏《吴南高像》,左侧小字款"云阳蒋恒写",或也是"蒋子"所画。《洪陔华像》后有姜实节、洪嘉植等十余人题跋。

洪正治(1674—1735),字廷佐,号陔华,江南徽州府歙县桂林村人。乃石涛画弟子,与石涛晚年关系极为密切,石涛多有作品赠之。汪研山《清湘老人题记》后所附资料中有江都员燉之语:"吾邑洪丈陔华,以画师事公,得公《自述》一篇,序次颇详。"程霖生所藏石涛十二开《写兰册》,是赠洪正治的,最后一开黄云(仙裳)跋云:"石大师与余交近三十年,最爱其画,而所得不过吉光片羽。今乃为廷佐道兄挥染多至十百幅。"(《石涛题画录》卷四)

书天台寒山拾得像

世上与么愁苦,两公一味呵呵。为甚开了口合不上,手拿数珠念些甚么?汝心既似秋月,我道这个笤帚柄,觉相还多。咦!天台路上,少你不得,山僧门下,一场懡㦬。

注　　此诗录自上海博物馆所藏石涛《书画合璧册》之对题。作于1683年。石涛与其法兄喝涛并有高名,人们常以寒山、拾得比之。《十百斋书画录》戌集

载汤燕生（岩夫）《石涛师见惠佳画，其兄喝涛上人亦自黄山来过访赋诗》诗："海风吹瀑濯闲身，山屐相随遣俗尘。避地寒山、将拾得，观空无著共天亲。云岩置屋凭谁叩，雾壑栖禅愿与邻。尽取庐山添逸韵，龙眠好与卧公麟。"

题写梅枝

笔墨游戏，原非草草。花上生花，清湘打稿。添其花，补其干，成其幅，了公案，不知秋水伊人作何等赞？

注　　此数语录自上海博物馆所藏石涛与霜晓合作《花果册》。乃为忍庵所作。此为题写梅花之语。款题："甲子春三月石涛济道人漫补一枝索忍庵居士语。"秋水伊人，即赵子泗之号，又号文水。

题通景屏

芭蕉叶，兰花雪，风韵高闲天地别。清气寒，兰花雪，瘦依芭蕉叶撩乱。秋光总不知，吾将洒墨与之歇。惊涛暮落大夫松，老龙鳞，秀色如铁。石边影落古今清，千秋芳躅高无竭。

注　　此诗录自台北"故宫博物院"所藏石涛《写竹通景屏》屏。此屏为张岳军先生捐赠。款题："清湘老人甲戌复题。"屏作于1693年，次年石涛又题。此时石涛已由吴山亭移居于净慧寺的大树堂。

题画莲藕

此根未露谁先栽，此子已成花未开。根老子香两奇绝，世人岂复知从来。水不清，泥不浊，献花何必求盈掬，为君长夏论心腹。

注　　此诗录自北京故宫博物院所藏石涛十二开《墨醉图册》（又称《杂画册》）。作于1696年。陆心源《穰梨馆过眼录》卷三十六著录此册。

题苍壁长松图

　　长松搀天，苍壁插水。凭栏飞观，缥缈谁子。空蒙寂历，烟雨灭没。一幅水山屋木，郭忠恕狂态叙之如都，恣情笔墨神游三昧者，应如是观。

────────

注　　此数语录自上海博物馆所藏石涛《苍壁长松图》。郑为《石涛》（上海人民美术出版社，1990）第2图影印。

联句

探梅联句

折梅归去当诗题（苦瓜），踏冻行来日又西（牧庵）。一路春风人自醉，平山残雪鸟初啼（耕隐）。

村烟隔水分新路（苦瓜），树影和云暗旧堤（耕隐）。登眺兴从幽处得（牧庵），出山刚对廿桥低（苦瓜）。

梅花杖子过头诗（苦瓜），五字吟来步较迟（耕隐）。行到红桥刚一半（牧庵），归来觅路不嫌歧（苦瓜）。

云中野色寺钟迟，年里人家户掩时（耕隐）。不是爱花情独懒，三人忍冻只般痴（苦瓜）。

注　　此联句录自汪研山《清湘老人题记》。或此图有款，而汪氏未录，故未知其年。从诗中"廿桥""红桥""平山"等所涉地名看，当为广陵探梅，石涛书名"苦瓜"，时间当在入住大涤堂前。石涛南还之后，几年漂泊，至1696年夏方静栖广陵，数月后大涤堂成，他自此过上平定生活。此中的耕隐、牧庵二人当是石涛佛门诗友。吴湖帆旧藏石涛款《清湘怀旧图卷》题诗有"南园耕隐老头陀，以诗说法称惟那"句，可知耕隐为寺院僧人。联诗虽非石涛一人所作，亦可视为广陵探梅诗的前声。

卷五

七言律诗

登白云楼

昔年黄澥卧丹丘，此日西津胜旧游。峰绕白云横岛树，水函碧岫划沧州。长虹倒影藏蛟窟，短竹欺空学凤浮。共道风流萧太守，山僧索句为谁留。

注　　此诗录自《宛雅三编》卷二十。

西津，在宁国县城西。白云楼，为毗邻奉圣禅院的一座古楼，在县西的白云山。乾隆《宁国府志》云："奉圣禅院……国朝康熙辛卯知县陈养元重修。右有留云楼，嘉靖时额曰'洞观'，万历时改曰'白云'。郡守萧良誉有诗。"

此诗写奉圣禅院所感。诗中言"共道风流萧太守，山僧索句为谁留"，萧太守即萧良誉。乾隆《宁国府志》卷十七《名臣》载："萧良誉，字以孚，汉阳人。万历中由进士知宁国府，威爱并克，勤民力田，敦孝弟，尝课诸生。"多种宁国地方志中都谈到这位太守的良好声誉，其重教育，重佛学，以至地方建祠享祀。

石涛来宁国奉圣禅院，是因为其老师旅庵之故。《五灯全书》旅庵本月传有云："随态赴台驻锡大内万善殿，奉敕善果开堂。后历住奉圣、天池诸刹。"所言"奉圣"，正是宁国之奉圣禅院，这里是临济宗的古刹。

买归舟

　　西津桥下水茫茫，游子思归问野航。两岸人家峰影乱，一村楼阁树生香。听鱼上濑穿缯底，看鸟投林过院墙。正是探奇情未尽，波翻石子滑渔郎。

注　　此诗录自《宛雅三编》卷二十，又见嘉德2010年秋拍之石涛十二开《书画册》第五开对题。

　　　西津在宣城附近的宁国，旅庵本月1666年前后在宁国奉圣禅院驻锡，石涛曾跟随有日。此诗写告别宁国回宣城之游历。

怀雪次韵二首

　　一冬无雪，昨与家兄次怀雪韵，今对雪同饶子至立、吴惊远、家喝涛兄唱和，余为首，赋罢随兴而澹墨染之。

　　木榻偏宜好友凭，布衣温胜锦层层。窗声碎折琅玕竹，鸟语饥投午钵僧。点缀林峦成净域，飘摇殿宇裹寒灯。关门更向长桥望，驴背何人破雪凝？

　　梁园赋罢色将冥，风过千林雪没汀。烟上翠微迷野寺，冻留花片空满亭。曾呵枯砚难寻句，为看寒山独到庭。对景苍茫堪小立，上方闻见静中宁。

注　　此诗录自香港赵氏基金会（T.Y.Chao Family Foundation）所藏石涛《雪卷》。铃木敬《中国绘画总合图录》编号为S15-008。此卷为石涛宣城时重要作品，作于1673年。其中第二首"梁园赋罢色将冥"，又见北京故宫博物院所藏《石涛石溪行草书诗翰册》。

校　　"冻留花片空满亭"，故宫《诗翰册》作"冻留花片满空亭"。

阊门夜泛惠泉作

　　吴门烟水四时幽，十日闲将五日游。今日月明乘远兴，来朝早看惠山秋。画船歌息渔船起，高树鹤眠低树愁。清磬一声谁解语，云林几点望中收。

注　　此诗录自上海人民美术出版社 1960 年出版之《石涛画集》第 8 图《惠泉秋泛》。或作于 1675 年到 1676 年，时石涛与祖庵一道去松江探望老师旅庵。旅庵于 1676 年圆寂。石涛到无锡，于此想到云林，以云林风画出这幅作品。

登灵隐飞来峰下作

高空鹫岭霁初晴，六月阴寒衣上生。曲涧细流心自沁，禅房小寝梦还清。飞来峰接云根老，飘去烟拖鸟道横。总是净行归象外，楼中人静坐吹笙。

注　　此诗录自大英博物馆所藏石涛《江南八景册》。图画灵隐寺之景，飞来峰前，殿宇辉煌。《石涛和尚四开诗书册》（日本东京聚乐社 1937 年影印之《石涛名画谱》收录，高岛菊次郎旧藏）第一开也书有此诗，题名为《灵隐》。

奉闻瞿山先生

江东达者名共传，瞿山先生思渺然。静把数编朝隐几，闲携卮酒夜移船。已知词赋悬逸赏，好使声名谢尘垓。我欲期君种白莲，揽衣直出青霞上。

注　　此诗录自《天延阁删后诗》附刻《天延阁赠言集》卷二。作于石涛驻锡宣城广教寺期间。诗中提到"种莲花"之事，梅清好莲花，其《白莲花歌》云："我爱白莲花，翩跹雪潭曲。托根出官池，洒洒离尘俗。……人言莲有色，谁知色与秋霜洁；人言莲有香，谁知香共天风长。"（《天延阁后集》卷三）

登幕山大观亭

菊寒秋尽晓烟开，结伴相寻草色媒。红树千林藏幕府，白云一带护琴台。西南溪接龙门隐，东北峰连马渡来。不向大观奇处索，却于何地把诗催。

注　　此诗录自北京故宫博物院所藏石涛早年十开《山水册》（1667—1674）。石涛登幕山大观亭，作诗二首，此为其中之一，另一首不见。幕山，在泾县县城东北侧，又称小幕山。嘉庆《泾县志》卷三《山水》谓："有冈道通府城，旁有小天竺庵，北峰最高曰小幕山，上有护国寺，前有香炉峰，又有甄箪山、桐山、石磊山，环回周绕，并峙东北。"赏溪是泾县一条重要的河流。嘉庆《宁国府志》卷十一《舆地·水》："泾水，一名徽水，一名藤溪，一名赏溪。……旌德县界为徽水，又北流出泾县界为泾水，亦名藤溪，又北流合舒溪，县城西为赏溪，又北流汇为青弋江。"由青弋江入长江。泾县县城一段江水，就叫赏溪。大观亭在幕山之中。此诗既扣住当地的地理环境，也注意境界的创造，是石涛早年诗歌杰作。

此诗涉及大量的地名，非熟悉泾县地理者莫办。"红树千林藏幕府"，即县志上所说的"幕山似军幕而踞其北"，幕山一带，群山绵延，林荫蔽日，每到秋季，漫山红叶。石涛此次出游正是红叶盛开之时。"白云一带护琴台"，说的是琴台形胜，琴台在白云山，又称"琴高台"。嘉庆《泾县志》云："琴高台在县北二十里琴溪，昔仙人琴高炼丹于此，或曰此其钓台也。"这里在幕山东北。泾县著名的风景胜地琴溪就在此，历代文人墨客至泾者，常到琴溪一带游玩，留下大量的诗文绘画。琴溪往下到赏溪，沿溪而行，西南处就是桃花潭，那里就是石涛所说的"西南溪接龙门隐"，石涛山水花卉册页中的"游泾川桃花潭，舍舟登岸。龙门道上，诸峰草木如兽"，正说的是此地。而在琴台的东北有马头、阆山诸山，石涛所说的"东北峰连马渡来"即指此。

邓又清的和诗见嘉庆《泾县志》卷三十《词赋》，名《同徐竹逸登幕山》："秋际登临眼放开，情深诗酒不须媒。千章老树迷官渡，几点轻鸥下钓台。帆影远从城北去，山光遥自水西来。正欣胜地同吟眺，报道军需又叠催。"

校　　传世石涛款书画中，此诗数见：

1. 南京文物商店藏《赏溪图》（又称《清溪小艇图》），书有此诗，款题："泾川明府邓又清招余及诸同人登水西幕山大观亭，命余为首唱，七律二首之一。□□道翁见而喜之，属写其意并书博教。丙辰岁清湘石涛济。"图作于1676年。

2. 杭州市文物考古藏石涛行书七律诗，书《登水西幕山大观亭诗》。款题："登水西幕山大观亭唱和为子升先生博教。石涛济。"似其金陵时期书风。

3. 山东济南市博物馆藏石涛《红树白云图》，上题有此诗，款题："吾乡邓伟男知赏溪事，招余同施愚山、徐竹逸、吴天石、饶至立等十余人，登水西幕山大观亭，唱和二首之一。偶忆旧游胜地，写此小幅。清湘大涤子济。"

4. 大英博物馆藏石涛《江南八景册》，为其晚年手笔。其中第六开即画登幕山大观亭之往事,上题有此诗,款题:"登幕山大观亭。清湘陈人石涛。"

5. 汪绎辰《大涤子题画诗跋》曾著录此图,其云:"泾川明府又清招余及同人登水西幕山大观亭,命余为首唱,道翁而喜之属画诗意。寒菊秋尽晓烟开,结伴相寻草色媒。红树千林藏幕府,白云一带护琴台。西南溪接龙门隐,东北峰连马渡来。不向大观奇处索,却于何处把诗催。《赏溪》一纸向余宛中所作,今十有八年矣,吾友挈以游浙又携泛白门复归邗上,得观,再书数字。桐柏清清忆旧游,明霞扑面转生愁,年年不渡赏溪水,图画中看一小舟。"所录为伪品。

丙辰春仲喜圣瑞兄雨中见过索写蕉叶正拟搦笔家兄泾溪远归戏写芭蕉漫题请正

空山一叶杜鹃雨,绕屋寒花笑竹关。最喜杖藜佳客至,又传驴背弟兄还。相逢各吐离情话,列坐同看得意颜。独我壮心消不尽,一齐都向绿蕉斓。

注　此诗录自《宛雅三编》卷二十。作于1676年,时石涛在宣城。圣瑞,即程圣瑞,生平不详,歙县人,客江阴,与吴嘉纪相善。吴嘉纪有《程圣瑞斋中听吕方旦弹琴六首》《舟中赠程圣瑞》(分别见《吴嘉纪诗笺校》卷二和卷七)。

在金陵之前,喝涛石涛兄弟一般都相伴而居,但在宣城时,喝涛曾经有一段时间离开石涛,前后约有年余。喝涛大致在1675年到1676年间驻锡泾县水西山的大安寺。石涛此诗中"相逢各吐离情话,列坐同看得意颜",正描写他们这段较长时间的分别。

《宛雅三编》收录了石涛多首诗,其传记也留下一些珍贵的资料:"释济,《邑志仙释志》:粤西僧济号石涛,住敬亭广济寺,能诗,尤工画,云烟变灭,夭矫离奇,见者惊犹神鬼。尝自题曰:孤峰奥处补奇松。又曰:峰来无理始能奇。吴肃公、梅清、梅庚与之游,每称之。"

送孙予立先生还朝兼呈施愚山高阮怀两学士

江云千里接神京,争羡朝天匹马轻。步入鹓班齐起色,阁开藜火更增明。承恩定出诸公上,奏对还高特简声。况复和歌多胜侣,雍容同向凤池行。

注　　此诗录自保利2009年秋拍之石涛《诗书画联璧卷》中书法卷第二首题诗，又见香港佳士得2007秋拍之石涛《山水书法册》（《苦瓜和尚三绝册》）第二帧山水对题。

　　孙卓以，字予立，号如斋，宣城人，官编修，曾出使安南。诗中言"好从校猎承恩起，定有奇文侧席求"，当时予立正在编修任上。

　　"阮怀"原作"院怀"，误。其为宣城人，画家，石涛居宣城时，与其切磋画艺。《宛雅三编》卷十云："高咏，字阮怀，号遗山，宣城人。幼有神童之目，其学无所不观，书画与诗世称三绝。康熙己未以博学鸿词授翰林院检讨，充明史纂修官。所撰史稿，皆详慎不苟。著有《若岩堂集》。"康熙己未（1679），宣城施愚山、高阮怀、孙予立高中进士，三人都是石涛的朋友。此诗作于1680年前后，其时施愚山已经还朝。

登凌歊台

山势盘纡一径斜，云垂四面日光遮。清波石打天门雨，红叶船冲洞口霞。客过魂销悲往事，亭空树老不开花。当年歌舞人何处，独剩荒台起暮笳。

注　　此诗录自北京故宫博物院所藏石涛十开《清音图册》之《凌歊台图》。凌歊台在今安徽当涂，距采石不远。石涛早年往返于金陵、宣城之间，常经过此地。台湾历史博物馆1978年印行之《渐江石溪石涛八大山人书画集》第66—68页影印石涛款《书画合璧诗跋册》，其中有一页书此《登凌歊台》诗，后系以解释云："凌歊台，在太平府黄山，去北门五里，旧时江水绕其足，今去采石廿馀里。余因访无相寺，偶登台赋此。"

校　　这是石涛喜欢的一首诗，生平于多作中题写，现可见以下几作：

1. 台湾所藏之《书画合璧诗跋册》，其中有一页书此诗，有"砚旅藏本"白文方印，本为黄砚旅所藏。所题诗与北京故宫《清音图册》无别。

2. 中国嘉德2010年秋拍有一件石涛款十二开书画对开册页，画十二页，书十二页。其中有一页画凌歊台险峻之景，行书题此诗，与《清音图册》所题无别。

3. 《石涛和尚四开诗书册》（日本东京聚乐社1937年影印之《石涛名画谱》收录，高岛菊次郎旧藏）第四页书此诗，题为《黄山凌歊台》，也与《清音图册》题诗同。

重过采石太白祠次韵

信著芒鞋作浪游,十年三到谪仙楼。庭前古柏齐云起,阶下苍苔尽日幽。海去金焦消众壑,地来江楚壮惊流。龍樅底柱中分石,今古名题遍上头。

注　　此诗录自上海博物馆所藏石涛十开《山水花卉册》。作于1681年。款题:"重过采石太白祠次韵,石涛济山僧写。"此图画瓶菊,图与题诗之间无关联。

校　　北京故宫博物院藏石涛1684年作十开《清音图册》,其中第七开隶书题:"信著芒鞋作浪游,十年三到谪仙楼。庭前古柏齐云起,阶下苍苔尽日幽。海去金焦消众壑,地来江楚壮惊流。龍樅底柱中分石,今古名题遍上头。"其中第六句"地来",上海本脱"来";末句作"遍上头",是,上海本"偏上头"之"偏"为误植。

此诗又见《信著芒鞋作浪游》山水立轴,江西美术出版社2013年出版之《四僧精品集》第172页著录。这是一件感心动目的巨作。款题"清湘大涤子济写于江上草堂",是1697年之后的作品。

敬亭晚眺

百丈丹梯接翠微,登临吾自恋斜晖。风摇灌木纷纷下,涛拥归帆片片飞。夹道水流双镜月,绕城桥锁万家扉。巡栏转念尘中客,探历休教兴有违。

注　　此诗录自《石涛和尚四开诗书册》第一开,有《敬亭晚眺》之题。纽约佳士得1999年春拍之石涛十开《山水册》(程琦萱晖堂藏品)第三开也题有此诗。由此可知此开所画,乃是远眺双塔寺之景。这是石涛存世作品中罕见之景:在夕阳的余晖中,双塔寺挺立高标。

日本高岛菊次郎藏《石涛和尚诗画册》(日本大冢巧艺社出版之《宋元明清名画大观》下卷载,题为《石涛山水图卷》,本为张学良所藏),题有四首诗,每段一首,其中第四段也书有此诗。不过这是伪托之作。

敬亭

　　阁倚危峰俯碧流，凭栏一目使人愁。倒悬湖水平如镜，半出城烟澹似秋。文相祠荒栖鹄乱，黄公墓冷落花幽。闲云不识登临客，直送斜阳过岭头。

注　　此诗录自《石涛和尚四开诗书册》第一开，有《敬亭》之题。嘉德2010年秋拍有一件石涛款十二开《书画册》，其中第十一开对题书有此诗。日本高岛菊次郎藏《石涛和尚诗画卷》伪迹第三段题有此诗。所言文相祠、黄公墓，都是宣城周边山中古迹。此中"闲云"，指的是敬亭山中的闲云庵，石涛曾在其地驻锡。

长干塔

　　何来飞步出层霄，咫尺飞鸿坐可招。舍利欲争沧海日，金铃忽应大江潮。层层花散空香合，面面灯悬艳影飘，见说劫灰消不尽，百灵常自护高标。

注　　此诗录自《石涛和尚四开诗书册》第二开。长干塔，即大报恩寺塔。此塔飞驰江边，金光灿烂，高耸入云，曾被17世纪初西方传教士描绘为当时世界上最高的建筑。此诗充满了无限的崇敬。

校　　咫尺，原作"只尺"，改。

次张南村周雪客杨布山闰中秋登太白楼韵

　　万古常悬一镜秋，百年几遇闰同游。松横影落天开径，石峭烟迷地涌楼。痛饮狂歌犹易得，呼山答响岂难留。追思捉月骑鲸客，合抱江声尽夜流。

注　　此诗录自香港佳士得2007秋拍之《苦瓜老人三绝册》第二开对题。
　　　　张南村是石涛的挚友。李骥《大涤子传》云："（石涛）孤身至秦淮，养疾长干寺山上，危坐一龛。龛南向，自题曰壁立一枝。金陵之人日造焉，皆闭门拒之。唯隐者张南村至，则出龛与之谈，间并驴走钟山，稽首于孝陵树下。"

先著《张南村传》云："张南村,名总,字僧持。父兴公先生琪,以名宿教授里中,多达材弟子。南村幼为诗,出语每不犹人……入应天学,用才名,交游贤俊,治古文辞,专力作诗。……东南故锥宿德,礼谒殆遍。以故平生多方外交。虆盂粥钵,宛然头陀,踪迹恒在僧寺中,或经年累月不返。"(张潮《虞初志》卷十六)

周在浚,字雪客,周亮工之子。雪客与石涛之订交,当在石涛尚居宣城之时。周在浚《庚申冬喜晤梅渊公先生率尔奉赠》四首之一云:"旧识二涛俊,今知圣俞优。"(见梅清《天延阁赠言集》卷四)

杨嗣汉,字部山,又作布山,福州安福人,曾任贵州婺川县令。曾居天津,是石涛在天津时结交的朋友。《诗观》三集卷九有杨嗣汉《张南村先生自天津解缆南归行之前一夕灯下同赋时余亦有都门之行》诗,他与张南村是朋友。

赠後杓与偕乔梓

古寺风深列肆清,一帘何必让君平。十年卜易多奇中,四海携儿旧有声。晚景幸宽容短褐,少年遥寄羡长缨。升沉自许能先识,不用江湖隐姓名。

注　　此诗录自王尔纲编《名家诗永》卷十。後杓,字斗瞻,芜湖人,同其父与偕均为诗人。此诗是石涛早年在芜湖活动的又一证明。芜湖毗邻宣城,又是宣城经长江至金陵的必经之地,康熙初期,也是江南繁华之都,石涛在宣城时常至此地,在此地有汤岩夫、实公、汪士茂等朋友。《名家诗永》刊刻于1688年,此诗当作于1680年之前。

题赠万石年翁

君向晴川何所赠,画山堪作送行诗。山当峰断云连处,水到源头气接时。天地一家谁伴侣,良朋几辈不相思。我今壁立千峰外,无发无名寄一枝。

注　　此诗录自上海博物馆所藏石涛《书画合璧册》之对题。此册画山水,书近诗,为赠其友人万石(不详其人)之作。其总跋云:"秃发人何堪共语,枝栖白下,大法将颓,若何理论。万石年翁不弃,时过枝下,吾将归矣。师岂

无言乎？□□故人乎？予闻之则心忙手促，眼前知己，天外伊人，总是愁云，万里因缘聚散，我且作离亭之赠，集癸亥近稿一卷复成一律。"共八页山水、八页书法对题。

九日程穆倩周向山黄仙裳冯蓼庵诸公置酒邀余同家喝兄周处台分赋

荒台寂寞冷高秋，访旧还欣获胜游。世远难寻书卷在，天空争说姓名留。群倾绿酒开青眼，也插黄花照白头。鸿雁一声霜叶随，挥毫端可慰朋俦。

径穿蔬圃遍蒿莱，何代贤豪住此台？得识古人读书处，不虚良友抱樽来。千秋气节思如在，九日招携首重回。世外弟兄余感愤，漫云冰雪素心灰。

注　此诗录自上海博物馆所藏石涛《书画合璧册》之对题。

程邃（1607—1692），字穆倩，号垢区，又称垢道人，江南徽州府歙（今安徽歙县）人，工诗，善画，尤以篆刻名世。石涛艺术深受其影响。周京（生卒年不详），字雨郚，号向山，为道士，住丛霄道院，为石涛密友。黄云（1621—1702），字仙裳，一字旧樵，歙县籍，泰州人，为石涛二十余年的密友。冯蓼庵，生平不详。石涛存世作品中可见赠蓼庵之作。

诗作于1683年前后。

校　此诗另见石涛其他存世作品。北京翰海2013年春拍有一件石涛款《黄山耸秀》手卷，其中第二段录此诗，基本相同，唯个别文字有差异。《书画合璧册》"世外弟兄"，手卷作"世外弟昆"。

赠忍庵

舒双白眼望青天，即匪瞿昙亦尔仙。石在何须将作枕，流多虽漱不烦泉。置身台阁当无忝，生性山林近自然。相待蓬瀛游戏日，袈裟同上渡人船。

注　此诗录自纽约大都会艺术博物馆所藏《忍庵居士像》。拖尾处石涛以大字书此诗，款题："甲子夏五月八日清湘石涛济山僧复题于石城之古长干。"

恭颂恩朱母费太孺人

凤为青发鹤为姿,老近千年问寿厄。何必更期王母燕,当尊已是阆风时。好教玉树迎灯起,自有丝纶命酒辞。三殿晓来亲诏下,恩光长绕凤凰枝。

注　　此诗录自北京翰海2013年春拍之石涛《黄山耸秀图卷》。书画作于1684年。

梅尔止先生过存一枝语及归里迎养赋此志喜

久抛世事住空山,日与孤云结往还。却喜故人重见面,肯辞今夕一开关。匡时怀抱全摅际,当代勋名显著间。更沐君恩夸禄养,归鞍早晚慰慈颜。

注　　此诗录自北京翰海2013年春拍之石涛《黄山耸秀图卷》。书画作于1684年。
　　　梅锏,字尔止,宣城人,康熙丁未进士,官中丞。石涛在宣城时与其相与优游有日。

登雨花台

郭外荒荒一古台,至今传说雨花来。风吹大壑孤烟起,鸟带危檣片席回。颓寺有钟晨寂寞,清猿无梦夜啼哀。浮云转晒樽前散,何事仙源问劫灰。

注　　此诗录自大英博物馆所藏石涛《江南八景册》。其中一开画一人携杖登上山顶远望,上题有此诗,款题:"雨花台,予居家秦淮时,每夕阳人散,多登此台,吟罢往复写之。"
　　　石涛在金陵大报恩寺期间,所居之地在金陵西南,地近雨花台,每与友人至此。方正学墓就在此地,石涛也曾拜祭。这里有木末亭,石涛常在此休憩,其作品中多有及之。

怀周向山丛霄道院

从来此地少人事,阁小山寒一个僧。莫漫开轩待疏雨,愿留佳客话孤灯。茶经久废须同补,诗句无多得未曾。悔许青城陈道士,丛霄顶上卓乌藤。

注　　此诗录自杨翰《归石轩画谈》卷十。款题:"尚栎山、方岩叟家喝兄夜集予一枝阁,怀周向山丛霄道院。"

尚栎山是石涛在金陵时期的朋友。钮琇《觚剩续编》卷三《两梦》云:"尚栎山,名崇乾,其先番禺人,本姓蔡,鼎革后,尚藩立为嗣,因冒姓。"方岩叟,桐城人。道光七年刊之《续修桐城县志》卷十一《人物志·孝友》方景舆条云:"方景舆,字岩叟,宫瞻拱乾孙,学士孝标子,国子监生。"

登雨花木末

不结前生冰雪友,到处那逢冰雪缘。移案就山诗补画,汲泉煮茗舌生莲。群从洗盏收新令,独去支筇数暮烟。冻滑风高惊在眼,远峰如浪白连天。

注　　此诗录自杨翰《归石轩画谈》卷十。款题:"乙丑新抽,甲子日,栎山招集予出阁登雨花木末,看江干一带晴雪,晤诸酒仙诗伯,快极,成章,记之以韵,铁庵先生正之。石涛济山僧。"程锋,字颖叔,号铁庵,歙之槐塘人,居真州。

诗作于1685年。

金陵探梅诗九首

上方道中梅花

潦倒山僧遣兴奢,杖藜昏黑探梅花。雨侵玉树藏云窦,无数青山到我家。白土桥生飞柏子,黄茅屋破随枫丫。两声笛弄乌衣巷,蓦地魂销西浦鸦。

南村书院梅花

餐尽冰霜始破胎,寒情幽绝傍林隈。犹疑老鹤庭中立,仿佛孤云溪上来。踏雪几回劳杖屦,乘风一夜散香台。主人能使宽杯兴,谁道花枝不忍开。

夜宿天印山古定林寺梅花

薄雾中开香雪斋,野夫心眼放形骸。二更月上枝平户,几点珠沉影弄阶。绕座踞窗诗未稳,披裘拥被梦初回。疏钟忽破晓烟荡,人爱青铜峡里埋。

青龙山古天宁寺梅花

铜枝铁干非常见,玉蒂冰条蜀锦囊。何似缕心千仞放,化为龙骨一溪长。轩辕鼎废馀丹灶,古佛光生只听香。日暮上方云气薄,绕空浮翠碧波茫。

东山旂祖塔院梅花

沿溪四十九回折,搜尽秦淮六代奇。雪霁东山迟著屐,风高西墼早吟诗。应怜孤冷长无伴,且剩槎牙只几枝。大地正花先结子,酸心如豆耐人思。

古祈泽寺梅花

霜雪离披冷澹姿,任情疏放可人思。奇枝怪节多年尽,空腹虚心太古时。似铁逢花樵眼乱,如藤坠石补天知。有僧大叫连称绝,略与还同总是痴。

钟陵梅花兼赠友人作

兴致飞扬向所同,看花不约始相逢。山僧对酒输三昧,处士逃禅大化中。绕涧踏沙悲辇道,停舆问路惜珠宫。座闻仁主尊尧舜,旧日规模或可风。

孝陵梅花坞同尚栎山张亮公家喝兄作

芒鞋细碎落纷纭,灵谷山含蛱蝶云。冷织晴烘冰骨就,腊催寒尽玉肌氲。两升熟酒骚人醉,十里香茅野客闻。日暮孝陵峰顶望,影随白凤入鸥群。

长干寺梅花归来作

看遍名花花已尽,更留藏本赠予还。若无昔解冰雪案,那得相逢节操缘。树到古寒根本健,花当初放色香全。主贤客爱风流甚,孤月悬空情已褰。

注　　普林斯顿大学美术馆藏有两件石涛款《金陵探梅图卷》,一为真迹,一为赝作。此九诗录自石涛真迹。款题:"予自庚申闰八月独得一枝,六载远近不复他出。今乙丑二月雪霁,乘兴策杖探梅,独行百里之馀,抵青龙、天印、东山、钟陵、灵谷诸胜地,一路搜诸岩壑,无论野店荒村人家僧舍,殆尽而返,

归来则有候关久已,云:'园梅一夜放之八九,即请和尚了此公案。'随过斋头,开轩正坐,更尽则孤月当悬,冰枝在地,索笔留诗,共得九首。"图作于1685年春。这九首诗是他在金陵周围群山的寺院、村居中赏梅中所作。

作为一位僧人,石涛金陵探梅之所多为寺院,如上方寺、天印山(即方山)的定林寺、青龙山的天宁寺、东山的旃祖塔院、金陵千年古刹祈泽寺等。诗中还反映出他在寻梅过程中与友人相与为欢的经历。如他到过张僧持的南村书院,并与当时过从甚密的尚栎山一道寻梅。序中所说"独行百里之馀",意思并非踽踽一人而行。

此卷本为张大千旧藏,大千对其珍爱有加,后有跋云:"予平生所得大涤子画百十数幅,尝刻'大千供养百石之一'印章,盖笃好之至也。迫经丁丑、己丑两度变乱,所藏丧失欲尽。此卷辛卯岁得于九龙,乃二十年来魂梦中物,其诗与画与书皆不落古人窠臼,昔唐元宗称郑虔三绝,此卷诚足当也。甲午十二月客窗展读因题,蜀人张大千爱。"

校 石涛《金陵探梅图卷》出,世多有仿本,普林斯顿大学美术馆之赝作乃为近代所作。除此之外,尚有白沙村庄收藏的石涛《梅花图卷》(见桥本关雪《石涛》一书)。汪世清先生在《石涛诗录》中,录《金陵探梅九首》,所涉另一本《金陵探梅图卷》也是伪作。

石涛在后来的书画创作中,也常引此组诗。如上海博物馆藏石涛六开《书画册》(郑为《石涛》第88—90页影印),其中一页为书法,书《金陵探梅诗九首》之序言及其中五首。美国克利夫兰博物馆藏石涛八开《秦淮忆旧册》,最后一开题识"沿溪四十九回折",即此探梅诗中的一首。南京博物院藏石涛《灵谷探梅图轴》,题有探梅诗之第八首《孝陵梅花坞同尚栎山张亮公家喝兄作》。

题东庐听泉图二首

青铜玉匣两飞仙,碎石团云最可怜。雪月情生清客梦,狂吟思发助吾颠。匡庐三叠神交久,南岳千洵旧好缘。有志名山探七尺,何妨随处共留连。

不为探奇不访仙,夜来入耳最堪怜。穿云堕地情犹舞,坠石高眠意放颠。尽日浑愁忘世虑,昔年曾结此中缘。归兮兴发图千顷,住笔狂呼字字连。

注　　此诗录自清华大学美术馆所藏石涛《东庐听泉图》。款题："废纸中拣得往时游小东庐听泉二首,偶得宫纸半幅并图存之不易楼中。清湘石涛济道人树下。"诗作于石涛居金陵之时,画则作于1693年到1696年间。

小东庐,即江苏溧水的东庐山。据光绪《溧水县志》载:"寿国寺,东二十里,在庐山麓。"寿国寺是石涛法兄祖庵所居之寺。施愚山《送祖上人之溧水精舍,地有东庐山》诗曾言及此地。石涛与祖庵为佛门法兄弟,曾多次至此山。小东庐山上有瀑泉,泉似庐山三叠泉,故称。其水最宜烹茶,远近闻名。

六塔诗

雪塔
静洗诸缘洁洗空,淡氲金紫碧氲红。从天插下飞龙影,就地擎来总不同。华藏海深谁贮雪,阎浮势抵劫翻风。老夫尽力悲歌起,三礼瞿昙腊夜中。

月塔
恩大宜酬若大观,每于良夜仰波澜。九重人不添灯火,十地何来举插干。紫焰织成金梵网,露珠滴就玉旃檀。景阳钟打石头听,别有灵源问说难。

风塔
住看海风吹火树,霹空爆竹恰当燃。缭人眼处事非一,惯折心时碎月边。几欲呼笙坐霄汉,无端仙乐梦归船。秋霜点染到窗尽,小阁玲龙十万钱。

雨塔
六朝神雨浇无息,霹雳雷轰舍利鸣。鹤子惊来云碾地,头陀兀起势吞京。烧空冷焰诸天黑,到顶奇文帝释明。七十二门光九级,几回至此句难成。

夜塔
古屋高枝夜不眠,仰瞻孤塔一峰悬。人间胜地莫如此,此地为僧非偶然。喝退枯禅无选佛,能成煮字逼超仙。朦胧上下清如泻,远近同辉大彻缘。

晓塔
朝来日斗琉璃色,烟际金轮眼界新。山鸟倦空惊且幻,江鱼跃水乍生嗔。常舒五色通天顶,时网交罗入地旬。我欲私心恒托此,怪他名重忽生尘。

注　　《六塔诗》是石涛在金陵一枝阁中所作诗篇的代表作。今存石涛真迹中二见：

1. 香港佳士得2007秋拍之石涛《山水书法册》（《苦瓜老人三绝册》）第八帧对题书有此诗，款"长干枝栖九载得塔诗六首，济草"。"九载"，指1678年到1686年。

2. 保利2009年秋拍之石涛《诗书画联璧卷》书法卷题诗第五首书此诗。

《六塔诗》是关于大报恩寺的咏叹。石涛所在的西天禅寺，是大报恩寺所领之寺。大报恩寺，是当时全国赫赫有名的大寺，僧徒上千人，也是当时中国最高的建筑。施愚山说："金陵报恩寺，伟丽第一，古所谓长干寺也。"（《书报恩寺浮屠事》，《学馀堂文集》卷二十六）大报恩寺的琉璃塔，有终夜不灭的灯光。石涛所居住的小小一枝阁，就在它的光影之下。他九年的金陵寺院生涯，也是与这座伟大建筑相伴的时光。石涛的《六塔诗》，就是直接观察的结果。明清以来有很多人写过这座辉煌的佛教建筑，石涛这组诗应该是一个代表。他描绘报恩寺在不同气候、不同时光下的变化，更描绘自己心灵在这光耀映照下的感受。

无锡市博物馆藏有托名石涛的书法长卷，书有其中的"四塔"诗，实是张大千的伪托。

校　　《雨塔》第二句"霹雳雷轰舍利鸣"，《诗书画联璧卷》作"霹雳时轰舍利鸣"。

客广陵平山道上见驾纪事二首

无路从容夜出关，黎明努力上平山。去此罕逢仁圣主，近前一步是天颜。松风滴露马行疾，花气袭人鸟道攀。两代蒙恩慈氏远，人间天上悉知还。

甲子长干新接驾，即今己巳路当先。圣聪忽睹呼名字，草野重瞻万岁前。自愧羚羊无挂角，那能音吼说真传。神龙首尾光千焰，雪拥祥云天际边。

注　　此诗录自普林斯顿大学美术馆所藏石涛《书画卷》。其中书法一段题有此二诗。又见《清湘老人题记》著录。

康熙第二次南巡至扬州在1689年，时石涛正在此地，驻锡净慧寺。净慧寺，又作静慧寺，石涛师祖木陈道忞（1596—1674）曾居此。《扬州画舫录》

卷八《城西录》载："静慧寺本席园旧址，顺治间僧道忞木陈居之。御书'大护法不见僧过，善知识能调物情'一联、七言诗一幅；康熙赐名静慧园及'真成佛国香云界，不数淮南规树丛'一联、七言诗一首。"石涛佛门之师旅庵本月（？—1676）曾在京城，驻锡善果寺，地位几与国师相当，极尽尊荣，顺治帝曾亲至善果寺听法。本月1662年还山，初驻松江昆山之泗州塔院，石涛即于此寺依本月出家。职是之故，康熙第二次南巡至平山堂，直呼石涛之名，石涛感激涕零，作诗纪之。其中"两代蒙恩慈氏远"，说的即是此事。慈氏，即佛门。两代，是说道忞和本月。而此时他又蒙天恩，故而感叹之。此二诗描绘于广陵见驾之情景。

圣驾南巡恭迎二律

东巡万国动欢声，歌舞齐将玉辇迎。方喜祥风高岱岳，即看佳气拥芜城。尧仁总向衢歌见，禹会遥从玉帛呈。一片箫韶真献瑞，凤台重见凤凰鸣。

五云江上起重重，千里风潮护六龙。圣主询方宽奏对，升平高谶喜容雍。明良庆洽时偏遇，补祝欢腾泽自浓。拜手万年齐献寿，铭功端合应登封。

注　　此二诗作于1689年康熙第二次南巡，时石涛在扬州接驾。日本京都国立博物馆藏石涛十二开《山水册》，其中一开遗失，便以一开石涛书法合而装裱成十二之数，这一开书法就书有此二律。

此二诗另于石涛作品中见之：

1. 保利2009年秋拍有石涛《诗书画联璧卷》，其中书法部分第七段书有此二诗。

2. 清李佐贤（1807—1876）《书画鉴影》卷二十四轴类著录《僧石涛画集屏画》，也录有其中的一首："第一幅，高一尺一寸二分，宽一尺五寸。设色，细笔，写意。海上群山，枫林红叶，遥望沙岸泊舟，空阔无际。题在左上。又二字在右下。《海晏河清》：东巡万国动欢声，歌舞齐将玉辇迎。方喜祥风高岱岳，更看佳气拥芜城。尧仁总向衢歌见，禹会遥从玉帛呈。一片箫韶真献瑞，凤台重见凤凰鸣。臣僧元济九顿首。"此画今藏台湾历史博物馆，本为罗志希所藏。

校　　"容雍",《诗书画联璧卷》作"雍容"。"玉辇迎",京都国立本作"玉辇过",或为他人所改。

题画秋葵

鸡冠秋叶两平分,蜀锦登瀛朵似云。澹澹浮金熔晓日,疏疏弄玉那知氲。洗空天地精英秀,不信园林草木文。独抱一贞霜露下,西风添得菊同群。

注　　此诗录自上海博物馆所藏石涛六开《山水花卉书法册》。郑为《石涛》第88—90页影印。其中有一开画秋葵,上题此诗,款"霜雪依依秋色满地写此为快"。

此册作于石涛客居金陵之时。

题醉后写菊

黄鹤仙裳品最高,冒秋珍羡簇黄袍。半藏珠玉休轻泄,检点金精绝市嚣。稚子灌园堪借嫩,野夫把盏任牢骚。从今未许渊明占,说与陶家勿惮劳。

注　　此诗录自上海博物馆所藏石涛六开《山水花卉书法册》。其中一开画菊花,上题此诗,款"醉后写菊,济道人"。

题画水仙

翠袖黄冠不染尘,梅前梅后独迎春。水晶宫里朝元客,香醉山中得道人。罗袜轻盈凝步月,冰肌冷淡迥精神。何时携上紫宸殿,乞与宫梅作近邻。

注　　此诗录自《南画大观》卷四影印水仙一画的题跋。款题:"济山僧。"此图今不知藏于何处,似石涛所作。录此备考。

题写荷花

似笔投簪出水先,点通荷叶向青天。霓裳舞罢风吹面,宝相初圆雪作钿。靓饰不妖于此见,绿郎偏称色香全。游云忽自依身过,恍若瑶池驾鹤仙。

注　　此诗录自上海博物馆所藏石涛六开《山水花卉书法册》。其中一开画荷花,上题此诗,款"清湘石道人济"。

校　　第四句,原作"宝初圆雪作钿",落一"相"字,补。

八里庄看杏花二律

东风飘渺故园同,客路何期遇上公。濯眼不须临大海,对君疑是仰高嵩。庭疏夜寐勤王事,心有馀闲近道空。落落幽情自忘分,倦寻携我入花丛。

春深准拟杏花残,山外犹逢此大观。闻道东风能解事,却从昨夜尽为摊。攀缘无字酬丰雅,图写多文作盛欢。知己二三倾日夕,蒙蒙归路悉烟澜。

注　　此二诗录自无锡博物馆所藏石涛山水立轴。此轴为石涛看杏花归来所作,作于1691年。款题:"辛未三月王宗伯见招同喟翁先生、修翁先生及再子八里庄看杏花,归来各赋二律书进博教。清湘石涛济山僧又画。"王宗伯,即时任礼部尚书的王泽弘。

八里庄春看杏花,是当时京中官员和文人的重要雅集。如李绂《穆堂类稿》初稿卷十有《晚春偕同年徐坛长、须凤洲、汪无亢、缪湘芷、黎宁先八里庄看杏花,值汪紫沧俞颖园张莪村吴见山四前辈、陈沧洲知府、牟山兄、潘郑二进士亦载酒至,用游骑,偶逢人斗酒"名园相倚杏交花"为韵,分得偶字》,时间大体与石涛此行相当。杨钟羲《雪桥诗话》余集卷三载看杏花之事:"康熙丙申春(1716),陈鹏年沧洲、吴关杰汉三、李中牟三、汪灏紫沧、须洲凤苞、缪沅湘沚、徐用锡坛长、汪见祺无亢、李绂巨来、俞兆晟颖园、黎致远宁先、郑三才参亭、张懋能莪村元福宫看花诗卷,为洪介亭所藏,法开文题句有云:'访僧八里庄,看碑古松下。杏花阅百年,一树无存者。道观埋荒草,残砖更剩瓦。庵前积水流,塔上秋云野。'盖非复当年选胜之况矣。"

二者所叙为同一事。

用沧洲韵寿桐君先生

海风吹月上阶来,笑指仙翁扫雪开。澹墨未成十丈卷,浓香结就九层台。此时始与祝君寿,何假明辰早献杯。贫士计穷只一纸,向来粤客本无才。

注　此诗录自波士顿美术馆所藏石涛《寿桐君山水卷》。作于1691年。款题："时辛未九日夜同诸君烧灯作画,寿桐君先生,即用沧州韵书呈博笑。"

桐君生平不详。香港佳士得2007秋拍之石涛《苦瓜老人三绝册》,山水书法各十二页,其中第十一帧画雪山,书法对题录一诗,款题："题沉泥砚赠李桐君明府。石涛。"所赠即为这位李桐君明府。陈鹏年(1663—1723),字北溟,又字沧洲,石涛晚岁好友。纽约大都会艺术博物馆藏石涛赠陈沧洲山水立轴,而日本桥本大乙曾藏有一扇面,也是石涛为沧洲所作。

长安人日遣怀

春至正逢好人日,且呵冻研赋新诗。病夫岂是药能饵,傲骨全凭气养之。抖擞精神随物化,放开心力未为迟。平生有志不须叹,都付秋风绝所思。

注　此诗录自保利2009年秋拍之石涛《诗书画联璧卷》书法部分第十三题。正月初七为传统节日人日。长安,指京城北京,此时石涛客居北京。

诗当作于1691年。

谢辅国将军博尔都问亭见寄

几年瓢笠挂金台,笑傲春风志不隤。且愧身游红日下,何缘人自紫宸来。清芬未靓知龙骨,翰简初承识凤材。庸骥不堪邀伯乐,却因连顾重崔嵬。

吴吟已入归山梦,此日闲心更策筇。多事彤庭爱潇洒,却从蓬座觐雍容。青藜未敢呈轩冕,白雪先拟献大宗。杯水岂能燎海眼,文章自古让夔龙。

注　　此二诗录自北京故宫博物院所藏石涛《诗画合璧卷》。

博尔都（1649—1707），字问亭，号东皋渔父，又号怀玉子，封辅国将军，为清太祖曾孙，辅国公跋布海之子。石涛在北上之前可能就与问亭相识，北上之事可能与其帮助有关（前此邀请其去北京的曹宾及于1689年下世）。石涛在北京期间，与问亭相与优游，诗歌唱和，所谓"东皋渔者诗歌多"，他是石涛北上期间最密切的朋友。问亭收藏宏富，并可能随石涛学画。石涛南还之后，他们之间还保持着密切的联系。

题游华阳山图

一峰削尽一峰环，折径崎岖绕碧湍。咫尺诸天开树杪，潆洄万壑起眉端。飞梁石引烟光度，负担人从鸟道看。拟欲寻源最深处，流云飘渺隐仙坛。

注　　此诗录自天津博物馆所藏石涛《游华阳山图轴》。款题："游华阳山中作拈出为□□□□。清湘石涛济津门道上。"上款被人挖去。此图为石涛北上时期重要作品，是他1691年来天津时所作，并非写天津周边实景，而是回忆之作。

华阳山在宣城，石涛作品中多有涉及。明李默撰《（嘉靖）宁国府志》卷五："（宣城）城南百里曰华阳山，高数百仞，连跨宣、泾、宁、旌之境，中为密龙岭、盘岭、金牌岭、乌山岭。"

诸友人问予何不开堂住世书此简之

向来孤峻有门庭，果熟香飘遍界馨。岂以而今徒浩浩，大家聚首乐膻腥。明明头角非龙种，赫赫皮毛类虎形。习气渐深难可并，物希为贵自叮咛。

吾门太过为当衰，有志缁流抱道垂。假使鲲鹏齐展翼，乌天黑地怪阿谁。三家村许开经馆，善司祠难造大悲。理合输赢随分段，何如牛背胜乌骓。

注　　此诗录自保利2009年秋拍之石涛《诗书画联璧卷》书法部分第十四题。诗在今石涛存世文献中仅见，或作于石涛北上期间。

诗中的身世感叹和出处思考，在石涛晚岁非常突出。关于身世的感叹，此诗与后数年石涛所作之《庚辰除夜诗》（书作藏上海博物馆）颇有相契之处。后者有云："家国不知何处是，僧投寺里活神仙。如痴如醉非时荐，似马似牛画刻全。""全始全终浑誓立，半聋半哑坐包胎。擎杯大笑呼椒酒，好梦缘从恶梦来。"对世道的黑暗与自己悲惨的处境深有觉知。关于出处问题，此时尚言坚持，至作《巢湖图》（1695）还在徘徊，后来终究离开了充满争斗和利益角逐的"清净地"。

赠具辉禅师

性天轰彻海门雷，涛卷天山耳畔来。话到其间神早快，谁云卧稳不悠哉。人非人等常听法，情与无情各证杯。此地相逢权赠别，归期重订莫徘徊。

注　　此诗录自保利2009年秋拍之石涛《诗书画联璧卷》书法部分第十五题。诗下有注云："南海宝山具辉禅师来同客津门，谈及海山之胜，公入京请旨归山，余将欲一叶扁舟礼大悲矣。先以此赠禅师者，他日不为生客。"作于1691年。

　　　　大悲寺在天津，石涛天津诗友张霈是大悲寺世高则的法嗣。《五灯全书》卷一百〇二："抚宁张霈居士，字念艺，初不信佛，凡庵寺幢塔磬等字文中概禁弗用，及谒大悲，则始终感悔，则追问父母未生前本来面目……"石涛与念艺同属临济第三十六世，于佛门可说是兄弟。

校　　诗下注"一叶扁舟"，本作"一叶偏舟"，误。

舟泊泊头丁允元郑延庵诸子清言雅论复索予书画作书以赠订方外交

古岸新沙锦缆收，御河官柳送行舟。号歌直接青云外，乡语难分到泊头。太息劳人劳自肯，番嗟我辈为谁愁。天涯南北逢知己，敢不虚心翰墨酬。

注　　此诗录自北京故宫博物院所藏石涛《清湘书画稿》，又见《虚斋名画续录》卷四著录。泊头镇，在今河北沧州，乃运河所经之地。

舟中九日夏镇与诸同人遣兴笑作

有香有茗有黄花，虽不登临兴也嘉。舟上看山山势转，水边弄墨墨光华。白衣携酒南阳献，乌帽拈题夏镇呀。总是客途寂寥甚，平沙浅水接天涯。

注　　此诗录自北京故宫博物院所藏石涛《清湘书画稿》，又见《虚斋名画续录》卷四著录。夏镇，在山东微县境内，乃运河途经之地，处于苏鲁两省交汇之所。

王宫弄墨

不语如泥似醉乡，乘缘放旷就龙床。草衣木食平生事，御笔拈题（自注：双龙管中抱，大明万历年制）恼热肠。游戏一端非草草，颠狂几次又何妨。白头胆破惊天梦，狮子翻身解脱缰。

注　　此诗录自嘉德2013年春拍之石涛《自书诗二十一首》第四页。

次韵友人

飞来一片帝城霞，天上瓜星识苦瓜。立尽千峰浑作雪，吹开大地放奇花。非非想处谁添位，寂寞空王不问家。长啸未归归可得，看予掷笔破南华。

注　　此诗录自嘉德2013年春拍之石涛《自书诗二十一首》第四页。款题："安亲王府中好事者以诗投寄，次韵。苦瓜和尚用原韵答之。"安亲王岳乐（1625—1689）是清廷的功臣，石涛来京时他已下世。据《八旗画录》，其弟雪斋工画，石涛当与其有接触。

　　诗当作于石涛在北京之时。

夏日登金山龙游寺写意

落月趁潮迷海雾，身飞只欲跨龙游。到江早见鼍鬷首，出岸先惊破浪舟。天际浮空三点翠,水心过脉一丝由。善财立在观澜处,叱作猢孙巨□头。

注　　此诗录自京都泉屋博古馆所藏石涛十二开《山水精品册》之一开题识。款题:"瞎尊者夏日登金龙游寺写其意。"

此页有程京萼之对题:"树影中流见,钟声两岸闻。僧归夜船月,龙出晓堂云。后之□金山者千百首,不能胜此四语,的当格耳。京萼。"

春日张谐石姚纶如潘宸臣何以三招予登金山寺是日波恬浪静诸君索诗为首唱

东南一气撼青至,秀结崔嵬插海门。逼翰逼空难著力,放怀放癖始能言。何烦下喝波涛住,不语沉吟卷漫存。消受此回行脚处,河山小草绘天根。

注　　此诗录自保利2009年秋拍之石涛《诗书画联璧卷》书法部分第九题。另见北京故宫博物院藏《石涛石溪诗翰册》,题名《登金山绝顶是日波平浪静》。

张韵,字谐石,号浮丘山民,徽州绩溪(今属安徽)人,居江都,诗人、书法家,与孔尚任交谊深厚,石涛曾为其作山水人物图。《诗最》卷七收其《石城喜晤喝涛石涛二开士》。姚有纶,字纶如,徽人而居扬州,与石涛、张潮等交往甚密,诗人。潘宸臣、何以三,生平不详。

登御书留云亭唱和

天连水势水连云,时有孤云宿此亭。谁料圣君留墨后,还容野鹤驻青溟。高低嫩绿点苍窟,出没烟岚展素屏。玉带至今风尚在,山灵几辈结芳馨。

注　　此诗在石涛存世真迹中二见:

1.北京故宫博物院藏《石涛石溪行草书诗翰册》,其中第六页书此诗,款"金山御书留云亭唱和韵"。

2.保利2009年秋拍之石涛《诗书画联璧卷》书法部分第十题录此诗,款"登御书留云亭唱和"。

镇江金山留云亭,又名江天一览亭,在金山绝顶处。康熙曾陪其母来此亭，留下"江天一览"四字。

焦山双峰顶下云声庵复寻天然堂恒上人以野菜麦饭作供书壁留赠

双峰顶上一身下，莺哢江流云里长。细草滑筇淙影乱，桃花入眼称心忙。焦山略与金山异，石磴何如云磴香。转壑逢僧归路晚，山厨野味足诗肠。

注　　此诗录自保利2009年秋拍之石涛《诗书画联璧卷》书法部分第十二题。诗作于1693年前后。

看环翠园菊分韵

参差篱下斗新妆，不息金钱始傲霜。十丈何须甘谷谱，三秋又爱晚香堂。月明酒满花争艳，风饱诗成玉竞光。乘兴得来缘不浅，广陵粤客费商量。

注　　此诗录自方朴士《环翠诗集》卷三。方淳，字朴士，号去欲，人称去翁，江南徽州人，有《环翠轩诗》四卷。其书自署歙人，又自署新安人、练水人，都指自己是徽州人（歙县有练江）。居扬州，工诗。

方朴士有《看环翠园补菊一集分韵》诗（《环翠诗集》卷三），其后分韵和诗者有方淇苾宝臣、蒋鑨玉渊、吴从龙仲云、卓尔堪子任、程恂旦济、郑昂若千、汪应辉萼友、方挺恂如、方汉仪寿民、释元济石涛等。

秋日陪圣邻菊庵元震君过劲庵留耕园赏菊菊裹如锦次日余先归读书学道处留别请正

名园击节追高士，潇洒东君陶谢同。绣佛有庵藏古雪，逃禅无酒不英风。篱边丈菊开如锦，天外远山悠如翁。且向城中探药笼，再来选石话丹枫。

注　　此诗录自北京市文物管理处所藏石涛《兰竹图卷》，为其上所录近诗之一。诗当作于1695年，时石涛客居此"读书学道处"。

诗中所说的"绣佛有庵藏古雪",是说许园中的僧堂。许劲庵好佛事,许园中有僧堂,黄云(仙裳)有《寄许颐民中翰》诗云:"望去舆渊一水遥,舍人休瀚懒登朝。起居尝筑维摩座,衣带初胜沈约腰。明月銮江频入梦,秋风笛步记相邀。何时话旧欢携手,呼酒山楼听晚潮。"(《桐引楼诗》二"萧")其中"起居尝筑维摩座"即指此。

与客夜话

当年任侠五湖游,老大归来卧一丘。江上数峰堪供眼,床头斗酒蘸诗喉。吞声听说国朝事,忍死愚忠旦夕休。无发无冠双鬓白,对君长夜话真州。

注　此诗录自《大风堂书画录》著录之《苦瓜诗翰》。款题:"清湘小乘客原济草。"诗作于真州,当在1695年前后。诗中"无发无冠双鬓白"符合石涛晚岁特征。但开章两句写身世,"任侠五湖游",与石涛生平不合。而"吞声听说国朝事,忍死愚忠旦夕休"两句,写得如此直白。似非石涛所作,录此备考。

题画赠吴季子

白头僧老烟瘴面,破衲客闲冰雪颜。病日忘言惟诵帚,暮年留眼但看山。万枝残萼村桥外,一缕晴云寺院间。到处茅亭借得住,漫馀名字落人寰。

注　此诗录自《虚斋名画录》卷十五著录之十开《石涛山水花卉册》最后一开。款题:"乙亥二月病起作画呈季老诗长伯时正,原济石涛。"时在1695年。

此册是赠"季翁"之作。洪正治有跋云:"清湘老人赠予墨梅十六幅,诸法俱备,因为装潢置之案头,时一摹仿。顷复得其干笔一纸,错综淡远,恍如霜钟初发,独立于疏烟残月中,不禁神往。予与老人居处最久,此种鲜或见之,又兼山水写生共计十幅,笔皆绝尘,题云赠季翁者,不知何许人。乃并前合成一册,洵诅宝玩,不独补其未备也。雍正辛亥九月哉生名晚盥居士洪正治识。"

此季翁姓吴,我疑此人为石涛好友吴菘,吴苑之弟。许承尧《(民国)歙县志》卷十《人物·士林》云："吴菘，字绮园，苑季弟。以举人授中书，五上春官不第，遂不复仕，筑亭穿沼莳花以奉母。平生尤多义行，砥砺于学，淹贯经籍，善诗歌，有《白岳》《四明》《匡庐御览》诸集。"人称"吴季子"。石涛早年就有赠"吴季子"之作。先著《之溪老生集》卷六有《吴绮园寄龙柱天蜕墨》："矫矫吴季子，词场实英杰。家山横槛前，三十六峰碧。"

头白依然未有家

斗煞人间儿女花，冰尽霜历返天涯。烟深水阔无消息，路远天长有叹嗟。故国怀人愁塞马，严城落日动边笳。只今对尔垂垂发，头白依然未有家。

注　　此诗录自《虚斋名画录》卷十五著录之十开《石涛山水花卉册》第九开。诗作于1695年，为赠吴季翁之作。诗中言"头白依然未有家"，石涛晚岁之作中多有类似表达。

水仙花和韵

红炉暖开岁寒天，梅雪争辉尔放先。玉质自成绕砌锦，冰姿何用副笄钿。吟逢除夕思偏苦，胜贴宜春色更鲜。多少繁华零落尽，一枝点缀独称仙。

注　　此诗录自康熙年间刊陶煊、张璨《国朝诗的》，在《方外》卷二选《释元济诗》。

题画人物

今古蒙蒙目未开，人心易忽不成材。满腔星斗教谁数，一石乾坤我意回。琐琐衣冠留玉面，票票人物总金台。清湘欲辞难分手，亲见仍望珍重来。

注　　此诗录自《十百斋书画录》未集。款题："清湘大涤子写于许园之读书学道处。"诗中的"琐琐衣冠""票票人物"与画面中穿着官服、腰系玉带、足蹬软底朝靴的形象是吻合的，画的正是集官、商于一体的中书舍人许松龄形象。但此画颇可疑，石涛以"读书学道处"为地名款之作品主要作于1694年到1696年间，其时此处是他寓居之所。定居大涤堂之后，其真迹没有再回许园此处的记录。录此备考。

题梅花图

梅花莫道无情物，也解故人结伴开。昨夜金蓓齐磬口，枝枝如腊称心哉。争呼把酒招群对，客亦酣歌兴独催。鹿自鸣兮花自舞，一时倾倒醉添杯。

注　　此诗录自程霖生《石涛题画录》卷四著录之石涛款六开《墨色山水册》，名《墨色山水精册六帧》。神州国光本《大涤子题画诗跋》卷一著录，名《墨色山水册》。图今未见。其中第六开题有此诗，款题："冬日喜燕思、仲宾、天容诸君见访于真州读书学道处，时梅花大放，燕老从吴越归，携宣纸六帧，命瞎尊者作图，予戏为之，博笑。乙亥。"此册诸图题识颇可疑，似非石涛所作。但题诗所涉之友人，符合石涛生平。录此备考。

夏日避暑松风堂画兰竹偶题

极清极秀品难当，才是仙风道骨苍。静对犹疑修禊后，飘空如接李诗狂。凭君偕俗三春识，未须孤芳一朵藏。写罢王香啸幽谷，凡花何有不趋跄。

注　　此诗录自汪绎辰《大涤子题画诗跋》。作于1696年夏，是年石涛来到歙县岑山渡程浚的庄园松风堂，在这里留下很多重要作品。如北京故宫博物院所藏《清湘书画稿》就作于是年夏天于此避暑之时。

中庙阻风登阁二首

百八巢湖百八愁，游人至此不轻游。无边山色排青影，一派涛声卷白头。且踏浮云登凤阁，慢寻浊酒问仙舟。人生去住皆由定，始信神将好客留。

波中遥望凤崔嵬，凤阁琳琅台壮哉。楼在半空云在野，橹声如过雁声来。巢湖地陷赤乌事，四邑水满至今灾。几日东风泊沙渚，途穷对客强徘徊。

注　　此二诗录自天津博物馆所藏石涛《巢湖图》。图作于1695年，时石涛去合肥探视友人，归途经巢湖，写下多首诗，并画下这件重要作品。

晚泊金沙河

东风阻我巢湖边，十里五里一泊舟。湖头人家白鹅岸，晚风香送荷花田。水清苔碧鱼可数，金沙名地是何年。主人爱客高且贤，下水采荷意颇坚。

谓客有花以诗赠，吾只爱诗不受钱。采荷偏采未开全，一枝菡萏最堪怜。始信壶中别有天，插花相向情更颠。欲开不开日复日，记程好事花当前。

注　　此二诗录自天津博物馆所藏石涛《巢湖图》。款题："晚泊金沙河，田家以白菡萏一枝相送之舟中，数日不谢，与钱不受，索以诗赠之。"作于1695年。

和友人作

避客羁栖托一枝，相闻名姓未嫌迟。经年壁立逢人少，自信心枯谢世资。入夜林光香几篆，披襟鸟语磬清时。青莲或许磨崖俟，点缀须教办数诗。

注　　此诗录自嘉德2013年春拍之石涛《自书诗二十一首》第一页。

此册共八页，是石涛生平重要书法作品。本为纽约私人藏家收藏，后托管于普林斯顿大学美术馆，2013年初登拍卖之场。从书法特点、所书之诗以及印章等情况看，大体作于石涛南归后，1693年到1695年间，其时他未入大涤堂，尚在僧列。此作清代以来一度为寺院收藏。其内容多未在石涛其他传世作品中出现，涉及石涛生平许多罕为人知之事。

《和友人作》是其中第一首，款题："友人见访枝栖，兼赐佳章，瞎尊者济。"当时石涛还在金陵一枝阁中。

覆舟

入水长人堕烈风,芦花深处湿衣蒙。诗书永托龙宫藏,画卷当还五岳逢。老去十分悲慨远,快来都入落花风。惭余只履东归客,一啸猿啼破梦中。

注　　此诗录自嘉德2013年春拍之石涛《自书诗二十一首》第四页。诗是他南归途中所作。

雨花深雪

地湿沙青雨后天,墙头春杏正鲜妍。水边新燕衔泥蚤,花下蜻蜓戏蕊先。买醉江南好亭榭,放歌曲里快蹁跹。一枝我意簪冠去,且与狂夫是为联。

注　　此诗录自香港佳士得2008年春拍之石涛十开《花卉册》中杏花一开。曾刊于日本东京大冢巧艺社1931年出版之《宋元明清名画大观》第226页。户田祯佑、小川裕充《中国绘画总合图录续编》第三卷日本篇第146页收录。十开无系年,是石涛入住大涤堂前的作品,当作于1696年春。

　　此开以正书题此诗,款题:"苦瓜老人雨花深雪。"图写雨后杏花之象,如含春泪。

社集西园送秋分得十二侵

离离禾黍动愁深,无语凭栏泪不禁。老去悲秋怀宋玉,行来觅句效依林(自注:唐休公高弟)。三千客路水云梦,九月穷途感慨心。赖有文场诸长者,惜阴诗赋大家音。

注　　此诗录自广州美术馆所藏石涛十四开《书画杂册》。款题:"苦瓜和尚济。"乃石涛在扬州诗社唱和之作。张潮《友声尺牍初集》戊集录石涛书札:"山僧向来拙于言词,又拙于诗,惟近体或能学作,馀者皆不事,亦不敢附于名场,供他人话柄也。唯先生亮之。"石涛晚年是西园社集、秘园雅集等诗社的积极参加者,而且与许多"选诗郎"有密切关系。如《近代诗钞》编者周向山、《遗

民诗》编者卓子任、《诗最》编者倪永清、《诗观》编者邓汉仪、《诗正》编者朱古愚以及大量选刻古诗的扬州刻书家张山来。

校　　"感慨心"，原作"憾慨心"，疑误，改。

访狄向涛于文星阁

黎明努力趁轻舟，休待东升暑气投。文笔一峰天使驻，广陵渡口客星留。吟诗调古惊林壑，谈笑风生动九洲。忆得坡公与颠癖，倒翻墨海研田游。

注　　此诗录自广州美术馆所藏石涛十四开《书画杂册》。作于1697左右。

狄亿，字立人，号向涛，江苏溧阳人。其父狄敬为顺治己丑（1649）进士，曾官陕西参事。狄亿为康熙辛未（1691年）进士，官翰林院庶吉士，曾多次来扬州，与张潮等交往密切。据丁家桐先生《石涛传》考证，文星阁（又称文昌阁）在扬州汶河边，时石涛乘船至此送别狄向涛。文星阁，明万历年间由江都知县张宁仿北京天坛修建，初称文昌阁。

项子赠我名香佳茗春雪忽狂呼笔索笑

醒痴香罢浇愁茗，助我幽怀二千顷。招手衔杯风雪来，仰天大笑摩冰冷。此时对雪呼高人，吾欲随之飘有神。阁小风高恐吞去，浓香苦茗心无尘。

注　　此诗录自广州美术馆所藏石涛十四开《书画杂册》。款题："项子赠我名香、佳茗春雪，忽狂呼笔索笑，清湘老人济草青莲小阁。"钤"赞之十世孙阿长"印。

这位"项子"，是石涛至友。从诗中"此时对雪呼高人，吾欲随之飘有神"看，项子当与其为同辈之人。据汪世清先生考证，石涛晚年与项氏一家三人关系甚密。项宪（1644—1716），字景原，号耐庵，江南徽州府歙人，乃居真州的徽商。长子纶（1663—1718），字经士，号柏亭。次子绲（1672—1728），字书存，号澹斋。此诗当是怀项宪之作。

北京故宫博物院藏有四通石涛《致岱瞻札》，其中有云："中秋日与书存同在府上一别，归家病到今，将谓苦瓜根欲断之矣。"记他与项绷一道去看江世栋。重庆博物馆藏石涛《补嵩南梅花》，其中第二跋有云："昨夜此画到手即书，次早书存年兄过大涤，见此云：'□家表叔嵩南太史所作。'"年轻的书存几乎与石涛相伴而行，或随其学画。

题岩兰

簪花无地正怡然，贱买云间另一天。夙草也来经墨水，新诗何不继芝田！骚人落落春风散，古迹惶遑夕照怜。寄与羲之亭子上，黄鹂蝴蝶乱飞仙。

――――――

注　　此诗录自北京故宫博物院所藏石涛十八开《兰竹图册》之对题。十八开中，有两开的对题页上有石涛题跋。

　　石涛既画兰竹等，又趁兴与友人一道，自题己作，说明友人间诗画相乐之随意。此图石涛题跋前，有石涛好友、诗人吴翔凤之题："泼墨萧疏笔意闲，尘埃何处可追攀。凌虚峭壁高千尺，不是幽兰不傍山。"

自题兰画

几年未许错相干，一纸书成忽介繁。随世随人频吐玉，无风无雨尽安澜。天开名畹何常设，地结兰荪那得干。不是野夫多曲护，寒心多被热肠看。

――――――

注　　此诗录自北京故宫博物院所藏石涛十八开《兰竹图册》之对题，是册中两处石涛对题之一。款题："清湘大涤子阿长。"

　　此诗亦见于流传石涛作品中。日本《南画大观》第二册著录石涛一兰画，其题识云："随世随人频吐玉，无风无雨尽安澜。"似石涛手笔。上海博物馆藏石涛《兰竹水仙图》，《中国古代书画目录》编号为沪1–3184，上海人民美术出版社1990年出版之《石涛》（郑为编）第91页影印。此图画石兰，有两题，一题云："几年未许错相干，一纸书成忽介繁。随世随人频吐玉，无风无雨尽安闲。天开名畹何常没，地结兰荪那得干。不是野夫多曲护，寒心多被热肠看。"款署"大涤子亨极漫写"。这是一件伪作。石涛父名朱亨嘉，他自己是若字辈，不可能混乱到将父亲与自己的辈分弄错。

赠孙如斋

翩翩才子擅风流,阮瑀清声自不侔。书记久闻推许下(自注:尊翁私许州),新名今复壮燕州。好从校猎承恩起,定有奇文侧席求。枚马自来称并驾,一时金马任优游。

注　　此诗录自香港佳士得 2007 秋拍之石涛《山水书法册》(《苦瓜老人三绝册》)第二帧山水对题。款题:"时同孙如斋学士同行。枝下陈人济。"诗作于 1697 年前后。孙如斋,即孙予立。

秦淮秋兴九首

目尽钟山百代幽,白云不住剩空楼。城头鼓角悲风起,塞上烽烟壮士休。北去龙游生旱气,南来虎卧定高秋。昨闻太白经天论,可是黄河彻底由。

回首萧条故国空,羞将短发赋蕉桐。罗浮四百峰前月,赤石矶头腕下风。自笑自歌行迹外,唯嗟惟叹寂寥中。也无遗恨留今古,书罢还归旧竹筒。

雁雁双双吴越东,念年愁剩白头翁。雄翔雌伏云泥尽,感慨兴亡泪不穷。天地无心归化育,男儿努力各从中。前山秋雨倾梁栋,霹雳声消破黑丛。

年年七夕鹊飞劳,昨夜天风散九皋。露湿珍珠簪巧线,晒干荷叶剪秋袍。百钱难买英雄泪,斗酒倾他义士高。几欲拖筇上牛首,晚来弘济泛轻舠。

四袖荷衣着短裳,拖筇曳履到横塘。湖头艇子回青嶂,山下人家尽夕阳。孤雁南来悲慨远,疏钟初觉韵声长。此时不用通姓名,逢着黄花醉晚香。

南朝四百旧精蓝,几见人来脱汗衫。有客叩关生见解,谓予闭户却成贪。虹霓散雨深松峡,白鹭穿田碧水潭。三径久荒高士菊,不材老树一枝憨。

忆得昭亭岭上翰,西天(自注:寺名)古屋动秋竿。未成小凤为翎日,先脱伊人束发冠。微雨入林声渐远,狂风卷幔下江滩。午餐出席看龙斗,日射衣裳影弄干。

收拾渔竿上莫愁,凤凰无迹不堪游。秦淮水落石头出,天印山高明月留。谁把笛声哀苑柳,且听筘曲动清秋。夜深风急芦花浅,幽梦全消六代羞。

摩宵九级倚冯栋，日落游人兴未残。枕色无□花信早，暮帆□上蝶收滩。市头米价何须定，江上烟波老病安。兄弟一灯贫且细，故人厚禄莫须欢。

注　　这组诗初为八首。上引前八诗均录自香港佳士得2007年秋拍之《苦瓜老人三绝册》，其中一开对题《秦淮秋兴八首》，可能初仿老杜《秋兴八首》诗和董其昌的秋兴八图。此册大约作于1696年到1697年间。《秦淮秋兴诗》后增为九首，或为避免仿照别人之嫌。华盛顿弗利尔美术馆所藏石涛《金陵忆旧册》中，有一开书"四袖荷衣着短裳"诗，款云："《秋兴九首》拈来作画。"此册作于1707年。

　　　　北京传是2011年春拍有海上唐云书《清湘书画草稿》二十四开笔录。唐云一生经眼石涛作品甚多，此作是他读石涛作品的手记。手札用荣宝斋毛边纸直行信笺写成，第一页起首有"清湘书画草稿，原迹八分书"之说。所记第一件就是石涛秋兴诗，占手札第一、第二和第三页的部分。其中有八首诗与《苦瓜老人三绝册》基本相同，但在"年年七夕鹊飞劳"后，增加了"摩宵九级倚冯栋"一首。由此得补九首之全。

校　　这组诗之第九首，第一句"摩宵九级倚冯栋"，"宵"疑为"霄"之误录。冯栋，即凭栋。

广陵探梅诗三十二首

古花如见古遗民，谁遣花枝照古人。阅尽六朝无粉饰，支离残腊露天真。便从雪去还传信，才是春来即幻身。我欲将诗对明月，恐于清夜辄伤神。

前朝剩物根如铁，苔藓神明结老苍。铁佛有花真佛面，宝城无树对城隍。山隈风冷天难问，桥外波寒鸟一翔。搔首流连邗上路，生涯于此见微茫。

雾宿霜沾一两梢，前村冻滑点溪桥。横塘雪水潜天碧，高阜春云迈地遥。人事尽时花事好，他生未识此生饶。看他白昼浑无碍，不使清新坐寂寥。

折得春风一两枝，独行溪口夕阳时。杖藜倒影偏宜瘦，齿屐拖泥不觉罢。花到芳开应自赏，人当老去问谁知。得闲且□浮生理，吾汝悠悠任所之。

扶云立水撑岩壑，出色如非此世春。干老枝枯冰玉屑，花娇色艳丽洒银皴。

几疑绝塞逢才子，忽讶泥涂见洛神。竟日抽思难尽写，天教是物斗诗人。

老夫幽兴不得已，探尽梅花欲忘归。诗句何妨任苦瘦，梅花未必太粗肥。娟娟萼绿云中断，缓缓兰香月下微。一笑此生浑不解，点睛飞去世间稀。

老夫旧有寒香癖，坐雪枯吟耐岁终。白到销魂疑是梦，月来欹枕静如空。挥毫落纸从天下，把酒狂歌出世中。老大精神非不惜，眼前作达意无穷。

都把先天托后天，色中古澹醉中玄。潭深冻合雪千尺，涧阔寒生云半川。自落自开尘迹扫，乍晴乍雨性情传。孤芳岂是寻常物，何逊当时直放颠。

浑朴风流各擅长，横空隐逸总无妨。天边皓月真情性，水上轻烟破浑茫。一卷诗成如可对，百年面冷恰相当。澹中滋味惟吾有，莫怪痴人坐夕阳。

一声清磬暮烟中，水落沙平废院东。林下美人何处出，窗前好友忽相逢。荒凉野店无佳酿，寂寞孤村剩老翁。白首相期吾与子，倾心那对杂花丛。

无非绝色夺春妍，引我诗情浥露鲜。消尽半生尘土气，向来万里雪霜天。何须怪石方为伴，不比桃花最可怜。好向人间烧画谱，一齐收拾付江烟。

春来好挂杖头钱，莫问山边与水边。逢树便倚随老懒，骑驴欲去几周旋。清狂绝世慵为客，孤傲如花不计年。乍可相看愁雨雪，晚风侧帽倍留连。

看花有底为花忙，日与花枝较短长。人尽爱花花易老，花如爱我我何妨。青山对酒春无恙，白雪当风鸟不翔。欲把奇思寄天上，恍如仙子驾扶桑。

夜半光寒不夜天，无言对我句难传。海鸥欲睡烟初冥，野鹤方归影乍圆。风里一枝云作态，池边万朵月争妍。疑他养就臞仙骨，偶向人间试小年。

吴山亭上花枝好，我去山亭花乱飘。独鸟听诗下墙角，主人醉客恋溪桥。金鞍横姿愁无数，绿鬓偷闲思寂寥。可惜花开只春首，白云明月在疏条。

怕看人间镜里花，生平摇落思无涯。砚荒笔秃无情性，路远天长有叹嗟。故国怀人愁塞马，岩城落日动边笳，何当遍绕梅花树，头白依然未有家。

何处笛声霄汉来，风清露白意悠哉。满空香散如烟雾，一片月明飞落花。忙把酒杯浇梦醒，肯教诗兴送春回。老夫会有闲心性，不斗人间绣虎才。

一春何事于春快，快也总是梅花债。百首诗吟五十才，梅诗满百诗当戒。山禽笑我入山狂，羞客玉奴迎风拜，卧石仰天至日斜，浑身珍惜梅花晒。

初觅新裁小试花，试风试雨试烟霞。而今却把灯前试，来岁都分女字叉。学得玉钗肩上转，渐成铜干脚边拿。广陵旧本传来未？休作虎丘亭样夸。

清入枯肠字字寒，乍惊老眼雾中看。已疑天上神仙子，谁识松交补二难。客岁征诗入阳县，前年早赋报长安。一回花发一伤感，那得春风气若兰。

行脚探花不得住，思之走笔鹰捉兔。枝虬耸出天无云，干直排空月临吐。花放我来我赋花，花空我去花谁护？东风切莫漫颠狂，遣兴明朝还趋步。

梅花多是春前放，春正澹时花正芳。千个诗成千手眼，一回把盏一颠狂。才过新年已人日，书残草稿也添长。性灵空处应挥洒，敢与才人说盛唐。

石上栽花恰似簪，与兰相并短羞惭。草根木本钢柔性，曲作同窗各样堪。养就矮身十九寸，结来懒蕊一连三。探梅诗借君为补，留与人间共笑谈。

诗不来兮日再晡，日不再兮心良苦。老笔纵横铁笛新，生梢耸秀玉峰古。对花写花诀浅深，就句索句大飞舞。以此吞作养心丸，劈开华岳三千斧。

江上探花日归晚，路边取足花枝婉。沙田野鸟不惊人，水底游鱼亦亲饭。眼界都明阔大方，口期未稳去人远。旧交都是梅花邻，命我题诗休缱绻。

呼起空山响答声，梅花朵朵半含情。高峰不向此中讨，冷志何来独擅名。铁石心肠如火发，锻成老眼太争明。也知一首诗难就，故遣东风努力倾。

心欲探梅足力少，梅诗未足那得了。天霁还向野田行，地广因须人高眺。江边定结好花坡，沙上必生枝窈窕。只恐江风吹落花，吟上江楼见缥缈。

把盏殷勤待梳月，莫漫停睛向背先。未出浑如剔墨补，将神宛似露珠圆。心粗几处得真趣，头白枝枝看不全。休笑苦胆一味冷，行藏已入梅花禅。

一枝作供对长夜，无灯独坐纸窗明。烧残苦竹诗同冷，听罢严更梦亦清。烂漫不愁春乍去，萧骚只恐客还惊。晓来乾鹊声声唤，人在沙城画外行。

天然冷艳无人比，绝胜风流姑射妆。吟啸几回经树歇，风霜未许折来防。时亲时近茅檐外，忽暗忽明短槛傍。本不期君君恋我，苦拈髭处费篇章。

花能补月窗前立，岂是并刀善剪裁。却合时宜偏落落，出人头地独皑皑。金乌已向虚空驾，玉兔教从何处来。尽日掩关尽谢客，看他如意欲怜才。

和靖先生真处士，风流怀抱近无闻。谁将一石春前酒，漫洒孤山雪后坟。牢落空嗟馀古木，萧条虚度几浮云。生平有梦思来往，倘或梅花得似君。

注　　广陵探梅诗初见于康熙戊寅（1698），多见于石涛1698年到1700年间的梅花诗题跋中。他本来想写百首探梅诗，但仅完成了九成，这九十首探梅诗主要作于大涤堂成之后的三四年间，是他在几个冬春中周游广陵及周边地区赏梅的记录，其中不少是与友人唱和之作。现在所见大致可归入此类诗的，不过三十余首。

关于广陵探梅诗的整理研究，请参拙著《传世石涛款作品真伪考》（北京大学出版社，2017）第十章的考证。

此中所引探梅诗，主要来自香港佳士得2008年秋拍"戴萍英基金会珍藏中国古代书画专场"的《梅竹双清图轴》、辽宁省博物馆《梅竹双清图轴》、上海博物馆《梅竹双清图轴》和《梅竹图》、北京故宫博物院十二开《山水花卉册》（庞莱臣旧藏）、嘉德2006年春拍石涛款《行书梅花诗扇面》以及神州国光本《大涤子题画诗跋》卷二著录之石涛款十二开《墨梅图册》等。

校　　广陵探梅诗是石涛晚年定居大涤堂后的作品，其间他作诗近百首，而且经过了反复推敲。现今在其存世作品中，还有数首诗可以看出推敲的痕迹。

如"古花如见古遗民"一首：

A.香港佳士得2008年秋拍之《梅竹双清轴》作："古花如见古遗民，谁遣花枝照古人。阅尽六朝无粉饰，支离残腊露天真。便从雪去还传信，才是春来即幻身。我欲将诗对明月，恐于清夜辄伤神。"

B.上海博物馆《梅竹图》作："古花如见古遗民，谁遣花枝照古人。阅历六朝唯隐逸，支离残腊倍精神。天青地白容疏放，水拥山空任屈伸。拟欲将诗对明月，尽驱怀抱入清新。"

C.普林斯顿大学美术馆《梅花图册》作："古花如见古遗民，谁遣花枝照古人。阅历六朝唯隐逸，支离残腊倍精神。天青地白容疏放，水拥山空任屈伸。拟欲将诗对明月，尽驱怀抱入清新。"

D.神州国光本《大涤子题画诗跋》卷二著录之石涛《墨梅图册》作："古花如见古遗民，想象当年种树人。阅尽六朝休说宋，听残两汉莫言秦。岂非春到能传信，才是梅开即幻身。我欲将诗报词客，恐于清操著红尘。"

四处所引虽然主要意思未变，但文字有了不少调整。如A"阅尽六朝无粉饰"一句，B、C"尽"作"历"，"无粉饰"作"唯隐逸"；A"支离残腊露天真"，B、C后三字为"倍精神"；而"便从雪去还传信，才是春来即幻身"两句，B、C全改，尾联中"我欲",B、C作"拟欲","恐于清夜辄伤神",B、C作"尽驱怀抱入清新"。

而D本虽承前诗之韵,首句亦同,但诗句大变,意思亦有变。此诗通过梅花的咏叹,正加重了历史的沉思。修改之底本是A,而非B、C。这说明四幅作品中所出现的三种类型,B、C时间在前,或为原作,A是对原作的修改,而D是在前次修改之后的第二次修改,时间最后。

上海人民美术出版社1960年出版之《石涛》一书第15图影印石涛《梅竹双清图》,上题有诗句:"先朝古物根如铁,苔色枝分百代光。铁佛有花佛面古,宝城无树客心伤。山隈风冷枝皆秃,桥外波寒影亦荒。回首夕阳坡上路,摘星楼已化沙场。老夫幽兴自今始,探尽梅花杖底归。诗句何妨亦苦瘦,梅枝初莫太粗肥。娟娟萼绿灯前试,短短黄发月下挥。一笑儿童浑不解,点睛疏慢湿春衣。"另行落款题:"清湘苦瓜老人济探梅偶写其意。"此为张大千旧藏,是石涛真迹。

从此图的书法和构图看,可能稍早于辽宁省博物馆的《梅竹双清图轴》以及香港佳士得2008年秋拍之另一同名立轴。

而从题诗中也可发现这一点。这两首诗是后来石涛广陵探梅组诗的先声,如:

此题第一首:"先朝古物根如铁,苔色枝分百代光。铁佛有花佛面古,宝城无树客心伤。山隈风冷枝皆秃,桥外波寒影亦荒。回首夕阳坡上路,摘星楼已化沙场。"

广陵探梅组诗:"前朝剩物根如铁,苔藓神明接老苍。铁佛有花真佛面,宝城无树对城隍。山隈风冷天难问,桥外波寒鸟一翔。搔首流连邗上路,生涯于此见微茫。"

此题第二首:"老夫幽兴自今始,探尽梅花杖底归。诗句何妨亦苦瘦,梅枝初莫太粗肥。娟娟萼绿灯前试,短短黄发月下挥。一笑儿童浑不解,点睛疏慢湿春衣。"

广陵探梅组诗:"老夫幽兴不得已,探尽梅花欲忘归。诗句何妨任苦瘦,梅花未必太粗肥。娟娟萼绿云中断,缓缓兰香月下微。一笑此生浑不解,点睛飞去世间稀。"

二者对比,可发现广陵探梅组诗更加含蓄内敛,历史的咏叹更趋深沉,关于外在风物的描绘更加虚化。石涛在数年时间里,反复推敲,不仅可见其谨严的艺术态度,更可见其对此组梅花诗的重视。

题竹图

积日磨阴何处存,古今谁信补空村。东山有屐知天近,北海无樽□醉昏。寒到阳回终羡霁,水凝洞里觉稍炖。此时不恋风霜候,恐费巡檐结耳喧。

注　　此诗录自上海博物馆所藏石涛《竹图》。无款。当为石涛晚年笔。

题画梅竹

那得春风十万株,枝枝照我醉模糊。暗香触处醒辞客,绝色开时春老夫。无以复加情欲泄,不能多得热还孤。晓来搔首庭前看,何止人间一宿儒。

注　　此诗录自华盛顿弗利尔美术馆所藏石涛八开《花卉册》。其中一开画梅竹,上题此诗。此册大约作于1698年。

题画牡丹

万紫千态似流神,一度看来一面真。雨后可传倾国色,风前照眼赏音人。香携满袖多留影,品入瑶台不聚尘。借语东君分次第,莫教蜂蝶乱争春。

注　　此诗录自华盛顿弗利尔美术馆所藏石涛八开《花卉册》。也是石涛晚年笔。

题秋林人醉图并序

昨年与苏易门、萧征乂过宝城,看一带红叶,大醉而归,戏作此诗,未写此图。今年余奉访松皋先生,观柱时为公所画竹西卷子,公云:吾欲思老翁以万点朱砂胭脂乱涂大抹秋林人醉一纸,翁以为然否?余云:三日后报命。归来,发大痴癫,戏为之,并题。

长年闭户却寻常,出郭郊原忽恁狂。细路不逢多揖客,野田息背选诗郎(自

注：谓倪永清处士）。也非契阔因同调，如此欢娱一解裳。大笑宝城今日我，满天红树醉文章。

注　　此诗录自纽约大都会艺术博物馆所藏石涛《秋林人醉图轴》。石涛晚年虽然身体不好，生活窘迫，时有绝粒之忧，但他浪漫飘举的性格不改，艺术风味更加醇浓。此图画沉醉的秋色，又画老境中的烂漫，画友情的老而弥深。画是赠给程松臬的。

程仕，字松臬，号梅斋，江南安庆府桐城（今安徽桐城）人，以荫补内阁中书，为王士祯门人，曾做过建宁知府。晚年曾客居扬州，是此地活跃的诗人，与杨耑木、田间等为知交。

苏阐，字易门，诗人，石涛与之关系密切。《种松图》有易门的题跋，香港至乐楼《黄山图卷》就是为易门而画的。他与石涛多有诗歌唱和。

萧旸，字征义，江都人，也是时居扬州的诗人，与曹寅关系最为密切。

倪永清，松江人，是一位性格豪爽的诗人，当时正在编辑《诗最》，被石涛称为"选诗郎"。他还是一位佛教的信奉者，法名超定，《五灯全书》有他的传。宝城，在扬州东，其地有宝城寺。这里也是赏梅之所。

绝粒二首

寒欺茅屋雪欺贫，绝粒还堪遣谷神。傲世不妨寻旧侣，忍饥聊复待新春。时催朽木浑忘倦，一笑空山自解嗔。会得迂疏生事拙，掩关端许砚为邻。

风雨猖狂万马奔，堆篱倒竹压蓬门。无柴烧尽过冬火，有粒煨穷养拙根。迹地裁诗湖雁字，破山作画野樵痕。空堂夜夜明如昼，魂断梅花冷落村。

注　　此诗录自纽约大都会艺术博物馆所藏石涛书法扇面。从书法特点和款印等看，当作于1697年之后。这两首《绝粒》诗写自己晚年艰难的生活。石涛晚年生活窘迫，他在给江世栋的信札中说："先生向知弟画原不与众列，不当写屏，只因家口众，老病渐日深一日矣。"

这帧扇面书诗五首，款题："旧作五首呈蒂斯年道长博教。大涤子济。"汪兆璋，字蒂斯，时在扬州任盐官。

送梅耦长归宣城

　　风雪冲寒沙际天，骚坛别去思悠然。扬鞭笑指梅花屋，下马逢人问酒泉。晓路渐移江岸稳，暮程初照敬亭烟。知君高咏留题处，定入孤云访谪仙。

注　　此诗录自纽约大都会艺术博物馆所藏石涛书法扇面。石涛送梅庚回宣城，时或在扬州。1700 年左右，梅庚也常来扬州流连。诗中表达了对宣城的思念。

芦笔步韵

　　沙篆休惊下碧空，诗人不用怅奇穷。花生梦里皆成雪，吟就江干正倚风。寄去行行聊带草，字成点点下飞鸿。由来喽喋传鹅惯，听取羲之帖就笼。

注　　此诗录自纽约大都会艺术博物馆所藏石涛书法扇面。诗作于其晚年。

寄江舟都门

　　红桥舫接雷塘路，十载倾心起回顾。乍可吟成远忆君，只今萍转遥相误。文选楼高接五城，星黎长向彩毫明。杨羽校猎亦闲事，不过君王不足名。

注　　此诗录自纽约大都会艺术博物馆所藏石涛书法扇面。

校　　"杨羽校猎亦闲事"，石涛书作落一"校"字，补。

题湖边书室图

　　几年契阔好相逢，才问襟期又粤东。千里江山成创获，一天化雨得雄风。多闻气类昂藏洽，更恋人情幽处同。此别有行真快意，飔飔西望白云通。

注　　此诗录自香港虚白斋所藏石涛《湖边书室图》。款题："大涤子赠友人□□

写此。"

九日戏作

不见菊花不羡酒,不知今日是重九。喜看步步登高人,却是频频住坡叟。风多落帽雨多愁,醉可吟诗醒可口。生成竹木长成林,头白痴狂趁月走。

注　　此诗录自香港佳士得2007秋拍之石涛《苦瓜老人三绝册》第九开对题。乃石涛晚年笔。

题对菊图

连朝风冷霜初薄,瘦菊柔枝早上堂。何以如私开尽好,只宜相对许谁傍。垂头痛饮疏狂在,抱病新秋坐卧强。蕴藉馀年惟此辈,几多幽意惜寒香。

注　　此诗录自北京故宫博物院所藏石涛《对菊图》。款题:"清湘石涛大涤草堂。"大约作于1700年。此画高严洁净,如中秋天气,萧条中有沉醉。以细笔勾勒,法度谨严,仪态沉稳,上部空灵阔朗,赝淡赭轻染的格调,显得古朴而幽深。

题屈翁山诗意图册

翁山曲子诗如画,枝下陈人尽取之。奇句不将笔墨写,枯肠返令俗肠饥。江山粉本情虽旧,生面全非意所思。十二鱼罾痴且醉,后时朋辈若谁持。

注　　此诗录自《泰山藏石楼藏画》著录之石涛十二开画册。此书是上世纪初叶传统书画出版的重要文献,共八册,其中八大两册,石涛三册,石溪一册,新罗山人一册,另有《柴丈画说》,由上海美术制版社己巳年(1929)印出。其中在石涛部分收有此册,最后一开题有此诗,款题:"冬日坐青莲草阁,微雪初飞,索纸笔作画,无题,随拈《翁山诗外》,随笔拈弄数幅,别有兴趣,戏

为记之哉。"

此十二开画翁山诗意,诗皆来自《翁山诗外》,读其画,如读翁山诗。

第一开石涛题:"道随春草长,人与白云深。"《翁山诗外》卷六《送天生》:"不断丹青树,终南地络阴。道随春草长,人与白云深。麋鹿鸣相召,羲皇梦可寻。时时望黄鹄,一寄岁寒心。"

第二开题:"地削芙蓉瓣,天悬瀑布瓴。"《翁山诗外》卷七《东安》:"匡庐九叠屏,分得一峰青。地削芙蓉瓣,天悬瀑布瓴。千山连彩翠,半壁障空冥。一片城西影,风吹落悬庭。"

第三开题:"树树传云窦,峰峰拂水波。"《翁山诗外》卷六《题张氏石鳞山房在东安城东》:"泷东好岩壑,片石亦嵯峨。树树穿云窦,峰峰拂水波。落花闲处满,啼鸟静中多。君有茆茨在,栖闲奈乐何。"

第四开题:"天遗一老在,人以八朝留。"《翁山诗外》卷七《寿萧山周斗垣丈》:"高隐湘湖曲,年过九十秋。天遗一老在,人以八朝留。白发中华物,黄云故国愁。仙成将令子,注籍向罗浮。"

第五开题:"竹深偏有月,松小已多风。"《翁山诗外》卷七《冒雪同郭皋旭入邓尉山中探梅》:"未夕花全白,先秋叶半红。竹深偏有月,松小已多风。紫极心长贯,黄泉梦每通。故人凋落尽,谁与听丝桐。"

第六开题:"萧散长无事,天留老布衣。"《翁山诗外》卷七《沙亭作》:"读书慈母侧,千卷绕庭帏。山浅难逃世,林幽且掩扉。燕衔花蕊重,蝉饮露华微。萧散长无事,天留此布衣。"

第七开题:"千山连彩翠,半壁障空冥。"见上引《东安》诗。

第八开题:"江山才子国,花草美人秋。"《翁山诗外》卷七《赠程葛人》诗二首,其一云:"相见此邗沟,依依紫绮裘。江山才子国,花草美人秋。把酒当明月,听歌在玉勾。多情如杜牧,欲向竹西留。"程浚,字葛人,是石涛生平挚友。石涛画此画,也是对老友的忆念。此顷石涛有多幅作品赠葛人。

第九开题:"波中涌山岳,知是海鳅回。"《翁山诗外》卷七《阳江道上逢卢子归自琼州赋赠》:"波中涌山岳,知是海鳅回。势欲吞舟去,光先喷火来。不须频拔剑,自可静挥杯。忠信豚鱼格,多君学易才……"

第十开题:"瀑布条条好,风吹总不斜。"第十一开题:"一水二三里,沿洄上紫霞。"均来自《翁山诗外》卷七《西樵作》:"峰峰皆内向,真似未开花。一水二三里,沿洄上紫霞。林泉多鹿迹,岩壑半人家。瀑布条条好,风吹总不斜。"

第十二开石涛自题诗咏叹江山依旧、故园难寻之情。

校　　"奇句不将笔墨写"，原落一"墨"字，补。

题墨竹图

一辟苍竿舞凤芽，香呼草木活尘沙。已知投节何为苦，抱最传兰世若花。两籍玉流清碧落，雷开轩驻散云拏。此时不负补天竹，定有氤氲驾五车。

注　　此诗录自中国国家博物馆所藏石涛《墨竹图》。款题："写竹有声而未有香者，偶对苍竿新粉，觉有香气透襟，余戏问管城子云：竹果自香出？或应曰：香自竹君生，一时稽古，载名香竹。大涤子癸未春杪。"管城子，毛笔之代称。韩愈《毛颖传》说毛笔被封在管城，名"管城子"。

　　　　诗作于1703年。

春日漫兴

垅原薄暮聆农歌，黄犊驯驯下阜坡。钟度野塘声渐远，鹿行荒草迹迷多。文章岂谓功名累，诗酒翻成老病魔。一抹山光双眼碧，满庭月色影婆娑。

注　　此诗录自嘉德2010年秋拍之石涛十二开《书画册》第四开对题。款题："春日漫兴。大涤子济。"

　　　　诗当作于1697年后。

校　　"一抹山光"，原作"一未山光"，据文意改。

题画兰竹

看他知己澹如琴，不到行轩爱素襟。涤尽端州三尺砚，画成孤岫十分深。投闲自奈钟期听，澡世何劳泽畔吟。我有一行君莫羡，且上水谷浑流金。

注　　此诗录自《南画大成》卷一兰竹类石涛款《兰石图》。款题:"丙戌秋日为又老年道兄先生博教。清湘遗人极大涤草堂。"上款"又老",当指黄又(1661—1735后),他比石涛小近二十岁,在可以确定的石涛赠黄又真迹中,无一有"又老"之称。而且此作的书法也与石涛有距离,兰石构图有摹仿石涛痕迹,当为伪品。但所题之诗或为石涛所作,录此备考。

名山许游未许画

名山许游未许画,画必似之山必怪。变幻神奇懵懂间,不似似之当下拜。心与峰期眼乍飞,笔游理斗使无碍。昔时曾踏最高巅,至今未了无声债。

注　　此诗录自神州国光本《大涤子题画诗跋》卷一,又见程霖生《石涛题画录》卷一著录。款题:"清湘大涤子。"

香港虚白斋所藏石涛《天地浑熔图》题诗云:"天地浑熔一气,再分风雨四时。明暗高低远近,不似之似似之。"与这里所说的"不似之似当下拜"的观点相合。

题松山茅屋图

一林霜树明如绮,落日馀霞半山紫。下有茅斋八九椽,书声忽送秋风起。天宇澄清鸿雁高,窗前坠叶时飘萧。秀看丹桂天边发,志比青松雪后凋。

注　　此诗录自神州国光本《大涤子题画诗跋》卷一,又见程霖生《石涛题画录》卷一著录之《泼墨松山茅屋大幅逸品》题识。款题:"清湘大涤子阿长大本堂下。"此诗与石涛的诗风有差别,像"秀看丹桂天边发,志比青松雪后凋"这样的诗句,很难想象出自好奇思妙绪的石涛之手。录此备考。

寄佟钟如中宪

梅花一绝醒鸿濛，遥忆襟期指顾中。三度神京凭跋扈，九秋云水慰高风。客来自喜书能达，山色多情揽辔雄。传说端春天子至，想应迎驾快龙驭。

———

注　　此诗录自北京故宫博物院所藏张大千仿石涛《花卉册》之对题。诗或为石涛所作，录此备考。

雨中作画题此

雨霁峰峰透湿情，泉争瀑吼春鸠鸣。门前水涨没沙岸，屋后行云接树声。笔底愁思来顷刻，市头米价日三更。砚田高处馀荒垅，老大犁锄迅力耕。

———

注　　此诗录自北京故宫博物院所藏张大千仿石涛《花卉册》之对题。诗或为石涛所作，录此备考。

蜀冈梅花

梅花偏向蜀冈好，泉水香随第五名。树里虬松翻月影，半岩古雪作云行。长江匹练低□断，远黛青螺隔寺横。遣兴不须愁落日，一枝驴背向高城。

———

注　　此诗录自《南画大成》第二卷影印之《释道济梅竹》一图。蜀冈，扬州古地名。今大明寺即在蜀冈。

一生生事林壑间

一生生事林壑间，林壑与人非等闲。除却梅花舒白眼，便随明月堕青山。青山明月常如此，白眼梅花何太艰。手把梅花眼对月，有谁到此不开颜。

———

注　　此诗录自汪绎辰《大涤子题画诗跋》。所录或有误，第一句"一生生事林壑间",意难通。此诗疑非石涛所作,录此备考。

校　　此诗又见汪研山《清湘老人题记》,文字有所不同:"一生生事林壑间,林壑与余非等闲。除却梅花无处士,飞来明月堕青山。青山明月常如此,白眼梅花何太艰。手把梅花眼对月,有谁得到不开颜。"

年年客路三千里

　　年年客路三千里,先插梅花一两枝。春到江南已旬日,花时莫待恐羁迟。水边滴露参差影,岩畔飞霜烂漫奇。我昔孤山访处士,冷光四射碧云痴。

注　　此诗录自汪研山《清湘老人题记》,是两首梅花诗之一。前一首"一生生事林壑间"已见上引。

庚辰除夜诗并序

　　庚辰除夜抱疴,触之忽恸恸,非一语可尽生平之感者。想父母既生此躯,今周花甲,自问是男是女,且来呱一声,当时黄壤人,喜知有我。我非草非木,不能解语以报黄壤。即此血心,亦非以愧耻自了生平也。此中忽惊忽哦,自悼悲天,虽成七字,知我者幸毋以诗略云。

　　生不逢年岂可堪,非家非室冒瞿昙。而今大涤齐抛掷,此夜中心凤响惭。错怪本根呼不悯,只缘见过忽轻谈。人闻此语莫伤感,吾道清湘岂是男!

　　白头懵懂话难前,花甲之年谢上天。家国不知何处是,僧投寺里活神仙。如痴如醉非时荐,似马似牛画刻全。不有同侪曾递问,梦骑龙背打秋千。

　　挽得醉夫天上回,黑风吹堕九层台。耳边雷电穿梭过,眼底惊涛涌不开。全始全终浑譬立,半声半哑坐包胎。擎杯大笑呼椒酒,好梦缘从恶梦来。

　　年年除夕未除魔,雪满天涯岁又过。五十有馀枝叶少,一生累及友朋多。强将破砚陪孤冷,奈有毛锥忍不呵。郁垒神荼何必用,愧无风味抱嵯峨。

注　　此四诗录自上海博物馆所藏石涛书法册页。郑为《石涛》（上海人民美术出版社，1990）第77页影印，共两页。石涛晚年多自忏诗，这组庚辰除夜有感诗是代表。其中包括诸多生平悲叹之情：对父母的思念，对家国的叹惋，对一生蹉跎的怜惜，尤其是对丛林生活的反思，留下了石涛思想发展的珍贵资料。这组诗可以视为其晚年"大涤子"之号的注脚，那一起涤除的动力，不仅来自对道家精神的服膺，更来自对自我生平的忏悔和反思，又是命运无奈感的表现。

朱观《岁华纪胜》二集收此组诗第四首，并录序，文字略有不同。

上元感怀

老去欢心强不来，儿童笑问故徘徊。只凭锣鼓轰天震，未觉花灯彻夜催。国富喜闻珠宝贱，民穷怕见火生灰。大家收拾关门坐，免使痴情泪眼开。

院道兴灯挤不开，阿翁尤自者徘徊。不知几点穷酸泪，滴尽江南皮髓来。去日语言难再觅，流风说鬼调新裁。由他把作秧歌唱，大地皆然爆冷灰。

注　　此二诗录自上海博物馆所藏石涛书法册页，接《庚辰除夜诗》后而书之。时间当在庚辰的上元节。后有"梦梦道人手稿"，可知石涛晚年还有"梦梦道人"之号，只是罕用。此二诗写元宵灯会中自己的寂寞和酸楚。

题梧桐枸杞图

谁道赤松能作古，发阴端让碧珂林。秋风一任疏寒骨，春雨还经润素心。材老自应长宿凤，声清无事更鸣琴。苍岩迥立烟霞际，遗我瞻维发焉吟。

注　　此诗录自《大风堂书画录》著录之《苦瓜梧桐枸杞图》。款题："清湘石道人漫兴。"

题墨荷

我爱溪头吴处士,兴酣泼墨思无穷。满堂忽染阴浓色,四座皆闻荷叶风。老友坐床杯自举,儿童舞地各争雄。我来问字庭馀雪,天外潮音故向东。

注　此诗录自汪绎辰《大涤子题画诗跋》。

此中之"溪头吴处士",即歙之丰溪画家吴又和。上海博物馆藏吴又和《墨笔山水》,有石涛之题跋:"新安之吴子又和,丰溪人也。游戏于笔墨之外,珍重其书,而不珍重于画。十馀年来,人间浪迹者多。每兴到时,举酒数过,脱巾散发,狂叫数声,泼十斗墨,纸必待尽,终不书只字于画上。今观此纸,气运生动,笔法值空,欲令清湘绝倒。故书数字其上。戊辰长夏,清湘石涛济,邗上之大树堂。"时在1688年。其中描述的这位年轻画家之风,与此诗中所说的"兴酣泼墨思无穷,满堂忽染阴浓色,四座皆闻荷叶风"颇相合。

题画山水

炎蒸何地是清凉,薄暮来登心写堂。池曲水方金鲫跃,庭中花正紫薇香。主人值酒呼脱帽,命客挥毫快解裳。拟欲张灯醉归去,湿云头上黑茫茫。

注　此诗录自汪绎辰《大涤子题画诗跋》,为是编第一则。所题画今不存。诗风近石涛。

题费氏先茔图

故家生世旧成都,秋墓新繁万里馀。俎豆淹留徒往事,兵戈阻绝走鸿儒。传经奕叶心期切,削迹荒乡岁暮孤。何意野田便永诀,不堪吾老哭潜夫。

注　此诗录自巴黎集美博物馆所藏石涛《费氏先茔图》。作于1702年春节过后。图上题有此诗,并说明画此图之缘由:"此度先生生前乞予为先茔图,孝子之用心也。然规制本末予不可知,先生将自写其心目所及为之向导,予乃从事笔墨焉。三数月后,先生之讣闻于我矣,令子匍伏携草稿请速成之,以副先君子之志,因呵冻作此,灵其鉴之。"

费密(1625—1699),字此度,四川新繁人,居扬州,精儒学,人称燕峰先生,又工诗善书。石涛与费密交往在1687年前后,时石涛初至扬州,住净慧寺。费密孙费冕所作《费燕峰先生年谱》康熙二十六年条谓:"石涛和尚《跋吴懋叔大母节烈文》。"费密也为吴懋叔(吴承励)母作有祝文。费锡璜(1664—?),字滋衡,号苇桧,此度次子。其乃石涛密友,两人多有诗歌唱和,石涛存世作品中多见以滋衡诗为画者(如《桃源图》)。此度长子锡琮也与石涛有交往。

送春

一水分门可闭关,年年佳丽送人寰。春风九十只馀日,墨雨千重独破闲。方寸尘埃邀不住,天涯图画合随班。有诗莫对莺儿说,只恐歌声入夏间。

注　　此诗录自四川省博物馆所藏石涛《送春图》。款题:"甲申大涤子送春作画于广陵之耕心草堂。"时在1704年春。

《送春图》是一幅设色大立轴,格调高朗,是石涛晚年杰作,与同藏于该馆的《高睨摩天图》《江天山色图》并为"三宝"。《大风堂书画录》曾著录此图。

堤畔烟雨

上巳春阴尽日闲,一舟招我始开关。笙歌锦簇隋堤畔,烟雨浓遮蜀岭间。把酒直须流水曲,簪花不合鬓毛班。相逢但说江都好,鼓枻乘波趁暮还。

注　　此诗录自日本藤井有邻馆旧藏、香港佳士得2009年春拍之石涛《堤畔烟雨图》。款题:"三月三日,研旅、退夫两先生招同勿斋诸子泛舟红桥,雨中即事,研翁以此纸索余,戏为之图并正。清湘遗人极。"图作于1705年前后。

黄又(1661—1725后),字燕思,号砚旅,又作研旅,歙县潭渡人,居扬州,官赵州知州,是一位旅行家、诗人、画家。石涛与黄又可能在石涛居金陵时即有交往,石涛北还定居扬州后,二人来往频密。石涛曾画过三十二开《黄砚旅诗意图》,除此之外,还有大量与砚旅相关的作品。程道光(1653—

1706），字载锡，号退夫，歙县岩镇人，居扬州，是石涛晚年挚友。其斋居有自强堂、其恕轩、慎独室、敬久亭、自顺楼、望禄堂等。王熹儒，字歈州，号勿斋，兴化人，以诸生入贡成均。工诗，兼工书法。与其兄王西斋（王仲儒，字景州，号西斋）均为石涛朋友。

朱观《岁华纪胜》二集上卷收录程退夫一诗，题为《丁丑上巳招石清湘、王歈州、宋奕长、潘受安、互心、黄燕思、砚芝、李久于、孙斗文游红桥步奕长韵》，其中石清湘就是石涛。诗云："上巳招邀集水隅，乱流才注亦渟洄。岸添官种多新柳，园出伶歌有落梅。发育及时有雨足，迷离尽日晚船开。自嗟潦倒殊公等，被濯迎祥特地来。"所记正是此次红桥泛游事。

题赠沧洲山水图

老夫旧有登高兴，筋力年衰不自由。藜杖撇开樽酒伴，柴门闲煞菊花秋。飘零故友惊相见，检点新诗亦解愁。碧水苍山从可得，赠君图画与君游。

注　　此诗录自纽约大都会艺术博物馆所藏石涛《赠沧洲山水图轴》。款题："噫嘻，余老惫甚矣，登览之兴日疏，而阿筇亦竟不相资矣。乙酉重九，方兀坐大涤草堂，辗转幽思，适值沧洲道先生来自江上，聚对良深，既而和其所赠诗。因想始晤之年，彼少我壮，而今忽彼壮我老矣。流光弄人，烟月无赖，将来片云衰草之迹，又岂可以意揣之耶！慨焉有作，以志鄙怀。清湘朽弟若极。"

涉及石涛与陈鹏年之间交往的材料有三件。一是《寿桐君山水》上，题诗用沧洲韵，他们之间订交在1690年到1692年间，当时二人都在北京。二是1702年石涛为之作山水扇面（此扇面藏日本，为桥本大乙旧藏）。另外一件就是这幅作品，作于1705年。

陈鹏年1691年擢进士第，时年不到三十，当时他正在北京。石涛年近四十，正是石涛所说的"想始晤之年，彼少我壮"。而到1705年，鹏年已过四十，是大展宏图之时。1705年，他正在江宁知府任上。这也符合石涛所说的"今忽彼壮我老"的时间。据《陈恪勤集》之《秣陵集》卷三记载，1705年陈鹏年与梅庚和王安节兄弟多有来往。此年的中秋他在金陵，集中有《乙酉中秋同於在文家韬谷寓楼联句……》诗，可知重九前五日其尚在金陵，正准备下江巡视水利之事。集中虽未见赠石涛之诗，然此年他"自来江上"，至扬州巡视水利漕运，并看望石涛。

平山折柳

秋风马首北征时,度曲平山折柳枝。自古金台多国士,从今玉局有相知。云随去雁长途梦,月落清笳野店诗。作赋上林还结驷,软红十丈鞚青丝。

注　　此诗录自上海博物馆所藏石涛《平山折柳图卷》。款题:"偶老年先生燕游,诸同人以平山折柳诗为赠,并索余洒墨为之图,书呈博笑。清湘零丁老人极耕心草堂。"这里所说的"偶老年翁",乃程式庄,号蒿亭。《歙事闲谭》卷二《程氏诸人诗》述及此人:"程式庄,字敬哉,号松门,岑山渡人,工诗。朱竹垞称其沉词硬语,不徇时务,近体尚涉樊南、遗山之间,著《红药书庄诗》二卷。"据后接纸之罗补庵等题跋,可知此图作于1705年。华盛顿弗利尔美术馆藏《洪陔华像》,后有多家题跋,其中就有程式庄之跋。

程式庄这次北游,友人多有赠诗。阮元《淮海英灵集》丁集卷一录有程式庄《北上留别同学》诗:"芙蓉塘上把离杯,况复魂销暮雨催。瘦马背人荒碛去,孤城野客夕阳回。天低赤岭投塞堡,草没黄金过废台。试折一枝南陌柳,前途知有杏花媒。"

题赠退夫梅竹图

春秋何事说悬琴,白发看来易素心。尽悔前诗非为淡,讹传俗子枉求深。无声无地还能听,支雨支风不待吟。若是合符休合竹,案头遗失一分金。

注　　此诗录自上海博物馆所藏石涛《赠退夫梅竹图》。款题:"乙酉二月新雨时,退夫道长兄先生正。清湘遗人大涤子极。"图作于1705年。石涛晚年老病缠身,幸得朋友相助,其中得程哲、程道光等帮助最多。此图或为对程道光表感谢之作。诗画中充溢二人的款款深情。

清凉台

薄暮平台独上游,可怜春色静南州。陵松但见阴云合,江水犹涵白日流。故垒鸦归宵寂寂,废园花发思悠悠。兴亡自古成惆怅,莫遣歌声到岭头。

注　　此诗录自南京博物院所藏石涛晚年所作《清凉台》设色立轴。款题:"清湘遗人极。"约为1705年以后作品。此作在老辣纵横中寓以历史的感伤,是石涛生平最感人的作品之一。

清凉台为金陵胜迹,唐宋以来就是感时伤世之所。此地有清凉寺。明葛寅亮《金陵梵刹志》卷十九:"清凉台,山不甚高,而都城宫阙仓廪历历可数,俯视大江如环映带。台基平旷,原系南唐翠微亭旧址,今亦有亭可登览。"石涛登此平台,兴历史感叹,作为一位前朝王孙,也在自我安慰。

题牡丹兰花图

刻刻春风未放回,天娇地艳似同培。花中名器谁为伴,月下瑶台独步来。凡眼何能知国色,芳踪忽解远尘埃。等闲不敢留诗去,故托羞枝莫漫开。

注　　此诗录自天津博物馆所藏石涛《牡丹兰花图轴》。款题:"春才到砚,暖气扑人,鼓舞河阳,为此可真。清湘大涤子极。"当作于1705年左右,是石涛最晚之笔。

赠吴惊远

春自吹芦秋自葭,老年魂梦尽天涯。昔时蹴踘看儿戏,此日涂冠可学鸦。旧里逢君心易画,新诗如我目难花。黄山不落人间字(自注:余曾题石,至今有在),卸脱清风袖里霞。

注　　此诗录自保利2009年秋拍之石涛《诗书画联璧卷》。此卷由画与书两部分组成,是后人合装而致,为石涛真迹。画部分乃石涛赠吴惊远山水,款题:"溪南老友吴兼山先生须眉照世,宛然丘壑风流。追叙当年又觉襟期如昨,笔砚间不替少年戈小也。一笑。清湘弟大涤子若极拜手耕心草堂。"作于1705年左右。

闰中秋登采石

天门急涌一拳石,化作三台匹练中。仙客逸名犹此地,辞人挽起力追风。沉沉影落物俱静,皎皎山明咏不同。珍重年年重庆事,莫凡小立碧飞空。

注　　此诗录自华盛顿弗利尔美术馆所藏石涛十二开《金陵怀古册》。其中一开画采石之景,此地石涛多次登临。上题有此诗,款题:"闰中秋登采石旧作,丁亥中秋忆此拈来作画。大涤子极。"时在1707年秋。

卷六

七言绝句

题画梅枝

年来无事得清修,爱写寒枝尚早秋。梦到白云最深处,万株香雪对高楼。

注　此诗录自广东省博物馆所藏石涛十二开《山水花卉册》。款题:"石涛济。"此为石涛早年之作。

江舟夜行

落木寒生秋气高,荡波小艇读《离骚》。夜深还向山中去,孤鹤辽天松响涛。

注　此诗录自广东省博物馆所藏石涛十二开《山水花卉册》。此开画泛小舟于绝壁之下,款"石涛济"。

悟襄阳法

向来独得襄阳法,高子磊落称房山。绘士如云拂天起,不知谁过粤西关。

注　此诗录自北京故宫博物院所藏石涛早年所作十开《山水册》(后题赠吴

粲兮)。此图斟酌米家山水之特点,款"癸丑冬日笑作。清湘石涛"。作于1674年。

夜泊水阳

理棹穿烟访旧游,江花江草怯新愁。谁怜旅迟同孤雁,一夜凄清系小舟。

注　　此诗录自北京故宫博物院所藏石涛早年所作十开《山水册》。石涛至金陵,与吴粲兮交,将此册赠之。后另附纸,录诸家题跋,石涛亦有题跋与之,此为其中一首。款题:"夜泊水阳呈粲老。石涛济道人。"作于1680年。

跋渴笔山水花卉册并序

元祐二年正月十二日,苏子瞻、李伯时为柳仲远作《松石图》。仲远取杜子美诗"松根胡僧憩寂寞,庞眉皓首无住著。偏袒右肩露双脚,叶裏松子僧前落",复求伯时画数句,为《憩寂图》。子由题云:"东坡自作苍苍石,留取长松待伯时。只有两人嫌未足,兼收前世杜陵诗。"因次其韵云:"东坡虽是湖州派,竹石风流各一时。前世画师今姓李,不妨题作辋川诗。"文与可尝云:"老夫墨竹一派,近在徐州。吾竹虽不及,石似过之。"此一卷公案,不可不令鲁直下一句。鲁直跋或有子瞻不当目伯时为前身画师,流俗人不领,便是诗病。伯时一丘一壑,不减古人,谁当作此痴计?子瞻此语是真相知。丁巳十二月十五日偶书彦怀居士册本。

苏黄文李笔颠死,名士风流见一时。高著眼睛底处看,素心原有者班诗。

注　　此诗及序录自石涛《渴笔山水花卉册》。此册图九开,石涛自题一开。此为最后一开题识文字,款题:"此韵呈彦老一笑。清湘小乘客石涛济十七日稿。"
　　　此册有一前一后两页题跋,前为吴荣光之跋,后为近人余绍宋之跋。画作于1677年,原为十二开,香港私人藏此册九开,另有三开不知其处。普林斯顿大学美术馆所藏之《空山小语》(傅申为之名)可能是此册中的散页。此九开曾于1970年6—7月,在香港城市美术馆展出过,题为 Huang Ping-chang 之

收藏。

余氏跋云:"此册全用干笔渴墨写成,而气韵极其生动,正不知何以至此能者?固无所不可也。此是石涛画中另一副手眼,亦系偶尔为之。后来程松门等专用此法,便觉生趣索然。益知画道无方,非可墨守一法。"

石涛此作作于宣城,乃赠吴彦怀之作。其时石涛与吴惊远、彦怀朝夕相处,作诗作画。彦怀或随石涛学画。石涛题彦怀藏自己所作山水册,为友人讲解画中奥秘。

自题为彦怀作山水花卉册

冰轮索我临池兴,尽扫东坡学士诗。笔未到时意已老,焦枯浓淡得新痴。

注　　此诗录自石涛《为彦怀作山水花卉册》。此册原为十二开,今存九开,为香港私人收藏。此诗题于最后一开,款题:"康熙丁巳十二月灯下偶涂十二册,总用东坡语,漫成一绝,书发彦老道翁一笑。"

题画

画兰写竹随风致,自有清香入座来。若是定然归旧谱,当前生面不须开。

注　　此诗录自《宛雅三编》卷二十。此为石涛早年之诗。

虎窥泉

莹洌氤氲一镜泉,历经尘劫不知年。匪同江海分清浊,留与山家润石田。

注　　此诗录自嘉德2013年春拍之石涛《自书诗二十一首》第七页。

梅清有《虎窥泉》诗,小注云:"在敬亭山闲云庵侧,近为喝涛石涛二师驻锡之所。"

赠粲兮七绝

君家鉴赏清且闲，不凭耳目凭溪山。为君十出尘埃思，明月清尊一解颜。

注　　此诗录自北京故宫博物院所藏石涛十开《赠粲兮山水册》。1680年秋，石涛于一枝阁中赠吴粲兮此册，并附赠此诗。款题："庚申秋仲以小册十纸持赠粲兮先生，复书一绝其后。"

赠志山

三十馀年立画禅，探奇索怪岂无巅。夜来朗诵田生语，身到庐峰瀑布前。

注　　此诗录自北京故宫博物院所藏石涛十开《赠吴粲兮山水册》后所附题跋页。款题："辛酉佛道日志山田奇老有古诗题予此册，甚妙，书谢田生举似粲老。济山僧石涛。"诗作于1681年。

其中所言田林题石涛山水册古诗为："我爱古人之画气魄殊，画中踪迹寻之无。今人之画只求似，心血呕来终不是。比之读书少神解，头白依然不识字。吾师当是佛再来，法门特为众生开。作画直与作书等，信手图成皆绝顶。脱离窠白心目空，飞腾跳跃惊游龙。莽苍之中法不失，千峰万峰如一笔。笔势具有山川灵，意兴却从行云流水出。吁嗟乎，赏音无人那得知，下士闻之徒生疑。此语收拾莫复道，但愿焚香枯坐以自怡。"款题："粲老道翁属，田林顿首拜题。"

校　　陆心源《穰梨馆过眼录》卷三十六著录石涛着色山水卷，有五段，每段系一诗，其中第三段题云："三十馀年立画禅，搜奇索怪岂无颠。夜来朗诵青城话，身到庐峰瀑布前。""田生语"在这里易为"青城话"（周向山），显然为伪品。

赠唐载歌先生

画阁岧峣揭天起，阁上松声接江水。一卷清吟兴渺然，十洲宛出朱轩里。

惊帆何处下江干，偏送仙人倚醉看。咫尺云霄挥手易，凌风仿佛挟飞翰。

注　　此二诗录自嘉德2010年秋拍之石涛款十二开《书画册》。此册山水十二页，设色，并有书法十二页对题，共二十四页。1930年上海中华书局曾影印，名为《石涛和尚山水集》，是石涛大涤堂期作品，所画之图景以及所题之诗多作于1666年到1676年间，是对早年生活的回忆。此二诗就出自此册第二开之对题。

石涛居宣城时，唐氏为郡司马，号寓庵，比石涛年长，与施闰章交谊甚厚。《学馀堂集》卷三十七有《陪唐寓庵使君泛舟响山潭因登玉山》，卷四十七有《唐寓庵大同书至》，寓庵曾为山西大同守。石涛是在宣城时与之交往的。此二诗是石涛与之游乐生涯之记录。

广东省博物馆藏石涛十二开《山水花卉册》，其中一开画山边楼阁，乃早年笔。以隶书题识，所题之诗，即是上所引《赠唐载歌先生》的第一首。款题："小乘客石涛济写于岳阳夜艇。"印章和书法都与早年石涛作品相契。石涛早年的确有多次顺长江而下道经岳阳的经历，时当在1662年赴松江泗州塔院拜旅庵为师之前。而所题之诗则作于宣城。故此画非1662年前笔，而是宣城时期之作品，所题之诗与岳阳游历并无关系。

题山居图

新长龙丝过屋檐，晓云深处露峰尖。山中四月如十月，衣帽凭栏冷翠霑。

注　　此诗录自北京故宫博物院所藏石涛六开《山水花卉册》。其中一开画竹林中茅屋，上题此诗，款题："清湘苦瓜老人入山采茶，写于敬亭之云齐阁下。"此图作于石涛在宣城之时。

纽约大都会所藏《归棹》册中有一开画竹，也题有此诗。

作画荡我胸

自笑清湘老秃侬，闲来写石还写松。人间独以画师论，摇手非之荡我胸。

注　　此诗录自北京故宫博物院所藏石涛十开《山水册》。其中一开减笔画山前瀑布，款"小乘客济"。

题画七绝三首

湖上秋山木叶飞,石粼水浅任鱼肥。闲将小艇溪上住,日落西林载酒归。

雨后泉声烟树传,人家浅水隔山田。东西出入门无路,多是溪边有小船。

横塘曲水晚风凉,采得荷花带叶香。归去插花藏半蕊,自倾清茗坐藤床。

注　　此三诗录自上海博物馆所藏石涛早年八开《山水册》。此八开册页笔意草草,却颇有意韵,显示出石涛早年就具有的驾驭笔墨的能力。其后三页题跋是何绍基的题诗,生发石涛山水的意境。

校　　"闲将小艇溪上住",原落一"上"字,据文意补。

祥符题壁

游人若宿祥符寺,先在汤池一洗之。百劫尘根都洗尽,好登峰顶细吟诗。

注　　此诗录自京都泉屋博古馆所藏石涛《黄山八胜图册》。款题:"祥符题壁。石涛济。"祥符寺,唐建,其时称汤院,至宋始易名为祥符寺。

光明顶

黄海银涛泛滥铺,不期方域具方壶。置身已在光明顶,云际归来住足无。

注　　此诗录自胡积堂《笔啸轩书画录》卷下《僧石涛书画册》。光明顶为黄山胜迹,石涛登山曾至此。

　　许承尧《歙事闲谭》卷十五载《雪庄评〈黄海真形图〉》,此册评时人图写黄山之画迹,收石涛作品五幅。其中《平天矼》(列在第47图)为石涛所作,原题云:"画里曾游处,青年涤素襟。蒲团松自在,幽梦与相寻。"注云:"余己酉(1669)与曹宾及游黄山,投杖坐其顶,四望无际,复寻光明顶师子而止。"

戏题山水轴

苍寮拂石瘦烟霞,雨洗苔斑点赤花。此间好著空亭子,野鹿归来更有家。

注　　此诗录自北京故宫博物院所藏石涛《赠敬老山水轴》。款题:"丙辰客赏溪之大安寺,戏题并画,敬老道翁博教。清湘济山僧石涛。"图作于1676年。

桐柏青青

桐柏青青忆旧游,明霞扑面转生愁。念年不渡赏溪水,图画中看一小舟。

注　　此诗录自南京文物商店所藏石涛《赏溪图》。款题:"《赏溪》一纸,向余宛中所作,今十有八年矣。吾友竺山携金门复归邗上,得观再书数字。苦瓜和尚济。"作于康熙丙辰(1676),再跋在十八年后,诗当题于1693年或1694年。

客云间留别智达上人兼呈赵双白

八月九日问归船,云间吏迹空留连。主人爱客兴非浅,不惜十斗倾惠泉。

秋风作雨滋枯田,萧萧瑟瑟来轻烟。兴酣落笔许谁颠,诗成问字有青莲。

神交千里事非偶,一朝别去思悠然。敬亭阁上重回首,云间呼君君听否?

注　　此三诗录自嘉德2013年春拍之石涛《自书诗二十一首》,题为《客云间留别智达上人兼呈赵双白》。又见罗志希旧藏之《书画合璧诗册》,款题:"客云间留别智达上人兼呈赵双白。时余居宣城之广教寺,寺在齐云之麓。"

赵潜,字菟客,号双白,福建漳浦人。《晚晴簃诗》云:"双白侨寓云间,以诗鸣。"双白与赵阆仙为友,二人都是石涛朋友。石涛客云间,现可知有两次。一是1662年左右,石涛去松江的泗州塔院拜旅庵本月为师。二是1675年到1676年,本月病重到圆寂,石涛与祖庵一道去松江。此诗或作于石涛第二次松江之行。智达上人不详其人。

此作又见邵松年《墨缘萃录》卷六著录。

黄山紫玉屏

惆怅当年紫玉屏,至今落日尚未醒。我时精选一千峰,万仞飞流下深冥。

注　　此诗录自山本香雪书屋所藏石涛《黄山紫玉屏图轴》。日本东京聚乐社1937年影印之《石涛名画谱》收录,山本悌次郎旧藏。款题:"夏日风雨中,与客说黄山,忽忆紫玉屏,以浅色得之。清湘石道人济。"图当作于石涛居宣城之时。

后又有跋云:"檗宫道翁偶遇予一枝阁下,拈出旧时草稿补款索笑。"此跋作于石涛居金陵之时。紫玉屏峰,在黄山丹台而上,"对台一峰特起,端方秀削,色肖伽楠,怪松如发,披覆其上,则紫玉屏也"(赵吉士《寄园寄所寄》卷三)。

湖上青山处处幽

湖上青山处处幽,江风日日动扁舟。墨痕倒著云翻壁,却写新诗话别愁。

注　　此诗录自上海博物馆所藏石涛《湖上青山图轴》。款题:"戊午初夏过□水,灯下与惊远、元素二公话别,偶作此画,戏题博教。石涛济。"画作于1678年。此年石涛由宣城来金陵,这是现存石涛作品中唯一提及宣城告别之事的。石涛1678年至金陵,初住怀谢楼(一处僧舍),偶回宣城,后住一枝阁。自此时到1686年告别金陵,正好是石涛常说的"九年"。

此图画一人坐在高坡上,向远处眺望,不胜依恋之情。坡下水中有客船等候,正所谓湖上青山不胜愁。

惊远和元素同为吴尔纯之子。二人与石涛、喝涛兄弟同在宣城,一起学诗学画。《宛雅三编》卷二十载有喝涛一诗,诗题为《酬元素、彦怀两叔侄雨中见过》,其云:"庭阴连日雨,岑寂废吟哦。山犬烟中吠,舆夫竹里歌。苍苔迎白壁,清籁接悬河。深谢籍咸辈,湿衣到薜萝。"

题蓬莱芝秀图

谁信蓬莱海上山，珊瑚翡翠点成斑。但看五色灵芝秀，定有仙人得大还。

———

注　　此诗录自上海人民美术出版社1960年出版之《石涛画集》第19图《蓬莱芝秀图轴》。款题："丁卯七月并为奇老先生祝。石涛济。"作于1687年。奇老即诗人田林。

题扁舟泊岸图

湖草悠悠湖水清，泊船收缆石桥横。如何野店竹楼外，溪草寒烟分外明。

———

注　　此诗录自上海人民美术出版社1960年出版之《石涛画集》第66图《扁舟泊岸》。

题画松梅

江村磊落相知少，老干苍虬雪未消。玉萼将开春乍晓，一生风韵见清标。

———

注　　此诗录自徐伯郊旧藏之石涛《松梅图》。台湾历史博物馆1978年出版之《渐江石溪石涛八大山人书画集》第131页影印。款题："丙辰写寄扆凝先生老道翁正。清湘石涛济。"作于1676年。

天空地阔倪高士

天空地阔倪高士，水远山遥见好山。想到秋来许光景，嫩锋折叶一齐删。

———

注　　此诗录自上海人民美术出版社1960年出版之《石涛画集》第13页影印《山遥水远图》。此为石涛早年之作。

张大千旧藏中有一件《松亭觅句图轴》，曾在1978年台湾历史博物馆"四画僧"大展中展出,《渐江石溪石涛八大山人书画集》第133页影印,也题有此诗。

陆心源《穰梨馆过眼录》卷三十六著录石涛着色山水卷,纸本,三接,共有五段题诗,其中亦有此诗。不过此作为伪品。日本神户黑川古文化研究所藏石涛款《山水三清图册》,铃木敬《中国绘画总合图录》第三卷第310页影印,其中第六开题有四诗,包括此诗,也非石涛所作。

我昔寻芝入鹿群

我昔寻芝入鹿群,鹤飞绝顶雪生烟。想当然处曾如此,瀑落空山响白云。

注　此诗录自张大千《清湘老人书画编年》著录之石涛山水。款题:"戊午清湘石涛济。"时在1678年。

为蓼庵题画四首

是兰是竹皆是道,乱涂大叶君莫笑。香风满纸忽然来,清湘倾出《西厢》调。

年年花满洛阳城,总让繁枝照眼明。为报主人勤置酒,沉香春色不胜情。

青藤笔墨人间宝,数十年来难入奥。老涛不会论春冬,四时之气随予草。

画山不得闲中趣,画得山青语澹然。果信涛僧随笔去,一枝一草自生烟。

注　此诗录自上海博物馆所藏石涛十二开《山水花卉书法册》。款题:"戏为蓼庵先生一笑。辛酉七夕后二日清湘石涛济山僧一枝阁下。"此册包括石涛画九页,书法一页,另有他人题跋二页,是石涛入住一枝阁后游戏笔墨之作,时在1681年。

对题者有王时敏(1592—1680)、冒巢民(1611—1693)、陈维崧(1625—1682)、朱雯等,又有石涛友人田林、周向山等。王时敏的对题是装裱者合而为之,其他人的题跋则为针对石涛此册而题。

如田林直接题于图之侧:"江天迢递雁声多,细草寒烟望若何。仿佛夜深湘岸曲,有人舞月踏江波。"

后接纸有朱雯题云:"画工争似化工高,文字禅中有石涛。妙得虎头痴子意,云山秋水在挥毫。山骨苍寒写照真,澹烟疏树想幽人。从来只有倪高士,笔墨曾无一点尘。浙西朱雯题。"朱雯,字裔三,时为金陵别驾。梅清有《秦淮晤朱裔三都司马》诗,他来探视石涛时,也见了朱雯。

蓼庵,姓冯,官中翰,浙江人,与陈维崧(其年)为友,《迦陵词》中有《满庭芳·汴梁客舍同冯蓼庵夜坐》词。曹煜《绣虎轩尺牍》卷六(康熙传万堂刻本):"浙中冯蓼庵年翁以东方执戟之才,烟云在口。"

四川省博物馆藏石涛《花卉册》,有忍庵对题,其中有一页石涛书诗:"是竹是兰皆是道,乱涂大叶君莫笑。香风满纸忽然来,清湘倾出《西厢》调。"款题:"发忍庵先生一笑。济山僧石涛。"大致作于1683年前后。

校　　香港虚白斋藏石涛1685年所作《四时写兴图卷》,也是仿青藤笔意,题诗:"青藤笔墨人间宝,数十年来无此道。老涛不会论春冬,四时之气随余草。"第二句"无此道",此作"难入奥"。

钟陵归来

钟陵昨日暮归来,梅坞梅花尽数开。细看山窗俨然是,有人犹学我徘徊。

注　　此诗录自郑为编《石涛》(上海人民美术出版社,1990)第73页山水图。款题:"石道人。"当是金陵时期所作。

题黄山图赠友人

未似江山真面目,只宜折合对香精。请君一笑张图看,莫我当年浪得名?

注　　此诗录自武汉文物商店所藏《石涛八大书画合卷》。此卷前一段为石涛所画之黄山图,上有二跋,第一跋中题有此诗,款题:"棣老寄我以墨索写黄山,戏为之诗书去一笑。石涛济道人。"第二段题跋云:"初上文殊院,观前海诸峰,作为棣生居士吟坛正。清湘石涛济山僧一枝室中。"此图作于石涛在金陵之时,所画为黄山前海风光。

湖上清吟

溪横石黑前峰隐,树老婆娑倒挂枝。不尽滩声喧落日,诗成独啸响天时。

注　　此诗录自上海人民美术出版社1960年出版之《石涛画集》第9图《湖上清吟》。款题:"湘源谷口人忽忆三十六峰写此。"

而北京故宫博物院藏石涛早年十开《赠粲兮山水册》,上有喝涛题云:"溪深石黑前峰影,树老婆娑倒挂枝。不尽滩声喧落日,诗成独啸响天时。再题石弟画,粲翁一笑。喝涛亮草。"或喝涛以法弟诗题法弟之画,只是误记了个别字。

题柳岸清秋图

山北山南气欲紫,江风吹入松涛里。何人意兴远峰期,柳堤独立看云起。

注　　此诗录自上海人民出版社1960年出版之《石涛画集》第12图《柳岸清秋》。款题:"癸亥清湘石道人济。"作于1683年。

题梅竹图

冰枝瘦干古人心,不用深深谷里寻。谁向高城藏屋角,开窗时对藏孤吟。

无物相看即汝心,夜来梦月踏歌寻。晓寒春色暗云外,歌共山楼自在吟。

注　　此诗录自清华大学博物馆所藏石涛《梅竹图轴》。款题:"雪上人嘱为奇老词坛一笑,济山僧石涛。"为石涛真迹。无年款,当作于1680年或稍后,是石涛初至金陵的作品。

"奇老",即田林。北京故宫博物院藏石涛十开《赠粲兮山水册》,其中石涛有云:"辛酉佛道日志山田奇老有古诗题予此册,甚妙,书谢田生举似粲老。"

墨荷

漫道花香叶不香，花时虽好叶时常。怜他出水舒仙掌，向月迎风碧舞裳。

注　　此诗录自广东省博物馆所藏石涛《墨荷》立轴，又见《石涛书画全集》下卷第347页。款题："石道人济。"从笔墨上看，当为金陵时期的作品。

题月夜泛舟图

何处移来一叶舟，人于月下坐船头。夜深山色不须远，独得清光水面浮。

注　　此诗录自上海博物馆所藏石涛《月夜泛舟图》。款题："清湘瞎尊者济。"无年款，是石涛金陵时期的作品。

题竹画

新梢且莫上危墙，正要烧来带茗尝。记得新安山寺里，饱馀当竹坐焚香。

注　　此诗录自纽约佳士得拍卖之石涛《为周京作书画册》。款题："清湘石涛济道人一枝阁中。"大致作于1680年到1684年之间。

题腊梅

骚人腊后素诗裁，策杖云山过几回。借问看花何处好，寒烟石上一枝梅。

注　　此诗录自张大千旧藏之石涛十开《渴笔人物山水梅花图册》。作于1682年，是石涛至金陵后探讨渴笔之法的重要作品。图载《大风堂名迹》第二集《清湘老人专辑》。

为友人作画

足迹不经十万里,眼中难尽世间奇。笔锋到处无回顾,天地为师老更痴。

注　　此诗录自上海博物馆所藏石涛《书画合璧册》第七开所录四诗之第四首。款题:"瞎尊者济书于大山斋头。"

此册第十开附张景蔚1693年题跋:"人皆谓石涛笔墨极奇矣,而不知石涛笔墨乃极平也。盖不极平则不能极奇。虽超于法之外,而仍不离乎法之中。得古人之精微,不为古人所缚。惟石涛能至斯境。诗画书法三者兼绝者古今来无几人,米赵父子、云林、石田、伯虎、天池,其最著矣,近时恽正叔及石涛而已。癸酉孟夏辽阳张景蔚书于江都寓楼。"

中秋夜雨至漏尽而月复皎然不胜阴晴之感江城阁步半岳四韵

昨夜今宵两不同,迷云步雨一楼风。擎杯搔首花间问,此际清光何处通。

病叶沉沉点点黄,隔溪犹送小清香。羽衣仙子翻新曲,风雨应教乱舞裳。

碧天如洗出新妆,何处酣歌夜未央。世事偏同愁里听,六朝兴废一回廊。

留得渊明柳数株,江城邀笛兴偏殊。纵然妙手王维在,难绘阴晴一画图。

注　　此四诗录自北京故宫博物院所藏石涛十开《清音图册》。半岳,不详其人。江城阁,或即其一枝阁。

诗作于石涛居金陵时期。

一枝阁闲咏

门前水折苍苔路,屋后云翻壁立山。只有一机忘不尽,任风吹送到人间。

注　　此诗录自北京故宫博物院所藏石涛十开《清音图册》。图作于1684年。款题:"秃发人济一枝阁中。"图与诗乃咏叹一枝阁。

芭蕉

芭蕉略雨点婆娑，一夜轻雷洗剩魔。梦对褚公书绝倒，令人神往十分过。

注　　此诗录自北京故宫博物院所藏石涛十开《清音图册》。图作于1684年。

重阳无雨懒登高

重阳无雨懒登高，笔写苍山兴自豪。笑煞当时梅道者，敢将浓墨拓枯焦。

注　　此诗录自北京中招2010年秋拍之石涛山水立轴。款题："甲子九日，清湘石涛济道人漫设于青溪。"时在1684年重阳。石涛至金陵之后，受梅道人和徐渭影响，墨法的探讨越发深入，出现了像《万点恶墨图》手卷那样自由洒脱的泼墨作品。此轴也体现出类似风格，符合当时石涛笔墨特点，当为石涛真迹。

裱边徐邦达题云："乔木蒙丛罗列高，衡门独立兴犹豪。群峰点点为苍润，浓墨沙弥笔岂焦。和画中大涤子自题诗元韵。画作于清康熙廿三年甲子，道人时年四十又三岁，师梅沙弥墨法，浓润而不枯焦，可喜爱也。友人携示，属题。一九九八年夏，东海徐邦达并记于白下门。"

题菊画

菊枝如草叶如云，何处还容野客分。坐对好从千尺起，隔邻聊许一卮闻。

注　　此诗录自上海博物馆所藏石涛与霜晓合作《花果册》菊图一开。款题："石涛济山僧为秋水伊人写于容城。"此册石涛以纵肆笔法，为其画弟子赵子泗说法，所继承的是古代之香草美人精神传统。

后附页有赵子泗跋称："吾友方子愚巢惠我《画谱》一册，题曰'香缘意'。欲与香作缘耶？……抑身入众香国中，大地恒河，嗅之皆作栴檀味。其许我为童蒙之求否？则亦对此芳馨，纫之为佩，缘此以识不忘云尔。赵子泗题于句曲味书楼中。"方岳，字虞朝，或作愚巢，上元人，康熙乙丑（1685）进士。为周向山外甥。

长干见驾天恩垂问二首

凡夫只据凡夫解,圣泽天威孰敢当。舍利光中垂一问,臣僧结舌口忙忙。

炼得身心似木鸡,那知尊贵语前迷。因缘会遇良非偶,始信枝栖未易栖。

注　　此二诗录自保利2009年秋拍之石涛《诗书画联璧卷》书法部分第六题。石涛长干见驾在1684年冬,诗当作于是顷。其时康熙南巡,中书舍人曹宾及为扈从,石涛得康熙垂问,或与宾及介绍有关。后宾及邀请石涛去北京,或与康熙垂恩有关。不幸的是,石涛在1687年准备北上,至1690年初才成行,他来到北京时,宾及已先一年下世。

庚午秋过缥色亭醉后主人出宫纸索写竹外荷花因题断句二首

谁攀十丈迥无垠,飞步凌霄不用驯。收拾风来池上著,会香声里惜飘尘。

天姿别出恍然通,介酒当花露亦匆。不托眠云轻狎尔,风光犹是醉坡翁。

注　　此二诗录自汪绎辰《大涤子题画诗跋》。1690年,石涛在北京。二诗或为石涛所作,因无作品存世可核,录此备考。

五十孤往

诸方乞食苦瓜僧,戒行全无趋小乘。五十孤行成独往,一身禅病冷如冰。

注　　此诗录自广州美术馆所藏石涛十四开《书画杂册》。款题:"庚午长安写。"诗作于1690年北上期间。诗题为编者所拟。

　　石涛生于1642年,诗中所言"五十",概数也,意为近五十。石涛早年即号"小乘客",并非对小乘禅感兴趣,而是既表达对当时佛门口称大乘却远离佛法的不满,又在一定程度上体现出他对佛的理解。南禅的根本旨归在自心的觉悟,而不在坐禅念佛崇祖,这比较符合石涛纵肆洒脱的个性。张潮《幽梦影》录石涛一则文字云:"瞎尊者曰:我不会谈禅,亦不敢妄求布施,惟闲写青山卖耳！"但此号又常给他惹来争议。1694年石涛为吴惊远《题丰溪闲棹图》中说："时人皆笑客小乘，吾见有口即当哑。"就是针对此而言的。

题画竹赠问亭

拂风霏雨自然青，莫道东湖异洞庭。君但一茗留与对，吟成如见晓濛溟。

注　此诗录自李佐贤（1807—1876）《书画鉴影》卷二十四《僧石涛画集屏画》。后图为罗志希所藏。上引诗见于第一跋，后又跋云："辛未补款作，供问亭先生大维摩正。元济。"时在1691年，石涛北上之时以旧作赠问亭。

题松山图

人道龙鳞仿佛成，只今片墨气如生。披襟试向高轩望，风雨千寻起自鸣。

注　此诗录自罗志希旧藏之石涛八开《书画册》。台湾历史博物馆《渐江石溪石涛八大山人书画集》影印。其中一开设色画奇崛的山体，有古松点缀，松作平头状，愈见苍莽，上题此诗。图作于1689年前后。

题醉吟图

花入长安开必清，雨馀唤起蚕人行。折来自晓堪怜惜，记得春风一样轻。

注　此诗录自大风堂旧藏、今藏上海博物馆之石涛《醉吟图》立轴。款题："庚午长安秋日，为燕老道先生漫设。清湘石涛济。"此作为石涛生平杰作。诗作于1690年。

燕老道先生，或以其为黄又（字燕思），恐非其人。黄又（1661—1725后），字燕思，号砚旅，又作研旅，是石涛晚年定居扬州之后交往最密切的朋友之一。但石涛至北京后，目前文献中并无二人在此地相会之记录。燕思比石涛年轻近二十岁，"燕老道先生"显非石涛之合适称呼，或另有其人。

题菊竹石图

清香一片拂磁瓯,不用东篱远去求。最是山僧怜酒客,尽教泛去坐忘忧。

注　　此诗录自北京故宫博物院所藏石涛《菊竹石图》,又见《虚斋名画续录》卷四著录。款题:"清湘苦瓜老人济。"乃石涛出佛之前的作品,作于1693年前后。

题余杭看山图

湖外青青大涤山,写来寄去浑茫间。不知果是余杭道,纸上重游老眼闲。

注　　此诗录自上海博物馆所藏石涛《余杭看山图卷》。图作于1693年,是石涛南还之后的重要作品,也标志着他的思想渐渐向道家一极泊去。此画有两题,第一题云:"余杭看山图,为少文先生打稿,寄请博教。苦瓜和尚济。"

张少文时在京口为官,与石涛交谊深厚,石涛生平有大量作品与其有关,晚年印章也有出自其手者。少文欲去浙江余杭大涤山,石涛作此画赠之。

少文自大涤山归,叙其所见,言画中所写与大涤山一一相合者。石涛兴奋不已,便有第二题,赋诗一首,即见上引。款题:"癸酉冬日,借亭先生携此卷游余杭归来,云与大涤不异。君既印正,我得重游,再寄博笑。清湘苦瓜济。"

大涤山,在浙江余杭,又名余杭山。此地为道教圣地,其洞霄宫初建于汉,元邓牧等作《洞霄宫图》,明时扩建,成为江浙一带著名的道教圣地。洞霄宫名列道教三十六小洞天之中,为道教七十二福地之一,又名"大涤洞天"。石涛一生并未到此山,但他应该很早就对其有了解。如他在宣城时,芜湖元老汤岩夫与其有交往,岩夫有斋名大涤精舍,曾作《大涤精舍图》。张少文的实地考察,与后来石涛进入道教之门后易名为"大涤子"应有关系。石涛生平作品有与《洞霄宫图》有关者,如同他画"罗浮图",他或有"大涤图",惜今不见。

过巢湖

无边山色界清波,插入湖中点点么。最是远帆明灭处,令人入悟十分多。

注　　此诗录自北京故宫博物院所藏石涛八开《山水册》。石涛1695年有巢湖之行,此诗作于过巢湖之后。

题画

岁晚萧森霜雪坚,林泉耐尔惯周旋。而今具向毫端写,多少寒温昔日边。

注　　此诗录自汪绎辰《大涤子题画诗跋》。此书录《题画》一册,共三诗,另两首为:"一望湖平山远,峰危秋路无人。书声与雁齐起,黄叶飘飘树身。""秋水湖天一色,钓船点破沧浪。落日钩今鱼手,至今冷笑身长。"二诗均见北京故宫博物院所藏石涛八开《山水册》。

一天风雨绘秋诗

雨也淋漓风也痴,风风雨雨到秋时。闲向松窗取雨意,一天风雨绘秋诗。

注　　此诗录自广州美术馆所藏石涛十四开《书画杂册》。款题:"苦瓜老人济。"诗题为编者所加。

墨中补出画中诗

子猷看竹情依石,彭泽拈花酒满卮,我爱二公心自古,墨中补出画中诗。

注　　此诗录自台北"故宫博物院"所藏石涛《写竹通景屏》。此屏为张岳军先生捐赠。

忆三十六峰

漫将一砚梨花雨,泼湿黄山几段云。纵是王维称画手,清奇难向笔头分。

注　　此诗录自洛杉矶美术馆所藏石涛八开《赠鸣六山水册》,又见《清湘老人题记》。图画云雾中的黄山,款题:"清湘苦瓜和尚忽忆三十六峰写此。"

画法关通书法律

画法关通书法律,苍苍莽莽率天真。不然试问张颠老,解处何观舞剑人?

注　　此诗录自洛杉矶美术馆所藏石涛八开《赠鸣六山水册》,又见《清湘老人题记》。

谁共浮沉天地间

谁共浮沉天地间,老无一物转痴顽。不知石砚荒如许,醉里吟成对客删。

注　　此诗录自洛杉矶美术馆所藏石涛八开《赠鸣六山水册》。款题:"清湘瞎尊者济漫设于净慧。"石涛南还之后初住净慧寺,在北上之前(1687—1689)亦曾在此驻锡,其佛门师祖山翁道忞曾是此寺住持。

纽约佳士得1999年春拍有石涛十开《山水册》(程琦萱晖堂藏品),其中第六开也题有此诗。此册为石涛晚年真迹。

十万长松结屋安

十万长松结屋安,茸茸细草叠峰寒。白头至此无烦虑,每到春来独自看。

注　　此诗录自洛杉矶美术馆所藏石涛八开《赠鸣六山水册》,又见《清湘老人题记》。

无家

且喜无家杖笠轻,别君回首片湖明。从来学道都非住,住处天然未可成。

注　　此诗录自天津博物馆所藏石涛《巢湖图》。作于1695年。时石涛去合肥探视友人,归途经巢湖。

题写巢湖

四面云垂八百湖,姆山神女正中图。片帆才挂金波涌,知是天风赠野夫。

注　　此诗录自北京故宫博物院所藏石涛十开《山水册》。其中一开画巢湖之景。1695年石涛有合肥之行,归途曾游巢湖。姆山,在巢湖之中。巢湖又称八百湖,石涛《巢湖图》题"百八巢湖百八愁",也意在此。清冯苏《见闻随笔》卷一:"巢湖环八百里,经两濡口,达大江。"故云"八百湖"。

题江村销夏图

水郭江村首夏凉,绿阴深处旧茅堂。新茶嫩笋消闲日,更爱荼蘼落雪香。

注　　此诗录自王雪艇旧藏、匡时2012年秋拍之石涛《江村销夏图》。款题:"夏五月客金斗之明教台为吕封先生博正。"画作于1695年,是现今所见石涛作于合肥的唯一作品。

　　金斗,合肥之古称。明教台,合肥著名古迹。李佐贤(1807—1876)《书画鉴影》卷二十四轴类著录,画上有"李佐贤收藏书画之印"鉴藏印。

舟泊芜湖

故交零落泪将枯,人事都非旧日模。拍岸犹然江上水,重来感此地荒芜。

注　　此诗录自四川省博物馆所藏石涛《山水二段》。此为两段作于不同时间的图合装而成。第一段作于1695年夏，款题："乙亥夏五月，舟泊芜城，忆岩夫、实公诸旧好十无一在，舟中泪下。复夜深月上，不能寐，家人尽睡，余孤灯作此，以遣之。清湘老人济。"1695年夏，石涛去合肥探视朋友，舟经芜湖。正是夜晚，石涛来到这处自己熟悉的地方，想到自己的朋友汤岩夫等已经下世，不禁凄然，在舟中作此图。实公，其人不详。

题写折枝

红红白白景如攒，人面枝枝带笑看。却恨有花无好月，夜深犹自倚栏干。

注　　此诗录自香港佳士得2008年春拍之石涛十开《花卉册》中折枝花一开。款题："清湘老人济。"作于1696年春。

题写海棠

老于无事客他乡，今日吟诗到海棠。放浪不羁形迹外，把将卮酒奠红妆。

注　　此诗录自香港佳士得2008年春拍之石涛十开《花卉册》中海棠花一开。此诗与上一首"红红白白景如攒"，又见于上海博物馆所藏一石涛扇面，款题："丙子寒食日客真州读书学道处，对桃花海棠各一首。清湘老人原济。"时在1696年清明之前。

校　　"放浪不羁形迹外"之"形"字，本作"行"，十开《花卉册》在"行"旁有两点，意为错字，题识后并未补出。此字当为"形"。十开《花卉册》当作于上海博物馆所藏扇面之后。

题江帆图

千里长江一道开,青山两岸对徘徊。风涛夕卷布帆出,烟际微花诗到来。

———

注　　此诗录自美国私人收藏之石涛《江帆图》。铃木敬《中国绘画总合图录》第一册收录,编号为A18-010。香港开发公司1969年印行之《石涛书画集》第一册第24图影印,名为《风涛卷帆》。款题:"清湘瞎尊者济写于真州之半山园。"作于1695年前后,时石涛客居真州许园。半山园即为许园一处景点。

题平湖放棹图

一棹平湖春水深,白沙天际起微岑。疏林萧草迷寒色,望里频生故国心。

———

注　　此诗录自石涛《平湖放棹图》。此图是近年来拍卖中出现的精品。前有张珩(1915—1963)题签:"石涛平湖放棹图真迹。张珩。"曾为李瑞清、王文心等所递藏。款"清湘石道人济",钤"臣僧元济"(半朱半白)、"苦瓜和尚"(白)二印。其时石涛尚在佛门,画作于南还客真州之时,在1695年前后。

白沙江村采莲

花叶田田水满沟,香风时系采莲舟。一声歌韵一声桨,惊起白云几片浮。

———

注　　此诗录自大都会艺术博物馆所藏石涛《归棹》册一开书法对题。款题:"白沙江村采莲,舟中写意。"白沙江村,即郑肇新的园林白沙翠竹江村。所配之画乃是荷塘中的采莲场面。

荒亭岑寂荒山里

荒亭岑寂荒山里,老树无花傍水矶。饭后寻幽偶到此,十分寒苦惨斜晖。

注　　此诗录自大都会艺术博物馆所藏《归棹》册一开书法对题。所配之画乃是苍莽山峦中的荒亭。此亭乃白沙翠竹江村中的东溪白云亭。

九月寒香露太真

九月寒香露太真，东篱晚节可为邻。从来天地无私运，梅菊同开一样春。

注　　此诗录自大都会艺术博物馆所藏《归棹》册一开书法对题。款题："九月梅花二首之一。瞎尊者原济。"所配之画乃是墨菊。

山色苍苍树色秋

山色苍苍树色秋，黄云欲碎背溪流。苦瓜客舍消闲笔，画法应愧老贯休。

注　　此诗录自大都会艺术博物馆所藏石涛《归棹》册一开书法对题。所配之画乃是萧瑟的秋山。

自题江村泛舟卷子二首

江上危风青可招，急呼艇子共消摇。新秋野水石桥畔，随意轻桡荡晚潮。

翠竹白沙江上村，晚风花气水侵门。归来素月娟娟好，茗色瓯香静不言。

注　　此二诗录自金瑗《十百斋书画录》子卷《石涛方文山书画合册》。款题："作《江村泛舟卷子》，蠋斋、种纸、菲泉诸君各赋二绝，余复书其末。"此图今不存。

题画赠器先

千峰蹑尽树为家，头鬌蓬松薜萝遮。问道山深何所见，鸟衔果落种梅花。

注　　此诗录自陆心源《穰梨馆过眼录》卷三十六《石涛方文山书画合册》第一页。款题:"枝下人济偶为器老道先生博笑,乙亥。"

　　陆心源所著录图册今不存。图册本为王弘文所有。弘文字器先,曾客扬州有日,与石涛、张潮等为友人。1695年9月,器先见石涛,向其索画,石涛为其作画作书。

题芦汀钓舟图

无发无冠泱两般,解成画里一渔竿。芦花浅水不知处,偌大乾坤收拾间。

注　　此诗录自陆心源《穰梨馆过眼录》卷三十六《石涛方文山书画合册》第三页。款题:"清湘瞎尊者戏为之也,时乙亥秋九月。"

　　北京翰海2004年秋拍有石涛款《芦塘钓艇图》,上题此诗,款亦与陆心源此处著录同,疑即是此作。此作曾为张大千所藏,上有其多方鉴藏印。

题画西湖

龙山顶上望西湖,天隐胥丘背面扶。一笛香风荷里出,消魂点点画中图。

注　　此诗录自见程霖生《石涛题画录》卷四著录之《墨色山水精册六帧》第三开。款题:"清湘老人济三十年未至西湖上,今日因友人约游归来,索笔写此。"此册若是石涛所作,当作于1695年(跋中有乙亥之注)。所描写之"龙山顶上""天隐胥丘"等语,都系杭州西湖景点。而此年石涛并无杭州之游。图当为伪托,录此诗以备考。

武陵溪口灿如霞

武陵溪口灿如霞,一棹寻之兴更赊。归向吾庐情不已,笔含春雨写桃花。

注　　此诗录自《虚斋名画录》卷十五著录之《释石涛山水花卉册》第五开。款题："瞎尊者原济。"此乃赠季翁之作。

无端清吹起长竿

无端清吹起长竿，望入湘山晓色寒。我爱王猷多远兴，一枝持赠拟琅玕。

注　　此诗录自陆心源《穰梨馆过眼录》卷三十六《石涛方文山书画合册》第五页。款题："为器先先生作并请博笑。清湘石涛济，乙亥秋九月前娑罗堂下。"作于1695年。

一峰十载犹难尽

一峰十载犹难尽，烂石堆云发深省。学海文渊总不知，至今但道衣衫冷。

注　　此诗录自柏林东亚艺术博物馆所藏石涛《山水图》。户田祯佑、小川裕充《中国绘画总合图录续编》第二卷第273页收录，编号为E18-09。款题："石涛济道人漫设于广陵树下。"图约作于1695年前后。

新花新叶添新涨

新花新叶添新涨，偏称晚风花气长。花插胆瓶烧烛赏，叶馀水面覆鸳鸯。

注　　此诗录自香港佳士得2008年春拍之石涛十开《花卉册》中墨荷一开。款题："苦瓜老人济。"

题写兰蕙二首

春兰夏蕙年年赏,忙煞花奴品石前。莫把真香比凡卉,悠然空谷至今传。

三春谁不花前语,岂是王香写得完。欲赠伊人凭斗墨,拈来纸上四时看。

注　　此二诗录自香港佳士得2008年春拍之石涛十开《花卉册》中兰蕙一开。款题:"清湘老人济。"

题画古梅二首

三分苦绿惟馀竹,一点酸香冷到梅。尽日无人且琢句,百年有限慢停杯。

裁诗可记馀生梦,作赋徒劳楚客才。吟赏终然多事甚,任他春去与春来。

注　　此诗录自香港佳士得2008年春拍之石涛十开《花卉册》中古梅一开。款题:"石道人济广陵树下。"此册是从真州回到广陵净慧寺大树堂之后所作。

沿堤又见送春归

稜稜石意溅潆洄,溪上行行去复来。暂借垂杨领春色,沿堤犹见送春归。

注　　此诗录自北京故宫博物院所藏石涛十二开《墨醉图册》(又称《杂画册》)。作于1696年。

秋日忆金陵

一杖萧萧对落晖,残山秋染乱红肥。梦中常忆金陵胜,写出依然笔尽非。

注　　此诗录自北京故宫博物院所藏石涛十二开《墨醉图册》(又称《杂画册》)。作于1696年。

紫茄

紫茄好作家常饭,还有王瓜佐席珍。早韭脱菘成四美,蛎螯议已谢门人。

注　　此诗录自北京故宫博物院所藏石涛十二开《墨醉图册》(又称《杂画册》)。作于1696年。

题画扁豆

紫花白花狼籍尽,眉毛碧翠眼中青。炎炎日晒草先腐,遮过流萤几点星。

注　　此诗录自北京故宫博物院所藏石涛十二开《墨醉图册》(又称《杂画册》)。作于1696年。又见天津博物馆所藏石涛八开《山水花卉册》中一开题诗。

题画鲜果

闻道华阳小有天,交梨火枣会群仙。莫言结实三千岁,推让真如龙汉年。

注　　此诗录自北京故宫博物院所藏石涛十二开《墨醉图册》(又称《杂画册》)。作于1696年。

醉乡

雨后秋茶发细香,窗前枝影斗明妆。未妨水厄传新语,好与梅精作醉乡。

注　　此诗录自北京故宫博物院所藏石涛十二开《墨醉图册》(又称《杂画册》)。作于1696年。

题蕙兰

离根离叶自然香,根蒂无烦巧样妆。脱体风流随尔去,极时极节对匡床。

注　　此诗录自北京故宫博物院所藏石涛十八开《兰竹图册》。此册作于1697年到1701年间,大部分本为洪正治收藏。十三开有对题,五开无对题。对题者有八大山人、姜实节、先著、黄云、吴翔凤、洪嘉植、梅庚、曹冲谷等。册中有"达受印信"等鉴藏印,说明此册曾为僧人达受(1791—1858,字六舟,杭州净慈寺僧)收藏。

题并蒂荪

江南草本素心最,盆钵家家卷宿根。受用一春福不浅,并头结得并头荪。

注　　此诗录自北京故宫博物院所藏石涛十八开《兰竹图册》。有孙兆金对题:"湘水人已远,信此幽芳独。天风吹汝香,安得长空谷。"

题兰石

片石如云鬼面皱,王香朵朵意含真。移来春雨烟生秀,洒墨淋漓赠远人。

注　　此诗录自北京故宫博物院所藏石涛十八开《兰竹图册》。

题画两株兰

颠倒随吾笔墨妆,谁能正面尔能降。风吹如带游仙过,慧悟有时现宝幢。

注　　此诗录自北京故宫博物院所藏石涛十八开《兰竹图册》。图画两株兰团团盘旋,如宝幢。

此画对题者为八大山人,其云:"余所思佩兰、蕙嵒两人。苦瓜子掣风掣颠,一至于此哉! 何故荒斋人,解佩复转石,闻香到王春,乃信大手笔。家住扬州城,来往青齐道,齐云与庐岳,相见老不老(自注:两山之中皆有五老峰也)。辛巳一阳之日八大山人观并题。"钤有"宝赏""遥属""拾得"和驴形小印、"何园"等六印。此跋作于1701年。

八大山人终生未至扬州,石涛与其一生未晤,此画也是朋友携至南昌,请八大题之,一如《黄砚旅度岭图》。

题画芭蕉

求时不得至无端,呼酒擎杯遣薄寒。老夫难逢挥洒兴,教儿伸得纸须宽。

注　此诗录自北京故宫博物院所藏石涛十八开《兰竹图册》。对题页有姜实节题诗二首:"风前扫叶翠影乱,月下闻香露气寒。如此幽怀谁会得,爱他写入画图看。""画竹画兰非易事,古来唯有赵王孙。何年得与洪君面,妙诀还须仔细论。"

题芝兰相并

瀑水潺潺风带吹,芝兰相并笑谁为。平生一个虚圈子,万仞千峰未是奇。

注　此诗录自北京故宫博物院所藏石涛十八开《兰竹图册》。对题为石涛老友黄云(仙裳)之笔:"王洽能泼墨,成画必沉酣之醉,解衣磅礴,先以墨泼障上,因其形似,乃是成之,若无爪之写,不写梅竹芝兰,亦得此意。真墨宝也。"

题芝松图卷

珍贝琳琅何足羡,不如图绘古人言。知君有道托瑶草,更欲与尔追轩辕。

注　此诗录自上海博物馆所藏石涛《芝松图》。此卷起首画灵芝,接书徐渭《缇芝赋》,后画古松,其后书杜甫《双松图歌》,最末题此诗。款题:"时丁丑冬十一月清湘大涤山人济并识。"作于1697年冬。"大涤山人"在存世石涛作品中唯此年有两见，1698年之后不见。

题白莲图

出水荷花半面妆，弄情已似女娇娘。我时向月空钩染，清思撩人悯断肠。

注　　此诗录自上海博物馆所藏石涛一帧《白莲图扇面》。款题："丁丑夏四月友人嘱为需滋道翁正之，瞎尊者写。"作于1697年。

题荷花紫薇图

紫薇花放庭前树，花放紫薇郎正来。却羡繁红今日好，始知草木爱仙才。

注　　此诗录自四川省博物馆所藏石涛《荷花紫薇图》。款题："清湘野人游戏之馀，丁丑。"作于1697年。《大风堂书画录》著录此图，名《苦瓜紫薇芙蕖》。

放艇湖头归来

柳眼媚人新雨后，放船歌入杏花天。乾坤与我醉同醒，乳鸭闻雷芳草妍。

注　　此诗录自沈阳故宫博物院所藏石涛十开《粗笔山水册》。此册是石涛晚年粗笔代表作品之一，可与天津博物馆所藏十开《粗笔山水册》媲美（而四川博物馆所藏十二开《粗笔山水册》则是伪本）。

此册作于1698年春，在总跋中题有此诗，款题："戊寅春日放艇湖头，归来引动泼墨清兴，一日共成十纸，各□其类。瞎尊者济。"

题醉兰

群芳争吐笔端新,百草千花二月春。墨染幽香埋古雪,澄心堂纸醉传神。

注　　此诗录自上海博物馆所藏石涛十二开《山水花卉册》中兰花一开。款题:"清湘大涤子济醉后既得此纸入手,必然得罪此君为快时。己卯二月大涤堂下。"这件醉墨作品是石涛晚年不可多得的佳作,作于1699年。

题卓然庐图

四边水色茫无际,别有寻思不在鱼。莫谓此中天地小,卷舒收放卓然庐。

注　　此诗录自上海博物馆所藏石涛晚年杰作《卓然庐》。款题:"己卯四月奉赠尧臣年世翁博教。清湘大涤子写。"作于1699年。

尧臣,石涛至友吴惊远之子。吴惊远有二子,均远绍家声,出仕为官。据《丰南志》卷三《吴氏历代科第仕宦简表》记载,丰南吴氏二十七世有吴承夏,字禹声,"监生,考授州司马";吴承章,字尧臣,"诰赠中宪大夫"。惊远长子为承章,次子为承夏,前为尧臣,后为禹声,名与字中隐含伯仲之意。据《江南通志》卷一百二十三,尧臣1703年癸未科及第,在京为官。石涛作此大幅赠世侄,带有勉励人生之意味。

题松窗读易图

书画从来许自知,休云泼墨意迟迟。描头画角增多少,花样人传花样诗。

注　　此诗录自沈阳故宫博物院所藏石涛《松窗读易图》。款题:"去古日远,书画无传,学者尽皆指鹿为马,鉴赏者谁予?虽会意者而精力已退,何可多得哉!此予深惜之。语大方博笑。辛巳春二月清湘老人写大涤草堂并识。"图作于1701年。

校　　上海博物馆藏石涛《山水册》(见郑为《石涛》第73页),其中一页也题

有此诗。据其可知《松窗读易图》题诗第三句"描头画增多少"落一字,应为"描头画角增多少",故补。第二句上海本作"为人泼墨转迟迟"。

题仿倪秋山幽居图轴

诗情画法两无心,松竹萧疏意自深。兴到图成秋思远,人间又道似云林。

注　此诗录自张大千旧藏、保利五周年拍卖会见拍之石涛《仿倪秋山幽居图轴》。此图是近年拍卖所见石涛作品中的精品。款题:"壬午五月,清湘老人济大涤草堂。"作于1702年。

题奇峰楼阁图

露地奇峰平到顶,听天楼阁受泉风。白云自是无情物,随我枯心飘渺中。

注　此诗录自汪绎辰《大涤子题画诗跋》。波士顿美术馆藏石涛款十二开《山水大册》,其中一开也题有此诗,第三句作"白云自是如情物"。这一字之改,与下一句"枯心飘渺"便产生了矛盾。图或非石涛所作。

风急湖宽浪打头

风急湖宽浪打头,钓渔船小兴难收。请君脱去乌纱帽,月上丝纶再整游。

注　此诗录自上海博物馆所藏石涛《仿米山水图轴》,又见郑为《石涛》第34页。款题:"定老年兄远以此纸嘱笔写山,用米颠刷字法,寄上一笑。时辛巳立冬四日清湘瞎尊者济大涤草堂。"时在1701年。此为石涛真迹,其中的"定老年翁",或为其朋友陈鼎(定九),或为宣城时即为石涛好友的数学家梅文鼎(定九)。

纳尔逊-艾金斯美术馆藏十二开《苦瓜妙谛册》,其中一开也题有此诗,然诗画皆有模仿上博本的痕迹,非石涛所作。

题残红霜叶图

秋磵石头泉韵细,晓峰烟树乍生寒。残红霜叶诗中画,博意任从冷眼看。

注　　此诗录自纳尔逊-艾金斯美术馆所藏十二开《苦瓜妙谛册》。

程霖生《石涛题画录》卷一著录之《补八大山人山水中堂双绝》题有此诗,又见神州国光本《大涤子题画诗跋》卷四,题为《补八大山人山水》。款题:"己卯浴佛日雪个为岱老年翁写古树苔石,属余补水滩红叶,并赋小诗请正。清湘陈人苦瓜。"若真为石涛所补,此"岱老",当为江世栋,字又李,号岱瞻。

但此所谓石涛八大合作当属伪托。其一,石涛称"雪个",显系不当。1699年时,石涛对八大早已非常熟悉,已经非复1696年前后的"雪个当年即是伊"。八大山人和石涛同宗,高石涛四辈,此时再如此称呼无可能。其二,八大山人作画后嘱咐石涛补景,石涛"并赋小诗请正"——意思是,是为这幅画作此小诗的。而这首诗并非特意为此画而作,多次出现于他处。

题薄暮秋光图

水面晴霞石上苔,层层叠叠画中开。幽人恋住秋光好,薄暮依然未肯回。

注　　此诗录自纳尔逊-艾金斯美术馆所藏石涛十二开《苦瓜妙谛册》,又见汪绎辰《大涤子题画诗跋》、陆心源《穰梨馆过眼录》卷三十六《石涛赠石溪山水册》(当为《赠石头山水册》)。落款与《苦瓜妙谛册》同,都是"清湘大涤子"。

题画梅石竹

苔色水声千丈画,梅花竹子一山诗。予生徒向风尘老,烂醉挥毫有是痴。

注　　此诗录自汪绎辰《大涤子题画诗跋》,题为《画梅石竹》。又见北山堂所藏石涛四开《山水册》,款"清湘大涤子青莲草阁"。

江行舟中作十二首

问壑关河绝羽鳞，客中图史不知贫。随波上下歌春钓，始信江湖尚有人。

人家疏处晒新罾，渔父蛟人结比朋。我坐小舟惟自对，那能不忆个山僧。

沿江景物尽丘墟，孤雁能博尺素书。遥忆故园当此日，正栽柳杨筑茅庐。

棹歌江上不扬波，云里翩翩一雁过。客况难禁思故旧，如何烟树涨村多。

落落江湖一散臣，萧然放艇学渔人。随波欲觅桃花瓣，不信尘埃亦有春。

桨开山畔又横塘，夕照风生觉愈凉。一水盈盈真如练，无端烟树发幽香。

飘零岁月向谁论，且对清江醉一樽。自笑放狂无个事，应从瓜圃过青门。

漫道孤蓬风雨安，随云遥望有长干。石头城畔留春住，著屐登临细细看。

春来过半惜花天，隙影知非五十年。何事江关烟棹远，枕流无语拥书眠。

我来江上不悲秋，独为春光歌逗留。欲学鱼龙能变化，漫愁山鬼笑风流。

花开半老上林春，呼酒篷窗不厌频。极目长江多黛色，乱罾杨柳未归人。

山河分野势多奇，不惜劳尘信所之。天地能涵狂放客，轻舟移过万峰时。

注　　此十二诗录自程心柏旧藏之石涛十二开《江行舟中作》册页。今为私人藏家收藏，是石涛定居大涤堂后的重要作品。

　　这套册页在近代以来流传甚广，多有仿作。如日本大阪博文堂1926年出版珂罗版画册《苦瓜和尚神品》，八开纸本墨笔册，即是仿程心柏此册而成，此仿本今藏芝加哥艺术学院。日本山口良夫藏石涛八开《山水图册》，铃木敬《中国绘画总合图录》第四卷第394—395页影印，编号为JP34—074，也有部分仿此而作。

　　这组诗在存世石涛真迹中也有零散引录。如北京故宫博物院所藏石涛十二开《山水册》，大体作于1697年前后。其中有一开画空灵廓落的境界中，一人放棹江中。题有"棹歌江上不扬波"和"落落江湖一散臣"两首七绝，均出于此组诗。

校　　此中"桨开山畔又横塘"一首，第三句原作"一水盈盈真练"，疑落一

"如"字，补。

摇落风尘旧竹西

摇落风尘旧竹西，亭荒圃废不曾迷。笔端解脱炎凉句，剩取空林几曲溪。

注　此诗录自嘉德2006春拍之石涛《竹西图》。有"友声"鉴藏印，本为石涛学生程鸣旧藏，今为纽约一收藏家收藏。款题："诗到苍茫自异人。从变迁荒唐，载笔云间，拖色拈题，闲里偷忙。夏日同王觉士、吴退斋、黄燕思诸君载酒竹西。诸君云：不可无诗，不可无图。因写此图，并题诗。"王觉士，又名觉四，山水画家。吴退斋，或为吴赐玙。

幽香拂珮

幽香拂珮亦何长，不拟湘臣远寄将。自是春芳胜秋色，东风摇映满琼珰。

注　此诗录自上海博物馆所藏石涛八开《山水花卉册》。其中一开画一束兰花由上泻落，题有此诗。亦见《虚斋名画续录》卷四著录。

兴来写菊

兴来写菊似涂鸦，误作枯藤缠数花。笔落一时收不住，石棱留得一拳斜。

注　此诗录自上海博物馆所藏石涛八开《山水花卉册》。其中一开画菊，题有此诗。亦见《虚斋名画续录》卷四著录。

题白云初破图

白云初破香沉户，绿雪成函古到春。花萼自欣闻笑语，松稍能远渐离尘。

注　　此诗录自香港艺术馆所藏石涛《白云初破图》。香港开发有限公司1969年出版之《石涛书画集》（张万里、胡仁牧编）第一册第23图影印，题名为《观颐堂诗意图》。款题："书《观颐堂》未成之句，书之此纸，云逸先生正。石涛济道人。"

观颐堂，为吴云逸之斋名。此堂在云逸家乡歙县丰南镇，斋名来自《周易》颐卦。当时很多文人有吟唱此堂之作，孔尚任《观颐堂说》云："歙有观颐堂，为吴云逸养亲之所。"（《湖海集》卷八）吴启鹏，字云逸，号酣渔，歙县丰南人，居扬州，工诗，善收藏。石涛生平有多件作品赠之。四川省博物馆的《江天山色图》就是赠云逸之作。

题画扇

高阜松杉翠削生，涧边草绿暮烟横。桥通细路篱间出，风动芭蕉萧爽情。

注　　此诗录自潘季彤《听飑楼书画记》卷四著录之《集明人书画扇叶二十四幅》中石涛扇面。此扇今藏纽约大都会博物馆。款题："己卯春日风雨中，喜无宾客至，手闲心净。古人所谓一笔画，千丘万壑入草木，一笔而就。有三先生博教。里弟石涛原济。"时在1699年。

梅花吟十绝

江上梅花如雪霁，锦帆似蝶吸春烟。冰魂有梦东风恶，悔嫁清波送玉年。

秋色尚存先见蕊，早春时候岭梅开。年年有客相持赠，破雪枝分得得来。

清癯似鹤乍停风，冷艳朝看化日中。不有素琴三弄否，疏香引漫却谁同。

蓓蕾青青点若耶，女萝相伴爱风斜。垂纶破雪红衣士，潭底悠然别是涯。

山县舆经驿路长，江南官阁早梅香。一诗未了前村见，峰削浮寒方丈光。

半天香雪古云堆，五岭深深细路开。直接玉楼人尽望，短筇竹屐醉归来。

昔年把盏秦淮地，老树都开未放枝。月色水光交二鼓，风来影碎鹤鸣时。

香光入梦一千丈，独向孤峰折冷枝。午后书来都不用，只凭淡墨发清奇。

忽去忽来香冷淡，欲开不开使人思。连朝夜夜东风恶，恳赐南轩瘦折枝。

漫云俗物熏人醉，点墨初成次第庄。本是天生不凡骨，撑岩挂壑铁心肠。

注　　在扬州期间，石涛除了有广陵探梅诗七律九十首之外，还有一组梅花七绝诗。

台湾历史博物馆1978年出版之《渐江石溪石涛八大山人书画集》收石涛十开《梅花册》，每开题有一绝，其中九开有诗名，如评梅、溪梅、乞梅等。此册本是张大千旧藏，但非石涛之作品。所题诗与石涛风格相似，石涛当有此类作品，但今不见其真迹。

在石涛存世真迹中，零星可见这组梅花七绝诗。如藏于北京故官博物院的一帧赠"赐翁"扇面，题有《梅花二绝》，其中有"半天香雪古云堆，五岭深深细路开。直接玉楼人尽望，短筇折屐醉归来"一首。

同样藏于北京故官博物院的《书画合璧卷》，作于石涛南还之后，起首处就题有"香光入梦一千丈，独向孤峰折冷枝。午后书来都不用，只将澹墨发清奇"一首。

辽宁省博物馆藏石涛作于1698年的《梅竹双清图轴》，轴上有两题，其中一题云："秋色尚存先见蕊，早春时候岭梅开。年年有客相持赠，破雪枝分得得来。"

重庆博物馆藏石涛与嵩南合作《梅竹图》，上有石涛一题跋："半天香雪古云堆，五岭深深翰史裁。径接玉楼人尽望，短筇折屐醉归来。"也属于这组诗。

校　　"忽去忽来"，原作"忽春忽来"，据他本改。"漫云俗物"，"漫"原作"谩"，据文意改。

金陵怀古七绝二十首

伤心玄武湖
水阔山横世莫侵，万古策注到如今。欲明玄武歌中月，不照咸宁创国心。

犹忆长干里
一路多巡车马留，管弦未尽卖春头。闲情不系垂杨树，直到长干问翠楼。

还想旧名院
昔年车马拥香尘,结容长桥衬玉人。多少胭脂俱卖尽,还他零落几般春。

幕府山仍北
年年幕府驻人颜,气接风云指顾间。忽变馀音何处觅,晓钟才度暮钟晚。

如此黄天荡
几朝血战几朝防,望入江天荡自黄。更想先时开浩淼,至今无复水朝王。

周处台怀古
处士台边气自刚,笑人萧索背人香。如何世上多忠孝,到此全无一字章。

东山多在望
著屐难冲恨谢安,如何埋局在东山。太平棋子无人下,今古输赢一笑间。

难寻木末亭
何处寻春木末亭,孤踪难望雨花星。纷纷车马如流水,暗暗山川没骨青。

九思朝天宫
巍巍玉阙具民瞻,至道无声万象先。暂借星辰与日月,时时来往面朝天。

莫愁今也愁
人情无复寄风流,结束佳人字莫愁。戈戈故违歌舞散,深深魂梦在湖头。

白鹭洲何在
黄云白鹭□□□,不见神仙水上浮。笑问英雄何处恨,错教明月去来休。

有福儿郎地
有福儿郎学凤书,官斋试习乐天时。非疑地转前朝胜,不见归牛指荷锄。

不成采石矶
浑身甲胄目难挑,不是神矶武不枭。一战金陵如掣电,功成江吼莫能消。

再见杏花村
不认村头旧杏花,也全荒后又人家。春风明去无多折,一发朱楼散晚霞。

乌衣巷总非
如今王谢昔时稀,可问无风王谢畿。只有衔泥双紫燕,年年不改旧乌衣。

今古报恩好
瑶天拉眼报恩行,光覆浮屠白夜明。借问市朝离乱后,几时再感梵王城。

观象竟无台
百级高台望一真,无台无级亦无春。孤峰不宿星前树,偏惹金陵观象人。

怕听凤城钟
钟隐铜龙漏莫催,千宫万乘几时灰。欲嫌宫阙无人固,便有旌旗撞不开。

南院近为庵
南庵南院两斜晖,今日空林昔翠微。别后窗前都散尽,烟消粉泯待僧归。

天界寺前行
谁分西竺上方来,一望无边天地开。六六名庵藏不尽,至今有寺佛难回。

注　　上海博物馆藏有一套曾被视为石涛所作的二十开《山水册》,纸本设色。此册曾由晚清学者狄学耕(曼农)收藏。民国年间,程霖生辑《石涛题画录》,也以此为石涛所作,是书卷四录有此作,题《金陵怀古着色山水诗画精册二十帧》,但未录后款。而神州国光社编四卷本《大涤子题画诗跋》也著录此册,以为石涛之作,收在卷一。

此作乃石乾所作,非石涛所为。石乾,字化九,约生于1680年左右,于1740之后离世。他随石涛学画,石涛晚年定居大涤堂期间,他是石涛的"门人",也是石涛若干作品的代笔者之一。石涛离世后,他大量伪托石涛作品,传世石涛款作品中有多件为其所伪。

此二十开册页所录之七绝二十首,内容与石乾不合,却与石涛生平相契。诗中所述,有强烈的身世浮沉之感,并多与佛门生涯有关,非有经历者不能为。如《今古报恩好》诗云:"瑶天拉眼报恩行,光覆浮屠白夜明。借问市朝离乱后,几时再感梵王城。"身居大报恩寺,夜夜有熠熠光芒,但历遭乱世,佛门也非清净地。此中深寓感慨。又如《难寻木末亭》诗云:"何处寻春木末亭,孤踪难望雨花星。纷纷车马如流水,暗暗山川没骨青。"也是诗人亲身经历,在明代方正学的墓前寻觅,寻找那耿耿昭世的精神。再如《周处台怀古》诗云:"处士台边气自刚,笑人萧索背人香。如何世上多忠孝,到此全无一字章。"

石涛当有围绕此二十首诗所作之画,但今不传。石乾伪托老师之作,却为我们了解石涛这组重要的作品提供了可能。

变作夭桃世上花

度索山光醉月华,碧空无际染朝霞。东风得意乘消息,变作夭桃世上花。

注　　此诗有两见:

1. 上海博物馆藏有石涛十二开《花卉册》,其中一开画桃花,题有此诗。后接题云:"如此说桃花觉得似有还无,人间不悟,何泥作繁华观也。清湘大涤子济。"此为石涛真迹。

2. 上海博物馆藏石涛款设色《夭桃图轴》,郑为《石涛》第4页影印。上题有此诗,并有款云:"如此说桃花觉得似有还无,人间不悟,何泥作繁华观也。清湘大涤子济。"几乎与十二开花卉册桃花一开题识完全相同。后又以行书书两行:"大雪飘扬,惊喜欲狂。一般忍冻,颠倒用章。此老年太过不及也。"我疑此画与第一跋出自其弟子之手,后行书补跋为石涛所作。

素质幽芬

素质幽芬鼻观闻,交情投赠比兰薰。枕流漱石花情别,只有□人得似君。

注　　此诗录自上海博物馆所藏石涛六开《杂画册》中菊花一开。款题:"清湘石道人。"

笔如削铁墨如冰

笔如削铁墨如冰,冷透须眉见小乘。若贵眼前些子热,依然非法不为凭。

注　　此诗录自上海博物馆所藏石涛十开《山水册》。

题画花卉册七绝八首

白菜
何必秋风想会莼，菜根无乃是灵根。写来澹墨清泉里，留与肥甘作孟邻。

蔷薇
一样花枝色不匀，偏放野趣闹残春。分明香滴金茎露，更比荼蘼刺眼新（自注：荼蘼白而一色，此多红黄蔷薇故刺眼新也）。

水仙
前宵孤梦落江边，秋水盈盈雪作烟。率尔动情闲惹笔，写来春水化为仙。

桃花
度索山光醉月华，碧空无际染朝霞。东风得意乘消息，变作夭桃世上花。

琼花
谁将冰雪打成球，此辈应知非浊流。记得琼花尤出色，高高飞上白云楼。

折枝
分明无种出仙乡，也共人间草木芳。好爵未縻原自在，众香国里独称王。

玉兰
花色殊途最有情，宛如深柳乱啼莺。疏疏历历怜同调，款款盈盈致味清。

梨花
人说梨花白雪香，我爱梨花似月光。明月梨花浑似水，不知何处是他乡。

注　　此八诗录自上海博物馆所藏石涛十二开《花卉册》。此册是石涛生平最重要的花卉图册之一。其中十一开为真迹，有一开疑遭掉包，非出石涛之手。此册中每开都有张少文所钤收藏印。少文乃篆刻家，此册有少文印三十余方，似成少文之印谱。

题画花卉

都向东风入醉乡，绿情红意两相当。若教懒似桃花面，未许芙蓉一样香。

（海棠）

前宵孤梦落江边，秋水盈盈雪作烟。率尔戏情闲惹笔，写来春水化为仙。（水仙）

仿佛如闻秋水香，绝无花影在萧墙。亭亭玉立苍波上，并与清流作雁行。（荷花）

注　　此三诗录自华盛顿弗利尔美术馆所藏石涛八开《花卉册》。此册大约作于1698年左右。其中之诗在传世石涛作品中多次出现。如第四首写荷花的"仿佛如闻秋水香"一首，见于王南屏旧藏的一幅《荷花图》上。

题兰竹当风图

风稍谡谡扫重阴，独抱虚怀肯入林。鸣凤不来朱实少，却教黄斗搅春心。

注　　此诗录自张大千旧藏之石涛《兰竹当风图》。上有"大千居士供养百石之一""敌国之富"等鉴藏印。后为王季迁所藏。款题："清湘大涤子。"此竹乃石涛传世妙品。

题华山图

青牛遗迹耸高台，石上天梯云自陪。极目狲狲愁不得，攀缘无路绝尘埃。

注　　此诗录自苏州灵岩山寺所藏石涛《华山图轴》。在此七绝诗后，还有一段说明文字："峰顶有铁狲狲无数。画狲狲之妙，不知何代所为，有如大人小儿，命狲狲愁。吾友戴鹰阿游华山，有云：'谁叱青牛试一犁，白云沟破石天梯。从无虎豹窥阊阖，只有猿猱让路蹊。'昨有友人索画想相写此，以元人法得之。清湘陈人大涤子济广陵之青莲草阁。"

此图又见神州国光本《大涤子题画诗跋》卷一著录，题《青牛遗迹》。程霖生《石涛题画录》卷一亦著录此作，名《大幅山水墨笔神品》。

题画竹笋

出头原可上青天，奇节灵根反不然。珍重一身浑是玉，白云堆里万峰边。

注　　此诗录自天津博物馆所藏石涛八开《山水花卉册》。此册作于1697年后。

题听泉图

天削老峰万仞青，飞虹千尺走雷霆。不知何处餐霞客，日日凭栏洗耳听。

注　　此诗录自天津博物馆所藏石涛《听泉图》大立轴。此图是石涛晚年代表作之一，艺术价值可与辽宁省博物馆的《古木垂阴图》媲美。

题画兰

根已离尘何可诗，以诗相赠寂寥之。大千幽过有谁并，消受临池洒墨时。

注　　此诗录自南京博物院所藏石涛兰作。款题："大涤子济。"画作于1700年左右。这幅作品成为石涛研究的重要材料，还在于其上方的两段题跋。

画之右上有刘石头的题跋，以行书书一诗："几笔轻狂类草书，叶浅根露意生疏。莫嫌纸上香风少，比向真花反不如。"款"刘石头"，钤白文"小山"和朱文"刘郎"二印。这是我们至今所知的刘石头存世的唯一墨迹。

在刘石头题诗的旁侧，又有朱达士的题跋，跋为二诗，其一云："幽谷谁怜王者香，两枝情态各低昂。美人不至知何处，只洒同心墨数行。"其二云："写出芳菲饱墨痕，携来入室不当门。无言湘上思公子，片纸凭招万古魂。"款"览见刘小山同学诗，复书二断句。堪溥大雪前三日耕心堂下"，钤白文"朱达士"一印。朱堪溥是八大山人侄辈。这也是一则珍贵资料。

题秋林人醉图

白云红树野田间,去者去兮还者还。昨日郊原凭放眼,七珍八宝斗青山。

人同草木一齐醉,脱尽西风试醒时。大雅不知何者是,老来情性惯寻痴。

注　此二诗录自石涛《秋林人醉图》第二题。石涛在题此二诗后,款题:"昔虎头三绝,吾今有三痴,人痴语痴画痴,真痴何可得也。今余以此痴呈我松翁者,则吾真□得爱也。索发一笑。清湘陈人大涤子济青莲草阁。"所谓以诗"痴"呈松皋,此题更深化了此作的意义。

题松庵读书处

遥想松庵读书处,放笔直探鹤高骞。予时叫起图中人,二载相思同日语。

注　此诗录自重庆博物馆所藏石涛《松庵读书处》。款题:"壬午二月春分前五日寄松庵年道兄博教。清湘大涤子济邗上青莲草阁。"画作于1702年。石涛请李松庵带书札给八大山人约在1699年。数年之后,尚有赠李松庵作品,两人关系较密切。

图右上有跋称:"往事辛酸莫再陈,雩都遁迹卧云身。机心机事知多少,惟有云山面目真。清湘老人为明宁献王后,甲申后,始变木石,遁迹雩都,以诗鸣世,后人罕有知者。题画或书大涤子,或署清湘老人,或作苦瓜和尚,其款不一。按老人父朱重容有诗书名,画誉尤著当世。寓蓼洲,出□志之于此。李廷钰题。"李廷钰(1792—1861),福建厦门人,字润堂,号鹤樵,著名将军李长庚之子,曾随林则徐守虎门。好金石书画,善收藏。润堂将石涛和八大、朱容重三人的身份弄混了,将石涛判为朱容重之子,可能是将石涛与作为宁献王之后的八大弄混了。此立轴近世为李宣龚(1876—1953)所藏,宣龚字拔可,号墨巢,曾主事商务印书馆,与张元济、鲍咸昌、高凤岐合称"商务四老",其《墨巢秘笈藏影》第二集影印此画。

题竹菊图

炉烟消尽磬声长,拂素悠然发妙香。莫怪疏枝清欲绝,朝来洒墨半成霜。

注　　此诗录自安徽省博物馆所藏石涛《竹菊图》。

题画荷花

宝相初圆澹似秋，一花一叶插中流。不然岂少胭脂在，稍意须运水墨钩。

注　　此诗录自武汉文物商店所藏石涛等《杂画册》。《中国古代书画图目》编号为鄂3-111。共六开，其中第四开为石涛荷花，上题有此诗，为石涛晚年之作。

题赠苇斯扇面

我以分书通作画，公书早已入《黄庭》。两间合为一家旨，江南江北何惺惺？

注　　此诗录自神州国光社1917年影印之《风雨楼扇粹》第六集。今不知藏于何处。此帧扇面画山水，上题此诗，款题："辛巳冬日为苇斯年道长先生作画，兼谢小楷。书上大笑。大涤子济青莲草阁。"作于1701年。
汪兆璋，字苇斯，是一位书法家，善楷书，尤长于小楷。《黄庭》，指王羲之小楷法帖《黄庭经》。从此题跋可以看出，石涛与汪兆璋曾在一起切磋艺术，汪兆璋赠石涛以小楷，石涛以此画相赠。

题柳溪放棹图

沿堤高柳绿阴轻，溪岸人家放棹行。流水过桥复西去，长松倒影石门情。

注　　此诗录自香港虚白斋所藏石涛《柳溪放棹图》。款题："清湘瞎尊者漫设于大涤草堂。"

颠放迂疏共一人

颠放迂疏共一人,朝朝染翰墨华新。青山虽是无情物,写到荒凉亦苦辛。

注　　此诗录自萱晖堂旧藏、纽约佳士得1999年春拍之石涛十开《山水精册》第八开。

题苦瓜戏墨

隔江眉黛一痕远,坡畔草根千丈多。不信仰阿眠地看,与天重结翠兜罗。

注　　此诗录自香港佳士得2007年秋拍之石涛《苦瓜老人三绝册》第十二开。款题:"清湘苦瓜陈人戏墨青莲小阁。"

写山壁立

年来多病友朋疏,大涤家风喜闭庐。草色不知作何色,写山壁立意当初。

注　　此诗录自香港佳士得2007年秋拍之《苦瓜老人三绝册》第十开。图画两人山崖下看深深的山涧,上题有此诗,款"清湘陈人济"。石涛晚年多病,这在他的多封书札中有提及。此诗中也说到自己的身体状况。

邵伯

水底新城镇上民,拍天湖水汜无津。勤劳犹颂当年政,莫讶甘棠绘不真。

注　　此诗录自纽约涤砚草堂所藏石涛《邵伯》图。这可能是一套册页中的一页,款题:"秋日水灾后舟过邵伯,访月坡图使君,图之舟中。"
　　　图清格,字牧山,号月坡,善画。石涛在京期间,他曾随石涛学画。南还之后,图月坡曾南来做官,其地离石涛不远,石涛曾去拜访。邵伯,今处扬州东北,属江都区邵伯镇,西临邵伯湖和京杭大运河。因曾为西周召公封地,故名。石涛诗中所言"甘棠"乃指《诗经·召南·甘棠》诗。召公在周宣王时封于召,以德治之。人们作《甘棠》诗以资怀念。而石涛诗中"勤劳犹颂当年政,莫讶甘棠绘不真",借召公勤政之事,来赞扬图月坡。图月坡官至司寇,所谓"使君",即此谓也。

图月坡之父图纳曾多次受朝廷之派外出治水,石涛写此诗或与其父有关。如此,所谓"当年政",或许是暗喻其父治水之功绩。而图月坡也承父之志,来此地治水数年。石涛的朋友、大书法家陈奕禧《春蔼堂集》卷十七谈到图月坡时说:"月坡司寇,文恪公之仲子,往南河修筑三年,归而出其囊中碑刻以示余。"

此图作于1701年左右。

题黄牡丹图

十月阳春快活当,清湘笔底放花王。真州已作河阳郡,不有姚黄浩态狂。

注　　此诗录自上海博物馆所藏石涛《黄牡丹图》。上题有明黎遂球的长诗,后云:"崇祯初祀,天下文风丕畅,大江长淮、合闽粤吴楚之彦士郑超宗先生邗上影园为都会,先生延接名流才士,一时纳交恐后。西园中黄牡丹大开,征'夭夭'之诗。先生有二札:与如皋冒辟疆(落'先'字)生其一,曰'黄牡丹诗俱已全汇,糊名易书,即求尊札'。遣一疾足,至虞山,'恳牧斋先生定一等次,得黄牡丹诗状元者,弟已精工制金杯一对,内镌黄牡丹赏,最待之。一时群公咸集听命,望吾兄加意'。由贵色至常熟,三日可往返也。其二,曰'得牧斋先生回札,知赏心在美周',即以杯赠之。美周将渡江,访虞山,执弟子礼,此亦千古快事也。"

左下有石涛自题诗,即上所录,款题:"抱瓮主人以黄牡丹诗出纸命清湘陈人写画,图成漫书于牡丹花下,用博一笑。"

抱瓮主人是石涛的好友。嘉德2010年秋拍有石涛《黄山草堂图卷》,即为赠好友罗抱翁之作。抱翁名景斯,居维扬有年。五十岁归黄山定居,石涛为之作图,款题:"抱瓮先生五十归黄山草堂之图。清湘大涤子济青莲草阁辛巳三月望。"图作于1701年。抱翁又请诸友人于上题跋,跋者有姜实节等七人。

题画绣球花

丰姿不与世花柔,无限瑶光豁我眸。暂寄笔端休逞色,天工零落玉为球。

———————

注　　此诗录自郑为《石涛》第 100 页影印之石涛《杂画册》。

赠友人

弄墨游行四十年,不逢别者不开拳。此中多少闲田地,荒村白云秋水边。

———————

注　　此诗录自嘉德 2006 年春拍之石涛《山水图》。上有长篇题识:"吾友王汉萍向云:维扬有哲佛,是人并吾艺中墨庄也。清湘大涤子宁不一晤哉。今年仲冬雪后,哲老、汉老过余大涤下,而大涤子忽愚自过别溪,未得倒屣相迎。又日往拜哲老,已复舍仆去矣。余叹人生得一知己,不同草草会晤,各有定期。然且涤研从事,自有下乡时也。诗云:'弄墨游行四十年,不逢别者不开拳。此中多少闲田地,荒村白云秋水边。'进哲老年翁先生博笑,兼呈汉老社长。大涤陈人济青莲草阁并识。"

　　图乃石涛真迹。王汉萍,为石涛之友,生平不详。此中所言哲老,当即程哲。图作于 1700 年左右。

金陵咏叹六首

觌面难消牛马群,孝陵谁认是空村。寒山一寺无归主,不放春朝放醉门。

日落山前容易昏,无端底马破人魂。层层金屋流天远,万里缁衣不到门。

年年芳草有心挥,来醒干戈旧日围。六代粉本今又看,可怜吴越几人归。

放目蠡猬且息降,笑人空被一身荒。如何想尽南朝史,中夜勤来不见王。

粤水南都两字微,风悬脉落子来违。虽然不问当年事,齿豁童头梦寝衣。

恼我安闲谢尔茫,天戎玉宇地非乡。无边景象难收拾,莫看金陵燕雀亡。

注　　此六诗录自嘉德2012年12月第24期拍卖之石涛款《辛巳浅绛山水图》。款题："辛巳八月写为松庵道长先生博教。清湘遗人大涤子极。"此画与石涛晚年风格有较大差异，非出石涛之手。但此组诗似石涛风格，或为石涛失传的《谒陵诗》之部分，录此备考。

　　李虬峰《虬峰文集》卷九有《读大涤子谒陵诗作》，时在1702年。诗云："香枫曾树蒋山隈，凭吊何堪剩石苔。衰老百年心犹结，风沙万里眼难开。爱居避地飞无处，精卫全身去不回。细把新诗吟一过，翻教旧恨满怀来。"其又有《大涤子谒陵诗跋》："屈左徒刘中垒，因未见楚汉之亡也，而情所难堪，已不自胜矣。使不幸，天假以年而及见其亡，又何如哉！彼冬青之咏，异姓且然，而况同姓。宜大涤子谒陵诗，凄以切，慨以伤，情有所不自胜也。洛诵一过，衣袂尽湿，泪耶，血耶，吾并不自知，他何问欤！"（《虬峰文集》卷十八）《辛巳浅绛山水图》中的六首绝句，或为石涛谒陵诗之组成部分，待考。

　　台湾艺术图书公司1985年出版之《野逸画派》第45页影印一石涛款山水立轴，有题识云："恼我安闲谢尔茫，天戎玉宇地非乡。无边景象难收拾，莫看金陵燕雀亡。寄老友学在吴门。大涤子极。"此作非石涛所作，所题诗则属以上讨论之《辛巳浅绛山水图》所题六绝句之最末一首。

题陆浑山庄图

台榭凌空初过雨，陆浑山庄向江浒。小窗风度带松涛，似和临溪白鹭语。

注　　此诗录自张大千旧藏之《陆浑山庄图》。《渐江石溪石涛八大山人书画集》（台湾历史博物馆，1978）第165页影印。款题："庚辰春仲清湘老人济大涤草堂雨中作画。"时在1700年。

　　张大千有题云："此石师六十岁所画，着笔无多，丘溪自胜。王司农云，大江以南当推石涛为第一，信非虚誉。予尤爱其分书，其源出于宋人彭乘修孔子庙碑，世罕知者，或有为学郑谷口者，盖非也。"张大千所言石涛晚年分书之来源，颇资参考。

校　　第二句原作"陆浑庄向江浒"，落一字，补。

题画蔬果花卉七首

疏疏离离君如此,写以持赠当颜开。明月举酒复对饮,问尔诗成第几杯?

东风吹笋忽生凉,起看檐前绿荫长。赠尔一樽权小坐,还予三韵报清湘。

并李初从海上生,比梅略较有馀情。当盘想到春开日,妒杀桃源万树晴。

芦叶萧疏偏易长,写来不为问渔郎。枝间闻道清蚨好,窃去街头换酒尝。

此中簇簇万千点,白粉朱砂画不成。似他终有顽皮里,生出前论那得名。

参差好伴梨花开,不是幽人不许栽。他年长就铁龙干,片雪前西应复来。

熟到山田八月秋,水声初放出溪流。皮肤脱尽休妆点,只重平生朴实头。

注　　此七诗录自陆心源《穰梨馆过眼录》卷三十六著录之《石涛八大合册》。此册共十二开,石涛八开,八大山人四开,后附题跋一开。上引诗均见此册中石涛题跋。

上引诗之第七首题画芋头。后有说明云:"此余当年居宣州广教时普请诸禅出坡洗芋,以此于示之。今因写芋忽记书之三十年前事。"

后题跋页为何绍基之长跋:"画师何处堪著我,万物是薪心是火。有薪无薪火性存,隐显少多无不可。苦瓜雪个两和尚,目视天下其犹裸。偶然动笔钩物情,肖生各与还胎卵。心狂不问古河山,指喻时拈小花果。今年冬暖雪不至,畦陇枯松荒菜蓏。东卿丈人趣最脥,相呼走看化机夥。我忽推去不欲观,遗老悲襟托细琐。勃勃生理等兴废,童童浮世老瘖跛。君不见乌芋平生朴实头,石榴终有顽皮里。其中质朴外顽皮,贮入箩筐任颠簸。混元同证清净根,莲子一窠花两朵。壬寅冬日过东都乡,丈人平安馆见示《八大山人清湘子花果合册》,奉题小诗,即希教正。年家弟何绍基草。"

此册今不见,无从判断其真伪。何绍基之题跋见《东洲草堂诗钞》卷八,名《戏题八大山人清湘子花果合册》。这是何绍基所见之作品,何氏于石涛八大作品鉴赏极精,或可能为二人之真迹。

题八大山人水仙

金枝玉叶老遗民,笔墨精研迥出尘。兴到写花如戏影,眼空兜率是前身。(自注:八大山人即当年之雪个也,淋漓仙去,索观偶题。清湘瞎尊者济大涤堂下。)

翠裙依水翳飘摇,光艳随波岂在描。妒煞几班红粉去,凌风无故发清娇。

注　此二诗录自张大千旧藏之《水仙图》。《大风堂名迹》第二集《清湘老人专辑》收录。后为王方宇所藏。这件手卷是八大山人极精致的作品,只是画一枝水仙,数叶散开,柔韧而有弹性,如仙人指路,暗喻所谓禅宗"第一典实"——佛祖拈花,迦叶微笑。石涛题于1697年岁初,时石涛刚入大涤堂,经朋友介绍,与八大的书札往来可能刚刚开始。"八大山人即当年之雪个也",他对八大山人的身世也刚刚有所了解,如其题《大涤草堂图》诗所云:"程子抱犊向予道,雪个当年即是伊。"

题八大山人洗钵图

蔚蓝深处养山胰,粥罢寻常洗钵盂。八大从旁窥半鼻,一潭云雾写成图。

注　此诗录自杨翰《归石轩画谈》卷十。款题:"酉冬小雪,为心壁大和尚博敩。零丁老人极拜草。"时在1705年冬。八大山人于此年下世,石涛题此画时,或有纪念八大之意。

《洗钵图》今不存于世,乃为开先寺住持心壁禅师所画。八大自题云:"为心公和尚作《洗钵图》七八载已,乙酉二月既望,属题其端:云影天光图画里,石泉流水有无声。钵盂几个重添柄,笑倒庐山禅弟兄。八大山人癐歌草堂。"

舟至广陵

仪扬取便如屋里,朝发真州暮广陵。一觉天明齐到岸,两头来去一盘凭。

注　此诗录自程霖生《石涛题画录》卷四著录之《墨色山水精册六帧》第二开,

又见神州国光本《大涤子题画诗跋》卷一著录。款题："燕思、仲宾、天容诸君之广陵，戏为之，请正。"此册可疑，但诗似石涛所作，录此备考。

西安美术学院还藏有石涛款《真洲往广陵图轴》，其上就题有此诗，款题："予于乙卯年客居维扬，友人邀予往真洲，次日即登夜行船，将近天明已至扬州馆驿，随即进城茶话，不知往返之劳。归寓援笔作此图意，并书拙句以博一笑。清湘大涤老人拟意。"此处将真州写成了"真洲"，画、书、印无一与石涛相似。康熙乙卯在1675年，石涛此时并无"大涤子"之号。此作当为伪作。

题画山水

千岩万壑势争流，涧底松声响暮秋。夹道水从云里出，顺风相送禹陵游。

注　　此诗录自程霖生《石涛题画录》卷四著录之《墨色山水精册六帧》第一开，又见神州国光本《大涤子题画诗跋》卷一著录，名《墨色山水册》。录此备考。

赠拱北先生

真率如君迥脱尘，繁华弃绝爱清贫。廿年训导称儒雅，古调清商孰与亲。

注　　此诗录自汪研山《清湘老人题记》。款题："壬申春日拱北先生，清湘石涛济。"时在1692年。画虽不存，诗当为石涛所作。这位拱北先生与石涛交谊深厚，石涛南还之后，多与之交。

另有两件作品与拱北有关：

1. 上海博物馆藏《为拱北作山水轴》，款题："大涤堂下与拱北世翁言己卯有建宁之游，故志之案头一快。"

2. 北京故宫博物院藏张大千仿石涛《山水花卉册》，对题"燕思天容拱北宝涨湖观荷各赋一首"。

题半千满船载酒图二首

一样裁诗别有稠,酒杯空处似虚舟。老涛何日开新瓮,只醉黄公研子头。(仪逋韵)

倪黄生面是君开,三十年间殆剪裁。但见远江拖绿树,必然查画上心来。(二瞻韵)

注　　此二诗录自《艺苑掇英》第64辑第19页所载龚贤《满船载酒图》。该集是香港及海外藏家藏品集。图上方自右至左有黄逵、查士标、石涛、宋曹和闵麟嗣题跋。石涛题诗二首,署丁丑四月,时在1697年,其时查士标尚在世。查士标的诗作于1697年。龚贤此图和诸跋当作于扬州,除了宋曹之外,其他人均居扬州。

黄逵,字仪逋,号玉壶山人,一字石俦,号木兰老人。工诗,有诗集《尹湾小草》《黄仪逋诗》。一生未仕,性豪爽。雍正十一年刊《扬州府志》卷三十三《人物志·流寓》有黄逵传:"黄逵,字仪逋,山阴人,往来真、扬、泰州之间,隐于酒,得古玉壶,自号玉壶山人。"李果《感旧诗十三首》中有《黄处士仪逋》一首,对黄逵狂放的性格有所涉及。孔尚任有《黄生传》,对其布衣清贫而富有个性的一生有所交代。

苏州博物馆藏石涛一山水扇面,上有黄逵之跋云:"杨柳堤长桃乱开,海陵水涨广陵来。此舡宽敞吾思买,又可游湖又避灾。黄逵戏题。"后石涛又补题:"春去凫沉,秋来雁眺。缱绻王孙,风流窈窕。石道人济。"

芙蓉湾里锦城秋

芙蓉湾里锦城秋,如面青山过眼酬。莫遣霜鸿惊客梦,画中诗外一竿收。

注　　此诗录自《归石轩画谈》卷十著录之石涛作品。款题:"伍老道兄博教,清湘大涤子青莲草阁,己卯十月。"时在1699年。画虽不存,无可鉴别,但诗风似石涛,录此备考。

题梅壑山水卷二首

老笔游行三十春，何来此卷妙如神。纵横纸上烟生石，大涤堂前森叆人。

白石翁诗信口歌，笔头空处见风波。妻叮夫听茅檐下，千古渔樵我辈多。

注　　此二诗录自张大千《清湘老人编年》著录之《跋查士标山水卷》。款题："庚辰十月病起，客携梅壑此卷观于大涤草堂，索题，戏为之也。清湘石涛一字钝根。"

查士标（1615—1698），字二瞻，号梅壑散人，与石涛交谊甚厚。二人意趣投合，一生切磋艺道，还有合作山水作品传世，又多诗歌唱和。石涛题梅壑此卷时，二瞻已经下世。

石涛与二瞻交往有以下资料：1.《海天鸿藻集》中著录查士标《冈陵秋晓图》，其上有石涛的题跋。此作作于石涛于金陵时期。2.1687年孔尚任为官扬州，在春天社集中，参加者三十余时贤，就有查二瞻和石涛二人。3.查士标《种书堂遗稿》卷三有《苦瓜和尚见贻诗画赋答》诗，其云："笔底曾无一点尘，惠休二老忆前身。追忆岁月吾衰矣，方外风流望故人。"4.龚贤《满船载酒图》，载《艺苑掇英》第64册第19页，图上有查士标题跋。5.二人合作山水今藏北京故宫博物院。

石涛与查士标、戴本孝等情趣相投。1687年，孔尚任初在秘园雅集中见到石涛，印象深刻，欲得其画。其在《答卓子任》书札中说："石涛上人道味孤高，诗画皆如其人，社集一晤，可望难即。别时又得佳笺，持示海陵昭阳诸子，皆谓笔笔入悟，字字不凡。仆欲求一册以当二六之参，不敢径请，乞足下婉致之。"（《湖海集》卷二）这在一定程度上印证了陈鼎对石涛"性耿介，不肯俯仰人"的描绘。

题梦访虬峰图

眼中山色耳边韵，已入梦回昨夜情。更觉先生行乐处，无弦琴上和无声。

注　　此诗录自《神州大观集》续集第五号影印之石涛《访虬峰图》手卷。此卷本为风雨楼所藏，今不知藏于何处。画烟雾飘渺中，坡上有一屋，屋中隐约有人居焉，面前横一琴，一人自远处草莽间拾级而上，头上有冠。石涛此七绝诗题在起首处。

其上李虬峰书自己所作《大涤子梦游记》。此文收在《虬峰文集》卷十八，内容与画上所题略有不同，后面多出一段。文章说的是大涤子夜有所梦，梦见自己在林木葱茏中，走进一处山居之所，前有一童子，问之为何地，答曰此为李虬峰之居。忽而童子不见，推门见一人坐，俯身而不能辨其貌，前有一琴，无弦。二人坐谈移晷。寤而乃觉其是一梦，大涤子以之为奇，晨起即作一图。

李虬峰在跋中道："忆予生之初，有一道人霜髯垂膺突入中堂，辟婢逐之，忽不知所在。越翼日昧爽，一幼婢持烛入，见道人蹲几下，惊呼，道人忽又不知所在，而予生矣。山中草堂无乃道人旧居，而大涤子或亦道人山中旧侣耶？"石涛与李虬峰通过神秘的梦幻，寄托他们的人生理想。

吴下人家水竹居

吴下人家水竹居，窗含四面绿阴虚。初回午梦情何堪，楷法仍抄种树书。

注　此二诗录自神州国光社1910年出版之《风雨楼扇粹》第六集著录石涛山水扇面。款题："为东老年长兄先生。大涤子阿长。""东老"当为姚东只。此图今藏安徽省博物馆，《中国古代书画图目》编号为皖1—454。

壬午春三月大涤堂下北窗海棠妖艳戏写并仿佛黄筌遗意

万蕊千花染似红，停杯无语恨东风。薄寒且为花愁恼，何况开时雀喙中。

海棠枝上问春归，岂料春风雪满枝。应为红妆太妖艳，故施微粉著胭脂。

注　此二诗录自汪绎辰《大涤子题画诗跋》。作于1702年。画今不见。

沈铨《读画记》卷四著录之歙巴氏还香室所藏《大涤子海棠古松图》，所题二诗即此。

爱看流水入春潮

小舟依渡不施桡,正似人间远世嚣。满径绿阴初睡起,爱看流水入春潮。

注　　此诗录自汪研山《清湘老人题记》。款题:"壬午冬十二月二日清湘大涤子极写于耕心草堂。"时在1702年。由于无留存画迹可以核对,不能判定为石涛所作,录此备考。

半空半壑远山村

半空半壑远山村,拟似风烟势欲吞。险到无边堪绝倒,凭天不尽写云门。

注　　此诗在著录文献中三见,存世作品中一见:

1. 程霖生《石涛题画录》卷一著录《赭墨山水巨制》,题此诗。文字略有不同,第二句作"拟似风烟势又吞",第四句作"凭天不尽画云门"。款题:"甲申秋七月写于耕心草堂,大涤子阿长。"时在1704年。

2. 神州国光本《大涤子题画诗跋》卷一录此诗,款题:"甲申秋七月写于耕心草堂之南窗,清湘老人大涤子。"

3. 《十百斋书画录》卷十著录一作,上题此诗,款题:"丁亥春三月写于耕心草堂,大涤子石涛若极。"时在1707年。

4. 日本藏有《半壁河山》长卷,前有雨山甲题签"半壁江山"。后雨山又跋云:"顷见平庵所弄苦瓜和尚山水卷,笔墨沉厚,气味深苍,神肖黄鹤山樵。"款题:"丙戌秋八月之望后二日写于耕心草堂大涤子石涛济。"时在1706年。

由此也可见石涛作品流传的混乱。上述四作都非石涛所作。此诗或为石涛所作,录此备考。

题画牡丹

白花冷淡无人爱,亦占芳名道牡丹。应是东宫白赞善,被人还唤作朝官。

注　　此诗录自台湾历史博物馆1978年印行之《渐江石溪石涛八大山人书画集》

著录石涛《牡丹菱角图》。

题轻舟观瀑图

野老秋江一叶轻,棹歌欸乃遂幽情。苍苍不尽诗中意,瀑布高寒韵独清。

注　　此诗录自汪绎辰《大涤子题画诗跋》。诗似石涛风格。图今不见,曾见一拍卖行拍卖石涛款《秋江轻棹图轴》,上题有此诗,并有戴植的鉴藏印,但非石涛所作。

林下萧然

林下萧然紫篝居,看云听水日无虚。此间自觉闲闲的,消受青山一卷书。

注　　此诗录自汪绎辰《大涤子题画诗跋》。颇有韵味,当为石涛所作。

秋水接天三万顷

秋水接天三万顷,晚山连树一千重。呼他小艇过湖去,卧看斜阳江上峰。

注　　此诗录自汪绎辰《大涤子题画诗跋》。诗中所描绘者,为石涛常常竭力表现的境界。

题松竹梅

铁爪攫云起蛰龙,翠葆忽降海山峰。玉箫欲歇湘江冷,素影离离月下逢。

注　　此诗录自汪绎辰《大涤子题画诗跋》。所题之画今不见。

题樱笋柳枝

检点枝头绿渐匀,轻阴微润浥芳尘。溪边笋长朱樱熟,清福难消谷雨春。

注　　此诗录自汪绎辰《大涤子题画诗跋》。所题之画今不见。诗似石涛风格。

题夕阳人醉图

春水溶溶树影遮,春风袅袅柳枝斜。夕阳人醉长堤上,解道春深总是花。

注　　此诗录自《十百斋书画录》丁卷著录之《石涛夕阳人醉图》。款题:"清湘老人阿长。"

闲步溪桥

闲步溪桥引话长,西风满树叶飞扬。山经水志都谈了,双鬓馀辉向夕阳。

注　　此诗录自《十百斋书画录》癸卷著录之《石涛僧山水》。款题:"零丁老人原济。"石涛以"零丁老人"为款在他定居扬州之后,为僧时少见此款。画可能非石涛所作。录此备考。

题桐阴图

百尺梧桐半亩阴,枝枝叶叶有秋心。何年脱骨乘鸾凤,月下飞来听素琴。

注　　此诗录自上海嘉泰2012年秋拍之石涛《桐荫高士图》。本为罗寄梅夫妇所藏,是石涛存世精品。款题:"友人以宋麻布帘纸属写桐阴高士。大涤子极。"
　　商务印书馆1928年出版之《名人书画》中有一幅石涛《桐阴图》,上题有此诗,款"清湘老人戊寅之春大涤堂"。此与罗氏所藏非为一图。
　　我疑此中所言"百尺梧桐",与扬州巨商汪懋麟家有关。汪懋麟(1639—

1688），字季用，更字蛟门，晚号觉堂。筑百尺梧桐阁，在东关大街上，规模宏大，器宇轩昂，其中如见山楼诸景，更是当时文人雅集之所。著有《百尺梧桐集》。又在东关建十二砚斋，也是名胜。石涛与蛟门有交往。他作此诗画时，蛟门已经下世，但百尺梧桐阁犹在。

题危峰老树图

瘦削危峰耸碧天，平头老树半含烟。而今惜墨如金者，几个看山竺杖边。

注　　此诗录自《十百斋书画录》卯卷著录之石涛《危峰老树图》。款题："清湘大涤子。"诗中描绘的"平头老树半含烟"，是石涛追求的境界。石涛为画，惯写平头树，那种短促而平奇的倔强之树，成了石涛的特点之一。

颇有枯山天地间

颇有枯山天地间，大丘大壑绝痴顽。江山助我无边趣，题字都非老处删。

注　　此诗录自沈辇《读画记》著录之石涛墨笔山水。诗具有石涛独特的机趣。

题白云迷寺图

树古无皮柯枝少，峰危崱屴上青天。白云渐渐迷幽寺，活耳飞泉玉立娟。

注　　此诗录自《自怡悦斋书画录》卷五著录之《石涛白云迷寺图》。款题："清湘大涤子钝根济写。"若为石涛所作，当为1705年前后之作品。

题画芭蕉

老人吟罢蕉荫下，鸡犬声中住处深。客去客来浑忘却，茶烟不断日初沉。

注　　此诗录自《石渠宝笈》初编卷四著录之《僧济花卉册》。

老夫能使笔头憨

老夫能使笔头憨，写竹犹如对客谈。十丈鱼罾七寸管，搅翻风雨出莆龛。

注　　此诗录自《笔啸轩书画录》卷上，名《僧石涛墨竹》，款"石涛"。又见神州国光本《大涤子题画诗跋》卷二，名《墨竹卷》，款"大涤子济"。二画非一图。

淡泊幽居

淡泊幽居不足贫，松花雪蕊味堪珍。形骸脱略渊明谱，孤杖看山漉酒巾。

注　　此诗录自胡积堂《笔啸轩书画录》卷上，名《僧石涛山水》，款"清湘大涤子"。

题世掌丝纶扇面

放下丝纶且看山，石林风味远尘寰。而今莫问当年事，作个闲人不等闲。

注　　此诗录自潘正炜《听飒楼书画记》卷四著录之《大涤子山水花卉扇叶》。共十帧，其中除一帧为石乾所作外，其余皆署为石涛所作。多帧扇面今尚存，上海博物馆即藏有其中的几帧。此帧扇面不见流传。

题二瞻画二首

笔头炼得如秋水，钩勒画空出远天。数点白云小春树，只教意尽折人怜。

竹树萧萧见小山，查倪何哦满人间。闲轩老眼争明处，冰雪枯肠一足关。

注　　此二诗录自蒋光煦《别下斋书画录》卷二著录之《查士标画册》。

仿张䂕没骨画法

雨后芙蓉霜后枫，人家隐在白云东。不知前画树多少，静坐临流烂漫红。

注　　此诗录自蒋光煦《别下斋书画录》卷五著录之《大涤子山水幅》。款题："清湘大涤子原济仿张僧䂕没骨画法。"

砂壶水仙

山家清思本无穷，佳茗随人入座中。蒋氏砂盎有高致，水仙安置江云空。

注　　此诗录自汪研山《清湘老人题记》。无法证明为石涛所作，录此备考。

题画二首

松涛似发雷霆怒，风气常令日月昏。凭此高楼堪憩寂，无烦龙杖立天门。

寥寥数语一庭空，太朴如初迥不同。遥想耕莘人去后，潜思无那感流风。

注　　此二诗录自汪研山《清湘老人题记》。款题："大涤子石涛写于耕心草堂。"

题胆瓶拳石兰梅

顽石拈来点破瓶，飞狂清影四时馨。广陵客子无聊甚，终日劳劳手不停。

注　　此诗录自程霖生《石涛题画录》卷四著录之石涛《写兰墨妙精册十二开》，又见神州国光本《大涤子题画诗跋》卷二。石涛晚年所作兰花图凡数百幅，多作于1699年到1702年间。北京故宫博物院所藏十二开也属此期之作。此册当为石涛写兰精品，有其友人周斯盛、姜实节、黄云、先著、洪嘉植、方望子、梁佩兰、李国宋、八大山人、吴翔凤、王熹儒等题跋。

此页是该册第二开，石涛书有此诗。后有姜实节题诗四首："白发黄冠泪欲枯，画成花竹影模糊。湘江万里无归路，应向春风泣鹧鸪。""云梦苍梧望渺茫，九疑烟水亦荒凉。莫言秋纫堪为佩，只恐难栖见凤凰。""一枕幽香酒半醺，琅玕千尺冷梢云。谁能领此山窗趣，叶叶秋声纸上闻。""九畹兰开露下时，月高沙岸自吟诗。刺舡想见红尘客，静听双鬟唱竹枝。"款"甲申夏杪虚丘闲人姜实节题"，时在1704年。

萧疏片叶

萧疏片叶扫残笺，来去风生体自然。记取停舟催翰使，主人先遣白云边。

注　　此诗录自程霖生《石涛题画录》著录之石涛《写兰墨妙精册十二开》第五开。有吴翔凤题跋："梅春蕙夏，一时并亚。试问破瓶，着水可泻。片石在旁，清幽无价。即此落花，扑鼻香麝。"款"三教散人吴翔凤"。

题茎兰

新盛街头花满地，粉妆巷口数花钱。何如我醉呼浓墨，潇洒传神养性天。

注　　此诗录自程霖生《石涛题画录》卷四著录之石涛《写兰墨妙精品十二开》第七开。在"粉妆巷口"下石涛有注云："在扬州府旧城内，旧有粉妆楼，明初常遇春妾所居。"

后有三家题跋。黄云云："谁能据地立高危，花落临波香倒垂。分明水月心同妙，又道颠僧好弄奇。"洪嘉植云："手揽花鬟楼阁云，与滋九畹不同群。怪来绿玉香生水，错认兰亭写右军。"李国宋云："幽兰本自香，不用风相借。有风香更浓，吹花亦易谢。"

题双钩兰竹

十四写兰五十六,至今与尔争鱼目。始信名高笔未高,悔不从前多食肉。

注　　此诗录自程霖生《石涛题画录》卷四著录之石涛《写兰墨妙精品十二开》第九开。后有黄云所题二诗:"鹄湾平生有佳句,见松当以佛拜之。师亦楚人为墨戏,画中天竺露须眉。""二十樵苏入万山,腰镰过岭复临湍。旧臣犹记赠樵子,松闲采得未开兰。"

题剩水残山图

剩水残山着意看,清湘老去笔头丸。此中得失原凭解,解处无非见地宽。

注　　此诗录自《大风堂书画录》著录之石涛《剩水残山图》。

小水小山千点墨

小水小山千点墨,一丘一壑一江烟。晚年笔秃须凭放,翠壁苍横莫我颠。

注　　此诗录自芝加哥艺术学院所藏石涛款八开《山水册》。此册非石涛所作。但所题之诗,基本来自石涛作品。

题瓢儿菜图

南京大好瓢儿菜,三个铜钱足饱餐。却笑清湘贫彻骨,闲来写向画中看。

注　　此诗录自端方《壬寅销夏录》著录之石涛《瓢儿菜图》。款题:"瞎尊者。"香港开发有限公司1969年出版之《石涛书画集》(张万里、胡仁牧辑)第三册影印石涛《丙寅丁卯花卉册》,其中有一开题此诗,款"清湘石道人枝下戏为之"。

自题蜻蜓叶图二绝

花甲馀年买个舟,闲将姓氏出人头。偶然有句间文字,又被风吹到九州。

戏学蜻蜓傍水涯,从今款款不须家。老夫眼窄何由放,出没无踪点浪花。

注　　此二诗录自程颂万《楚望阁诗集》卷三著录之《题清湘老人蜻蜓叶图并序》。此图今已不传。程氏描绘道:"图中苍岩古木,江气迷漫,一客棹舟,中流容与。"

程氏题有诗云:"云气蒙蒙不可辨,一叶蜻蜓落江面。白鸥出没迷所之,万里长江天一线。江边古树多悲风,放钓却入菰蒲中。天寒霜重木叶脱,霞在晚枫红处红。帆敧舟窄波痕阔,随意烟云荡寥廓。横风吹雨势未成,定在峰腰与山脚。长沙贾客示此图,老人遗迹天下无。空堂匹练扫雪壁,坐觉咫尺临江湖。高人绵邈不可测,万古山川都破裂。却从云水觅生涯,尚有鱼鸥旧相识。曲罢沧浪无限情,君山倒影入空冥。题诗莫慰灵均恨,明日扬舲过洞庭。"

程颂万(1865—1932),字子大,一字鹿川,号十发居士,湖南宁乡人,近代著名诗人、书法家。

题画山水六绝

老年不替少年行,少年不信非天问。而今踪迹费凭空,都载少年一笑中。

奚人莫不有初时,束发披襟强自支。六十年来身是客,五湖四海近飘忽。

高巾长袖岂翩翩,未曾放笔先了缘。伸怀相望蓬莱子,蓬莱怆悴颠毛里。

发书密甚辟四群,鳌民播弄山中云。山中星斗惊座寒,错落墨池开我颜。

我非偃息工奇拙,终日奔腾向我夺。万状千寻具不来,一时目睫天堑回。

我歌一曲君一弦,古今去往那得前。我周尺寸呼仰止,若不忘言谁则天。

注　　此六诗录自香港佳士得2005年秋拍之石涛款十二开《山水花卉册》。此册曾为近世文人莫友芝(1811—1871)家藏。前有陈锡蕃题签,陈氏为民国时扬州人,字康侯,书法家。此系伪品,十二开作品多录石涛原诗为题跋。此伪品

当为清中期后人所作，水平不高。此六诗似为石涛所作，符合石涛生涯特征，或为石涛失传之诗。但所录定然有误。

校　　"仲怀相望蓬莱子"，"莱"原作"来"，误，改。"我非偃息工奇拙"，"偃"原作"伛"，误，改。"万状千寻具不来"，"具"原作"巨"，系仿者之误，改。

题画柿子

十月传来冷不坚，去炎消暑不同天。野夫此日无烟火，共抱人间柿上鲜。

注　　此诗录自上海博物馆所藏石涛八开《蔬果册》。此册属于"极期"（1702年以后）的作品。此开画柿子，题有此诗，款"大涤子极"。

题画荸荠

年年最好水阳滨，怪尔蒲深处处新。若比西子蒙不洁，只消倾褪一分尘。

注　　此诗录自上海博物馆所藏石涛八开《蔬果册》。此册为石涛晚岁珍品。此开画五只荸荠，款"大涤子极"。

题画百合

稚子去年植高台，今年百合花正开。对人鼓舞何处至，疑是罗浮蝶里来。

蝶去花飞不得见，追花问叶共一线。移来石上觅几回，不植人间植阆苑。

注　　此诗录自上海博物馆所藏石涛八开《蔬果册》中百合花一开。款题："清湘老人极。"

题画冬笋

盘盘无火冻膏粱，掘土寻来得一双。莫笑云间频见寄，三冬还勉老心香。

注　　此诗录自上海博物馆所藏石涛《蔬果册》。款题："清湘大涤子极。"

题桃花图扇面

花飞六出不胜娇，一度含思一字夭。错怪花中无粉黛，只凭诗里叫红绡。

注　　此诗录自上海博物馆所藏石涛扇面。画桃花，上题此诗，款"清湘大涤子极"。

为扶老作扇面

峰峭摩天馀翡翠，松阴掠地水明楼。江山助我频拈笔，老去寻痴足同游。

注　　此诗录自上海博物馆所藏石涛扇面。款题："为扶老年道翁大涤子极写。"上款之"扶老"，疑为歙人汪扶晨，《黄山志》编者，是石涛的朋友。汪士鈜（1632—1706），字征远，又字扶晨，号栗亭。《栗亭诗集》卷四有《学圃即事得粤僧石涛书》："亭冷残英歇，篱荒暮雨初。客贻吴市酒，僧到粤东书。樵径通云岭，山窗逼水渠。风帘红叶在，疑是浣花居。"

题溪边茅屋图扇面

溪边茅屋远尘踪，隔水时闻破寺钟。不是有心求画意，白云飞去卷青松。

注　　此诗录自上海博物馆所藏石涛扇面。款题："松山年道兄正。大涤子极。"

题螳螂蝴蝶图

双翅参差不离花，霜刀何事起相加。园中自有闲公子，按弹旁边立露花。

注　　此诗录自上海博物馆所藏石涛《螳螂蝴蝶图》之对题。款题："大涤子极耕心草堂"。

题云到江南图

云到江南叠几重，黄昏不响广陵钟。当年武帝思无路，山海神仙几处逢。

注　　此诗录自上海博物馆所藏石涛《云到江南图》立轴。款题："清湘遗人极广陵之大涤堂下并识。"作于1705年左右，是石涛生平重要作品。此图《笔啸轩书画录》卷上、《虚斋名画录》卷十著录。

题长夏山居图

一带长林送远秋，坡头想见读书楼。行来不觉衣衫湿，翠滴阴浓日午收。

注　　此诗录自沈阳故宫博物院所藏石涛《长夏山居图》。款题："大涤子若极。"约为1705年前后的作品。

题梅竹图

长竿大节枝垂□，锁雾迷烟玉不如。阵阵微风低叶下，美人乘醉啸衣裾。

注　　此诗录自上海博物馆所藏石涛《梅竹图》立轴。款题："清湘大涤子济青莲小阁。"

江城阁上送春

山南山北近痴憨,买醉春风有甚堪。无计送春春亦远,尚凭消息勿轻谈。

注　　此诗录自华盛顿弗利尔美术馆所藏石涛十二开《金陵怀古册》。款题:"江城阁上送春作画之一。清湘老人极。"

跃马山溪

看云飞过水西去,下马长桥步入梯。万壑千岩藏涧底,此间珍重过山溪。

注　　此诗录自华盛顿弗利尔美术馆所藏石涛十二开《金陵怀古册》。款题:"清湘老人极大涤草堂。"水西,地近长江,金陵地名。

一花一草无心得

风月从来不弃贫,举杯招月伴闲身。一花一草无心得,多事劳心鉴赏人。

注　　此诗录自石涛十开《丁秋花卉册》。此册作于1707年秋,与弗利尔藏十二开《金陵怀古册》所作时间相近,是石涛下世之前的作品。当时石涛重病在身,但由此两册仍可看出他旺盛的创造力及在笔墨一道中的不凡功力。此诗题于这套花卉册的最后一开,款题:"大涤子丁秋抱病久之,友人以此见索,先后共得十纸,纸新,十馀年外方可观也。清湘零丁老人极。"带有总跋的意味。流传石涛款作品中多随意之作,而这类作品多非石涛手笔。从这套花卉册看,即使是老病在身,即使是随性而作,仍然有谨严之法度在焉,其中老辣的笔墨、精致的构图、对纸张的馨控,都可以看出石涛在随意而为中的斟酌,与那种托石涛之名的混乱之随意不可同日而语。

《丁秋花卉册》见于胡积堂《笔啸轩书画录》卷下《僧石涛水墨花卉册》著录。近代以来归王季迁。田洪编《王季迁藏中国历代名画》(天津人民美术出版社,2013)下册第415—418页影印。户田祯佑、小川裕充编《中国绘画总合图录续编》第二卷第91—92页影印,编号为S25-20。

金陵八景诗

天坛勒骑
巍巍玉阙具民瞻,至道无声万象先。暂借星辰与日月,时时来往面朝天。

(周向山对题:逶迤山径□□沙,勒骑河西景物赊。□寺云林双佛塔,一溪烟水数渔槎。长桥亭截虹霓画,野寺墙□薜荔斜。我爱此间堪卜筑,愿从山水觅生涯。)

秦淮春渡
岁朝血战几朝防,望入江天荡自黄。更想先时开浩淼,至今无复水朝王。

(周向山对题:天意由来眷圣王,故教甘雨霈帝乡。弥蓑野老栽秧急,赤脚园夫理蔬忙。极目云林迷别岫,含情烟水樟□□。自今南国多沾足,应有丰年报建章。)

平堤跃马
浑身甲胄目难挑,不是神矶武不袅。一战金陵如掣电,功成江吼莫能消。

(周向山对题:潇潇江畔一堤长,联璧矶头倚棹望。□树无风偏飒遝,春城有日亦苍凉。钓鳌事杳终疑迹,跃马人悲几战场。我善问之鸥鹭好,飞鸣自在任沧桑。)

栖霞胜概
全天全心不全身……(此诗后面文字不辨)

(周向山对题:栖霞闻是旧宫墙,池水寒摇宝殿凉。壁上名贤题剥落,岩前古佛坐风霜。乌啼祇树民居杂,鸽散斋厨客邸荒。想到年年□月二,江城花柳艳禅房。)

紫气满钟山
(此诗文字不辨)

(周向山对题:锺山紫气胜辉红,我到其中亦□逢。万象□成前后海,诸天忽现晦明峰。人穿洞穴丹梯□,树饱风霜石薜环。落日当头殊未倦,隔云何处报音钟。)

长桥艳赏
一路多巡车马留,管弦未尽卖春头。闲情不系垂杨树,直到长干问翠楼。

(周向山对题:长桥跨水影苍凉,绣栏人家带绿杨。桃叶烟光浮画艇,梅花散落满胡床。路连邸第钟山青,湖咽笙歌上□荒。惟有波光明如镜,四时犹然旧宫墙。）

雨花闲眺

何处寻春木末亭，孤踪难望雨花星。纷纷车马如流水，暗暗山川没骨青。

（周向山对题：长干云树旧南畿，重到风光异昔时。戍旅还征刍牧少，城门曼闭往来宜。长江关塞三秋警，古寺磴幢六代遗。自是贤主多惠政，雨花台畔勒穹碑。）

东山在望

著屐难冲恨谢安，如何埋局在东山。太平棋子无人下，今古输赢一笑间。

（此页后无周向山对题诗，而录向山跋文）

注　　此诗录自香港北山堂所藏石涛《金陵八景图册》。此册是石涛晚年的重要作品，惜残损严重。石涛于册上题有八诗，其中二诗不可辨。款题："……余昨年得金陵怀□□诗二册，一为□□所作，一为立翁作此。□□金陵，枝下陈人朽极。"图大约作于1705年或之后，是石涛最晚之作品，乃回忆金陵岁月而作。

周向山有对题诗，并有跋云："清湘先生寓金陵一枝阁中，与余晨夕相对，论文赋诗，其乐无极。一日旋得箧中所画金陵怀古二十四页，山水草木乙册，余一见神往。先生即索和无声之韵，以题其图。余遂率意填词以报命，遂别。先生往邗江，唯隔咫尺，六载未得一晤，欿欿。忽于我友案头又见山水册子一部，其旨颇别，其画亦异，乃□翁先生所藏。□□翁亦命题以律诗，余忽就成。不谙书法，匆匆图成，观者幸谅之。石城周京雨邬氏书于丛霄道院有榆方丈中。"

题为苍牧作山水

懒散无由旧白丁，浮云潦倒如身轻。人间不载闻名姓，青壁题残岁月赓。

注　　此诗录自上海博物馆所藏石涛《为苍牧作山水扇面》。款题："丙戌夏日为苍牧道兄博赞。零丁老人极。"时在1706年。

香港虚白斋藏石涛款山水立轴，画面清爽，似石涛晚年手笔。上题有此诗，款题："清湘遗人大涤子若极。"图见户田祯二、小川裕充《中国绘画总合图录续编》第二卷第179页，编号为S37-031，题名《山居论道图》。

题写桃花

春风细雨到山窗,墨写桃花似艳妆。自笑老来闲不得,也须拈弄说时光。

注　　此诗录自王季迁所藏《丁秋花卉册》中桃花一开,又见胡积堂《笔啸轩书画录》卷下著录。款题:"向年苦瓜。"

纽约大都会博物馆藏石涛款《野色》册一开也题有此诗,其中第二句"墨写"作"却写"。《野色》册为张大千的仿作,非出石涛之手。

题画兰花

一叶两叶两三叶,有根终不若无根。大千幽过谁堪并,香祖国香香至尊。

注　　此诗录自王季迁所藏石涛《丁秋花卉册》兰花一开,又见胡积堂《笔啸轩书画录》卷下著录。款题:"大涤子极。"

题画菡萏

一花一叶一菡萏,斜插中流波光淡。宝相初圆睹面看,西方之民发髻髧。

注　　此诗录自王季迁所藏石涛《丁秋花卉册》菡萏一开,又见胡积堂《笔啸轩书画录》卷下著录。款题:"大涤子以破笔戏为之也。"

卷七

乐府

清平乐·金陵怀古

伤心玄武湖
藕花香绝,况复兼荷叶。十里娇红湖面阔,燕尾鸡笼相节。此湖不属官家,也无鸥鹭飞斜。负草人争堤畔,催租吏守渔槎。

天界寺前行
香焚茗熟,佳趣称僧独。旧有名僧三十六,到处栽花养竹。山前鬼火埋磷,此中合有埃尘。铺地马通高丈,参天树倒为薪。

莫愁今也愁
娇歌艳舞,想见应怜汝。嫁与卢家才十五,谁道花枝无主。芳魂知恋湖头,牛车碾散风流。椎结日来野哭,不愁人也须愁。

周处台怀古
则身怀古,豪杰都为土。细想截蛟兼刺虎,此等雄风不腐。忠臣孝子垂名,老来止是书生。旧听蛇盘冈阜,今闻犬吠寒城。

难寻木末亭
雨花台北,树树皆秋色。曾构虚亭收拾得,镇日山僧游客。几年人事更移,徘徊总失当时。记有中亭木末,旁依正学公祠。

白鹭洲何在
金陵美酒,孙楚楼中有。座上狂歌人拍手,笑问谪仙在否?中分二水何时，碧蘅红杜徒思。望有江东故垒，牛羊日夕来迟。

有福儿郎地

儿郎有福，才到其间宿。斋舍焚香分夜读，月给官薪万束。　　从教马放牛归，桥前苜蓿难肥。莫问祥麟此出，偏惊寒雀群飞。

怕听凤城钟

雨中春树，一带寒烟雾。总是六朝人住处，改玉因而改步。　　钟声夜夜飞来，愁听（落一字）去悲哉。因系景阳旧物，独时龙凤离开。

紫气满钟山

峰峦南向，望里山陵壮。玉阙金门朝日上，现出神都奇样。　　江南第一高崧，千年郁郁葱葱。近见禁城草木，常腾紫气其中。

今古报恩好

振衣千仞，无此浮屠峻。将手扪天星斗近，倒看阴云成阵。　　空中色相辉煌，时时金碧明光。七十二门九级，何时真见天王。

幕府山仍北

层岩试望，向驻王丞相。千载新亭犹气壮，肯作楚囚模样。　　晚晴北郭遥看，何殊旧日峰峦。不见当年幕府，空馀寺老僧残。

注　　石涛一生很少作词，这组《清平乐》词，现可见十一首。上引前十首录自北京故宫博物院所藏石涛《金陵十景图图》。此十开册页，作于他定居大涤堂后，其上所书之词，却为居金陵时所作，是他在金陵文学创作高峰期的作品。最后一首词，见于裴景福《壮陶阁书画录》卷十六著录之《清释石涛山水二小帧》，二帧散页一题为《伤心玄武湖》，词之内容同北京故宫本，一题为《幕府山仍北》（其"北"作"在"，误）。嘉德 2011 年春拍有《金陵胜迹对屏》，即睫庵所藏此作。

广陵竹枝词

茱萸湾里打西风，水上行人问故宫。秋草茫茫满天雁，盐烟新涨海陵东。

邗沟鸣咽走金堤，禅智松风接竹西。城里歌声如鼎沸，月明桥畔有乌啼。

广陵城上月儿圆,广陵城下水如烟。乳燕乍飞天乍晓,姜家墩后买游船。

水上笙歌叶叶轻,水门初启放船行。折花荡子沿堤去,牵起湘帘隔岁情。

溪头汲水花园女,人在春风尔在秋。试问迷楼旧沟洫,泪痕脂粉一般流。

重重台榭道西宽,侧岸平桥点石栏。却怪圬人未归去,隔墙金粉渐成寒。

垂杨一曲午逍遥,城郭依稀在碧霄。蝶板莺簧勾不住,许多儿女问红桥。

百尺朱栏跨绿波,游人终古说肩摩。一从锦缆看花后,此地常闻麦秀歌。

韩园虽好梵宫荒,歌妓魂归恨杳茫。堤外莲花千万朵,不知谁是旧人香。

法海寺前多素秋,清平桥畔足嬉游。儿曹偏爱观音阁,看杀烧香不转头。

清秋最好是平山,歌板传觞不放闲。惟有流萤耽寂寞,夜深成阵落溪湾。

三山顶上望红尘,无数衣冠总未真。大业风流难写出,繁弦急管为谁春。

注　　此十二竹枝词录自嘉德2009年秋拍之石涛《竹西之图》。款题:"清湘遗人大涤子广陵竹枝辞十二首并画。"手卷作于1705年左右。

　　此组竹枝词是石涛晚年定居大涤堂后的重要作品,曾经出现于石涛多件传世作品中。如天津博物馆藏《荷塘游艇图》(录二首)、北京故宫博物院藏《荷花》立轴(录一首)、苏州博物馆藏一扇面(录三首)等。

　　石涛这组竹枝词大约作于1700年左右,前后延续数年。苏州博物馆所藏石涛山水扇面,书"茱萸湾里打西风"一首竹枝词,款"己卯广陵竹枝写为公逊年道翁博教。清湘陈人大涤子济",时在1699年。石涛好友黄逵(仪逋)题云:"杨柳堤长桃乱开,海陵水涨广陵来。此舡宽敞吾思买,又可游湖又避灾。黄逵戏题。"石涛又补题:"春去凫沉,秋来雁眺,缱绻王孙,风流窈窕。石道人济。"

　　潘正炜《听飓楼书画记》卷四著录《大涤子山水花卉扇页》十二帧,其中第七帧题名《泛舟买夏》,题有诗十首,如"茱萸湾里打西风""邗沟呜咽走金堤"等,款"甲辰初夏雨窗读老人广陵竹枝词十一,录为有白道翁文长博教。一枝石乾耕心草堂",有"钝""根"二白文连珠印。书法酷似石涛,款"一枝石乾",地点在"耕心草堂",而所钤之印为"钝""根",也是石涛晚年所使用的图章。近世以来多误为石涛所作,后有钟银兰、刘九庵等指出这是石涛弟子石乾的伪托。石乾款为"十一",却只书十首,所书文字也与石涛原作有出入。

尺牍

致亦翁札二通

先生此行,顺流而得,大事晚成。之时若见问亭先生,云"即刻起身,不过偶然而行,不即不离之间"。书先生看过临时再封可也。明早有精神必来奉送。祖道不宣。

亦翁长兄先生。极顿首。

注　　此札录自1943年潘承厚等所辑《明清画苑尺牍》。

此札裱边有近人沈旭庭的考识语:"亦陶,名侃,吴县人。贞孝先生俊明子,诗画世其学,亦隐居不出。贞孝与长洲郑士敬(敷教)、彭竺里(行先)称吴中三先生。石涛为靖江王后人也。石涛尝游庐山,与萧伯玉为诗友……沈梧考识。"沈梧为清同光间人,字旭庭,吴江人,善书画,尤喜收藏历代名人尺牍。

此一考证所涉两问题皆非。一是认为石涛与萧伯玉有交,此石涛乃清初庐山僧人弘铠,而非画家石涛原济(汪世清先生《石涛小考》有考证,见《石涛研究》,上海书画出版社,2002)。二是认为其中的"亦翁"所指为亦陶,画家金俊明(1602—1675)次子。金侃(？—1703),字亦陶,号立庵,又号拙修居士,吴县人(今属江苏)。石涛此札以"极"为款,说明所书时间约在1703年之后,而此时亦陶或许已经离世。亦陶一生并无功名,晚岁隐居乡里,热心刻书校雠之学,闭门钞书,并无北京之行。故石涛札中亦翁非亦陶。

石涛的确有一位可称"亦翁"的朋友。上海人民美术出版社1960年出版之《石涛画集》第16图为《坐看云起图轴》，上题："亦老宗兄楚游写此奉赠。清湘苦瓜和尚济。"此作上款与书札之"亦翁"可能为一人。然史料阙如，尚难确定其人。

此札涉及石涛晚岁与问亭之间的密切关系，其中"之时若见问亭先生，云'即刻起身，不过偶然而行，不即不离之间'"，虽不详所指，但大体可以揣测，可能石涛有一次外出（或为金陵，或为京口），他曾与问亭谈起过。石涛当时身体状况差，问亭可能转达过问候。此处请亦翁代信，即言此事。

多感老长翁悬念之思，明后日可以见宦群狮，心惊已久，连日湿热，果尔不好过。昨苏易门奉问先生。画竹书就。上亦翁先生大人。济顿首。

注　此札见苏富比1993年秋拍。刊载于 Sotheby's, New York, Fine Chinese Painting, 29 Nov.1993, Lot 43。

致八大山人札一通

闻先生花甲七十四五，登山如飞，真神仙中人。济将六十，诸事不堪。十年已来，见往来者新得书画，皆非济辈可能赞颂。得之宝物也。济几次接先生手教，皆未得奉答，总因病苦，拙于酬应，不独于先生一人前，四方皆知济是此等病，真是笑话人。今因李松庵兄还南州，空函寄上。济欲求先生三尺高、一尺阔小幅，平坡上老屋数椽，古木樗散数株，阁中一老叟，空诸所有，即大涤子大涤堂也。此事少不得者。馀纸求法书数行，列于上，真济宝物也。向承所寄太大，屋小放不下。款求书大涤子大涤草堂，莫书和尚。济有冠有发之人，向上一齐涤。只不能迅身至西江，一睹先生颜色为恨。老病在身，如何如何！

雪翁老先生。济顿首。

注　此札今藏普林斯顿大学美术馆，为张大千旧藏（张大千还仿作一本，为日本永原织治旧藏）。石涛生平当有致八大山人书札多通，这是唯一存世者。其中反映出两位明皇室遗胄、书画艺术巨子的生平情况和交谊，是一件极为珍贵的历史文献。此札大致作于1699年。时石涛大涤草堂初成，八大山人为之作巨幅中堂，因屋小而不能悬挂。石涛托友人转致书札，再请八大为之作。由此可见二人至此时已结下深厚情谊，同时也可见石涛这位眼高八代的大艺术家对

八大的推崇。八大山人的艺术于康熙中后期在扬州的流播，与石涛的推崇密不可分。

此札中所托之李松庵，为诗人李彭年。彭年号松庵，又号江上叟，是居于南昌并往来于扬州、南昌之间的文人。今存世多件石涛赠与其之作。

致张潮札一通

山僧向来拙于言词，又拙于诗，惟近体或能学作，馀者皆不事，亦不敢附于名场，供他人话柄也。唯先生亮之。

注　此札录自张潮《尺牍友声初集》戊集，署"释元济，石涛，广西"。大约作于石涛1687年离开金陵来扬州之时。张潮与石涛关系密切。石涛晚年的巨作《淮阳洁秋图》就是为张潮所作。《幽梦影》载，张潮云："喜老衲之谈禅，难免常常布施。"石涛评曰："瞎尊者曰：我不会谈禅，亦不敢妄求布施，惟闲写青山卖耳！"

这通简短的书札，乃石涛婉辞张潮征诗。石涛是张潮组织的西园社集的社员。广州市美术馆藏石涛《书画杂册》，其中第七开录石涛西园社集诗。狄向涛在给张潮的信中说："凤饮雅谊，渴欲谈心。矧闻西园盛集，弟有不愿执鞭弭步武诸君子后。"（《尺牍友声初集》戊集）吴肃公在给张潮的信中说："西园胜会，大费主人清心分韵。"（《尺牍友声后集》庚集）关于这次西园社集，费锡璜在给张潮的书札中说："前郊园一集，得承教诸君子之末，为竟日清言，真我辈快事也。"

致滋翁札一通

前在氾云兄处闻先生贵体不安，弟一秋手足皆生毒，苦不可言。来纸领到，迟三五日命童子并册子一包，皆有尚未免也。

上滋翁长兄先生。朽弟阿长顿首。圣翁求转致之。

注　此札今藏北京故宫博物院。上海博物馆藏有石涛一帧《白莲图扇面》，款题："丁丑夏四月友人嘱为霈滋道翁正之。瞎尊者写。"作于1697年。此札上

款之"滋翁"或可能就是此人。具体为何人，尚不能确定。其中提及的"圣翁"当是程哲（圣跂）。石涛信中谈及自己的身体情况。石涛在五十多岁之后，身体状况就不是很好。他在致八大山人的书札中也谈到了这一点。

致程道光札六通

天雨承老长翁先生如此，弟虽消受，折福无量，容谢不一。若老容匦字，连日书兴不佳，写来未入鉴赏，天晴再为之也。

退翁长兄先生。朽弟阿长顿首。

注　此札今藏纽约涤砚草堂。上款之"退翁"，乃程道光（1653—1706），字载锡，号退夫，歙县岩镇人，居扬州，乃石涛晚年挚友。

味口尚不如，天时不正，昨药上妙，今还请来，小画以应所言之事，可否照？上退翁老长兄先生。朽弟极顿首。

注　此札今藏纽约涤砚草堂。

屏早就，不敢久留，恐老翁相思日深，遣人送到。或有药，小子领回，天霁自当谢，不宣。

上退翁先生。大涤子顿首。天根道兄统此。

注　此札录自顾文彬《过云楼书画记》。此札与上札都谈到了到退夫处拿药之事，或许退夫擅医术。其中之"小子"，当是石涛门人，如石乾（化九）。

连日天气好，空过了。来日意欲先生命驾过我午饭，二世兄相求同来，座中无他人。苏易门久不聚谈，望先生早过为妙。

退翁老长翁先生。朽弟大涤子顿首。

注　此札录自顾文彬《过云楼书画记》。这里所说"二世兄"，当指程退夫的两个儿子。退夫四十出头才得子，先著《之溪老生集》卷五《药里后集上》有《退夫二子歌》云："我知退夫十载馀，其人白皙微有髭。年逾四十始得子，传闻

好事欢里间。今来已是十年后,寒夜张灯置杯酒。眼看二子恒长成,头骨硗硗眉目秀。大者络绎能背文,小者拱揖知主宾。"《虬峰文集》卷十五有《程退夫五十初度序》,作于1702年,其文曰:"退夫年四十尚未有子,今则衣彩拜庭下者,头角岐嶷,英英不凡有二子焉。"石涛致退夫此札当在1702年前后,信中说:"来日意遇先生命驾过我午饭,二世兄相求同来,座中无他人。"显然指的是退夫年幼的儿子。下通书札所说的"黄子、亦陶",当是二子之名。苏阗,字易门,即石涛多件作品中所提到的"易翁",也曾在《石公种松图》上有跋文。石涛晚年与其交往密切。

　　一岁又终矣,思念先生,不能至望禄堂,真可恨也。承先生数载之大德,无一毫可报,虽对天唱言,愿黄子、亦陶世代兴隆,子孙忠孝,是无尽藏也。今奉吉祥如意柿,以为岁之兆也。外不堪之物,寄上以为下人之用,非敢上先生也。

　　退翁长兄先生。朽极顿首。(此书札又另有小字附言云:"不用回示。外一字一图,烦寄素亭,或不能去,明年也可。")

注　　此札今藏台湾何创时基金会。退夫在扬州有自强堂、其恕轩、慎独室、敬久亭、自顺楼等,此札中所言"望禄堂"也当是这位殷实盐商之家的斋名。从自强堂、其恕轩、慎独室、敬久亭等斋号看,退夫之斋名多与德性、理想有关,"望禄堂"之名与之正相合。此又或与对二子之期许有关。

　　世传有几件有关"望绿堂"之托名石涛作品。如瑞典斯德格尔摩远东博物馆所藏八开山水册,是一件为学界熟知的作品,被称为《望绿堂山水册》。还有一帧《归去来兮》立轴,今藏瑞士苏黎世莱特伯格博物馆,录陶潜《归去来兮辞》全文,款"望绿堂主还江南,写此图以寄。清湘陈人大涤子树下写"。这两件作品可能都是伪托之作。

　　一向日日时时苦于笔墨,有德小子不成材,累老长兄者比我之非也。今已归家两日矣。承以蜜柑见赐,真有别趣。弟何人,敢消受此!老长兄赐又不敢辞。若老连日想他心事必难过。何能及此客走?谢不宣。弟身子总是事多而苦,怀永不好也。

　　退翁老先生。朽弟极顿首。

注　　此札见纽约苏富比1993年秋拍。

致江世栋札五通

弟昨来见先生，因有话说。见客众不能进言，故退也。先生向知弟画原不与众列，不当写屏，只因家口众，老病渐渐日深一日矣。世之宣纸、罗纹搜尽，鉴赏家不能多得，清湘书当因而写绫写绢，写绢之后写屏。得屏一架，画有十二，首尾无用，中间有十幅好画，拆开成幅，故画之。不可作屏画之也。弟知诸公物力，皆非从前顺手，以二十四金为一架，或有要通景者，此是架上棚上，伸手仰面以倚，高高下下，通常或走或立，此等作画故要五十两一架。老年精力不如，舞笔难转动，即使成架也无用。此中或损去一幅，此十一幅皆无用矣。不如只写十二者是。向来吴、许、方、黄、程诸公，数年皆是此等。即依闻兄手中写有五架，皆是如此。今年正月写一架，亦是如此。昨先生所命之屏，黄府上人云，是令东床所画，昨见二世兄云，是先生送亲眷者。不然，先生非他人，乃我知心之友，为我生我之友，即无一纹也画。世上闻风影而入者，十有八九，弟所立身立命者，在一管笔，故弟不得不向知己全道破也。或令亲不出钱，或分开与众画转妙，绢矾来将一半。因兄早走，字请教行止如何？此中俗语俗言，容当请罪，不宣。所赐金尚未敢动。

岱翁老长兄先生。朽弟极顿首。

注　　此札今藏北京故宫博物院。这通书札包含丰富的内容，是研究晚年石涛思想的重要资料。

江世栋（1658—？），字右李，号岱瞻，江南徽州府歙县江村人氏，居扬州。民国《歙县志》云："江世栋，以子恂赠安庆知府。"曾官均州。江世栋本属儒者，后来弃儒从商，竟至家资宏富，为扬州著名盐商。世栋有二子，长子昱，字宾谷，号松泉，江都诸生，承父志，也习儒，潜心学问，有《松泉诗》和《尚书私学》，与吴敬梓为好友，吴曾为其《尚书私学》作序。次子恂，字于九，号蔗畦，一号邻竹，由拔贡宰衡阳、清泉诸县，后曾任池州通判、徽州太守等职。曾建白沙、东洲两书院，善书画古玩收藏，其所收藏的金石书画甲于江南。又善画，是石涛的忘年画友。汪研山《扬州画苑录》卷一云："江恂，字禹九。子德量，字秋史。均善画。"

江世栋的第二代和第三代都是画家，这与石涛有密切关系。虽然史料阙如，我们一时还很难判断江恂是否向父亲密友石涛学画，但这是可能的。比如石涛在给世栋的信中说："昨先生所命之屏，黄府上人云，是令东床所画，昨见二世兄云，是先生送亲眷者。"这里所说的"二世兄"就是江恂。广西壮族自治区博物馆所藏《石涛白阳书画合册》，就是江世栋的收藏，江德量对此有介绍。

向日先生过我，我又他出。人来取画，我又不能作字，因有事客在座故也。岁内一向畏寒，不大下楼，开正与友人来奉访，恭贺新禧是荷。外有宣纸一幅，今挥就墨山水，命门人化九送上，一者问路，二者向后好往来得便。

岱瞻先生知己。济顿首。

注　此札今藏北京故宫博物院。这里所提到的"门人化九"，乃是石乾，字化九，生于1680年左右，于1740之后离世。他随石涛学画，石涛晚年定居大涤堂期间，他是石涛的"门人"，也是石涛若干作品的代笔者之一。汪遹予《东漪草堂诗历》卷四有《寄石涛兼怀破水、书载、山来、汉瓿、化九竹西》诗，其中就提到了化九。石涛离世后，石乾有大量伪托石涛之作。

此帖是弟生平鉴赏者，今时人皆有所不知也。此古法中真面目，先生当收下藏之。弟或得时时观之，快意事。路好即过府。早晚便中为我留心一二方妙，不然生计渐渐绝去矣。

岱翁先生教。弟原济顿首。

注　此札今藏北京故宫博物院。札中所反映的是石涛与江世栋两位艺术鉴藏行家之间讨论收藏的内容。

自中秋日与书存同在府上一别，归家病到今，将谓苦瓜根欲断之矣。重九将好，友人以轿清晨接去，写八分书寿屏。朝暮来去，四日完事。归家又病，每思对谈，因路远难行。前先生纸三幅，册一本，尚未落墨。昨金笺一片已有。

岱翁年先生。大涤弟济顿首。

注　此札今藏北京故宫博物院。石涛晚年的八分书有很高水平，1700年以后的重要作品中常以分书题跋，具有独特趣味。张大千曾题石涛《陆浑庄图》云："予尤爱其分书，其源出于宋人彭辰修孔子庙碑，世罕知者，或有为学郑谷口者，盖非也。"石涛重分书，也有汉《夏承碑》等的特点，他于此当下过功夫。

来册两本或随意发那一本去，或两本同去，或又不可使人观之易得，先生请为我细思之何如？昨晚见依闻兄，道极此，翁云与先生同发一字，即索来为妙。此事都不成，则无济于事，细事我也不能细言之也。

上岱翁老兄。济。

注　嘉德第97期拍卖中出现今释、石涛、弘储书札三通，三人都是清初有重要影响的僧人。今释（1614—1680），明末清初曹洞宗著名僧人。俗姓金，名堡，字澹归，又字道隐，号性因，史称澹归和尚。他本是一位进士（1640年中进士第），明清易代之际遁入佛门，成为当时南方禅宗的领袖人物之一。灵岩继起（1605—1672），即弘储和尚，明末清初临济宗僧，江南通州（今属江苏）人。俗姓李，字继起，号退翁。二十五岁依汉月法藏剃发出家，历住天台山国清寺、灵岩山崇报寺、虎丘山云岩寺、秀州金粟广慧寺等。有《退翁弘储禅师广录》六十卷等。

石涛此札致江世栋，谈读书收藏之事。其中涉及之"依闻"，即程浚之次子程启（1666—？），字依闻，号鹤岑，候选州同知。

致程哲札十一通

尊字到此三幅，弟皆是写宋元人笔意，弟不喜写出，识者自鉴之，觉有趣。连日手中有事，未得走谢，画遣人送上照入。

哲翁道先生。朽弟阿长顿首。

注　此札今藏上海博物馆。上款之"哲翁"，乃石涛之艺术同道程哲。程哲诗学王士禛，在书画方面也有一定修养。

罗家馆不动，周瓠耶先生至今不知何处去，久未知下落。时闻贵体安和，心甚喜。因倒屋未出门也，不尽。

上哲翁先生。济顿首。

注　此札今藏上海博物馆。札中提到"倒屋"之事，可见石涛晚年生活的窘迫。

枇杷领到，果未知在何日，一笑。尊画不能矾，可恨可恨。即奉不宣。

上哲翁年先生。弟阿长顿首。

注　　此札今藏上海博物馆。

　　前所命大堂画，昨雨中写就，而未书款，或早晚将题稿即写呈教正之。
　　哲翁年先生。朽弟阿长顿首。

注　　此札今藏上海博物馆。

　　尊六兄小像已草草而就，遣人驰上，教览不一。
　　上哲翁道先生。大兄统此。弟极顿首。

注　　此札今藏上海博物馆。"大兄"当指程喈，字梧冈，号岑木。

　　前长君欲有□，弟因家下有事，未得进随，谢谢。目下有客至，欲求府中篷障借我一用。初五六即送上也。
　　哲翁先生年台。半翁烦致意是幸。济顿首。

注　　此札今藏上海博物馆。"半翁"当指汪允让，字半亭。

　　入秋天气更暑旱。坐立无依，想先生或可长吟晚风之前也。前纸写就驰上。
　　哲翁老年台先生。大涤子济顿首。

注　　此札今藏上海博物馆。

　　今岁伏暑，秋来□□日尚乃如是，知我先生府中更炎，弟时时有念，不敢过，恐惊动□□□□。
　　哲翁年先生。大涤子顿首。

注　　此札今藏上海博物馆。残破严重。

　　早间出门，日西此时方归。昨日承尊次命过，□斋有远客忽至索济即早同往真州，弟恐失□（疑为"约"）。弟如领高厚亦然，谢谢。
　　上哲翁先生知己。大涤弟阿长顿首。

注　　此札今藏上海博物馆。

两次教我以离家,恐有非事,故未得亲自登堂走谢,少定再来趋教,不宣。
哲翁先生长兄。阿长顿首。

注　　此札今藏沈阳故宫博物院。其中所言之"非事",可能指家中潜在的危险,且由朋友告知,让他离开这个家,这不是一般的危机。身体多病,心情不好,而生活愈加困顿,再加上如此之"非事",石涛晚年的生活并不顺利。其作品中所透出的深沉的空幻感,也与这样的人生经历有关。他无妻无子,此"非事"并非普通家庭之间的纷争,只能在他、门人、帮助他生活的人之间出现。从"少定"一语揣测,其家中此时一定正经历不定,似乎是门人之间的内讧、争斗。

别后非常之病,有一月未下楼。上下气不接,气虚食还如常。前日过我,弟正用药,拂枕而卧,不知罪罪。华翰云:□(此字漫漶,似为"诸")事皆在心中。弟虽无穷之语欲对先生言也,不为得。再容好时修问,不宣。家下三位世兄可不时与弟相见方好。
上哲翁老长兄先生。极顿首。

注　　此札今藏沈阳故宫博物院。"家下三位世兄"指程哲的三个儿子,可能其中有人随石涛学画。其中言"弟虽无穷之语欲对先生言也",说明石涛与程哲乃知交。

致予潜札一通

病已退去十之八九,承老世翁神力助。还求两服好全之美。驾亦不必过也。
上予潜世道兄先生。朽极顿首。

注　　此札录自乔迅《石涛:清初中国的绘画和现代性》,第448页,台湾石头出版公司,2008。

致慎老札一通

午间之音,扫径叮咛堂仙驾。

上慎老大仙。大涤子济。

―――――

注　　此札今藏普林斯顿大学美术馆。

题跋

题郑慕倩仿倪高士拜柳亭图

天风起云林，众树动秋色。仙人招不来，空山倚青碧。是图纸墨如新，不易得见，迂翁画中最上乘也。名下有白文"倪瓒"之印，边有朱文"云林"二古字。元素居吴淞之上，老僧在广陵曾一见之。今见遗苏先生临本，故书数语并赋小诗。石涛济。

注　　此段题跋录自神州国光本《大涤子题画诗跋》卷四。当为石涛所作。石涛慕云林之法，深受黄山画派影响，其中得之于渐江、查士标、郑旼等颇多。此段题跋可能作于他客居金陵之时。1673年前后，他曾至广陵，驻锡净慧寺。其中所言"元素"，乃吴惊远之弟，与其父吴尔纯等均善收藏。

跋汪秋涧摹黄大痴江山无尽图卷

余向时观大痴为云林所作江山胜览卷子，一丘一壑无不从顾虎头、陆探微、张僧繇来。发明此道，运笔遒举，点画新奇，此是前人立法不凡处。在大痴、云林、黄鹤山樵一变，直破古人千丘万壑，如蚕食叶，偶尔成文，谁当著眼。故此卷三寒暑方成。今天下画师三吴有三吴习气，两浙有两浙习气，江楚两广中间、南都秦淮徽宣淮海一带，事久则各成习气。古人真面目实是不曾见，所见者皆赝本也。真者在前，则又看不入，此中过关者得知没滋味中，正是他古人得力处。悟了还同未悟时,岂易言哉。时己卯二月二十八日清湘大涤子观于岱瞻草堂,偶书其后。

注　此段题跋录自汪绎辰《大涤子题画诗跋》。时在1699年,作于石涛晚年挚友、徽商江世栋的草堂。

　　汪柳涧,原作汪秋涧,误。据周亮工《读画录》,可知歙之山水名家汪濬,字湛若,号秋涧。《历代画史汇传附录》言秋涧善山水,仿倪云林,枯木竹石尤佳,承继元人画风。此人比石涛年稍长,与孙枝蔚、吴嘉纪相交。周亮工《赖古堂诗》有《过塒斋访孙豹人不值见其长君怀丰》,首句"相对门坚闭"下有注云:"豹人与汪秋涧对宇。"孙枝蔚《溉堂文集》之《汪舟次山闻集序》云:"予尝闻之邻寓汪湛若。湛若,其族人之善画者也。"豹人与汪秋涧比邻而居。豹人居溉堂,此地乃徽商麇集之地。汪濬家似也是徽商,石涛之友黄生(字扶孟,号白山,诗人、篆刻家)与汪秋涧相善,黄生《一木堂诗稿》卷六有《赠汪秋涧》《汪秋涧四十初度》等诗。

　　《江山无尽图》乃是黄公望为倪云林所作,据说历十多年而成,汪氏仿此图也备尽心力。画成,有多人为之题跋。程邃云:"余友汪秋涧善临摹前人,名为前人所掩。若此卷参用《富春山图》手笔,脱略蹊径,不减张长史草书。"查士标也有题跋云:"大痴《长江图》,余曾观真迹,然世多赝本,人鲜精鉴,得秋涧临卷,足以乱真矣。"

　　汪秋涧书画作品今有数件存世,浙江省博物馆藏有汪秋涧一幅山水小幅,四川大学藏有一帧汪氏书作。而上海博物馆藏有一件汪秋涧于康熙壬辰年摹九龙山人王绂之山水长卷,该仿作使人可对秋涧绘画的功力有真确的了解。其上有萧云从、程邃等的题跋,程邃云:"此卷轶驾孟端,一点一染,备含风韵。"萧云从云:"同社汪子湛若临九龙先生画卷,真道之夺胎,禅之得髓。"

跋阁帖

　　书家必藏阁帖,盖欲观海者溯源于星宿耳。然伪以乱真,似易了辨,而真本中也有优劣,由于拓纸著墨深浅浓淡之不同,如易牙于味不异人之盐梅,公输般制器岂外规矩,其调和造作自有会心。余闻阁帖十数,而此本甚佳,识者辨之。岁甲申秋仲清湘大涤子观于耕心草堂。

注　此段题跋录自汪绎辰《大涤子题画诗跋》。

郑穆倩狮林图卷跋

穆倩郑君拟狮子林图，而汪子半亭翁藏识已久，请余补记之。其览斯图也，而喜汪识斯卷之墨妙，快聆斯图之风韵，诚胜事也。知君之用力于倪深矣，余故追思昔师倪者，然渐江名胜，世称独步，梅瞿、允宁诸辈犹争效之。岂有如穆倩君天机自放，省欲陶情，笔扫岩岫，邈矣千载，其品概之皜皜，心目之昭昭，岂不胜绝于昔之师倪诸辈，而今之事倪者又能专美于前乎！览斯图之风韵，知穆倩君之独出于倪也。余不辞赘笔者，因汪子深识斯卷之妙，固知穆倩君之风足尚矣。不敢默默，以志同好如何？时己卯夏日，清湘陈人苦瓜老秃济大涤堂下。

注　此段题跋录自《十百斋书画录》子卷。郑旼（1632—1683），字慕倩，又作穆倩，号遗苏、慕道人等，江南省歙县（今安徽歙县）人，黄山画派重要画家。汪允让，号半亭，精鉴赏，也是歙人，乃石涛与八大山人的共同朋友。

题陈良弼罗汉图

此卷自首至尾，各现慈威定慧，是大阿罗汉矣。虽出于万历年间人之手，而实有元、宋意味。山石、古柯之苍削，水草衣折之圆转，老少神清之自在，不过总是钩金一色而成之者，于命意浅深，喜其泼辣悠秀，入洒墨之奥，出乌斯之澹宕者，是卷也。

余常论写罗汉、佛、道之像，忽尔天上，忽尔龙宫，忽尔西方，忽尔东土，总是我超凡成圣之心性，出现于纸墨间，下笔时使其各具一种非常之福报，非常之喜舍，天龙鬼神不得，而前者观世于掌中，立恒沙于意外，后是前非，人莫能解，此清湘苦瓜和尚写像之心印也。

余昔自写白描十六尊者一卷，始于丁未年，应新安太守曹公之请，寓太平十寺之一寺，名罗汉寺。昔因供养唐僧贯休禅师十六真者于内，故名罗汉寺。今寺在而罗汉莫知所向矣。余至此发端写罗汉焉。初一稿成，为太守所有。次一卷至三载未得终，盖心大愿深，故难。山水林木皆以篆隶法成之，须发肉色，余又岂肯落他龙眠窠臼中耶？前人立一法，余即于此舍一法，前人于此未立一法，余即于此出一法。一取一舍，神彩飞动，相随二十馀载。

昨年，丁卯三月，渡江北上，舍舟寻常涵千先生，客清江之摘芦庵中，群魔围绕，此卷为毒龙所摄，至此不敢动一思，然虽不敢思，而余已堕痴愚二载矣。

今吴君赐玙先生以此卷索题,于清湘者,是动清湘之思也。余不能思,非思之时也,且挥毫作书以遣之。天地是一大锦囊,请观看是何物也。

注　　此段题跋录自上海博物馆所藏明代画家陈良璧《罗汉图卷》。图作于1588年。《中国古代书画图目》第三册第214页影印。石涛此跋作于1688年。

石涛所见此图,为其友吴赐玙所藏。纽约涤砚草堂藏石涛扇面,其上书《奉答贻冠》诗,就提到这位朋友:"既而服此冠,瞻仰多缚绸。造物俱不禁,何用笑沉浮。若非知己心,所见那得求。六合几玉冠,惠我体先周(自注:吴赐玙)。生平最其四,慷慨纽前修。琼瑶如世报,性乐等悠悠。"将吴赐玙视为生平至友。石涛题跋中提到的常涵千,当时在金陵为官,也是石涛好友。广西壮族自治区博物馆藏石涛《书画卷》,款"癸亥夏日题常涵千先生五十寿锦屏"。陈画上石涛之跋是石涛离开金陵后驻锡扬州、短暂回金陵时所作,时在1688年。题跋中涉及他早年画罗汉的情况。

校　　"贯休",原作"惯休","惯"点去。

为问亭摹《百美图》跋

盖唐人士女悉尚丰腴秾艳,故周昉直写其习见,实父每尽其神情,纤悉逼真,不特其造诣之工,彼用心仿古,亦非人所易习也。丁丑春月摹写至秋始克就绪,幸得其万一也。

余于山水树石花卉神像虫鱼无不摹写,至于人物不敢辄作也。数年来得越东皋博氏收藏人物甚富,皆系周昉、赵吴兴、仇实父所写,余得领略其神采风度,则俨然如生也。今将军亦以宫帧索摹,不敢方命,依样写成,邮寄京师,复为当代公卿题咏,余何当得也。越数年,复寄来索余寻良装潢并索再题,是以赘此始末也。

注　　此段题跋录自石涛晚年为博问亭摹仇英《百美争艳图卷》。此卷为石涛生平重要作品。民国年间曾藏于程霖生处,许承尧(1874—1946)说:"清湘老人《百美图》大卷,粗如牛腰,世间奇物也。今藏程霖生遂初庐,余辛未见之。"(《歙事闲谭》卷二十)今不知藏于何处。

此图流传有绪。黄钺(1750—1841)《壹斋集》卷八载:"《石涛摹仇英百美争艳图》,图高四尺一寸,长三丈三尺,绢本,康熙丁丑石涛为辅国将军博尔都作。"其赋有长篇歌行,对该图的具体情况有所交代。

此图上石涛有二跋,第一跋作于1697年。石涛为问亭摹仇英之画,通过仇英去揣摩唐人的意趣。第二跋记载为问亭装裱之事。问亭于此画有一跋叙其原委:"向随驾南巡,觅得仇实父《百美争艳图》,内宫中物也。余得时恐为本朝士大夫所妒,是以索清湘先生写之,余即以旧藏官帧一机邮寄,临摹三载始成,比归我,即求在朝诸公题咏,无不赏识者。欲装潢时则鲜有其人,岁在辛巳春三月,复寄索以代为装潢,并求一题,则成全璧矣。东皋主人博尔都问亭氏藏识。"辛巳为1701年。由问亭的交代可知,石涛为之临摹,寄回京城,他又遍请名流题跋,其中有李光地、曹寅、王士禛等,其后再寄回扬州,请石涛在扬州请人装裱。

《大涤子题画诗跋》卷三录四人题跋,其中三人都是当时人物,为问亭之友。李光地跋云:"清湘道人画法名满天下,无不推重者也。然寸纸尺幅,皆时史所能,巨卷巨册,乃目之罕见。惟清湘长于图写,能形容,善于操持,深于布置,盖世之所不能也。偶过白燕堂中,阅翻古今名迹,诚为不少,及觏清湘《百美图》,其高过半丈,景长数丈,卷中亭台楼阁、花木竹石及名媛艳丽袅娜宛然,若生神运种种,各具其妙,岂寸纸尺幅时史之学而能成此大观也哉。厚庵李光地跋并书。"

曹寅跋云:"此巨幅《百美图》,乃大涤子所制,今为问亭先生藏玩。己卯仲春,过白燕堂,始得一觏,见是卷中人物山水亭阁殿宇,风采可人,各各出其意表,令观者不忍释手,真石老得意笔也。于是乎跋其后。楝亭曹寅。"

王士禛跋云:"古今画家以人物写生,称不易作,多因有象,故其难也。今石老惯以写生兼工人物,盖胸中广于见解,一举一动,俱出性情,比数丈长卷近代诸家有所不为,皆无此深想,惟石老无一怯笔,每逢巨幅,更有潇洒之趣。况问亭先生深究画理,故石老不惜辛劳,当永为白燕堂藏物也。渔洋老人王士禛跋。"

第四是乾隆时学者胡赓善之跋:"丰南吴氏家藏清湘老人《百美图》,予耳熟年久,比同巴子安过访余清斋,主人出以相示,此图规橅十洲,而自出机趣,物色生态,寓目宛然,不意晚年获此巨观,漫题数语,志快。子安八分书于卷后……乾隆庚戌六月石壁山人胡赓善跋。"时在1790年。胡赓善,字受毅,号心泉,歙人,乾隆时著名学者,著有《新城百子文集》。巴子安,即徽派著名印人、书法家巴慰祖(1744—1793)。此后的巴跋没有录,不知是到了程霖生时经重新装裱,不见此跋,还是程未录。这里提及的余清斋主人,当为明代大收藏家吴廷之后人。吴廷，又名吴国廷，字用卿，号江村、余清斋主，万历年间人。余清斋以藏古代书画多且精而著称。

题渐江画

董太史云：书与字各有门庭，字可生，画不可熟，字须熟后生，画须熟外熟。余曰：书与画亦等，但书时用画法，画时用书法。生与熟各有时节因缘也。学者自悟自证，不必向外寻取也。又谁人肯信山僧之言。古人立一法，即如宗师之示一机，看他如何会耳。今年子秋，惊远先生老友过北下，出示渐公六册，命予著语其上，复命作画。五七年之别，不知可有寸进否，大方观正何如。清湘石涛济山僧一枝阁中。

注　　此段题跋录自《十百斋书画录》丑集。作于1680年左右，时石涛至金陵不久。这段由生熟的讨论延展到自悟自证的论述，清晰地显现出，他将佛家的无法而法与艺道的不立一法创作精神联系起来。石涛跋吴惊远藏渐江册，并作此山水册，题此语于其上。

石涛在其中对渐江此册作了说明："右小横幅皆无题跋，即有之，多在别纸聚联装裱，况以渐公之笔墨而可轻有所点污耶？偶由惊远先生出此索题。敬书上言，以告后之观者，使共知所爱重云。时甲子中秋前二日夜观于长安之一枝阁。"此处之"长安"，暗指旧都金陵。吴惊远是歙丰南之收藏家，与石涛在宣城时就多有交往。渐江此册吴惊远得之于画家江注（允凝）。题此册者有方熊、姜实节、姜梗、吴肃公和袁启旭等。

卷八

杂说

论画南北宗

画有南北宗，书有二王法，张融有言：不恨臣无二王法，恨二王无臣法。今问南北宗，我宗耶？宗我耶？一时捧腹曰：我自用我法。

注　　此段题语录自石涛1684年所作《清音图册》中一开奇特山景。款题："时甲子新夏呈阆翁大词宗。清湘秃发人济。"画赠赵崙。赵崙（1636—1695），字叔公，别号阆仙，1682年到1687年在金陵学政任上。其子赵子泗（号文水、忍庵）随石涛学画。父子二人均信奉佛教，为居士。

此乃石涛著名题画语，石涛在多作中题写：

1. 上海人民美术出版社1960年出版之《石涛》第1图《黄山图》，作于1667年，为真迹。上石涛有二跋，第一跋："画有南北宗，书有二王法，张融有言：不恨臣无二王法，恨二王无臣法。今问南北宗，我宗耶？宗我耶？一时捧腹曰：我自用我法。此画丁未游黄澥归敬亭所作，今年丙寅复题于一枝下。石涛济。"跋作于1686年。此图上芜湖诗坛元老汤岩夫题云："禅伯标新双目空，通天狂笔豁尘蒙。张图累月深相恋，戴笠闲行羡此翁。茸宇阳崖光有涤，泻泉古壁净难污。冷然静境消浮累，扣寂探真待隐夫。黄山汤燕生拜题于补过斋中。"

2. 天津博物馆藏石涛八开《山水花卉册》，为真迹。第八开《枯木山水图》跋云："画有南北宗，书有二王法，张融有言：不恨臣无二王法，恨二王无臣法。今问南北宗，我宗耶？宗我耶？一时捧腹曰：我自用我法。清湘枝下人济。"此画作于1697年后。

3. 上海人民美术出版社1960年出版之《石涛》第16图《坐看云起图轴》,为真迹。题云:"画有南北宗,书有二王法。张融有言:不恨臣无二王法,恨二王无臣法。今问南北宗:我宗耶?宗我耶?一时捧腹曰:我自用我法。"款题:"亦老宗兄楚游写此奉赠。清湘苦瓜和尚济。"

4. 汪绎辰《大涤子题画诗跋》录石涛款之《画山水册子》。跋云:"画有南北宗,书有二王法,张融有言:不恨臣无二王法,恨二王无臣法。今问南北宗,我宗耶?宗我耶?一时捧腹曰:我自用我法。丁酉偶画,漫识于西湖之冷泉。"此为伪品。

题山水人物图卷

石户农

石户之农,不知何许人,与舜为友。舜以天下让之,石户夫妻携子以入海,终身不返。甲辰客庐山之开先寺,写于白龙石上。

披裘翁

披裘公者,吴人也。延陵季子出游,见道中遗金,顾而睹之,谓公曰:"何不取之?"公投镰瞋目,拂手而言曰:"公子居之高,视人之卑,吾披裘而买薪,岂取遗金者哉!"季子大惊,问其姓名,曰:"吾子皮相之士,何足语姓名哉。"吾以苍苍颠颠之笔为之。

湘中之人

唐吕云卿尝遇一老,于君山索酒数行,老人歌曰:"湘中老人读黄老,手授紫薹坐碧草。春至不知湘水深,日暮忘却巴陵道。"时甲寅长夏客宣城之南湖,兴发图此,不知身在湘江矣。清湘济。

铁脚道人

铁脚道人尝赤脚走雪中,兴发则朗诵《南华·秋水篇》,又爱嚼梅数片,和雪咽之。或问此何为,曰:"吾欲寒香沁人肺腑。"其后采药衡岳,夜半登祝融峰,观日出,仰天大叫曰:"云海荡吾心胸。"竟飘然而去。余昔登黄海始信峰,观东海门,曾为之下拜,犹恨此身不能去。

雪庵和尚

和尚壮年剃发，走重庆府之大竹善庆里，山水奇绝，欲止之。其里隐士杜景贤知和尚非常人，与之游，往来白龙诸山。见山旁松柏滩，滩水清驶，萝筜松蔚，和尚欲寺焉。景贤有力，亟为之寺。和尚率□数人居之。昕夕诵易之乾卦，已而改诵观音，寺因名观音。好读楚词，时□一册，袖之登小舟，急棹滩中流，朗诵一叶，辄投一叶于水，投已辄哭，哭已又读，叶尽乃返。又善饮，呼樵人牧竖和歌，歌竟瞑然而寐。

注　此数段题语录自北京故宫博物院所藏石涛《山水人物图卷》。此卷为石涛早年杰作，其人生旨趣于此显露。

题松石图

避暑山居，了无一事，予与惊远箕居百尺长松之下，而老干纵横，精爽蓊郁，惊老曰："异哉，此十万峰中一大观也，愿师为我稍点其意。"余急走笔图之，为尔翁先生博粲。

注　此段题语录自吉林省博物馆所藏石涛《松石图》。款题："时甲寅夏日，粤山石涛并识。"图作于1674年。这里所说的尔翁，指吴尔纯，吴惊远的父亲。石涛在宣城时与吴惊远父子深有交谊。

题山水册论笔法

响山后面，恰如我法。

春夏游泾川桃花潭，舍舟登岸□□龙门道上诸峰，草木如兽，谁云不以形似之。

曲路松杉迥，平田菜麦肥。南湖烟际之中，瞎尊者偶意。

道过华阳，似点苍山。客狮子岩，予以篆法图此。

客云间，仿横云一带，携此册于石上，却思点染有冷意。

牛首土山多平台，台上土人皆种菜。远望平林，始信大痴、黄鹤山樵苍苍点法。

注　　此数段题语录自北京故宫博物院所藏石涛十开《山水册》。此册作于1695年前后，多为回忆宣城等地之作。其中数开集中讨论观山水之实景斟酌笔法的问题，涉及法度、形似等。

泾川桃花潭，在泾县，即李白诗"桃花潭水深千尺"所描绘之地。南湖，在宣城，石涛早年多来此优游。华阳山，在宣城，石涛1691年作《华阳山图》。狮子岩，在宣城。云间，即松江，石涛大约在1676年前后曾至此地。牛首土山，即牛首山，在金陵。

题独峰石桥图

性懒多病，几欲冢笔焚砚，刳形去皮而不可得。孤寂间，步足斋头，或睹倪、黄、石、董真迹，目过形随，又觉数日寝食有味，以此知靺鞨木难搜索得未易鄙弃。己未夏五月避暑画于怀谢，湘源石涛济道人。

注　　此段题语录自上海博物馆所藏石涛《独峰石桥图》。图作于1679年，石涛此年初至金陵，居怀谢楼。其中倪、黄、石、董，指倪云林、黄公望、沈周（石田）和董其昌，都是元明以来深具影响的文人画家。靺鞨、木难，概指珍宝。方以智《通雅·金石》："靺鞨、木难、鸦鹘、猫睛，皆宝石也。"

题山居图

怒猊抉石，渴骥奔泉，风雨欲来，烟云万状。超轶绝尘，沉着痛快。用情笔墨之中，放怀笔墨之外，能不令欣赏家一味噱绝？

注　　此段题语录自上海人民美术出版社出版之《石涛画集》第7幅影印《山居图》。图本为明德堂之藏物，今藏华盛顿弗利尔美术馆。作于1679年，时石涛初至金陵，闲中作此山水。款题："己未夏日秦淮之怀谢楼，清湘苦瓜和尚济。"1688年，石涛客居广陵净慧寺之大树堂，复题此画赠好友："飞涛先生笔墨知己，偶亦补款，请正。戊辰十月邗江之树下，石道人。"程澎

(1641—?），字飞涛，号钟舍，歙县人。《江西诗征》："程澎，字飞涛，江都贡生，候补主事。"兄程湄，字在湄，号临沧，也居江都。二人均工诗，为徽商后代。其父程有容，雍正《两淮盐法志》云："程有容，字休如，歙人。尝遇水涝，御史郝浴倡劝赈救，容身任其劳，事闻，给顶带。子澎，刑部主事，封如其官。"

此论主要说作画关键在于放怀千秋之间、超乎天地之外，而不能拘拘于尺幅之内。

题秋声图卷

"欧阳先生读书处，林木潇潇月已曙。先生当此百感生，童子无言出门去。画图今日写秋声，辗转思之牵我情。读书之人不可见，飞身欲向孤峰行。"志山髯农先生云："吾此诗自不知何为而作，持寄和尚，当朋以教我耶。"清湘道人苗头画角作毡拍板声，持去髯翁一笑。辛酉湘源济山僧石涛阁中识。

注　此段题语录自吴湖帆旧藏之石涛《秋声图》设色山水卷。郑为《石涛》一书影印。今不知藏于何处。此为石涛生平杰作。田林（1643—1729），字志山，江宁（今属南京）人。道光《上元县志》载："田林，字志山，美髯，自号髯农。工篆籀，能诗。"又号南墅、奇老。石涛至金陵后，以其为挚友。移居扬州后，田林还常来探视。

题烟林晴阁图

孟德云："山不厌高，海不厌深。"梦得云："（落一'山'字）不在高，水不在深。"今我德公将从何处领略？古人又有言："左右采撷。"请以此点染烟林，标之晴阁。时壬戌清明后五日，清湘石涛济山僧为德恒上座一笑，长干一枝阁中。

注　此段题语录自张大千旧藏之石涛《烟林晴阁图轴》。德恒当为石涛在金陵时的佛门友人。若是石涛所作，当作于在1682年。

与友人论画语

唐画神品也,宋元之画逸品也。神品者多,而逸品者少。后世学者千般各投所识。古人从神品中悟得逸品,今人从逸品中转出时品,意求过人而究无过人处。吾不知此理何故,岂非文章翰墨一代有一代之神理。天地万类各有种子,而神品终归于神品之人,逸品必还逸品之士,时品则自不相类也。若无斩关之手,又何敢拈弄墨徒苦劳耳!余少不读书,而喜作书作画,中不识义,而喜论诗谈禅,自觉又是一不相类之汇也。

注　　此段题语录自广西壮族自治区博物馆所藏石涛《书画卷》书法部分。石涛为友人祝寿,题寿锦屏,便论起画来。文后云:"今年常涵千先生五十初度,遣使驰绢走余白门之一枝,命余作画,枯寂中搜得一片。古松怪石,鹤立洞门,正是仙翁棋散时也。"款题:"癸亥夏日题常涵千先生五十寿锦屏,清湘石涛济一枝下。"时在1683年。常涵千为石涛在金陵时期的好友。1688年,石涛在题明陈良弼《罗汉图》中有言:"舍舟寻常涵千先生"。

题幽溪垂钓图

极目皆雨,中林正晴。一木一石迥殊恒境,此中容谁著笔?昔灵岩洞庭间,费却石田几口厣,始能将淋漓怀想,倾以示人。其视辋川庄上见地,又自不佺矣。

注　　此段题语录自四川省博物馆所藏石涛《幽溪垂钓图》。款题:"时甲子三月,访学使者赵阆仙写于容城官署。清湘石涛。"作于1684年。画为赵阆仙所作。

论笔墨

笔枯则秀,笔湿则俗,今云间笔墨多有此病,总之过于文。何尝不湿!过此关者知之。

似董非董,似米非米,雨过秋山,光生如洗。今人古人,谁师谁体?但出但入,凭翻笔底。

画家不能高古，病在举笔只求花样，从摩诘打到至今，字经三写乌焉成马，冤哉！

必定画沙，然后成字。

注　　此数段题语录自张大千所藏石涛十开《渴笔人物山水梅花册》。石涛论笔墨，强调不守成法，所谓妙在非董非米之间。一如《万点恶墨图》题识所云："万点恶墨，恼杀米颠。几丝柔痕，笑倒北苑。远而不合，不知山水之濛洞；近而多繁，只见村居之鄙俚。"其笔墨之趣味，忌俗忌甜，于赵子昂、董香光之法皆有不甚相契处。他毕生追求高古之境。李虬峰《大涤子传》谈到石涛在墨色方面的创造："又为予言：书画皆以高古为骨，间以北苑、南宫烟润济之。"

与文水论画

霜晓写花，清湘道人补墨，总之一味情生，谁识当前智隔？

"云过树杪如轻雪，鸟下新篁似滑油，三万个，一千筹，月沉倒影墙东收。"此予昔时清音兰若中语也。偶因写竹，戏书数字可作点苔。

笔墨游戏，原非草草，花上生花，清湘打稿，添其花，补其干，成其幅。了公案，不识秋水伊人作何等赞？

注　　此数段题语录自上海博物馆所藏石涛、霜晓合作《花果册》。此册为"文水道翁"所作。这位"文水道翁"，即赵子泗（字文水，号忍庵），石涛的画学生，与其父赵阆仙一道随石涛学佛。画作于1684年。

三人以画来谈画，其中涉及墨戏、笔墨、智隔等问题，颇解人颐。北京故宫藏石涛十开《山水册》，也作于金陵时期。其中一开画竹子，题云："千丘万壑，坠石争流，理障不少，何如澹摸。冷烟飞飞，个个之间，绝有深味焉。"其中所言"理障不少"，正与此处所论相合。

最后一页乃赵子泗之题跋："吾友方子愚巢惠我画谱一册，题曰'香缘意'。欲与香作缘耶？……抑身入众香国中，大地恒河，嗅之皆作旃檀味，其许我为童蒙之求否？则亦对此芳馨，纫秋兰之为佩，缘此以识，不忘云尔。赵子泗题于句曲味书楼中。"其实，这段话可为他们三人这段奇异对话作结，就是继承香草美人传统，为人的精神作画，而不是拈弄花草。

题万点恶墨图卷

万点恶墨，恼杀米颠。几丝柔痕，笑倒北苑。远而不合，不知山水之漾洄；近而多繁，只见村居之鄙俚。从窠臼中死绝心眼，自是仙子临风，肤骨逼现灵气。

注　此数段题语录自苏州灵岩山寺所藏石涛《万点恶墨图卷》。款题："时乙丑新夏过五云精舍为苍公词禅泼墨，索发一笑。清湘石涛济山僧。"上款之"苍公"，疑为石涛朋友杜苍略，他是金陵著名诗人，与其兄茶村并称"二杜"，又得于佛者，故为"词禅"。时在1685年。

闻周向山先生将隐丛霄走举讯之兼呈黄文钵黄与载两君

快哉伤哉乐极也，无穷鬼神之笑我也，弄我也，一锥痛绝极也。非英雄三十年，山边水边与友交结，尽枝栖再歇也。江东人莫知其故，精神密护也。向山翁追随□节，往别行一路也。两黄公某半生不得济者，谁与他非金刚心菩萨蛮，原是英雄识英雄也。辛苦何功，我性如雷，骂山谷声一唱也。醒鸿脚根红线，何曾断眼前爱网也。忆圣皆同攀，道不得力，见色不明心。借问你有甚神通，却洞燃时大千俱坏也，天地自不主张也。那时节道我本聪明智慧也，多闻博学也，我本忠厚老成也，我本一肚皮道理也，这是你的也，那是我的也，休得动着我也，我是爷娘秉天地之性情也，待我慢慢行得来也，这事我从不信受业万不为之也。好意思，烂道理，苍天何不英雄也。撒手如风，赞莫能工，草草匆匆。

注　此段题语录自北京传是拍卖公司2011年春拍之唐云《清湘书画草稿》。唐云一生经眼石涛作品甚多。此作是他读石涛作品的手记，共有二十四开。手札用荣宝斋毛边纸直行信笺写成，第一页起首有"清湘书画草稿，原迹八分书"之说。此作真迹今不存。然唐云所录，与石涛生平多相合，似为石涛所作。录此备考。

　　这段话所谈是周向山将隐于丛霄道院之事，所涉向山、黄文钵黄与载兄弟，皆是石涛在金陵时期的朋友。石涛这里以大乘佛理，说魔佛通行、圣凡不二的道理。

校　　题"兼呈黄钵黄与载两君",落一"文"字,补。"谁与他非金刚心菩萨蛮",落一"菩"字,补。"骂山谷声一唱也",疑所录有误。

论画竹法

或言竹叶有定法,否则不类,于是个个枝枝加以刻画,而生意尽矣。予竹取法于雪堂老子。夫画竹不作节,尚有何法可拘?翻风滴露,观者正当得其生意耳。

注　　此段题语录自南京博物院所藏石涛《灵谷探梅图》。图画梅竹,故有关于竹的议论。天津人民美术出版社出版之《石涛书画全集》下册第344页影印。此段题跋以瘦劲之隶书写成。

题四时写兴图卷

玉子马生,宁澹之士也。探奇索雅,喜亲笔墨,乐与清湘游。每于市头,或睹余书画,则绻绻不能去,家虽贫,必以多金购得,然后始快。今冬乙丑大雪,玉子外来,欣欣然就座,谈及绘事信心,此笔墨种子者,似不可多得也。余故急取素纸呵冻涤砚,无论四时,随笔洒去,以赠玉子,以消三载眼馋手渴之癖。大发一笑。清湘石涛济山僧长干一枝阁下。

注　　此段题语录自香港艺术馆所藏石涛《四时写兴图卷》。此卷是刘均量先生的重要收藏,也是一件代表石涛水平的作品。石涛至金陵后,绘画方面积极探索的痕迹明显,尤其是在墨法的使用上。一是受倪家风格影响,干笔皴擦,这期间有大量渴笔作品出现。二是受徐渭影响,任万点墨点飞舞,随兴所致。此卷与作于同一年的《万点恶墨图》都是这方面的代表作。拖尾有大千之跋:"此卷予廿年前旧藏也,今为均量仁兄所得,展卷悦然,如逢故人也。清湘用浑朴之笔写荒率之景,非天池所及,真神品,无上希有。"马玉子生平不详。

与禹声论法

是法非法,以成我法。

禹声道兄性淡而喜博雅,正笔墨种子也。出纸命余作画。清湘道人于此中不敢立一法,而又何能舍一法,即此一法开通万法。笔之所到,墨更随之。宜雨宜云,非烟非雾,岂可以一丘一壑浅之乎视之也。

注　　上引第一段八字题语,是王季迁旧藏石涛十二开山水册总题的唯一一句话。此十二开作品以直接的笔墨呈现来讨论"法"的问题,除此八字总跋及款之外,其他未有一句之题,正是"无声"之呈现也。这十二开山水作于金陵后期,是石涛生平不可多得之佳作,可与克利夫兰美术馆所藏《赠仲宾山水册》、普林斯顿大学美术馆所藏《因病得闲山水册》、洛杉矶美术馆所藏《赠鸣六山水册》等相媲美,都是讨论笔墨之法的。

上引第二段题语录自胡积堂《笔啸轩书画录》卷上《僧石涛山水》,也是与禹声讨论"法"的问题。款题:"丙寅七月,清湘石涛济识。"画今不存。此跋作于1686年,乃石涛居金陵后期,与上引山水册时间相当。

吴承夏,字禹声,吴惊远之子。石涛与惊远之父吴尔纯即有交,故有诗云:"与君父子交三代,骨肉同盟朴素情。"(见石涛题诗,书于北京故宫博物院所藏扇面之上,《中国古代书画图目》编号为京1—4748)惊远之二子尧臣、承夏就学于石涛。石涛曾与禹声讨论"法"的问题,称禹声为"洞达才"。

这十二开山水有石涛艺道至友姜实节的对题,载日本《墨迹大成》第六卷,时在康熙庚辰(1700)。十二则题跋如下:"一水菰蒲外,高原望眼空。何当凭画手,著我小亭中。题画兼柬清湘,禹声道兄正。姜实节。""想见鸣琴罢,空天冷湿云。声声遗韵在,都向纸边闻。姜实节。""春水鳜鱼肥,青苔满石矶。柳花多韵致,飞落钓人衣。鹤涧翁姜实节。""我有清溪水,终朝学钓鱼。不因贪口腹,为想故人书。题赠禹声世道兄。姜实节,庚辰三月虎丘。""旧日昭亭路,僧扶我过桥。只今相忆甚,应遣白云招。柬画者清湘苦瓜和尚。莱阳姜实节于虎丘思静居。""结屋石崖中,云溪鸟道封。何年重访旧,三十六奇峰。怀兼山先生老友。姜实节庚辰上巳。""千尺银河水,奔腾下石梁。停舡相对望,夜上片云凉。莱阳姜实节学在氏。""石路绕新流,山深古木稠。道人闲著屐,踏破满林秋。题于虎丘山舍。莱阳姜仲子。""摧岸浟流浑,穿林雨气昏。山家无个事,十日不开门。姜实节题。""碧水如僧眼,青山拟佛头。旧游多少梦,都在隔江梅。题为禹声世道兄兼怀广陵、白沙两地同游。姜实节。""水气通遥浦，江声上晚潮。幽人读书处，秋竹雨萧萧。姜实节题于虎丘思敬居。""日抱江流转，山迥雁影迟。楼头高寄者，莫动故乡思。为禹声世道兄题。莱阳姜实节拜手。"这十二开对题，既表达了他与石涛之间自宣城开始即建立的深厚友情，又对画中的精神气质有所勾勒，并有对禹声的勉励，还有对禹声之父惊远的思念。

题兰竹图

缘笔写墨本，余兴未已。更作兰竹，虽一时取适，顿绝去古今画格，惟坡仙辄敢云尔。

注　　此段题语录自王雪艇旧藏之石涛《兰竹图》。台湾历史博物馆1978年出版之《渐江石溪石涛八大山人书画集》第92页著录。款题："戊辰三月东老属。石涛济山僧大树下。"时在1688年。"东老"，即姚曼，字东只，歙县人，乃居维扬之徽商，工诗。石涛来扬州后，与其交往密切。

题细雨虬松图

泼墨数十年，未尝轻为人赠。山水杳深，咫尺阴荫，觉一往兴未易穷，写以赠君子，当有句云：细雨霏霏远烟湿，墨痕落纸虬松秃。能入鉴赏否？

注　　此段题语录自石涛《细雨虬松图》。此图是石涛生平杰作。款题："时丁卯夏日子老道翁出宋罗纹纸命予作画，风雨中并识于华藏下院。清湘石涛济山僧。"作于1687年，此时石涛已离开一枝阁，驻锡扬州。

上款之"子老道翁"，或为卓子任。卓尔堪（1656—？），字子任，号鹿墟，一号宝香山人。江都人，编有《遗民诗》，被称为"维扬侠客诗人"。石涛由金陵来扬州，与其相与优游。子任曾有《题石公送别图》诗："开辟莲峰日，声名中外闻。退荒皈大乘，瘴海去慈云。舟楫天风待，幡幢花气熏。送归犹问法，应使手难分。"华藏下院或指扬州天宁寺。

题赠次翁扇面

客广陵十月，无山水可寻，出入无路，如堕井底。向次翁、东老二三知己求救。公以扇出示之，曰：和尚须自救。雨中放笔游不尽，约三十年前，草鞋根子亦有放光动地处。有则尽与次翁藏之，使他日见之者云，当时苦瓜和尚是这等习气。

注　此段题语录自北京故宫博物院所藏石涛一扇面。款题："丁卯十月清湘石涛济山僧。"作于1687年，当时石涛刚至扬州，在这里计划去北京的行程，但北行受阻，心情颇为郁闷。诗中所说的"次翁"，即吴次卣，也是一位居扬州的徽商。"东老"，即姚曼，字东只。

题古木垂阴图

画有至理，不存肤廓，萃天云于一室，缩长江于寸流，收万仞于拳石，其危峰驻日，古木垂阴，皆于纤细中作舒卷派。不使此理了然于心，终成鼓粥饭气耳。然而委金玉于草莽者有矣——若昊翁先生风雅毕擅，且为一时文物之权衡，泂乎重望也。而山僧亦邀下交之谊，缘作此纸，虽累笔赘墨，不足当其一睨，而要之烟霞投契间，别有一种风致云。

注　此段题语录自辽宁省博物馆所藏石涛《古木垂阴图轴》。此图是石涛生平最重要的作品之一，作于1691年春，为赠昊翁所作。"昊翁"，即王泽弘，字涓来，号昊庐，湖北黄冈人，顺治乙未（1667）进士，康熙三十一年任左侍郎。石涛来北京时，他是礼部尚书。有《鹤岭山人诗集》。石涛有多件作品赠之。

题赠沧翁扇面

画有至理，原非肤廓，见小天于尺幅，缩长江于寸流，束万仞于拳石，楼台人物小之又小，系风捕影。不使此心了然于胸，了然于腕，终是结塞不畅。雕虫小技，欲其胜□□，真堪喷饭。欧阳公云，文章如精金美玉，市有定价，非以口舌贵贱也。知言哉！

注　　此段题语录自日本桥本大乙所藏一石涛扇面。铃木敬《中国绘画总合图录》第四卷第350页著录，编号为JP30-256。画山水，题此段文字，款题："时壬午秋九月，为沧翁年先生博教。清湘老人济。"时在1702年秋。"沧翁"，乃陈鹏年。1705年，石涛为陈鹏年作大幅山水，今藏纽约大都会博物馆。

　　　　陈鹏年（1663—1723），字北溟，号沧洲，湖广湘潭（今湖南湘潭）人。此扇面所涉之思想与《古木垂阴图》题跋之内容相近，谈作画了然于胸的重要性，主张要有"系风捕影"之智慧。

校　　"原非肤廓"，原作"原非肤"，落一字，据《搜尽奇峰打草稿》跋"画有至理，不存肤廓"补。

无法而法

　　吾昔时见"我用我法"四字，心甚喜之，盖为近世画家专一演袭古人，论之者亦且曰："某笔肖某法，某笔不肖，可唾矣"；"此公能自用法，不已超过寻常辈耶"。及今翻悟之，却又不然，夫茫茫大盖之中，只有一法，得此一法，则无往非法，而必拘拘然名之为我法！

　　情生则力举，力举则发而为制度文章。其实不过本来之一悟，遂能变化无穷，规模不一。吾今写此十二幅，并不求合古人，亦并不定用我法。皆是动乎意，生乎情，举乎力，发乎文章，以成变化规模。噫嘻，后之论者，指而为吾法也可，指而为古人之法也可，即指而天下人之法亦无不可。

注　　此段题语录自樱木俊义旧藏之石涛山水册。石涛在北京期间客居且憨斋（王封溁的居所），作此册，时在1691年秋。东京聚乐社1937年出版之《石涛名画谱》影印，名为《清湘老人山水册九图》。原十二开，存九开。此论见于此册总跋之页，款题："时辛未秋七月，清湘石涛济山僧客金门之慈源寺寄且憨斋。"

校　　"吾今写此十二幅"一句，"十二"旁画了一条线，将"二"改为"四"，或为后人所改。

题梅兰竹图卷

松与梅竹，世谓为三友，贫道人无友而常苦饥，今欲当三餐何如？虽然，调羹者相，餐松者仙，皆非予事，问园丁上番笋火候熟未？

往时居闲云庵，古梅树腹中破，予种兰于内，春深齐放，今忽忆写之得以自乐。

注　此二段题语录自香港艺术馆所藏石涛《梅兰竹图卷》。此卷是石涛生平杰作，作于他客居北京之时。第一段题语后款云："清湘苦瓜和尚写于弘善方丈。"弘善寺在北京，《日下旧闻考》卷五十五云："弘善寺在德胜桥东，其地即名弘善寺街。明成化七年建。"

第二段题语中所言"闲云庵"在宣城。香港佳士得2007年秋拍之石涛《苦瓜老人三绝册》，录"忆得昭亭岭上翰"诗，在第一句下加注："予向居宣城之敬亭闲云庵，谷口多松竹。"

题搜尽奇峰打草稿

郭河阳论画，山有可望者可游者可居者。余曰：江南江北，水陆平川，新沙古岸，是可居者；浅则赤壁苍横湖桥断岸，深则林峦翠滴瀑水悬争，是可游者；峰峰入云，飞岩堕日，山无凡土，石长无根，木不妄有，是可望者。今之游于笔墨者，总是名山大川未览，幽岩独屋何居，出郭何曾百里，入室那容半年，交泛滥之酒杯，货簇新之古董，道眼未明，纵横习气，安可辨焉？自之曰："此某家笔墨，此某家法派。"犹盲人之示盲人，丑妇之评丑妇尔，赏鉴云乎哉！不立一法，是吾宗也；不舍一法，是吾旨也。学者知之乎？

注　此段题语录自北京故宫博物院所藏石涛《搜尽奇峰打草稿》。此乃石涛盛年佳作，允为其山水之代表。此段论画由《林泉高致》的"三可说"说起，论其"不立一法，是吾宗也；不舍一法，是吾旨也"的无法而法的艺术哲学，已开后来成书的《画语录》思想之先声。

此画款云："时辛未二月，余将南还，客且憨斋，宫纸余案，主人慎庵先生索画并识请教。清湘枝下人石涛元济。"康熙辛未为1691年。石涛南还在

1692年秋。1691年春石涛准备南还，取道天津，在此地大悲寺等处居住有日，经朋友规劝，又返回北京。此画作于第一次南还前。慎庵，即王封溁。石涛在北京时，常住地为南城的慈源寺以及慎庵的且憨斋。

校　　"自之曰"，在"自"与"之"之间，落一字，或为"谓"。

题赠长源先生画

此道见地欲稳，只须放笔随意钩去，纵目一览，望之如惊电奔云，屯屯自起。荆关耶，董巨耶，倪黄耶，沈赵耶，谁与安名！予尝见诸名家，动之此某家法，此某家笔意，余论则不然。书与画天生来自有一职掌，自足不同，一代之事，从何处说起。

注　　此段题语录自石涛赠天津友人丁长源之画作。神州国光社1929年刊《释青溪释石涛山水卷》中曾影印此山水，上题有此语，款题："时辛未冬日喜晤长源老先生于津门，偶得宣纸半幅，信笔钩成此卷，书赠大方请政。清湘苦瓜和尚石涛济。"时在1691年。

波士顿美术馆藏石涛款十二开《山水大册》，其中一开所题与此语类似："此道见地透脱，只须放笔直扫，千岩万壑，纵目一览，望之若惊电奔云，屯屯自起。荆关耶，董巨耶，倪黄耶，沈赵耶，谁与安名！余常见诸诸名家动辄仿某家，法某派，书与画，天生自有一人执掌一代之事。从何处说起！大涤子举为小翁年台先生一笑，癸未二月青莲草阁。"此画非石涛所作，其中"余常见诸诸名家动辄仿某家""天生自有一人执掌一代之事""从何处说起"等，因为文字抄录错误，几不可读。

丁长源，乃张笨山、梁崇此的朋友。在《绿艳亭集》中，有多处关于丁长源的记载：《乙丑诗稿》有《赠丁长源》，《丁卯诗稿》有《赠丁长源》《集丁长源署斋得远字兼示意苔元彦》，《己巳诗稿》又有《赠丁参军长源》《集饮丁长源斋中》等。可知丁长源是笨山兄弟的密友，为天津地方官员，虽涉官场，却有高逸的品性。笨山《赠丁长源》诗云："花朝来访丁荷峰，清逸之士吾所从。每厌案牍劳耳目，常将古诗浇心胸。祖业槐堂千秋重，春风官阁杯酒浓。醉后一扣诗腹问，梦中可否生苍松。"

师古人之心

古人未立法之先,不知古人法何法;古人立法之后,便不容今人出古法。千百年来,遂使今人不能一出头地也。师古人之迹而不师古人之心,宜其不能一出头地也,冤哉!

注　此段题语录自王南屏旧藏、纽约佳士得 1986 年春拍之石涛《松岩泻瀑图轴》。作于 1692 年春,是石涛北上期间的杰作。款题:"上伯昌先生大吟坛一笑。清湘老涛苦瓜和尚长安之海潮阁下,壬申三月二日。"其中表现的思想,与日本所藏《且憨斋山水册》《搜尽奇峰打草稿图卷》的题识语是一致的,说明石涛在北上期间,不仅在书画创作手法上有积极探索,在艺术观念上也有深入思考。上款之"伯昌先生"不详。

此段题画语又见汪绎辰《大涤子题画诗跋》。汪氏录自今藏波士顿美术馆的石涛款十二开《山水大册》。册中第九开设色画山水,以正书题云:"古人未立法之先,不知古人法何法;古人既立法之后,便不容今人出古法。千百年来,遂使今人不能一出头地也。师古人之迹而不师古人之心,宜其不能出一头地也,冤哉!清湘大涤子阿长。"除落款之外,与王南屏旧藏《松岩泻瀑图》完全相同。《山水大册》中此图以诡异的造型和独特的题画语为人所重。若是石涛所作,当作于 1700 年左右。与《松岩泻瀑图》相较,两件相差数年的作品,题跋完全一样,令人费解。再审视画中正书的局促和造作,与放旷的题画语内容形成明显的矛盾,《山水大册》此开当非石涛所作。

清供

湖州太守馋甚,至欲以渭滨千亩纳之胸中,贫道人则不然,才带露挹烟将两三竿用作齑盐清供,你道是知味不知味?

注　此段题语录自北京故宫博物院所藏石涛《书画合璧图卷》。此册作于他北上归来之时。在此卷一段墨竹之后,题有此语。湖州太守,指北宋画竹高手文同,其画竹重气韵,在一竿竹中,有"参差十万丈夫"的气势。

题双松泉石图

　　昨年癸酉岁客吴山亭，奉访鸣六先生，斋头赏砚之馀，复观古人一二墨迹。纵谈绘事，卷中笔墨有似吴仲圭者，翁极称之。案头时有宣纸一幅，翁命余作画，余兴发，呼墨，亦用攒点法，未终日，已在矣。余入山，一别不觉将一载，今秋翁与王觉士先生携此帧访余于南园之桫椤堂，复以古诗扇头见示，命余补款。余向时所观，有《溪山无尽图》，并《关山秋霁》杰构处参用之，大方印可。

注　　此段题语录自四川大学图书馆所藏石涛《双松泉石图》。此图作于1694年，乃为鸣六所作。黄律，字鸣六，歙县潭渡人氏，祖辈业盐，因家扬州。许承尧《歙事闲谭》以其为明遗民。其年龄比石涛大。邓汉仪《诗观》二集卷十三收有黄律之诗，言其有《存古楼诗》。鸣六也善画，尤精于鉴画。洛杉矶美术馆藏有石涛八开《赠鸣六山水册》，便是石涛与其论画之笔墨呈现。王觉士，歙诗坛元老王武徵之子，亦善画。1694年，石涛有徽州之行。南园之桫椤堂，或在歙县岩镇文豪吴苑、吴菘、吴瞻泰之庄园，其家有"娑罗堂"。

题为鸣六作山水

　　此道从门入者，不是家珍，而以名振一时，得不识哉！高古之如白秃、青溪、道山诸君辈，清逸之如梅壑、渐江二老，干瘦之如垢道人，淋漓奇古之如南昌八大山人，豪放之如梅瞿山、雪坪子，皆一代之解人也。吾独不解此意，故其空空洞洞木木默默如此。问讯鸣六先生，予之评定其旨如斯，具眼者得不绝倒乎？

注　　此段题语录自洛杉矶美术馆所藏石涛八开《赠鸣六山水册》总跋。此册作于1694年，与四川大学图书馆所藏《双松泉石图》一样，都作于是年之秋。《清湘老人题记》录此跋。

　　此跋涉及清初多位重要画家。石溪（1612—？），号白秃、石道人、残道者、电住道人等，晚年寓居金陵牛首祖堂山幽栖寺。石涛1678年来金陵时，石溪已下世。程正揆（1604—1676），字端伯，号青溪道人，清初著名画家。陈舒（1612—1682），字原舒，一作元舒，号道山，晚年居金陵雨花台下，与石涛所在之大报恩寺相距不远，二人有交往，存世石涛作品中有赠道山之诗。查士标（1615—1698），字二瞻，号梅壑，是石涛的艺道知己，今有二人合作书画传世。渐江（1610—1664），法名弘仁，号渐江学人。石涛虽未见渐江，却与黄山画派诸弟子关系密切，看过不少渐江传世作品，并有题跋。程邃（1607—1692），字穆倩，号垢区，又称垢道人，石涛的艺道知己。梅清（1623—1697），字渊公，号瞿山、瞿硎，是石涛的精神和艺术导师。梅庚与梅清同为宣城画坛领袖，石涛、梅清、梅庚三人风格上比较接近。

此段题画语，也是石涛最早提到八大山人的文献。

校　"豪放之如梅瞿山雪坪子"，"豪放"原作"毫放"，改。

与季翁论画

丑石蹲伏，水仙亭立，蛾眉出宫，作米盐新妇，别具大家风韵。

怀素学书，种蕉代纸，雨馀墨汁淋漓，应是此种境界。

人言菊不落而骚人用以供夕餐，自来菊无实而又有吞以仙去者，乃知灵异之变，何所不有？偶用点染而并及之以广异闻。

写竹不足，而继之以写笋，蝉附蛇蜕，犹未足以尽其奇变也。第未知堪供箦筥之枵腹否？

注　此数段题语录自《虚斋名画录》卷十五著录之《释石涛山水花卉册》。此册为赠"季翁"（吴菘）之作，作于1695年春。此中所论涉及石涛一贯的思想，如关于美丑的看法，超越美丑的分别是石涛的重要坚持，所谓"精雄老丑"中也有文章，万点恶墨中也有至美藏焉。又如他在多则画跋中谈到怀素种蕉代纸的问题，并非是对芭蕉叶这样的书写工具的偏爱，而是从中转出一种从自然中得来的思想。

荣宝斋所藏伪托石涛之长卷《梅竹石图》，其中一段就模仿此作之题识语："蛾眉出宫，作米盐新妇，别具大家风韵。"

笔墨资真性

余性懒，真少与世合，性笔墨以寄闲情，古德云：何妨笔墨资真性。此之谓也。

姬老年道翁知交有年，人品高洁，心志澹然，故以笔墨而假游咏以见余方外意，兴之所到，随作一诗，俾松兰石竹各得风韵，惟大方君子视之笔墨之外可耳。若以工拙较之，宁无愧色？

注　　此段题语录自台北"故宫博物院"所藏石涛《写竹通景屏》。作于1693年到1694年。

题石榴图

世传榴与葡萄皆张骞自域外携其种来，而予谓榴尤奇，其为羡也在内蕴，其吐露也不尽倾，隐然抱君子之德焉。恐古人"绿叶""华滋"之咏尚属浅观。

注　　此段题语录自上海博物馆所藏石涛六开《杂画册》中石榴一图。款题："清湘瞎尊者济漫识于邗江树下。"作于1693年到1696年间。

题花卉册

近代诸名家以竹称擅者，每一下笔，非井字即胡叉诸病，又不必细说也。

黄鹂作巢枝底见，青虫打眼节边开。此予今于梅花中有所见而得者，观诗之人从未闻许可，今偶书于上。

此中似觉有油无盐，正合苦瓜道人意味。

注　　此数段题语录自上海博物馆所藏石涛八开《花卉册》。大致作于1695年前后，是石涛湿墨花卉的重要作品。题跋中多有关于作此类画的思考，既有笔墨方面的，又有精神气质方面的。

与乔白田论画

古人云，作画当以草书隶书之法为之，树如屈铁，山如画沙，绝去甜俗蹊径，乃为士气。不尔纵俨然成格，已落画师魔界，不复可救药矣。或云东坡成戈字，多用病笔。又云腕著而笔卧，故左秀而右枯，是画家侧笔渴笔说也。西施捧心而颦病处，妍媚百出，但不愿邻家效之。白田乔子深会其旨，渴爱予画，乃出大绢四幅，属为点染四景，向曾观先生所藏先辈诸大家巨制五六幅，岂珠玉案头独少明星作供耶？草草事此可胜小巫之愧云。

注　　此段题语录自汪研山《清湘老人题记》。原是为乔白田所作山水四景之题跋，画今不存。

乔莱（1642—1695），字子静，号石林，宝应（宝应古称白田）人，康熙六年丁未（1667）进士，康熙十八年己未（1679）与施愚山等同举博学鸿词，授翰林院编修，参与修《明史》。1685年之后，又升为翰林侍读，馆阁代言之文大都出自其手。晚归园田，于家乡宝应修纵棹园。潘耒《翰林侍读乔君墓志铭》云："罢归，归而裹足掩关，绝口不谈世事。就废圃为园，叠石疏池，刺小船往来，赋诗饮酒为乐。"（《遂初堂文集》卷十九）

石林所筑园曰归棹亭，于其中娱情诗酒。其间与石涛多有来往。石林工于《易》，尝著《易俟》二十卷，为《四库全书》经部所收。又工诗善画，他的绘画成就多不为人知。杨钟羲《雪桥诗话》三集云："乔石林善画，尝为棠村相国作《蕉林书屋图》。"石涛和石林不仅切磋诗艺，还有绘画上的共同爱好。

石涛此段论画语，初引董其昌语："士人作画，当以草隶奇字之法为之，树如曲铁，山似画沙，绝去甜俗蹊径，乃为士气。不尔，纵俨然及格，已落画师魔界，不复可救药矣。"（《画禅室随笔》卷一）次说苏轼艺术观点。此中所述，是石涛的一贯思想。

《清湘老人题记》节此段后所录一跋，恐非石涛所作："戊寅春三月望后二日，白田乔子以怀予诗见赠，兼有索画之作，并笔墨数种。余正抱微疴于大涤堂中，展玩之际不觉心神俱爽。古人云，诗文字画得到极处，足以却病延年解闷消愁，诚哉斯言也。越日遂作《桃源图》并数语以博一笑，非敢云报琼也。"乔莱于1695年下世，王仲儒《西斋集》乙亥诗卷有《挽乔石林》诗。大涤堂1696年建成，石涛不可能在大涤堂中收到白田乔子之诗。

题仿倪黄笔意扇面

此翁昨年癸酉初夏与张少文史客学公有声阁，拈笔作倪黄焦墨法，墨不大精，看去无光。今夏吾复避暑山中，书款用章住看，觉又是大佛开光矣。

注　　此段题语录自上海博物馆所藏石涛《仿倪黄笔意扇面》。作于1694年。

墨醉

　　畹翁老先生风雅之宗，久收法书名画。济丙子再过广陵奉访，公出宋纸十二，命作花果、水山、屋木。余尝见饮酒者，初闻我使酒，既且我转为酒使，予每每不解其故。今日笔酣墨饱，拉沓模糊，一径为他拽去，而予渺不自知，遂自名之曰"墨醉"。

注　　此段题语录自北京故宫博物院所藏石涛十二开《墨醉图册》（又称《杂画册》）。作于1696年。"畹翁老先生"，不详其人。此中言"济丙子再过广陵"，自1695年到1696年初，石涛曾在真州客居。

题仿倪山水

　　倪高士画如浪沙溪石，随转随注，出乎自然，而一段空灵清润之气，冷冷逼人。后世徒摹其枯索寒俭处，此画之所以无远神也。

注　　此段题语录自普林斯顿大学美术馆所藏石涛《仿倪山水》。款题："丁丑冬日清湘老人苦瓜偶意。"作于1697年冬。神州国光本《大涤子题画诗跋》卷一还有一件类似作品。画不见，其著录文字为："倪高士画如浪沙溪石，随转随注，出乎自然，而一段空灵清润之气，冷冷逼人。后世徒摹其枯索寒俭处，此画之所以无远神也。乙亥冬月清湘老人苦瓜偶意。"题跋的内容完全相同，款却有别。此为伪作。

与张鹤野观册子

　　昨乾净斋张鹤野自吴门来，观予册子，题云："把杯展卷独沉吟，咫尺烟云自古今。零碎山川颠倒树，不成图画更伤心。"又云："寒夜灯昏酒盏空，关心偶见画图中。可怜大地鱼虾尽，犹有垂竿老钓翁。"余云："读画看山似欲癫，并驱怀抱入先天。诗中有画真能事,不许清湘不可怜。"

注　此段题语录自上海博物馆所藏石涛十开《山水册》。大约作于1697年前后,是石涛初入大涤堂后的作品。《南画大成续编》卷一亦收录此册中作品。此为册中一开山水的自题。张景蔚,字少文,号鹤野、莲泊居士等,是石涛好友。此中二人作诗品鉴山水册子,其中藏有一种故国情怀。

题江天山色图

作书作画无论先辈后学,皆以气胜。得之者,精神灿烂出之纸上。意懒则浅薄无神,不成书画。善收藏者,勿求纸之短长粗细,古人片纸只字,价重拱璧,求之不易。然则其临笔时亦不易也。故有真精神,真命脉,一时发现,直透纸背,此皆是以大手眼,用大气力,摧锋陷刃,不可禁当,令百世后晶莹不灭,即如文天祥先生所谓"风檐展书读,古道照颜色"也。

云逸先生好古,博雅高流,与余交有年。丁卯冬,命作山水大幅。余时即欲北游,未了此愿。归居邗数载,今年己卯三月,云老过余大涤草堂,谭及绘事,触动初机。余曰:"十二载之请,今当报命矣。"急取宣纸,胸无留藏,外无拘束,如是安有古今哉!犹之乎以瓶泄水,水泼地面,波致自成。虽然,良金美玉,鉴之为重,倘不如是,而人皆曰:"此狂妄无行者也。"清湘乃为大笑云:"初犯罪过。"

注　此段题语录自四川省博物馆所藏石涛《江天山色图轴》。此图是石涛生平大制作,作于1699年春。与石涛的一些草草写就的作品不同,这件设色山水立轴经过缜密的构思,有复杂的层次,笔精墨纯色佳,而气荡乎其间,读此画,如听画家之心音也。其上有两段题跋,此为第一段,以分书书就,古朴而饶风韵。一丝不苟,无一字一笔之误,如此长的文字,能如此精心,在石涛传世作品中也不多见。此段文字正触及作书作画的气局问题,他的这副笔墨,几乎给他的议论作了注解。

所赠之"云逸先生",即吴云逸,歙县丰南人,居扬州。云逸出身丰南吴氏大族,好交游,善收藏,是远近闻名的诗人,也是石涛的艺道知己。石涛抖擞精神,拿出自己的毕生功夫,做出一篇艺道的好文章。

此画此题,后多有仿者。张大千神迷此作,仿此画作书画数幅,不少还顶着石涛之名在流传。

论画之清赏

云之杳霭不知其飘然而来,江之浩荡不知其济然而逝,山之巃嵸不知其峨然而高,木之繁阴不知其郁然而结,能会其意于清赏间,一香一茗,一动一置,何所不可耳?

注　　此段题语录自石涛《江天山色图轴》第二跋。款题:"惟吾云逸先生得之,是以请正。清湘弟石涛次日复题。"

校　　"不知其郁然而结",原作"不知其然而结",落一"郁"字,补。

论古

山以静古,木以苍古,水之古于何存?其出也若倾,其往也若奔,而卒莫之竭也。道人坐卧云瀣中,十年风雨,四合茫混,心开亲于轩辕老人前探得此个意在。

注　　此段题语录自胡积堂《笔啸轩书画录》卷下著录之《僧石涛山水卷》。款题:"己卯四月,清湘陈人济大涤堂中。"时在1699年。

梅花枝满

梅花枝满,香色可人,灯炖火珠月移,花影栏杆。墨汁瘦,影堪怜,偶一效捧,不减捧心佳致。

注　　此段题语录自上海博物馆所藏石涛《梅竹双清图轴》。图上有二跋,此为第一跋。款题:"己卯二月大涤堂前红白灿然,张灯写此,纸新未合笔意,遣兴为快。清湘陈人原济并识。"作于1699年。

题因病得闲山水册

文章笔墨是有福人方能消受，年来书画入市，鱼目杂珠，自觉少趣，非不欲置之人家斋头，乃自不敢作此业耳。今闲居无事，或欲借此纸打草稿而矣。识者当别具真赏。辛巳二月□□闭门因病得闲，随笔摸得□纸并识。清湘陈人济。

注　　此段题语录自普林斯顿大学美术馆所藏石涛《因病得闲山水册》。此册共八开，后附一纸，题此语。作于1701年。

题山亭独坐图

吴道子有笔有象，皆一笔而成。曾犹张颠、知章，学书不成，因工于画，画精而书亦妙，可知书可通神于画也。知笔知墨者，请通余一画之门，再问一笔之旨。

注　　此段题语录自广西壮族自治区博物馆所藏石涛《山亭独坐图轴》。此图是石涛晚年定居大涤堂后所作。此题由书画相通谈其"一画"之旨，颇有胜义。

题云山图

写画凡未落笔先以神会，至落笔时，勿促迫，勿怠缓，勿陡削，勿散神，勿太舒。务先精思天蒙，山川步武，林木位置，不是先生树后布地，入于林出于地也。以我襟含气度，不在山川林木之内，其精神驾驭于山川林木之外，随笔一落，随意一发，自成天蒙，处处通情，处处醒透，处处脱尘而生活，自脱天地牢笼之手，归于自然矣。

用笔有三操，一操立，二操侧，三操画。有立有侧有画，始三入也。一在力，二在易，三在变。力过于画则神，不易于笔则灵，能变于画则奇。此三格也，一变于水，二运于墨，三受于蒙，水不变不醒，墨不运不透，醒透不蒙则素，此三胜也。笔不华而实，笔不透而力，笔不过而得。如笔尖墨不老，则正好下手处，此不擅用笔之言，惟恐失之老。究竟操笔之人，不背其尖，其力在中，中者力过于尖也。用尖而不尖，则力得矣。用尖而识尖，而画入矣。

注　　此段题语录自北京故宫博物院所藏石涛《云山图》。款题："清湘大涤子壬午三月乌龙潭上观桃花写此。"作于1702年。此次早春金陵之行，除了看望朋友，重游故地之外，石涛还曾去明孝陵谒陵，写下了他一生的重要诗篇——谒陵诗，惜已失传。在舟回维扬途中，因朋友之请，石涛作此图，并两题之。第一段题语后，款题："大涤子江上阻风题此。"第二段题语后，款题："舟过真州友人欲事笔索余再题。"

《云山图》上的题跋，对石涛艺术思想研究有重要参考价值。此顷其《画语录》当已完成后刊刻。此中题跋可以帮助理解《画语录》中的思想。其中第一段题跋延伸了"蒙养"的思想；第二段题跋所涉之"三操""三入""三格""三胜"等论述，是石涛于笔墨方面的重要见解。两段论画语都作于江行舟上，不像临时写就，似为《画语录》所删之篇章。

笔墨当随时代

笔墨当随时代，犹诗文风气所转。上古之画迹简而意淡，如汉魏六朝之句。然中古之画如初唐盛唐雄浑壮丽，下古之画如晚唐之句，虽清洒而渐渐薄矣。到元则如阮籍王粲矣。倪黄辈如口诵陶潜之句："悲佳人之屡沐，从白水以枯煎"，恐无复佳矣。

注　　此段题语录自波士顿美术馆所藏石涛款十二开《山水大册》其中一开题识，又见汪绎辰《大涤子题画诗跋》。前者款"大涤子"，后者款"癸未夏日苦瓜痴绝书"。两处题跋完全相同，而落款则有别。波士顿此开笔墨与石涛近，当为真迹，疑汪绎辰所据之画为伪。

跋竹画

东坡画竹不作节，此达观之解，其实天下之不可费者无如节。风霜凌厉，苍翠俨然，披对长吟，请为苏公下一转语。

注　　此段题语录自汪绎辰《大涤子题画诗跋》。

法度渊源

古人虽善一家，不知临摹皆备，不然何有法度渊源？岂似今之学者作枯骨死灰相乎！知此，即为书画中龙矣。

注　　此段题语录自汪绎辰《大涤子题画诗跋》之"跋画"。而波士顿美术馆所藏石涛款十二开《山水大册》中一开题："古人虽善一家，不知临摹皆备，不然何有法度渊源？岂似今之学者，如枯骨死灰相。似知此，即为之书画中龙矣。"这样意思全反了。其意思似乎是，绘画作枯骨死灰相，就是"书画中龙矣"——伪作者对原意不甚清楚。

论翰墨家养气

盘礴脾睨，乃是翰墨家生平所养之气。峥嵘奇崛，磊磊落落，如屯甲联云，时隐时现，人物草木舟车城郭就事就理，令观者生入山之想乃是。

注　　此段题语录自纳尔逊-艾金斯美术馆所藏石涛十二开《苦瓜妙谛册》其中一开题跋，又见汪绎辰《大涤子题画诗跋》、陆心源《穰梨馆过眼录》卷三十六《石涛赠石溪山水册》（当为《赠石头山水册》）。

论苔点

古人写树叶苔色，有淡墨浓墨，成分字个字一字介字品字厶字，已至攒三聚五，梧叶松叶柏叶柳叶等，垂头斜头，诸叶而行，容树木山色、风神态度。吾则不然。点有雨雪风晴四时得宜点，有反正阴阳衬贴点，有夹水夹墨二气混杂点，有含苞藻丝璎珞连牵点，有空空阔阔干遭没味点，有有墨无墨飞白如烟点，有焦似漆邋遢透明点，更有两点未肯向学人道破，有没天没地当头劈面点，有千岩万壑明静无一点。噫，法无定相，气慨成章耳。

注　　此段题语录自纳尔逊-艾金斯美术馆所藏石涛十二开《苦瓜妙谛册》。款题："时癸未秋日为石头刘先生写画拈出请正。大涤子。"时在1703年。又见汪绎辰《大涤子题画诗跋》、陆心源《穰梨馆过眼录》卷三十六《石涛赠石溪山水册》（当为《赠石头山水册》）。

与友人论画

　　此道有彼时不合众意而后世赏鉴不已者，有彼时轰雷震耳而后世绝不闻问者，皆不得逢解人耳。

———————

注　　此段题语录自纳尔逊-艾金斯美术馆所藏石涛十二开《苦瓜妙谛册》，又见《穰梨馆过眼录》卷三十六《石涛赠石溪山水册》（当为《赠石头山水册》）。

论古松

　　李元礼谡谡如劲松下风，嵇叔夜岩岩如孤松之独立，予每恨不得复见其人，时写一二本披襟相向，俨然具景行仰止之思矣。

———————

注　　此段题语录自上海博物馆所藏石涛《松坡梅石图》立轴。郑为《石涛》第40页影印。迎面画怪石突起，孤松盘桓。以行书题上引之语，款"清湘石涛济山僧"。作于石涛居金陵时期。石涛好画松，不仅重在其形，这段论述从魏晋风度追寻其背后的精神气质。

　　北京故宫博物院藏有一题有同样文字的《松石图》长卷，款"清湘老人济漫写于砚旅斋中"，是一件赝作。

题竹石图

　　唐人有言："指挥如意天花落，坐卧闲房春草深。"今老人之所栖大涤耳，而高台压檐，大江无际，不胜其闲。而好为多事，每于风清露下之时，墨汁淋漓，掀翻烟雾，不自觉其磅礴解衣，而脱帽大叫，惊奇绝也。噫嘻，子猷何在，渊明未返，春遗佩于骚人，溯凌波之帝子。跨躇四顾，望与怀长，谁其问我，闲房而信手拈来，起微笑者，虽然今日，从君以往矣。天下一时未必无解人，若云只可自怡悦不堪持赠君，陶真逸得微无隘。

注　　此段题语录自广西壮族自治区博物馆所藏石涛《竹石图》。图为大立轴，作于1705年前后，是石涛晚岁竹画之杰作。上以隶书题有此段论画语，款题："时小寒后二日寄上忆翁先生博笑。清湘大涤子耕心草堂。""忆翁"，不详其人。

　　所引唐人言，为李颀《题璿公山池》："远公遁迹庐山岑，开士幽居祇树林。片石孤峰窥色相，清池皓月照禅心。指挥如意天花落，坐卧闲房春草深。此外俗尘都不染，惟馀玄度得相寻。"

题高眕摩天图

资其任，非措则可以神交古人、翩翩立世，非独以一面山川贿鬻笔墨。吾于此际，请事无由，绝想亘古，晦养操运，不啻天壤，及有得志，邈不知晓。使余空谷足音以全笔墨计者，不以一画以定千古不得，不以高眕摩空以拔尘斜反，使余狂以世好自矫，恐诞印证。古人搜刮良多，能无同乎，能有同乎，期之出处，亦可以无恨于笔墨矣。

注　　此段题语录自四川省博物馆所藏石涛《高眕摩天图轴》。此图是石涛晚年的重要作品。这段论画语见其上题跋，款题："时癸未小寒，松风堂主人属清湘大涤子写于耕心草堂。"松风堂主人，即石涛友人程浚（字葛人）。在石涛存世作品中，唯有此作涉及《画语录》第十八章的重要概念"资任"，此一概念为石涛所独创。此题跋谈到"资任"与"一画"之关系，在石涛思想研究中弥足珍贵。

空山无人之境

空山无人，水流花开。东坡学士语也。予不知观者是谁，不可不下一语。

实有此奇，不必问理。

书画一道，若善收藏者，勿求纸之长短粗细，古人片纸只字，价重千金者，求之不易。求之不易者，则举笔者亦不易也。故有真精神、真命脉出现于世，空山无人，左右都散，独坐枝栖，手闲心静，弄墨一快。

注　　此数段题语录自上海美术家协会所藏石涛十二开《山水册》。此册作于石涛居金陵之时，他手静心闲时弄墨作画，乃有此论。

这里所说的"空山无人，水流花开"为东坡所言，又是禅家境界。禅宗以"落叶满空山，何处寻行迹"为第一境，以"空山无人，水流花开"为第二境，以"万古长空，一朝风月"为第三境，也是最高的境界。禅宗的这一思想对文人画深具影响。黄山画派宗师渐江在《画偈》的开篇，就以"空山无人，水流花开。再诵斯言，作汉洞猜"为其论画总旨。

从陈贞庵学竹

余往时请教武昌夜泊山陈贞庵先生学兰竹。先生河南孟作令，初不知画，县中有隐者精花草林木，先生授学于此人。予自晤后，笔即称我法，觉有取得。今画此数片请教谓翁印可。

注　　此段题语录自纽约一私人藏家所藏石涛《兰竹图》。铃木敬《中国绘画总合图录》第一卷第162页收录，编号为A18-009。此段题识记载石涛早年的学画经历，弥足珍贵。他在来黄山之前，曾在武昌，从陈贞庵学花卉之作。据汪世清先生考证，陈贞庵乃湖广江夏人，同治《江夏县志》卷六《人物》载："陈一道，号贞庵，崇祯丙子乡举，顺治初摄嘉鱼县事。丁亥成进士，令孟县。勤敏清慎，多善政。公馀寄情诗画，牡丹兰竹尤胜。"正是此人。

这里的"谓翁"，即石涛诗友王谓升，石涛晚年与其交往密切，并有多作赠之。

论笔力

颜鲁公书笔力直透纸背，东坡书转折间，□□无铁石之疑。移手腕作画当别是一番□□，不必如经生辈左规右矩，自足千古。

注　　此段题语录自北京故宫博物院所藏石涛《对雪乐事图卷》。《中国古代书画图目》编号为京1-4729。此卷是石涛晚年的杰作，境界超逸，气象浑穆，构图与《长干图》类似。款题:"此余大涤堂对雪乐事。清湘瞎尊者济。"

石涛论书画一体,常从笔力千钧、力透纸背上说起。他说:"必定画沙,然后成字。"他在绘画用笔上深受汉碑以及颜真卿、苏轼等的书法影响,曾题山水云:"如此鲁公书。"此则题跋也表达了相似的观点,虽然画面缺损,不得识其全,但仍可揣测其意。

与廷佐谈写梅

近日世人写梅皆落窠臼中,□处成女字,吾意只欲枝与干,似似非非中脱出,至于用浓澹老嫩枯瘦生削,则又有时节。随其手中之笔,最先一画如何,后即随顺成文成章。今廷老世兄亦喜吾此法,感时拈弄,颇有入室处,予正欲写此与之,又有不及也。

注　此段题语录自上海博物馆所藏一石涛山水扇面。款题:"清湘老人济大涤下。"所赠"廷老世兄",当为其弟子洪正治(字廷佐)。

题丛竹兰石图

近年不道山水无人,兰竹更无梅壑,常见潇洒数年,绝无烟火。客问瞎尊者:"写兰竹,师有何法?"余曰:"从不敢得罪此君。"

注　此段题语录自上海博物馆所藏石涛《丛竹兰石图轴》。上有高凤翰的题跋:"此竹数尺耳,而有千尺之势。此于石和尚亦云。乾隆戊午南阜山人左手醉题。"

画月下竹

月色满地,天籁虚无,竹韵铿然,枝叶激搏。如美人于瓦砾中,有邯郸步,无由见其妍也。随笔写数个字,韵致亦觉潇洒,良夜胜情,此为奇绝。时戊寅二月,余大涤堂下梅花正开,友人赠予竹数竿,随之庭前月下美影情生。

注　　此段题语录自苏州灵岩山寺所藏石涛《梅竹图》。款题："写此进似庵先生博教。清湘陈人济并识博教。"似庵，其人不详。

《十百斋书画录》巳集也录有一段题画语："月色满地，天籁虚无，竹韵铿然，枝叶激搏。如美人于瓦砾中，有邯郸步，无由见其妍也。随笔数竿，韵致亦觉潇洒，良夜胜情，此为奇绝。清湘大涤子。"此作或为伪托。

题山林胜境图

山林有最胜之境，须得最胜之人。境有相当，石我石也，非我则不古；泉我泉也，非我则不幽。山林知我山林也，非我则落寞而无色。虽然，非熏修参劫而神骨清，又何易消受此而驻吾年。

注　　此段题语录自四川省文物商店所藏石涛《山林胜境图》。款题："□□出纸索予法外随意拈就。"上款被人挖去。这段论画语很有胜义。《十百斋书画录》巳集亦著录此作。

题郊行图

吴道子画西方变相，观者如堵。作佛圆光，风落雷转，一挥而成。窃疑其不然。坡公云："当其下笔风雨快，笔所未到气已吞。"个中人许道只字？

注　　此段题语录自沈阳故宫博物院所藏石涛《郊行图轴》。此中谈到绘画中的一笔书、一笔画问题：此一笔者，非一挥而就，不是表演，胸中需蓄聚气势，所谓"笔所未到气已吞"，胸中有，笔下才能从容洒脱。

论画气

吴道子始见张僧繇画，曰：浪得名耳。已而坐卧其下，三日不能去。欧公云：古画画意不画形，忘形得意知者寡。数行墨迹，郁郁芊芊，学问文章之气，当不令瞽子抹煞。

优孟之似，似其衣冠耳，即衣冠而求优孟，优孟乎哉？余于古人神情有出冠之外者往往如是。

注　此二段题语录自中国美术馆所藏石涛十二开《山水册》（十一开山水，一开题跋）最后一开。有两段题跋，第一段款"大涤子偶意"，第二段款"时壬午冬日坐青莲草阁，复展此纸。清湘老人济"。此册渴笔山水为石涛生平杰作，作于1702年。

以笔墨说画法

此一幅，向中一笔横断，次写屋，次写山下，总是一路圈到底，峰峦碎石，急须会意，始得其神理焉。

此幅用墨痛快，须他远重而近轻，似他人则必有□，须法门不一之旨。

此幅初不必学，只可看，后来大得手，即用也。

此幅山一法，树一法，沙一法，总以笔图去法，与山势皆在。内一气滚去，此为之法外法是也。

雪山初以不钩全，次用树木竹石，总以不完为是。全在积雪得法，次用淡水墨直点，文而有冷意即是。

此幅细看烘染脉路，一气四五回，方能入元人之室。

拈秃笔，用澹墨，半干者，向纸上直笔空钩，如虫食叶，再用焦墨重上，看阴阳点染，写树亦然，用笔以锥得透为妙。

此幅为之写图，出门即是眼中所见，即写之。

注　此数段题语录自美国纽约一收藏家所藏石涛八开《山水册》。铃木敬《中国绘画总合图录》第一卷第175页收录，编号为A18—65。

八幅作品无款，有印，未系年，当是石涛北京归来、大涤堂未成之时作，或为课徒而作。以具体的笔墨来说绘画之法，很是精审，可为画道津梁。

题渔隐图

识想所结，一种轻脱，境界异人处，人亦不觉，己亦不自觉，足空一世。鲛宫珠出之不穷，得亦不易，识者当别具珍赏。

注　　此段题语录自香港虚白斋所藏石涛《渔隐图》。款题："清湘大涤子若极题于大本堂。"作于1705年前后。满纸漫漶，令人印象深刻。

题秋冈远望图

公孙之剑器，可通于草书；大地之河山，不出于意想。枯颖尺楮，能发其奇趣者，只此久不烟火之虚灵耳！必曰：如何是笔，如何是墨？与其呕血十斗，不如啮雪一团。

注　　此段题语录自郑为《石涛画集》第38页影印之石涛《秋冈远望图轴》，又见《艺苑掇英》之《清初四画僧精品集》（上）。其中表达的思想极为重要：画之关键在人心，笔墨、赖笔墨而成的造型只是手段；笔墨的精熟、造型能力的提升固然重要，但究竟属于技巧，胸中空空、见识短浅则不可能有好画。

题谢名友

名友先生以笔墨文章之气品余书画，每经片纸只字皆物色之。今夏秋于市头忽睹此册，身不能去，必多方购得。逢人自道，即令苦瓜得知，复命余观。美哉幸事，点首乐书。

注　　此段题语录自香港佳士得2007年秋拍之石涛《苦瓜老人三绝册》第十二开山水对题。款题："清湘涤子济燕在阁下。"王棠，字名友，号勿翦，其斋名燕在阁（有《燕在阁知新录》一书），是石涛晚年的书画知己。

题枯木竹石图

　　枯木竹石，非妙在形似之工巧，而妙在枯木竹石之趣之韵之生动灵秀之奇，较之茂林长松，尤为峭拔孤矫，如异人举止，乃为贵也。不然直枯木耳，枯竹耳，枯石耳，奚以夺高明之目，而鼓之舞之，以生其情性耶？余于新秋雨馀，溽暑既散，意致一清，展卷为此，亦似有默契于心，而出之手者，识者鉴诸。

注　　此段题语录自王季迁所藏石涛《枯木竹石图卷》。此卷是石涛晚年的重要作品，可以看出和金陵后期所作《古木丛筱图卷》（首都博物馆藏）之一脉相承处。作于1700年左右。此处所言枯木竹石胜茂林长松，在其奇气，是真知艺之论。

题设色山水图轴

　　余画当代未必十分足重，而余自重之。性懒多病得者少，非相知之深者，不得得者。余性不使易，有一二件即止，如再索者，必迟之又迟。此中与者受者皆妙。因常见收藏家皆自己鉴赏，有真心实意存之案头，一茗一香，消受此中三昧。从耳根得来，又从耳失去。故余自重之也。身后想必知己更多，似此时亦未可知也。知我者见之必发笑。

注　　此段题语录自石涛《设色山水图轴》。款题："清湘陈人石涛写并识大涤堂下。"有些鉴藏家只为金钱和装点门面，并不懂艺术，更不珍惜艺术，石涛对此深恶痛绝。所以他自我叮嘱：为艺者当自重。

题花果册

　　朝菌不知晦明，拈出与他延寿且站在一边。

　　香山有云：犹抱琵琶半遮面，何如这枝煞有风味在。

　　瓜豆：焉能系而不食。

苦瓜：这个苦瓜老涛就吃了一生。风雨十日，香焚苦茗，内府纸计四片，自云不易得也。且看是何人消受。

注　　此数段题语录自潘季彤旧藏、今藏香港至乐楼之石涛四开《花果册》。又见《听飒楼书画记》卷四著录，名为《大涤子山水花果册》。画后有大千题云："清湘花卉蔬果尤隽永有致，不落白阳、青藤窠臼，巍然独立，南田、忘庵号称专工，亦当逊其一筹。此四册先施水墨，后笼浅绛，盖山水法也。南田一出，此法遂绝。"

题墨竹

细枝风响乱，疏影月光寒，摩诘诗中画也。静坐凝思，不觉嫩节新丛，沸沸从十指流出。

注　　此段题语录自郑为《石涛》第 44 页影印之《墨竹图》。

与月坡论书

书法又一变矣。古人非擅奇秘授以骇后世，然于今时复绝旷览此拓之变态，放目赏识不厌，觉古人之精灵忽从笔端现出，真乃天技耳，今人请消受何如快哉！月坡奇矣，□□拓之真美，非为古今糟粕之论。清湘非狂士也，世以极称，何可赘赞？书此数行，以为古人是式。故余赏识中千古不废也。

注　　此段题语录自汪研山《清湘老人题记》。作于 1701 年。此顷图月坡与石涛有接触，石涛曾去邵伯看望过月坡。而月坡又好古文奇字，这段有关拓片的议论符合二人交往特征，或为石涛所作。

题竹石图

春雨滋至笋之解箨而为梢生新百出,欲将墨写之,非其胸中能吞千亩渭滨者八九,何足以穷其生韵!

注　　此段题语录自香港至乐楼所藏石涛《竹石图》。款题:"丁秋三月清湘大涤子极大本堂。"作于1707年。

画如何求好

今时画有宾有主,住目一观,绝无滋味。余此纸看去无主无宾。百味具足者,在无可无不可,本不要好而自好者,出乎法度之外。世人才一拈笔,即欲求好,早落下乘矣,极至头角具全,堪作底用?寒夜大醉,以此醒酒,未识可否?清湘老人济下,学元人款法。

注　　此段题语录自香港佳士得2002年秋拍之石涛款《山溪独坐图轴》。画本为任伯年家藏。任氏曾有《仿清湘笔意》一图,是一墨笔山水,题跋录石涛此段题语。构图与石涛有异,仿石涛纵横飘逸之味,但仍有不足。

　　石涛款此画下诗塘有任堇题诗二首:"燕环腴瘦各天真,未必铅华始美人。满内扫看西子笑,承恩谁伴捧心颦。""初禅束缚二禅驯,禅悟圆通画入神。漫笑称尊无佛处,能持我法即天人。通圆讹圆通自检。"款题:"石涛佳处在不经意,西子一颦满内损色,可易地观也。昔有说:眇倡者谓世界美人皆赘其一目,从知凡属缺陷即写至妍,悟此可读瞎尊画矣。乙卯新秋骤热苦黄连天尊隽。"钤"任越隽印"。任堇(1881—1936),字堇叔,号越隽,浙江绍兴人,伯年子,工花鸟。

题瑞兰图赠吴文野

真州吴子文野之清越草堂,今年己卯二月尊堂五十寿,时幽兰盛开,丛中多并头，中间一茎产双，并双花，凡四朵，吴子藉以奉母。至夏五月复产一枝，台高三寸许，花开八朵，俯三仰五，其色如玉，碧者三，白者二，黄者三焉，远近观者如堵，此世之罕见者也，氤氲满屋非寻常可比。吴子买舟至广陵出宋罗纹小幅请绘其图，今以管仲姬笔意写此并索诸同人各赋诗章与瑞草争光，再祝堂上，俟补入博闻亦一段佳话云。清湘老人济大涤堂下。

注　　此段题语录自汪研山《清湘老人题记》。《瑞兰图》今不见传世。目前流传的石涛款画作中题写此段话者均非石涛所作。吴文野是歙县丰南人，客居真州。吴湖帆藏《清湘怀旧图卷》，题跋中就谈到他："近年更近更成魔，溪南吴子文野敏，有书难读家贫何？"

　　　　北京故宫博物院藏石涛十二开《山水花卉册》，作于康熙庚辰（1700）。据后署"黄虞老望"（方熊，字望子，号黄虞外史）跋云："涪翁云：丘壑须胸次有之，笔墨都能得也。瞎尊者神会此旨，故能纵横如意。此册为文野作，昔云林子作画必称大痴老师，文野肯自倾心瞎尊者，能不如一峰老人全身付托耶？"

论诗中画和画中诗

诗中画性情中来者也，则画不是可拟张拟李而后作诗；画中诗乃境趣时生者也，则诗不是生吞生剥而后成画。真识相触，如境写影，初何容心！今人不免唐突诗画矣。

注　　此段题语录自汪绎辰《大涤子题画诗跋》。

校　　香港北山堂藏石涛四开《赠刘石头山水册》，其中一开也题有此段，部分文字有区别。其云："诗中画性情中来者也，则画不是可拟张拟李而后作诗；画中诗乃境趣时生者也，则诗不是便生吞生剥而后成画。真识相触，如镜写影，初何容心！今人不免唐突诗画矣。"其中一句作"则诗不是便生吞生剥而后成画"，这句话的本来意思是，画中的题诗要从所感中来，与画相融为一，不能生吞活剥；据诗成画，便截分两橛，难成一体。而北山堂本加了一个"便"字，

意思完全不可读。

而上海人民美术出版社1960年出版之《石涛画集》一书第38图名《溪山寻胜》，题："诗中画，性情中来者也，则画不是可拟张拟李而后作诗；画中诗，乃境趣时生者也，则诗不是便生吞生剥而后成画。真识相触，如镜写影，初何容心！今人不免唐突诗画矣。时庚午秋客金门之且憨斋偶一拈弄。清湘陈人大涤子济。"此也非石涛所作，1690年之时，石涛无"大涤子"之号。

题江干访友图

古之人，有有笔有墨者，亦有有墨无笔者。非山川之限于一偏，而人之赋受不齐也。墨之溅笔也以灵，笔之运（落一"墨"字）也以神。墨非蒙养不灵，笔非生活不神。能受蒙养之灵，而不解生活之神，是有墨而无笔也。能受生活之神，而不变蒙养之灵，是有笔而无墨也。山川万物之具体，有反有正，有偏有侧，有聚有散，有近有远，有内有外，有虚有实，有断有连，有层次，有剥落，有丰致，有飘渺，此生活之神大端也。故山川万物之荐灵于人，因人操此蒙养生活之权。苟非其然，焉能使笔墨之下有胎有骨，有开有阖，有体有用，有形有势，有拱有立，有蹲跳，有隐伏，有冲霄，有崱屴，有磅礴，有嵯峨，有巉岏，有险峻，一一尽其灵而足其神。

注　　此段题语录自中国美术馆所藏石涛《江干访友图》。《中国古代书画图目》编号为京3-077。画为石涛常见的山水立轴构图形式，一人携杖山中寻幽，云雾蒸腾中画远山飘渺。上题有此段文字，无款。这段论述与《画语录》中《笔墨章》内容相似，主要是讨论"蒙养"和"生活"一对概念，但二者又有不同。

论惜墨泼墨

昔人作画每惜墨，余观应惜墨处反费墨。何识画理？即如余图此崇山峻岭，穷谷削崖，则墨气淋漓，宛得云高泪日之势。若轻淡墨华，虽复刻意为之，恐不能易得本来面目。

注　此段题语录自汪研山《清湘老人题记》。其中所表达的思想，与董其昌相似。董其昌说："李成惜墨如金，王洽泼墨沈成画，夫学画者，每念惜墨泼墨四字，于六法、三品思过半矣。"（《画禅室随笔》）

题灵芝图

芝号无根，以其天性所特产，非人力也。然载之图经，芝牒不可胜数。诸凡草木，芝固贵而产于铁石者，谓之玉芝。昔东王父服蓬莱玉芝寿九万，赤松居昆仑，尝授神农服芝法，而广成居崆峒之上，亦尝以授轩辕。《水经》言，具茨山有轩辕受芝图处，图自此始也。又兰亭萧静之掘地得物，类人手，肥润而红，烹食之，逾月发再生，貌少力壮。后遇道士顾静之曰：神气若是，必茸仙药。指其脉曰：所食者玉芝也，寿得龟鹤也。成化间长洲石上白似雪，俨如小儿手臂，时人不识，弃之湖水中。大涤子今写而记之。

注　此段题语录自梁廷枏《藤花亭书画录》卷四著录之《僧清湘芝横轴》。石涛好画灵芝，上海博物馆藏有石涛一手卷，画灵芝，题徐渭《缇芝赋》于其上。
　　梁廷枏（1796—1861）是一位粤籍收藏家，当时广东以收藏石涛画为时尚，他所得不少，但多为假画。他曾说："予生平绝不喜清湘画，顾其合作，往往在酸咸之外……他卷则行草旁缀，画与字杂乱无章，令人对之作十日恶矣。"（《藤花亭书画录》卷二）假画泛滥也直接影响收藏家的品味。他题石涛画册说："坡老题林处士诗卷，谓无孟郊寒气，自是孤山诗隐增价人间。苦瓜和尚诗去岛瘦郊寒尚远，称画僧犹或可当之。此册尚属空门别派，借吟咏以写其孤愤，而未能心契夫超妙幽旷之旨。行法之剑拔弩张，是其故态，乃忽杂以精细小楷，咄咄怪事，与所作工笔美人同一喷饭。"（《藤花亭书画录》卷三）看来他并不认同石涛的"无法而法"哲学。

论笔墨

古人用笔有可说处,有不可说处,有口授心,唯有目透神贯,所为勒笔拗笔攒笔,可以浅发,如拖一笔,拖则不收,才拖则勒,勒则有筋有力有情,不勒则轻浮虚过矣。不独于拖,有力于散处亦勒,勒以代收,拗笔人能顺去,皆得力。笔以右向左,削去左,向右托之。托则以手,笔拗处得起,起得顺,连顺亦拗,则拗得矣。攒笔如写竹叶,然空中攒下,丘壑草木水石,皆攒于笔墨中不可少。譬如以诗摹画,云山到江湄,穷则变水归,峡口室通。如此画意非勒非攒非拗,何以写此。

注　　此段题语录自郑为编《石涛》第31页图。款题:"时丙子秋日得宋麻布帘广纸,写于金斗明教台并识。清湘陈人大涤子。"此跋有两点不合:金斗为合肥之古称,明教台是合肥之古迹。李贤《明一统志》卷十四《庐江府》云:"明教台寺,在府治东,唐大历间建,内有铁佛像。"故又称铁佛寺。传此地为曹操点将台。石涛客合肥在1695年夏,此题作于1696年,一不合也。落款"清湘陈人大涤子",石涛在1697年春方有"大涤子"之号,二不合也。故此画非石涛所作。

但石涛可能确有此类作品,不然仿家无以生如此详细之表述,只是改动内容,竟成讹误。这段论画语也和石涛的一贯思想相合,似为石涛所言。录此备考。

解脱法门

前人云,远山难置,水口难安,此二者原不易也。如唐人千岩万壑头角十全者,远山水口之变无一不有。若论丘壑不由人处,只在临时间定。有先天造化时辰八字相貌清奇古怪非人思索得来者。世尊云,昨说定法,今日说不定法,吾以此悟解脱法门也。

注　　此段题语录自汪绎辰《大涤子题画诗跋》。此中说法无定法的道理。

作画重蒙养

写画一道须知有蒙养。蒙者因太古无法,养者因太朴不散,不散而养者,无法而蒙也。未曾受墨先思其蒙,既而操笔,复审其养,思其蒙而审其养,自能辟蒙而全古,自能画尽而无法。画变而无法,自归于蒙养之道矣。

注　　此段题语录自胡积堂《笔啸轩书画录》卷上著录之《僧石涛着色山水》。款题:"癸未夏五月清湘大涤子阿长。"作于1703年夏。此中谈绘画的蒙养之道,充实了《画语录》的内涵。

题画百合

百合一名重迈,一名中庭,一名重匡,生宛朐及荆山。梁宣帝诗云:"接叶有多重,开花无异色。含露或低垂,从风时偃抑。"今秦淮多种此本。年年五月市头争买此花,今五月,花师手把此花插吾案头,对之偶临。

注　　此段题语录自端方《壬寅销夏录》著录、上海有正书局影印之《八大山人石涛上人合册》。日本兴文社所编《南画墨迹大成》载《朱耷道济画合册》,在续卷五录题跋三段。此册今为私人藏家所藏。

　　这是八大山人与石涛合册中最重要的作品之一。上引题百合之语,出自此册第九开,水墨画百合花一枝。

　　据端方记载,第一开为八大山人之画。第二开着色画山高入云,长松荫屋。题云:"庄生和之以天倪,八大山人。"第三开为浅色画,因树为屋,枕山成村。题云:"超然正未见关仝手笔。八大山人。"第四开水墨画两崖之间有村落。款"八大山人"。第五开题三行行书:"佳日章台街,点点僵云影。人传古台上,聊得风行净。题所仿云林画。八大山人。"第六开水墨画茆屋,水少山多。款"八大山人"。第七开水墨作三朵花。题云:"还将细笔作生涯,觌面于今也不差。阳狂恃酒甘风子,一去房州三朵花。八大山人题。"对开有题跋:"雪个异人也,好酒,善画笔不犹人。此诗此画,足见狂态。叶三朵,花可怪也哉。丁酉九月廿七日将赴皖江灯下书。"又有跋云:"房州有异人,常戴三朵花,莫知其姓名,因以三朵花名之。见东坡诗叙。懒云居士记。"第八开为石涛着色画,画山回谷转,小舟如叶。款"清湘老人济广陵"。第九开石涛画百合花一枝。第十开着色画岳阳楼，俯临洞庭君山，一螺宛浮水面。题"万里洞庭水，苍茫失晓昏"一诗。

后有数跋，跋一云："此二公之杰作也，收藏家不可多得，千金宝之。戊申中秋从四日于湘山黄石船虞源同观。"跋二云："八公石公，皆故宗室而高出赵承旨远甚，其书画超绝，笔墨外有遗世独立之意。展对之际，不觉神与俱化。大村李国宋。"跋三云："年来所见八大山人画不下数十种，当以此册为第一。石涛作亦非凡品，虽多零残，要亦经寸珊瑚，宝之宝之。单为濂。"跋四云："壬午春王正月，潭渡黄吉暹之淮阴，浪携此册同行破寂。山人画笔极纵肆，又多写鹤鹿乌鹊之类，虽极得生意，而余不甚喜也。及见此册，六法精熟，出入倪黄两家，草草而成，逸趣横生，令人玩味不忍释手。而其题识仍在可解不可解间，其狂态不能尽去。敏亭老友乃于笈剩之馀，补缀装藏之，得所依归矣。敏亭近亦学为山水笔墨，甚清爽，故并及之。又石涛画三幅亦似师井卣翁者，乃以圆笔出之，可知前贤同一师法，而运用有不同耳，并堪宝藏。丙申小春王功厚。"其中的李国宋、黄吉暹均为石涛晚年朋友。

题秦淮论道图

余往时枝栖秦淮最久。昔人云：金陵为南龙尽处，精华之气发露无馀。故其山多妍媚而郁纡，每花朝丽日，清风徐来，兴致当前，欲事图画绝不可有意立怪，亦不可信手安常。真似梦中初回，假此笔墨，直追所见，则丘壑、草木、人物、村居，定不是数见不新之迹，亦一日乐事。今把笔染此，可当梦回时否耶？

注　　此段题语录自上海工美2011年秋拍之石涛《秦淮论道图轴》。款题："岱老年先生。瞎尊者济。"乃赠江世栋，是石涛极为用心之作，不似那种草草写就之景。图中以简洁的笔触追忆金陵，石涛此时已经从北京归来，居扬州。其时大涤堂尚未建成（上有"释元济印"），石涛还是一僧人。此图的用色尤具石涛晚年洁净幽微之特色。

斩关之手

打鼓用杉木之捶,写字拈羊毫之笔,却也一时快意,千载之下,得失难言。若无斩关之手,又谁敢拈弄,悟后始知吾言。

注　　此段题语录自华盛顿弗利尔美术馆所藏石涛十开《祝枝山诗意册》。此册画与诗对开。在最后一开总跋处题上引数语,款题:"清湘遗人并识于大本堂。"作于1705年之后。

校　　这段关于画的议论在流传石涛款作品中多见,如:

1.《为徽五作山水》今藏四川省博物馆,是一件广为人知的作品。这件山水立轴题云:"打鼓用杉木之捶,写字拈羊毫之笔,却也快意,千载之下,得失难言。若无透关之手,又何敢拈弄,图苦劳耳。时庚午长夏偶过岳归堂,徽五先生出纸命作此意漫请教正。清湘石涛济樵人。"

2. 雍正年成书的汪绎辰《大涤子题画诗跋》录一件石涛款山水,其跋云:"打鼓用杉木之权,写字拈羊毛之笔,却也一时快意,千载之下,得失难言。若无荆关之手,又谁敢拈弄字体。此道亦然,悟后始知吾言。时丁卯夏五为眉倩道翁画并识。"康熙丁卯为1687年,与弗利尔本相差近二十年,而内容几乎相同,料非石涛所作。

赠觉翁山水轴

我尝于古人中羞称笔墨,犹恐笔墨之难明。又于今人中不言至道,犹恐至道之难见。非古今之笔墨绝响于人也,因人绝响于古今也。是以至道之言不见,笔墨之用不明。亦尝怪古人之不识,非一方之不识也;古人之不言,非一家之不言也。以一家言广应天下,以(此处落"一"字)方之识遍寰宇,何以能之?古人自居一家,以天下为一家也。虽所见愈大,所行愈化,所识愈远,所言愈近。所以亟称不识,托行绝闻,我则不得不言之琐琐也。时甲申秋日举为觉翁年道长先生博教。同学弟大涤子极。

注　　此段题语录自程十发旧藏之石涛《赠觉翁山水》。此轴后捐给上海文化局。上有跋云:"王梅庵亦字觉士,艺苑名流,清湘赠此,于其端故细论画旨。近落市廛，莲坡先生解囊金易之。出以示余，因见老辈相与之切而相资之深也。乙未十月十日，玉勾洞天显完子识。"张大千曾临摹过此画。

卷九

画语录

《画语录》，乃石涛一生论画理论之结穴，可能其尚在世时就已经刊刻。石涛晚年时常在自己作品中引用此书之成句。约在1712年，石涛下世不久，汪绎辰就在广东刘小山家见到过此书。1731年，汪绎辰有此书之钞本，题名《苦瓜和尚画语录》。此钞本今存南京图书馆。这是目前所见《画语录》最早版本。此本后附有张沅于雍正六年戊申（1728）所作之跋。乾隆年间，《知不足斋丛书》收有此书，即以汪钞本为底本。后续有《昭代丛书》本、《翠琅玕丛书》本、《四铜鼓斋画论集刻》本、《十二砚斋四种》本、《清瘦阁读画十八种》本、《论画辑要》本等。各本文字偶有出入，相差不大。

1960年，上海博物馆影印公布了该馆所藏康熙年间刊《画谱》，被称为"大涤堂刻本"，引起石涛研究界的注意。据后记称，此本为石涛在世时亲自手写。书前有广宁胡琪于康熙庚寅（1710）年所作之序言。此本不仅名称与流行《画语录》本有别，文字上多有不同，思想倾向上也有根本差异。一时间学界形成这样的观点：《画语录》本是初稿本，《画谱》是定本，为石涛手定。

其实，《画谱》是一伪书。其一，"画谱"的名称不符合石涛文中所示之内容，反对"画谱""画训"等的石涛不可能以此为名。倒是"画语录"这一带有禅宗意味的名称与石涛个性颇相契。其二，《画谱》本所反映的思想倾向，与石涛整个画学思想相冲突，具有明显的人为更改痕迹。其三，《画谱》文字讹误处太多，这与石涛题识中所反映的情况不同，石涛有些画跋文字很长，但很少有错讹。其四，《画谱》书法也与石涛有差异。等等。

故本书不采《画谱》，所录文字据《画语录》一系，以《知不足斋丛书》本为底本，并参校他本。

一画章第一

　　太古无法，太朴不散，太朴一散，而法立矣[1]。法于何立？立于一画。一画者，众有之本，万象之根，见用于神，藏用于人[2]。而世人不知，所以一画之法，乃自我立[3]。立一画之法者，盖以无法生有法，以有法贯众法也。

　　夫画者，从于心者也[4]。山川人物之秀错，鸟兽草木之性情，池榭楼台之矩度[5]，未能深入其理，曲尽其态，终未得一画之洪规也[6]。行远登高，悉起肤寸[7]，此一画收尽鸿蒙之外，即亿万万笔墨，未有不始于此而终于此，惟听人之握取之耳[8]。

　　人能以一画具体而微，意明笔透。腕不虚，则画非是；画非是，则腕不灵。动之以旋，润之以转，居之以旷，出如截，入如揭[9]。能圆能方，能直能曲，能上能下，左右均齐，凸凹突兀，断截横斜[10]，如水之就深，如火之炎上，自然而不容毫发强也[11]。用无不神而法无不贯也，理无不入而态无不尽也。

　　信手一挥，山川人物，鸟兽草木，池榭楼台，取形用势，写生揣意，运情摹景，显露隐含。人不见其画之成，画不违其心之用。

　　盖自太朴散而一画之法立矣，一画之法立而万物著矣。我故曰："吾道一以贯之。"[12]

---

[1] 太古：本指上古、远古。《礼记·郊特牲》："太古冠布。"注："唐、虞以上曰太古。"《列子·杨朱》："太古之人，知生之暂来，知死之暂往。"而石涛这里并非指上古或远古，而指无时间。太朴：浑然未分之世界，称为朴，或者太朴。《老子》二十八章："朴散以为器。"《淮南子·缪称训》："朴至大而无形者。"石涛借此概念指浑然未分之世界（非空间性），与太古（非时间性）相应。

[2] 见用于神，藏用于人：一画即人直接的生命创造力，如同自然所蕴藏的神妙变化的功用，在人的精神境界中得以显现。化用了《周易》"显仁藏用"之语。《周易·系辞上》："一阴一阳之谓道，继之者善也，成之者性也。仁者见之谓之仁，知者见之谓之知，百姓日用而不知，故君子之道鲜矣。显诸仁，藏诸用……"

[3] "而世人不知"三句：一画之法来自于本心，并非来自于"世人"，所以，一画之法，自我而立。此中之"我"，并非指石涛，而指自我。石涛这里谈的不是一画之法的著作权问题。

[4] 夫画者，从于心者也：《画谱》作："夫画者，法之表也。"

[5] 秀错：形容山川万物铺列杂陈。矩度：具体的形貌特征。

[6] 洪规：最高规则。王勃《益州夫子庙碑》："三千弟子，攀睿化而升堂；七十门人，奉洪规而筬室。"

[7] 肤寸：形容极短的长度。

[8] 鸿蒙：石涛诗云："透过鸿蒙之理，堪留百代之奇。"（《大涤子题画诗跋》）鸿蒙，中国古代哲学中形容天地原初状态的术语之一。《庄子·在宥》："云将东游，过扶摇之枝而似适遭鸿蒙。"《淮南子·俶真训》："提挈天地而委万物，以鸿蒙为景柱，而浮扬乎无崖之际。"

[9] 出如截：出笔果断有力，如斩钉截铁。入如揭：收笔干净利索，不拖泥带水。

[10] "能圆能方"六句：《画谱》本作："方圆直曲，上下左右"。

[11] "如水之就深"三句：就像水往下流，火苗往上蹿，自然而然，没有一丝勉强。

[12] 吾道一以贯之：《画谱》本作："孔子曰：'吾道一以贯之。'岂虚语哉！"

了法章第二

规矩者,方圆之极则也;天地者,规矩之运行也。世知有规矩,而不知夫乾旋坤转之义[1]。此天地之缚人于法,人之役法于蒙[2]。虽攘先天后天之法,终不得其理之所存[3]。所以有是法,不能了者,反为法障之也[4]。古今法障不了,由一画之理不明[5]。一画明,则障不在目而画可从心。画从心,而障自远矣。

夫画者,形天地万物者也[6]。舍笔墨,其何以形之哉[7]!墨受于天,浓淡枯润随之。笔操于人,勾皴烘染随之[8]。

古之人,未尝不以法为也。无法则于世无限焉[9]。是一画者,非无限而限之也,非有法而限之也[10]。法无障,障无法。法自画生,障自画退[11]。法障不参,而乾旋坤转之义得矣,画道彰矣,一画了矣。

---

[1] 乾旋坤转:《周易·系辞上》:"乾坤其易之蕴邪?乾坤成列,而易立乎其中矣。乾坤毁,则无以见易;易不可见,则乾坤或几乎息矣。"所以说,乾坤乃"易之门"。乾为阳,坤为阴,乾坤作为易之门户,即反映了阴阳相摩相荡的变易特点。石涛以为作画要识"乾旋坤转"之义,即须求变,不能固守于法。

[2] 天地之缚人于法:天地间有规则法度,人易为之所束缚。人之役法于蒙:人因为自己的蒙昧,不了解自己的创造特性,所以成为法的奴隶。

[3] 攘:攘除,排除。先天后天:此二语出自《周易》。《周易·乾·文言》:"先天而天弗违,后天而奉天时。"此指《易传》所推崇的"大人"特性,其秉有崇高的德行,行动在天象之前,天象出现正吻合而不违背;行动在天象出现之后,而能奉行天地的法则。前者是行合于天,后者是行奉于天,天理是最高的法。程颐说:"先天后天皆合于天理者也。"(《河南程氏遗书》卷第二十四)石涛说"虽攘先天后天之法,终不得其理之所存",借用传统哲学的问题来说明,虽然知道屏弃一切法度(先天后天),但不知道乾旋坤转的变化精神,还是不得活法精髓。

[4] 有是法:指乾旋坤转的变化之法。不能了者:了,明了。

[5] 古今法障不了,由一画之理不明:此二句,《画谱》本无。

[6] 自"夫画者,形天地万物者也",到"非无限而限之也,非有法而限之也",《画谱》本无。

[7] 形天地万物者也:形,形象的呈现。

[8] 勾:勾勒,指绘画先勾出轮廓外形,在山水画中有钩斫之法。烘:烘托法,中国画技法之一,以水墨或淡彩在物象的外围轮廓涂抹渲染。染:渲染法,中国画技法之一,以水墨或色彩渲染物象,以表现物体的质感和立体感。

[9] 未尝不以法为:未尝不遵循具体的法度。无法则于世无限焉:此句意为,无法就没有存在的具体规定性了。石涛受佛学影响,认为天下一切事理都是法。限:分限,界限,引申为规定性。

[10] 是一画者,非无限而限之也,非有法而限之也:意思是,提倡一画之法,并不是强调没有法的限制这样的思想来影响画家的思维,也不是提倡具体的法度来限制画家的思维。既非无法,也非有法,此即为不执于法,强调有法和无法都是一种"限",都是法执。此意即禅宗所谓"不落有无两边"。

[11] "法无障"四句意为:本于一画之法(不落有法和无法两边),作画就无障碍,如果下笔就考虑有法无法,那么就失去了一画之法;一画之法在创作中得到体现,就不会有法的障碍。

变化章第三

古者，识之具也。化者，识其具而弗为也[1]。具古以化，未见夫人也[2]。尝憾其泥古不化者，是识拘之也。识拘于似则不广[3]，故君子惟借古以开今也[4]。

又曰："至人无法。"非无法也，无法而法，乃为至法[5]。

凡事有经必有权，有法必有化。一知其经，即变其权；一知其法，即功于化[6]。

夫画，天下变通之大法也，山川形势之精英也，古今造物之陶冶也，阴阳气度之流行也。借笔墨以写天地万物，而陶泳乎我也[7]。

今人不明乎此，动则曰："某家皴点，可以立脚；非似某家山水，不能传久"；"某家清澹，可以立品；非似某家工巧，只足娱人"。是我为某家役，非某家为我用也。纵逼似某家，亦食某家残羹耳。于我何有哉！

或有谓余曰："某家博我也，某家约我也[8]，我将于何门户，于何阶级，于何比拟，于何效验，于何点染，于何鞟皴，于何形势，能使我即古而古即我[9]？"如是者，知有古而不知有我者也。

我之为我，自有我在。古之须眉，不能生在我之面目；古之肺腑，不能安入我之腹肠。我自发我之肺腑，揭我之须眉。纵有时触着某家，是某家就我也，非我故为某家也。天然授之也，我于古何师而不化之有[10]！

---

[1] 古者，识之具也：意为传统以知识的累积为特征。具，具备，引申为累积。化者，识其具而弗为也：意为化就是认识了解传统的知识，而不为其所拘限。
[2] 具古以化，未见夫人也：古法了然于胸中，又能出入变化，不为所拘，这样的人很难见到。此二句《画谱》本无。
[3] 识拘于似则不广：画家的理、识如果仅仅限于模仿古人、一味效法传统，就难以拓展自己的创造力。广：广其识，拓展自己之识。
[4] 故君子惟借古以开今也：此句《画谱》本无。
[5] 又曰：此疑指"佛经上说"。无法而法：此依佛学立论，大乘佛学强调法无定法，不落有法无法两边，也就是石涛所说的"只在临时间定"。
[6] 凡事有经必有权：此意取自佛学。僧肇有两种般若之论，一是实相般若，它"处有而不染""不厌有而观空"，此为经。一是沤和般若，所谓"方便"，此为权。《不真空论》："沤和般若者，大慧之称也。诸法实相，为之般若，能不形证，沤和功也。适化众生，谓之沤和。不染尘累，般若力也。然则般若之门观空，沤和之门涉有。涉有未始迷虚，故常处有而不染；不厌有而观空，故观空而不证。是谓一念之力，权慧具矣，一切之力，权慧具矣。"故僧肇说："见变动乃谓之权。"（《注维摩诘经序》）
[7] 陶泳：陶然优游其中。
[8] 博我：使我广博。约我：使我简要清通。自"或有谓余曰"到"知有古而不知有我者也"，《画谱》本无。
[9] 效验：证验。鞟（kuò）：去毛的兽皮。同"鞟"，《论语·颜渊》："虎豹之鞟，犹犬羊之鞟。"此用为钩勒，中国画技法之一。
[10] 自"我之为我"到"我于古何师而不化之有"，《画谱》本作："我之为我，自有我在。孔子曰：'我非生而知之者，好古，敏以求之也。'夫好古敏求，则变化出矣。"这与《画语录》"古之须眉，不能生在我之面目；古之肺腑，不能安入我之腹肠"的思想截然相反：一是尚古，一是化古。从石涛整个思想体系来说，尚古与其思想有明显的冲突。

尊受章第四

受与识，先受而后识也。识然后受，非受也[1]。古今至明之士，藉其识而发其所受，知其受而发其所识[2]。不过一事之能，其小受小识也。未能识一画之权，扩而大之也[3]。

夫一画，含万物于中。画受墨，墨受笔，笔受腕，腕受心[4]。如天之造生，地之造成，此其所以受也[5]。

然贵乎人能尊。得其受而不尊，自弃也。得其画而不化，自缚也。夫受，画者必尊而守之，强而用之，无间于外，无息于内。《易》曰："天行健，君子以自强不息。"此乃以尊受之也。

笔墨章第五

古之人，有有笔有墨者，亦有有笔无墨者，亦有有墨无笔者[6]。非山川之限于一偏，而人之赋受不齐也[7]。

墨之溅笔也以灵，笔之运墨也以神[8]。墨非蒙养不灵，笔非生活不神[9]。能受蒙

---

[1] 受与识：此处之受，就广义的感受而言。识，指知识理性活动。识然后受非受也：强调受是第一性的，识是第二性的，但并不因强调受而否定识。

[2] 藉其识而发其所受：藉，借助。他本或作"借"。发，引发。此句意为识可以助受，石涛并不排斥理性在艺术创造中的支持作用。知其受而发其所识：此句意为受可以增识。

[3] "不过一事之能"四句：此四句区别了小受和大受，小受是一般的感受，大受是一画之受，小受是差别之受，大受是本觉之受。一画之受，是对小受的"扩而大之"，然此扩大绝不是量上的增多，而是质上的提升，是由表层感受过渡到本然之受，由差别之受过渡到不二之受，由情感之受过渡到无念之受。

[4] 画受墨：意为画受于墨，画成于墨，画来自于墨之付授。此中"受"，同"授"，古代汉语"受授不分"（王筠《说文字例》）。以下之"墨受笔，笔受腕，腕受心"结构同此。

[5] "夫一画"以下九句意为：画因墨成，墨因笔生，笔由腕运，腕来自于心控，而心必是独立自由之创造心灵，必来自于当下直接的感受，无所束缚，自在运行，如天地创造万物一样自然而然。这就是石涛所说的一画之受。一画含于万物之中，不是于万物中寻找一画，而是体现天地运转的精神。

[6] "有有笔有墨者"三句：《图画见闻志》卷二载荆浩曾言："吴道子画山水有笔而无墨，项容有墨而无笔，吾当采二子所长，成一家之体。"

[7] 赋受：禀赋。

[8] 墨之溅笔也以灵，笔之运墨也以神：灵和神在石涛画学语汇中有不同的内涵，石涛认为，笔应做到神，墨要做到灵。钩勒皴擦属笔，主于骨梗轮廓之线条；墨染烘托属墨，主于色文墨章之块面。笔显于线，属阳，墨隐于形，属阴。所以在笔上要腾龙起蛇，神妙莫测；在墨上要氤氲恣肆，灵韵飘卷。

[9] 墨非蒙养不灵，笔非生活不神：石涛提出蒙养和生活一对重要概念，是理解石涛画学体系的基础概念，蒙养——墨——灵，生活——笔——神，反映了两类不同的概念。蒙养：语本《周易》的蒙卦，该卦象辞云："蒙以养正，圣功也。"生活：意近"生生"，较似于今人所说之"生命"。

养之灵，而不解生活之神，是有墨无笔也。能受生活之神，而不变蒙养之灵，是有笔无墨也[1]。

山川万物之具体，有反有正，有偏有侧，有聚有散，有近有远，有内有外，有虚有实，有断有连，有层次，有剥落，有丰致，有飘渺，此生活之大端也[2]。

故山川万物之荐灵于人，因人操此蒙养生活之权。苟非其然，焉能使笔墨之下，有胎有骨，有开有合，有体有用，有形有势，有拱有立，有蹲跳，有潜伏，有冲霄，有崱屴，有磅礴，有嵯峨，有巑岏，有奇峭，有险峻，一一尽其灵而足其神[3]！

运腕章第六

或曰："绘谱画训，章章发明，用笔用墨，处处精细[4]。自古以来，从未有山海之形势，驾诸空言，托之同好。想大涤子性分太高，世外立法[5]，不屑从浅近处下手耶？"异哉斯言也！受之于远，得之最近；识之于近，役之于远[6]。一画者，字画下手之浅近功夫也。变画者，用笔用墨之浅近法度也。山海者，一丘一壑之浅近张本也[7]。形势者，鞹皴之浅近纲领也。

苟徒知方隅之识，则有方隅之张本[8]。譬如方隅中有山焉，有峰焉，斯人也，得之一山，始终图之，得之一峰，始终不变。是山也，是峰也，转使脱瓿雕凿于斯人之手，可乎不可乎[9]？且也形势不变，徒知鞹皴之皮毛；画法不变，徒知形势之拘泥；蒙养不齐，徒知山川之结列[10]；山林不备，徒知张本之空虚。欲化此四者，必先从运腕入手也。

腕若虚灵，则画能折变。笔如截揭，则形不痴蒙[11]。腕受实，则沉着透彻；腕

---

[1] 不变蒙养之灵：今通行本（包括《昭代丛书》本、《知不足斋丛书》本）均作"变"，《画谱》也作"变"。然作"变"意颇难解。《清湘老人题记》一段引述此语，作"受生活之神，不参蒙养之灵"。"变"或乃"参"之误。参，参透，洞悟。
[2] 丰致：丰满的情致。
[3] 崱屴（zèlè）：山峰高峻貌。巑岏（cuánwán）：形容小山连绵不断。
[4] 绘谱画训：概指中国古代绘画创作技法和绘画品评方面的书籍，有画品、画格、画谱、画记、画诀等。
[5] 大涤子：石涛于康熙丁丑（1697）在扬州建大涤堂，因而自号"大涤子"。清李驎《大涤子传》："至燕京，觐天寿诸陵。留四年，南还，栖息于扬之大东门外，临水结屋数椽，自题曰大涤堂。而'大涤子'之号因此称焉。"《画语录》成书当在1697年之后。
[6] 识之于近，役之于远：意为识见如果很短浅，就会拙于深远之观。
[7] 张本：布置，计划。
[8] 方隅：指一定范围的区域。
[9] 转：反复。瓿（bù）：以青铜或陶制成的盛酒容器。转使脱瓿：指反复使人刻画雕凿。
[10] 蒙养不齐：指不能契合蒙养创造之功。齐：如《庄子》"齐物"之"齐"，同于物。
[11] 笔如截揭，则形不痴蒙：截揭，斩截快捷而不疑。痴蒙，意同于郭若虚《图画见闻志》卷一所言"三病"中的"刻"之病："刻者运笔中疑，心手相戾，勾画之际，妄生圭角也。"

受虚,则飞舞悠扬;腕受正,则中直藏锋;腕受仄,则敧斜尽致;腕受疾,则操纵得势;腕受迟,则拱揖有情;腕受化,则浑合自然;腕受变,则陆离谲怪;腕受奇,则神工鬼斧;腕受神,则川岳荐灵。

纲缊章第七

笔与墨会,是为纲缊[1];纲缊不分,是为混沌。辟混沌者,舍一画而谁那[2]?画于山则灵之,画于水则动之,画于林则生之,画于人则逸之[3]。得笔墨之会,解纲缊之分,作辟混沌手,传诸古今,自成一家。是皆智得之也[4]。

不可雕凿,不可板腐,不可沉泥,不可牵连,不可脱节,不可无理[5]。在于墨海中立定精神,笔锋下决出生活,尺幅上换去毛骨,混沌里放出光明[6]。纵使笔不笔,墨不墨,画不画,自有我在[7]。盖以运夫墨,非墨运也;操夫笔,非笔操也;脱夫胎,非胎脱也[8]。自一以分万,自万以治一[9]。化一而成纲缊,天下之能事毕矣。

---

[1] 纲缊:同"氤氲"。中国哲学术语。《周易·系辞下传》:"天地氤氲,万物化醇。"《正蒙·太和》:"太和所谓道,中涵浮沉、升降、动静相感之性,是生氤氲、相荡、胜负、屈伸之始。"王夫之解释道:"氤氲,太和未分之本然。"清何绍基说:"苦瓜和尚论画秘录十八章,空诸依傍,自出神解,为从来丹青家所未道。《氤氲》一章,尤为简括妙蕴。"石涛取中国哲学的"氤氲"之意,来表达他的变化思想和对笔墨的看法。
[2] 混沌:为石涛习用概念之一。其题画有言:"出笔混沌开,入拙聪明死。"《画语录》又云:"尺幅上换去毛骨,混沌里放出光明。"他比喻画家作画,是"辟混沌手"。在中国哲学中,混沌用来形容天地未分之前的混然整全状态,《列子·天瑞》:"混沌为朴。"《鬼谷子》:"神道混沌为一。"石涛借此表达到本原状态汲取创造伟力,与鸿濛、氤氲诸概念意相近。石涛之混沌,也与他的墨法观有关。混沌重在其未分,氤氲重在其流荡。
[3] 画于林则生之:此句《画谱》无。
[4] 智得之:以智慧得之。此"智"不作知识讲,指灵魂的觉性。《维摩诘经》:"可以智识,不可以识识。"以"智识",就是以妙悟之性去切入。
[5] 板腐:板滞。郭若虚《图画见闻志》提出的"三病"说,其一为"版",所谓"版者腕弱笔痴,全亏取与,物状平褊,不能圆浑也",即同于石涛这里所说的板腐。
[6] 尺幅上换去毛骨:换去毛骨,指夺胎换骨。与下文之"脱夫胎,非胎脱"意同。
[7] "纵使笔不笔"四句:意为纵然是笔墨表现等不似古人,然自有我在,有创造在,即是合于一画之法。
[8] 运夫墨非墨运:我运墨,而不是为墨所运。意即以自我创造之心控制创造过程,不做传统程式的奴隶。以下两句语义结构与此同。
[9] 自一以分万,自万以治一:《画谱》本"分"作"至"。这里反映了石涛重要的思维方法,此方法从传统哲学中来,如在华严哲学中有自一至万自万至一的思想,在禅宗中有"一月普现一切云,一切水月一月摄"(《永嘉证道歌》)的思想,在北宋理学中有"理一分殊"的思想等。一和万之间的关系不是量的关系,而是本体和现象之间的关系。石涛借此作为其一画说的基本方法,强调一画是本,而各各不同的创造都来自于这个本,没有这个本,就没有真正的创造。

山川章第八

得乾坤之理者，山川之质也；得笔墨之法者，山川之饰也[1]。知其饰而非理，其理危矣[2]；知其质而非法，其法微矣。是故古人知其微危，必获于一[3]。一有不明，则万物障。一无不明，则万物齐[4]。画之理，笔之法，不过天地之质与饰也。

山川，天地之形势也。风雨晦明，山川之气象也；疏密深远，山川之约径也[5]；纵横吞吐，山川之节奏也；阴阳浓淡，山川之凝神也；水云聚散，山川之联属也；蹲跳向背，山川之行藏也。

高明者，天之权也；博厚者，地之衡也[6]。风云者，天之束缚山川也；水石者，地之激跃山川也。非天地之权衡，不能变化山川之不测；虽风云之束缚，不能等九区之山川于同模[7]；虽水石之激跃，不能别山川之形势于笔端[8]。

且山水之大，广土千里，结云万里，罗峰列嶂。以一管窥之，即飞仙恐不能周旋也；以一画测之，即可参天地之化育也[9]。测山川之形势，度地土之广远，审峰嶂之疏密，识云烟之蒙昧。正踞千里，邪睨万重，统归于天之权地之衡也。天有是权，能变山川之精灵；地有是衡，能运山川之气脉；我有是一画，能贯山川之形神。

---

[1] 得乾坤之理者，山川之质也：乾坤之理，指天地的内在精神，此"精神"并非指天地具有人的意识（意）、情感（情）、理性（理），而是指其中孕育的生生不已、变化万千的创造伟力。质，内质。饰：外在形式。
[2] 知其饰而非理，其理危矣：危，危亡难存。
[3] 知其质而非法，其法微矣。是故古人知其微危，必获于一：法，非指表现技法，指体现质的外在形式。微，隐匿不显，衰微，微缺。《画谱》本作"知其质而非法，其法微危，必获于一"，遗漏文字，造成意义纠缠。
[4] 万物齐：齐同万物，即契合万物。
[5] 约径：幽深曲折之途径。约，本指环绕，引申为曲折盘旋。
[6] "高明者，天之权也"四句：《礼记·中庸》："故至诚无息。不息则久，久则征，征则悠远，悠远则博厚，博厚则高明。博厚，所以载物也；高明，所以覆物也；悠久，所以成物也。博厚配地，高明配天，悠久无疆。"权衡均指称物工具，《庄子·胠箧》："为之权衡以称之。"权，指秤砣，《广雅·释器》："锤，谓之权。"衡，指秤杆。权衡后引申为比较、审度，进而引申为准则、标准、本质。石涛此处所说的天权地衡，意为天地的本质。
[7] 九区：古代中国人分天下为九州，或九区，意即天下。等九区山川于同模：意为把天下山川画得一个模样。
[8] 此段意在强调天地的"权衡"作用，要表现出天地的精神。风云属天，水石属地，如果不能以高明博厚的天地精神为主宰，画出变幻莫测之山川气象，纵然你画出了风云水石的形象，也难以显现出自己的独创性，容易落入前人的窠臼。山水画，其要不在画外的山川形象。
[9] 参天地之化育：《礼记·中庸》："唯天下至诚，为能尽其性；能尽其性，则能尽人之性；能尽人之性，则能尽物之性；能尽物之性，则可以赞天地之化育；可以赞天地之化育，则可以与天地参矣。"石涛由此引出真实无妄、化育流行之妙方。

此予五十年前，未脱胎于山川也[1]，亦非糟粕其山川，而使山川自私也[2]。山川使予代山川而言也[3]，山川脱胎于予也，予脱胎于山川也，搜尽奇峰，打草稿也，山川与予神遇而迹化也。所以终归之于大涤也。

皴法章第九

笔之于皴也，开生面也[4]。山之为形万状，则其开面非一端。世人知其皴，失却生面。纵使皴也，于山乎何有！

或石或土，徒写其石与土，此方隅之皴也，非山川自具之皴也[5]。如山川自具之皴，则有峰名各异，体奇面生，具状不等。故皴法自别，有卷云皴、劈斧皴、披麻皴、解索皴、鬼面皴、骷髅皴、乱柴皴、芝麻皴、金碧皴、玉屑皴、弹窝皴、矾头皴、没骨皴，皆是皴也[6]。必因峰之体异，峰之面生，峰与皴合，皴自峰生。峰不能变皴之体用，皴却能资峰之形势。不得其峰，何以变；不得其皴，何以现？峰之变与不变，在于皴之现与不现。

皴有是名，峰亦有是形。如天柱峰、明星峰、莲花峰、仙人峰、五老峰、七贤峰、云台峰、天马峰、狮子峰、峨眉峰、琅琊峰、金轮峰、香炉峰、小华峰、匹练峰、回雁峰。是峰也居其形，是皴也开其面。

然于运墨操笔之时，又何待有峰皴之见？一画落纸，众画随之；一理才具，众理付之。审一画之来去，达众理之范围，山川之形势得定，古今之皴法不殊。

---

[1] 此予五十年前，未脱胎于山川也：意为五十年前，我还没有从天地中脱胎而出，即我还没有出生。此处所言五十年前，是约数。《画语录》可能非一时所作，但成于石涛晚年定居扬州时则可肯定，从此书多处提及"大涤子"一语看，石涛使用"大涤子"之号在1697年大涤堂落成之后，《画语录》应在这之后成书，石涛生于1642年，成书之时石涛五十多岁，故有此说。

[2] 糟粕山川：以山川为糟粕，指不尊重山川。而使山川自私：使山川隐而不彰，得不到表达。

[3] 山川使予代山川而言：山川以我为其代言人。中国古人认为，人为五行之秀，实天地之心，天不能言，而人代言之，所以，人是天地的代言人。石涛于此正暗用了此典。

[4] 生面：即生之面，指表现对象活泼泼的形式，古代画论所谓"生香活态"。杜甫《丹青引》："凌烟功臣少颜色，将军下笔开生面。"

[5] 方隅之皴：只画出山石外形之皴，失去了山石的内在生命联系。山川自具之皴：即体现出山石内在生命联系的皴。

[6] 卷云皴：皴法如卷云，李成、郭熙多用之。劈斧皴：又称斧劈皴，分为大斧劈、小斧劈。一般认为北宗画家多用之。披麻皴：又称麻皮皴。一般认为乃南宗画家的主要皴法。解索皴：皴如解索，有直解索、横解索。王蒙善此皴。鬼面皴：又称鬼脸皴。荆浩善于之。骷髅皴：皴如骷髅。明吴小仙善用之。乱柴皴：皴之线条如乱柴。元人多用之。芝麻皴：又称雨点皴，范宽善用之。金碧皴：指唐代大小李的金碧山水所用的皴法。玉屑皴：形如玉屑，有金碧辉煌的效果。弹窝皴：又称弹涡皴。阎次平善用之。矾头皴：描写小山石的皴法。没骨皴：五代徐崇嗣善用之。

山川之形势在画，画之蒙养在墨，墨之生活在操，操之作用在持。善操运者，内实而外空。因受一画之理，而应诸万方，所以毫无悖谬。亦有内空而外实者，因法之化，不假思索，外形已具，而内不载也。是故古之人，虚实中度，内外合操，画法变备，无疵无病。得蒙养之灵，运用之神，正则正，仄则仄，偏侧则偏侧。若夫面墙尘蔽而物障[1]，有不生憎于造物者乎[2]！

境界章第十

分疆三叠两段[3]，似乎山水之失。然有不失之者，如自然分疆者，"到江吴地尽，隔岸越山多"是也[4]。每每写山水，如开辟分破，毫无生活，见之即知。分疆三叠者，一层地，二层树，三层山。望之何分远近？写此三叠，奚啻印刻[5]？两段者，景在下，山在上，俗以云在中，分明隔做两段。

为此三者，先要贯通一气，不可拘泥。分疆三叠两段，偏要突手作用[6]，才见笔力。即入千峰万壑，俱无俗迹。为此三者入神，则于细碎有失，亦不碍矣。

蹊径章第十一

写画有蹊径六则[7]：对景不对山，对山不对景，倒景，借景，截断，险峻。此六则者，须辨明之。对景不对山者，山之古貌如冬，景界如春，此对景不对山也[8]。树木古朴如冬，其山如春，此对山不对景也。如树木正，山石倒；山石正，树木倒：皆倒景也。如空山杳冥，无物生态，借以疏柳、嫩竹、桥梁、草阁，此借景也。截断者，无尘俗之境，山水树木，剪头去尾，笔笔处处，皆以截断。而截

---

[1] 面墙：形容面对着墙壁站立，一片茫然。《颜氏家训·勉学》："世人婚冠未学，便称迟暮，因循面墙，亦为愚耳。"
[2] 不生憎于造物者：为造物者所憎。意为不能真实地表现对象，没有能做好山川的代言人。
[3] 分疆：布局，属于绘画经营位置方面的技法问题。分疆，本意为分界。李东阳《麓堂诗话》云："汉魏六朝唐宋元诗，各自为体，譬之方言，秦晋吴越闽楚之类，分疆画地，音殊调别，彼此不相入。"石涛用以为画面中各部分之布置。
[4] 到江吴地尽，隔岸越山多：唐处默《题圣果寺》诗句。此中之江，指钱塘江。
[5] 奚啻：何止。
[6] 突手作用：《画谱》本作"突乎作用"。
[7] 蹊径：意为创造法式。
[8] 对：在此用为以何为重点。对景不对山，强调景的跃出，与山的整体时间特征构成了错位。

断之法，非至松之笔，莫能入也[1]。险峻者，人迹不能到，无路可入也。如岛山、渤海、蓬莱、方壶，非仙人莫居，非世人可测，此山海之险峻也。若以画图险峻，只在峭峰、悬崖、栈道崎岖之险耳。须见笔力是妙。

林木章第十二

古人写树，或三株、五株、九株、十株，令其反正阴阳，各自面目，参差高下，生动有致。吾写松柏、古槐、古桧之法。如三五株，其势似英雄起舞，俯仰蹲立，蹁跹排宕，或硬或软。运笔运腕，大都多以写石之法写之。五指、四指、三指，皆随其腕转，与肘伸去缩来，齐并一力。其运笔极重处，却须飞提纸上，消去猛气。所以或浓或淡，虚而灵，空而妙。大山亦如此法，馀者不足用。生辣中求破碎之相，此不说之说矣。

海涛章第十三

海有洪流，山有潜伏；海有吞吐，山有拱揖；海能荐灵，山能脉运[2]。

山有层峦叠嶂，邃谷深崖，巀嶭突兀，岚气雾露，烟云毕至，犹如海之洪流，海之吞吐。此非海之荐灵，亦山之自居于海也[3]。

海亦能自居于山也。海之汪洋，海之含泓，海之激笑，海之蜃楼雉气，海之鲸跃龙腾，海潮如峰，海汐如岭[4]。此海之自居于山也，非山之自居于海也。

山海自居若是，而人亦有目视之者。如瀛洲、阆苑、弱水[5]、蓬莱、元圃、方壶，纵使棋布星分，亦可以水源龙脉，推而知之。

若得之于海，失之于山，得之于山，失之于海，是人妄受之也。我之受也，山即海也，海即山也。山海而知我受也，皆在人一笔一墨之风流也[6]。

---

[1] 至松之笔：大手笔。
[2] 荐灵：显灵。脉运：指山绵延的气脉。
[3] 山之自居于海：指山的气脉绵延中就具有海的激荡吞吐的特点。
[4] 含泓：汪洋浩瀚之貌。激笑：笑，通"啸"。
[5] 阆苑、弱水：皆为传说中的神所。《艺文类聚》卷九十六："昆仑山之弱水，非乘龙不得至。"
[6] 皆在人一笔一墨之风流也：《画谱》本无此句。

四时章第十四

凡写四时之景,风味不同,阴晴各异,审时度候为之。古人寄景于诗,其春曰:"每同沙草发,长共水云连。"[1]其夏曰:"树下地常阴,水边风景凉。"[2]其秋曰:"寒城一以眺,平楚正苍然。"[3]其冬曰:"路渺笔先到,池寒墨更圆。"[4]亦有冬不正令者,其诗曰:"雪悭天欠冷,年近日添长。"[5]虽值冬似无寒意,亦有诗曰:"残年日易晓,夹雪雨天晴。"[6]以二诗论画,"欠冷""添长""易晓""夹雪",摹之不独于冬,推于三时,各随其令。亦有半晴半阴者,如:"片云明月暗,斜日雨边晴。"[7]亦有似晴似阴者:"未须愁日暮,天际乍轻阴。"[8]

予拈诗意以为画意,未有景不随时者。满目云山,随时而变。以此哦之,可知画即诗中意,诗非画里禅乎!

远尘章第十五

人为物蔽,则与尘交;人为物使,则心受劳。劳心于刻画而自毁,蔽尘于笔墨而自拘,此局隘人也。但损无益,终不快其心也。我则物随物蔽,尘随尘交,则心不劳,心不劳则有画矣[9]。

画乃人之所有,一画人所未有。夫画贵乎思,思其一则心有所著而快。所以画则精微之入不可测矣[10]。想古人未必言此,特深发之[11]。

---

[1] 每同沙草发,长共水云连:唐皇甫冉《赋得海边树》诗句。
[2] 树下地常阴,水边风景凉:宋葛无怀《夏日》诗句。
[3] 寒城一以眺,平楚正苍然:南齐谢朓《郡内登望》诗句。
[4] 路渺笔先到,池寒墨更圆:不详所出。曾出现于石涛款《望绿堂山水册》题识中。
[5] 雪悭天欠冷,年近日添长:宋葛无怀《湖堤散步》诗句。悭(qiān):少。
[6] 残年日易晓,夹雪雨天晴:宋宋自逊《一室》诗句。晓,原作"晚",此为误引。
[7] 片云明月暗,斜日雨边晴:宋唐子西《杂诗》诗句。
[8] 未须愁日暮,天际是轻阴:宋程颢诗句。原作:"未须愁日暮,天际乍轻阴。"此或为误引,或为传抄之讹。
[9] "我则物随物蔽"四句:《远尘章》第一层谈避尘之方。这里涉及三种不同的创作方式:一是局于"有",就是劳心于刻画,蔽尘于笔墨,为世俗法度所拘束;二是伤于"无",这一点,本章按而不表,这也在石涛反对之列,就是有意逃避成法俗念的干扰。此一心境还是没有达到石涛所推崇的创作自由境界,即禅宗《信心铭》所说的"遣有没有,从空背空",当有无双遣,方可臻于妙悟。而"物随物蔽,尘随尘交",则是第三种方式,不落"有无两边",既非法,不为俗法所拘牵,又非非法,不刻意避尘去蔽,从从容容,自由洒落,不沾一丝,不滞一相。
[10] 画乃人之所有,一画人所未有:古人之画乃别人之创造,我作画秉持一画之法,乃是我自用我法,非别人所有。思其一则心有所著而快:思其一,即秉持一画,进入无对待、无分别的境界,此时物与我、心与手、笔与墨自然通畅,无所判隔。心有所著:心有所依持。快:愉悦。
[11] 想古人未必言此,特深发之:《画谱》本无。

脱俗章第十六

　　愚者与俗同识。愚不蒙则智，俗不溅则清。俗因愚受，愚因蒙昧。

　　故至人不能不达，不能不明。达则变，明则化。受事则无形，治形则无迹。运墨如已成，操笔如无为。尺幅管天地山川万物而心淡若无者⁽¹⁾，愚去智生，俗除清至也。

兼字章第十七

　　墨能栽培山川之形，笔能倾覆山川之势，未可以一丘一壑而限量之也⁽²⁾。古今人物，无不细悉，必使墨海抱负，笔山驾驭，然后广其用。所以八极之表，九土之变，五岳之尊，四海之广，放之无外，收之无内⁽³⁾。

　　世不执法，天不执能⁽⁴⁾。不但其显于画，而又显于字。字与画者，其具两端，其功一体。

　　一画者，字画先有之根本也；字画者，一画后天之经权也⁽⁵⁾。能知经权而忘一画之本者，是由子孙而失其宗支也⁽⁶⁾；能知古今不泯而忘其功之不在人者，亦由百物而失其天之授也⁽⁷⁾。

　　天能授人以法，不能授人以功；天能授人以画，不能授人以变。人或弃法以伐功⁽⁸⁾，人或离画以务变，是天之不在于人，虽有字画，亦不传焉。

　　天之授人也，因其可授而授之，亦有大知而大授，小知而小授也。所以古今字画，本之天而全之人也。自天之有所授而人之大知小知者，皆莫不有字画之法存焉，而又得偏广者也。我故有兼字之论也⁽⁹⁾。

---

〔1〕心淡若无：《庄子·天道》："圣人之心静乎！天地之鉴也，万物之镜也。夫虚静恬淡寂漠无为者，天地之平而道德之至，故帝王圣人休焉。"
〔2〕栽培：孕育，表现。倾覆：倾泻，圆满呈现。
〔3〕放之无外，收之无内：其大无外，其小无内，尽广大，极精微，无所不包，无所不表。
〔4〕世不执法，天不执能：世不私其法，天不私其能。执，私自拥有。《尚书·周书》："皇天无亲，惟德是辅。"
〔5〕"一画者"四句："先有""后天"并不是时间的先后，而是说一画为根本，字画创造由一画而出。经权：偏意复词，即权变。
〔6〕宗：祖宗。支：宗族的派系分支。
〔7〕由：同"犹"。
〔8〕伐功：自矜其功。《老子》二十二章："不自伐，故有功；不自矜，故长。"
〔9〕兼字：兼，兼通，兼有。兼字，即兼通字画。此章表面上谈书画同源，但其意并不在书画之间的相通，而在谈天人之关系。故由外看，乃兼通书画，由内看，乃兼通天人。本章明确交代，其所称之一画，虽为创造之法，变化之大法，但并不是由人而改造天，而是"本乎天而全乎人"，在于天人之间的"迹化"。

资任章第十八

古之人，寄兴于笔墨，假道于山川，不化而应化，无为而有为[1]，身不炫而名立。因有蒙养之功，生活之操，载之寰宇，已受山川之质也。

以墨运观之，则受蒙养之任；以笔操观之，则受生活之任；以山川观之，则受胎骨之任；以鞹皴观之，则受画变之任；以沧海观之，则受天地之任；以坳堂观之[2]，则受须臾之任；以无为观之，则受有为之任；以一画观之，则受万画之任；以虚腕观之，则受颖脱之任。有是任者，必先资其任之所任，然后可以施之于笔。如不资之，则局隘浅陋，有不任其任之所为。

且天之任于山无穷：山之得体也以位，山之荐灵也以神，山之变幻也以化，山之蒙养也以仁[3]，山之纵横也以动，山之潜伏也以静，山之拱揖也以礼，山之纡徐也以和[4]，山之环聚也以谨[5]，山之虚灵也以智，山之纯秀也以文，山之蹲跳也以武，山之峻厉也以险，山之逼汉也以高，山之浑厚也以洪[6]，山之浅近也以小。此山天之任而任，非山受任以任天也[7]。人能受天之任而任，非山之任而任人也[8]。由此推之，此山自任而任也，不能迁山之任而任也，是以仁者不迁于仁而乐山也[9]。

山有是任，水岂无任耶？水非无为而无任也。夫水，汪洋广泽也以德，卑下循礼也以义，潮汐不息也以道，决行激跃也以勇，潆洄平一也以法，盈远通达也

---

[1] 不化而应化：不为万物所化，超然于万物之上，随运任化。《淮南子·精神训》："不化应化，千变万化，而未始有极。"无为而有为：意为不强为，顺应自然之道，淡然自处，自由自在，所以能有绝大之创造。
[2] 坳堂：形容极小的地方。《庄子·逍遥游》："覆杯水于坳堂之上，则芥为之舟，置杯焉则胶，水浅而舟大也。"
[3] 山之蒙养也以仁：山以仁体现了天地蒙养之功。《论语·雍也》："子曰：知者乐水，仁者乐山；知者动，仁者静；知者乐，仁者寿。"
[4] 纡(yū)徐：又作"纡余"，迂回曲折。
[5] 山之环聚也以谨：山体参差错落，相互连接，犹如人一样恭敬庄重地相聚。
[6] 逼汉：逼近云霄。洪：形容山体广大无边貌。
[7] 此山天之任而任：此句的结构是"山之任在受天之任"，意为山之"以位""以化""以仁"等乃是资取了天地的精神。非山受任以任天：此句的结构是"非山自受其任而任使天"，意为山的化、神、仁、洪等特点，不是山另外具有的，而是立于天地之间，从而丰富了天地，它本来就是天地所具有的。此二句在于强调山的一切特点都是本乎天，资取于天。
[8] 人能受天之任而任：画家之任（创造行为），必须酌取天地之滋养（受天之任）。非山之任而任人：并不是停留在山的表相特征（山之任）上，而由其控制人（任人）。天地精神是山之"质"，山的外在特征是山之"饰"，山是"质"与"饰"的统一，不能由"饰"控制，而应由"饰"及"质"，取"质"精华。
[9] 此山自任而任：山自我持守，不为他所控制（任），此即为自然而然，就是"天任"。石涛于此要说的是，大自然是"自任"和"天任"的统一，只有"自任"，才能得"天任"，"天任"就是自然而然。不能迁山之任而任也：画家作山不能离开山之特点谈天地精神，即山即天，即自任即天任。是以仁者不迁于仁而乐山：只有具有如此之情怀，仁者才能在山中得到仁的快乐。

以察，沁泓鲜洁也以善，折旋朝东也以志⁽¹⁾。其水见任于瀛海、溟渤之间者，非此素行其任⁽²⁾，则又何能周天下之山川，通天下之血脉乎？人之所任于山不任于水者，是犹沉于沧海而不知其岸也，亦犹（有）岸之不知有沧海也。是故知者知其畔岸，逝于川上，听于源泉而乐水也。

非山之任，不足以见天下之广；非水之任，不足以见天下之大。非山之任水，不足以见乎周流；非水之任山，不足以见乎环抱。山水之任不著，则周流环抱无由；周流环抱不著，则蒙养生活无方。蒙养生活有操，则周流环抱有由；周流环抱有由，则山水之任息矣⁽³⁾。

吾人之任山水也，任不在广，则任其可制；任不在多，则任其可易。非易不能任多，非制不能任广。任不在笔，则任其可传；任不在墨，则任其可受；任不在山，则任其可静；任不在水，则任其可动；任不在古，则任其无荒⁽⁴⁾；任不在今，则任其无障。是以古今不乱，笔墨常存，因其浃洽斯任而已矣⁽⁵⁾。然则此任者，诚蒙养生活之理。

以一治万，以万治一。不任于山，不任于水，不任于笔墨，不任于古今，不任于圣人。是任也，是有其资也。⁽⁶⁾

---

〔1〕此段关于水的论述吸收了中国传统思想的一些观点。《孟子·离娄下》："源泉混混，不舍昼夜，盈科而后进，放乎四海。"《荀子·宥坐》："夫水，大遍与诸生而无为也，似德。其流也埤下，裾拘必循其理，似义。其洸洸乎不淈尽，似道。若有决行之，其应佚若声响，其赴百仞之谷不惧，似勇。主量必平，似法。盈不求概，似正。淖约微达，似察。以出以入，以就鲜洁，似善化。其万折也必东，似志。是故君子见大水必观焉。"董仲舒《春秋繁露·山川颂》："水则源泉混混沄沄，昼夜不竭，既似力者；盈科后行，既似持平者；循微赴下，不遗小间，既似察者；循溪谷不迷，或奏万里而必至，既似知者；障防山而能清净，既似知命者；不清而入，洁清而出，既似善化者；赴千仞之壑，入而不疑，既似勇者；物皆困于火，而水独胜之，既似武者；咸得之而生，失之而死，既似有德者。"
〔2〕素行其任：直取天地精神。
〔3〕山水之任息：息，生息。
〔4〕任不在古，则任其无荒：荒，迷乱。绘画创造不在于下笔就是古法，而在于不为成法所迷乱。
〔5〕浃：通达，理解。如《荀子·解蔽》："其所以贯理焉，虽亿万已不足以浃万物之变，与愚者若一。"
  洽：契合。
〔6〕此后《画谱》本尚有如下文字："总而言之，一画也，无极也，天地之道也。"这段话附此显然较冗赘，而且与《画语录》思想不合。

《苦瓜和尚画语录》跋

　　宋王孙赵彝斋者，其品峻绝千古，其画妙绝一世。品不以画重，而画益以品重也。宋亡，隐居广陈镇，山水之外，别无兴趣，诗酒之外，别无寄托，田叟野老之外，别无知契。孤昂肃洁之操，如云中之龙，云中之鹤，不可昵近者也。乃今之大涤，非昔之彝斋乎？其人同，其行同，其履变也无不同。盖彝斋之后，复一彝斋。数百载下，可以嗣芳徽，可以并幽躅矣。两先生之隐德，吾知颉颃西山之饿夫固然耳。且其浩浩落落之怀，一皆寓于笔墨之际，所谓品高者，韵自胜焉。吾观大涤子论画，钩玄抉奥，独抒胸臆。文乃简质古峭，莫可端倪。直是一子，海内不乏解人，当不以余言为河汉也。雍正六年戊申秋七月渔邱生张沅跋于江上之畏庐。

注　　南京图书馆所藏汪绎辰1731钞本在《苦瓜和尚画语录》正文后附张沅跋文，未著年月。其内容与后来知不足斋本所收张沅跋当为一文，不同的是知不足斋本后有款"雍正六年戊申秋七月渔邱生张沅书于江上之畏庐"，而汪钞本则谓"渔邱生张沅书于江上之畏庐"，未具时间。汪绎辰所见本子就有张沅跋。据知不足斋本，此跋作于雍正六年（1728）。可证在知不足斋本前的一个流行刻本就有张沅跋，知不足斋本所据即此本。而1710年左右，汪绎辰在刘小山家所见《画语录》则不可能有张沅之跋，也就是说，汪绎辰1710年左右所见与后来1731年所见《画语录》应是不同版本，1710年左右所见之本极有可能就是陈鼎所传原刻本。从刘小山和石涛晚年的密切关系看，小山所藏之本，可能为石涛所持赠。于此，我们可得在知不足斋本之前，至少有两个本子流传：陈鼎的原刻本、据陈鼎原刻本刊刻的张沅后跋本。

　　陶元藻《全浙诗话》卷四十九"国朝"部分列张沅云："沅字畏庐，号渔邱，闽人，迁钱塘，有《频迦集》。"又云："《国朝两浙诗钞》丁传云：畏庐爱杭州湖山之胜，卜居钱塘江上，饔飧不给，朗吟如出金石，每得险韵奇句，必命儿子持与丁龙泓和之。龙泓知其有击钵之好，辄次韵付其子报命。不数日积卷盈寸。题曰《南村倡和》。鸳湖陆云轩爱之，为刻其半，读者叹不得窥全豹，惜哉。又能散体文。丁氏藏书弘富，多为题跋，如石涛《画说》，龙泓改名《苦瓜和尚画语录》，乃为手钞而书其后，其见于鲍氏《知不足斋丛书》中者又一斑耳。"

　　此中涉及《画语录》名称之由来。《画语录》初名《画说》，后由丁敬（1695—1765）改为《画语录》，由张沅为之传。此可备一说。

附：

《画谱》序

　　宓戏氏仰观象于天，俯观法于地，观鸟兽之文与地之宜，近取诸身，远取诸物，于是始作八卦，以通神明之德，以类万物之情。呜乎！不穷理格物，不以致幽深，利动静，往古圣人且难言之，况后世曲学之士，其识见云为，犹无本之水，其涸可待，恶足与论江海之大、星宿之源哉！画，艺事也。吾谓非仰观俯察，远求近取，通德类情，虽象形耳，而造化之功用，鬼神之情状，靡德而无无间焉。画虽工，曷足尚哉。且《易》曰：万物出乎震，齐乎巽，相见乎离，致役乎坤，说言乎兑，战乎乾，劳乎坎，成言乎艮。神也者，妙万物而为言者也。动万物者莫疾乎雷，挠万物者莫疾乎风，燥万物者莫熯乎火，说万物者莫说乎泽，润万物者莫润乎水，终万物始万物者莫盛乎艮。故水火相逮，雷风不相悖。山泽通气，然后能变化既成万物也。今夫画，飞也，潜也，动也，埴也，山之扰，水之遂，宫室寺宇，器数人物之毕具，万物事耶，是岂庸碌人之能耶？自宋元以前，无论矣，今世之画，吾于清湘有表见焉。世之知清湘者，见其笔墨之高之古之离奇之创获，以为新辟蚕丛，而不知其萧然之极，无思也，无为也，养晦于匡庐、敬亭，与木石居，与鹿豕游，其听命于天地八卦久矣。及夫感而遂通天下之故，率然为画，有以也。且数十年来，仰观俯察，益自解脱，专事笔墨，而死生醉饱于历代名流之堂奥，又久进乎技矣，而旁通之，及乎巧矣，而拙成之。笔之所至，非往古成法所得而羁縻之也。然变化之殊，或寓韬略，或用书法，或如跛躄疲聋之人，有以与古今人若不相及者，而无非一贯之旨也。吁，清湘之逸，不以画，而不得不以画传矣。时康熙庚寅冬十月望日广宁胡琪书于闾山书屋。

画谱

　　清湘石涛大涤子极著
　　广宁闾山子树胡琪阅

一画章第一

　　太古无法，太朴不散，太朴一散，而法自立矣。法于何立？立于一画。一画者,众有之本,万象之根,见用于神,藏用于人。而世人不知,所以一画之法,乃自我立。立一画之法者,盖以无法生有法,以有法贯众法也。

夫画者,法之表也。山川人物之秀错,鸟兽草木之性情,池榭楼台之矩度,未能深入其理,曲尽其态,终未得一画之洪规也。行远登高,悉起肤寸,此一画收尽鸿濛之外,即亿万万笔墨,未有不始于此而终于此,惟听人之取法耳。

人能以一画具体而微,意明笔透。则腕不虚,腕不虚,动之以旋,润之以转,居之以旷,出如截,入如揭。方圆直曲,上下左右,如水就深,如火炎上,自然而不容毫发强也。用无不神而法无不贯也,理无不入而态无不尽也。

盖自太朴散而一画之法立,一画之法立而万物著矣。孔子曰:"吾道一以贯之。"岂虚语哉!

了法章第二

规矩者,方圆之极则也;天地,规矩之运行也。世知有规矩,而不知夫乾旋坤转之义。此天地之缚人于法,人之役法于蒙。虽攘先天后天之法,终不得其理之所存。所以有是法,不能了者,反为法障之也。一画明,则障不在目而画可从心。画从心,而障自远矣。

法无障,障无法。法自画生,障自画退。法障不参,而乾旋坤转之义得矣,画道彰矣,一画了矣。

变化章第三

古者,识之具也。化者,识其具而弗为也。尝憾其泥古不化者,是识拘之也。识拘于似则不广,故至人无法。无法而法,乃为至法。盖有法必有化,化然后为无法。

夫画,天地变通之大法也,山川形势之精英也,古今造物之陶冶也,阴阳气度之流行也。借笔墨以写天地万物,而陶泳乎我也。

今人不明乎此,动则曰:"某家皴点,可以立脚;非似某家山水,不能传久";"某家清淡,可以立品;非似某家工巧,只足娱人"。是我为某家役,非某家为我用也。纵逼似某家,亦食某家残羹耳。于我何有哉!

我之为我,自有我在。孔子曰:"我非生而知之者,好古敏以求之也。"夫好古敏求,则变化出矣。

尊受章第四

受与识,先受而后识也,识然后受也。古今至明之士,藉其识而发其所受,知其受而发其所识。不过一事之能，其小受小识也。未能识一画之权，扩而大之也。

夫一画，含万物于中。画受墨，墨受笔，笔受腕，腕受心。如天之造生，地之造成，此其所以受也。

然贵乎人能尊。得其受而不尊，自弃也。得其画而不化，自缚也。夫受，画者必尊而守之，强而用之，无间于外，无息于内。《易》曰："天行健，君子以自强不息。"此乃所以尊受之也。

笔墨章第五

古之人，有有笔有墨者，亦有有笔无墨者，亦有有墨无笔者。非山川之限于一偏，而人之赋受不齐也。

墨之溅笔也以灵，笔之运墨也以神。墨非蒙养不灵，笔非生活不神。能受蒙养之灵，而不解生活之神，是有墨无笔也。能受生活之神，而不变蒙养之灵，是有笔无墨也。

山川万物之具体，有反有正，有偏有侧，有聚有散，有近有远，有内有外，有虚有实，有断有连，有层次，有剥落，有丰致，有飘渺，此生活之大端也。

故山川万物之荐灵于人，因人操此蒙养生活之权。苟非其然，焉能使笔墨之下，有胎有骨，有开有合，有体有用，有形有势，有拱有立，有蹲跳，有潜伏，有冲霄，有崱屴，有磅礴，有嵯峨，有巑岏，有奇峭，有险峻，一一尽其灵而足其神！

运腕章第六

或曰："绘谱画训，章章发明，用笔用墨，处处精细。自古以来，从未有山海之形势，驾诸空言，托之同好。想大涤子性分太高，世外立法，不屑从浅近处下手耶？"异哉斯言也！受之于远，得之最近；识之于近，役之于远。一画者，字画下手之浅近功夫也。变画者，用笔用墨之浅近法度也。山海者，一丘一壑之浅近张本也。形势者，鞹皴之浅近纲领也。

苟徒知方隅之识，则有方隅之张本。譬如方隅中有山焉，有峰焉，斯人也，得之一山，始终图之，得之一峰，始中不变。是山也，是峰也，转使脱甑雕凿于斯人之手，可乎不可乎？且也形势不变，徒知鞹皴之皮毛；画法不化，徒知形势之拘泥；蒙养不齐，徒知山川之结列；山林不备，徒知张本之空虚。欲化此四者，必先从运腕入手也。

腕若虚灵，则画能折变。笔如截揭，则形不痴蒙。腕受实，则沉着透彻；腕受虚，则飞舞悠扬；腕受正，则中直藏锋；腕受反，则倚斜尽致；腕受疾，则操纵得势；腕受迟，则拱揖有情；腕受化，则浑合自然；腕受变，则陆离谲怪；腕受奇，则神工鬼斧；腕受神，则川岳荐灵。

氤氲章第七

笔与墨会，是为氤氲；氤氲不分，是为混沌。辟混沌者，舍一画而谁耶？画于山则灵之，画于水则动之，画于人则逸之。得笔墨之会，解氤氲之分，作辟混沌手，传诸古今，自成一家。是皆智得之也。

不可雕凿，不可板腐，不可沉泥，不可牵连，不可脱节，不可无理。在墨海中立定精神，笔锋下决出生活，尺幅上换去毛骨，混沌里放出光明。纵使笔不笔，墨不墨，画不画，自有我在。盖以运夫墨，非墨运也；操夫笔，非笔操也；脱夫胎，非胎脱也。自一以分万，自万以治一。化一而成氤氲，天下之能事毕矣。

山川章第八

得乾坤之理者，山川之质也；得笔墨之法者，山川之饰也。知其饰而非理，其理危矣；知其质而非法，其法微危，必获于一。一有不明，则万物障。一无不明，则万物齐。画之理，笔之法，不过天地之质与饰也。

山川，天地之形势也。风雨晦明，山川之气象也；疏密深远，山川之约径也；纵横吞吐，山川之节奏也；阴阳浓淡，山川之凝神也；水云聚散，山川之联属也；蹲跳向背，山川之行藏也。

高明者，天之权也；博厚者，地之衡也。风云者，天之束缚山川也；水石者，地之激跃山川也。非天地之权衡，不能变化山川之不测：虽风云之束缚，不能等九区之山川于同模；虽水石之激跃，不能别山川之形势于笔端。

且山水之，大土千里，结云万重，罗峰列嶂。以一管窥之，即飞仙恐不能周旋也；以一画测之，即可参天地之化育也。测山川之形势，度地土之广远，审峰嶂之疏密，识云烟之蒙昧。正踞千里，邪睨万重，统归于天之权地之衡也。天有是权，能变山川之精灵；地有是衡，能运山川之气脉；我有是一画，能贯山川之形神。

此予五十年前，未脱胎于山川也，亦非其糟粕其山川，而使山川自私也。山川使予代山川而言也，山川脱胎于予也，予脱胎于山川也，搜尽奇峰，打草稿也，山川与予神遇而迹化也。所以终归之于大涤也。

皴法章第九

笔之于皴也，开生面也。山之为形万状，则其开面非一端。世人知其皴，失却生面。纵使皴也，于山乎何有！

或石或土，徒写其石与土，此方隅之皴也，非山川自具之皴也。如山川自具之皴，则峰名各异，体奇面生，其壮不等。故皴法自别。有卷云皴、劈斧皴、披麻皴、解索皴、骷髅皴、鬼脸皴、乱柴皴、芝麻皴、雨点皴、玉屑皴、金碧皴、弹窝皴、矾头皴、没骨皴，皆是皴也。必因峰之体异，峰之面生，峰与皴合，皴自峰生。峰不能变皴之体用，皴却能资峰之形声。不得其峰，何以变；不得其皴，何以现？峰之变与不变，在于皴之现与不现。

皴有是名，峰亦有是名。如天柱峰、明星峰、莲花峰、仙人峰、五老峰、七贤峰、云台峰、天马峰、狮子峰、峨眉峰、琅琊峰、金轮峰、香炉峰、小华峰、匹练峰、回雁峰。是峰也居其形，是皴也开其面。

然余运墨操笔之时，又何待有峰皴之见？一画落纸，众画随之；一理才具，众理付之。审一画之来去，达众理之范围，山川之形势得定，古今之皴法不殊。

山川之形势在画，画之蒙养在墨，墨之生活在操，操之作用在持。若操运者，内实而外空。因受一画之理，而应诸万方，所以毫无悖谬。亦有内空而外实者，因法之化，不假思索，外形已具，而内不载也。是故古之人，虚实中度，内外合操，画法变备，无庇无病。得蒙养之灵，运用之神，正则正，反则反，偏侧则偏侧。若夫面墙尘蔽而物障，有不生憎于造物者乎！

境界章第十

分疆三叠两段，似乎山水之失。然有不失之者，如自然分疆者，"到江吴地尽，隔岸越山多"是也。每每写山水，如辟开分破，毫无生活，见之即知。分疆三叠者，一层地，二层树，三层山。望之何分远近？写此三叠，奚啻刻印？两段者，景在下，山在上，俗以云在中，分明隔做两段。

为此三者，先要贯通一气，不可拘泥。分疆三叠两段，偏要突手作用，才见笔力。即入千峰万壑，俱无俗迹。为此三者入神，则于细碎有失，亦不碍矣。

蹊径章第十一

写画有蹊径六则：对景不对山，对山不对景，倒景，借景，截断，险峻。此六则者，须辨明之。对景不对山者，山之古貌如冬，景界如春，此对景不对山也。树木古朴如冬，其山如春，此对山不对景也。如树木正，山石倒；山石正，树木倒；皆倒景也。如空山杳冥，无物生态，借此疏柳、嫩竹、桥梁、草阁，此借景也。截断者，无尘俗之境，山水树木，剪头去尾，笔笔处处，皆以截断。而截断之法，非至松之笔，莫能入也。险峻者，人迹不能到，无路可入也。如岛山、渤海、蓬莱、方壶，非仙人莫居，非世人可测，此山海之险峻也。若以画图险峻，只在峭峰、悬崖、栈道崎岖之险耳。须见笔力是妙。

林木章第十二

古人写树，或三株、五株，令其反正阴阳，各自面目，参差高下，生动有致。吾写松柏、古槐、古绘之法。如三五株，其势似英雄起舞，俯仰蹲立，蹁跹排宕，或硬或软。运笔运腕，大都多以写石之法写之。五指、四指、三指，皆随其婉转，与肘伸去缩来，齐并一力。其运笔极重处，却须飞提纸上，消去猛气。所以或浓或淡，虚而灵，空而妙。大山亦如此法，馀者不足用。生辣中求破碎之相，此不说之说矣。

海涛章第十三

海有洪流，山有潜伏；海有吐吞，山有拱揖；海能荐灵，山能脉运。

山有层峦叠嶂，邃谷深崖，巑岏突兀，岚气雾露，烟云毕至，犹如海之洪流，海之吞吐。此非海之荐灵，亦山之自居于海也。

海亦能自居于山也。海之汪洋，海之含泓，海之激笑，海之蜃楼雉气，海之鲸跃龙腾，海潮如峰，海汐如岭。此海之自居于山也，非山之自居于海也。

山海自居若是，而人亦有目视之者。如瀛洲、阆苑、弱水、蓬莱、元圃、方壶，纵使棋布星分，亦可以水源龙脉，推而知之。

若得之于海，失之于山，得之于山，失之于海，是人妄受之也。我之受也，山即海也，海即山也。山海而知我受也。

四时章第十四

凡写四时之景，风味不同，阴晴各异，审时度候为之。古人寄景于诗，其春曰："每同沙草发，长共水云连。"其夏曰："树下地常阴，水边风景凉。"其秋曰："寒城一以眺，平楚正苍然。"其冬曰："路渺笔先到，池寒墨更圆。"亦有冬不正令者，其诗曰："雪悭天欠冷，年近日添长。"虽值冬似无寒意，亦有诗曰："残年日易晓，夹雪雨天晴。"以二诗论画，"欠冷""添长""易晓""夹雪"，摹之不独于冬，推于三时，各随其令。亦有半晴半阴者，如："片云明月暗，斜日雨边晴。"亦有似晴似阴者："未须愁日暮，天际是轻阴。"

予拈诗意以为画意，未有景不随时者。满目云山，随时而变。以此哦之，可知画即诗中意，诗非画里禅乎！

远尘章第十五

人为物蔽，则与尘交；人为物使，则心受劳。劳心于刻画而自毁，蔽尘于笔墨而自拘，此局隘人也。但损无益，终不快其心也。我则物随物蔽，尘随尘交，则心不劳，心不劳则有画矣。

画乃人之所有，一画人所未有。夫画贵乎思，思其一则心有所著而快。所以画则精微之入不可测矣。

脱俗章第十六

愚者与俗同识。愚不蒙则智，俗不溅则清。俗因愚受，愚因蒙昧。

故至人不能不达，不能不明。达则变，明则化。受事则无形，治形则无迹。运墨如已成，操笔如无为。尺幅管天地山川万物而心淡若无者，愚去智生，俗除清至也。

兼字章第十七

墨能栽培山川之形，笔能倾覆山川之势，未可以一丘一壑而限量之也。古今人物，无不细悉，必使墨海抱负，笔山驾驭，然后广其用。所以八极之表，九土之变，五岳之尊，四海之广，放之无外，收之无内。

世不执法，天不执能。不但其显于画，而又显于字。字与画者，其具两端，其功一体。

一画者，字画先有之根本也；字画者，一画后天之经权也。能知经权而忘一画之本者，是由子孙失其宗支也；能知古今不泯而忘其功之不在人者，亦由万物而失其天之授也。

天能授人以法，不能授人以功；天能授人以画，不能授人以变。人或弃法以伐功，人或离画以务变，是天之在于人，虽有字画，亦不传焉。

天之授人也，因其可授而授之，亦有大知而大授，小知而小授也。所以古今字画，本之天而全之人也。自天有此授而人之大知小知者，皆莫不有字画之法存焉，而又得偏广者也。我故有兼字之论也。

资任章第十八

古之人，寄兴于笔墨，假道于山川，不化而应化，无为而有为，身不炫而名立。因有蒙养之功，生活之操，载之寰宇，已受山川之质也。

以墨运观之，则受蒙养之任；以笔操观之，则受生活之任；以山川观之，则受胎骨之任；以鞟皴观之，则受画变之任；以沧海观之，则受天地之任；以坳堂观之，则受须臾之任；以无为观之，则受有为之任；以一画观之，则受万画之任；以虚腕观之，则受颖脱之任。有是任者，必先资其任之所任，然后可以施之于笔。如不资之，则局隘浅陋，有不任其任之所为。

且天之任于山无穷：山之得体也以位，山之荐灵也以神，山之变幻也以化，山之蒙养也以仁，山之纵横也以动，山之潜伏也以静，山之拱揖也以礼，山之纡徐也以和，山之环聚也以谨，山之虚灵也以智，山之纯秀也以文，山之蹲跳也以武，山之峻厉也以险，山之逼汉也以高，山之浑厚也以洪，山之浅近也以小。此山天之任而任，非山受任以任天也。人能受天之任而任，非山之任而任人也。由此推之，此山自任而任也，不能迁山之任而任也，是以仁者不迁于仁而乐山也。

山有是任，水岂无任耶？水非无为而无任也。夫水，汪洋广泽也以德，中下循礼也以义，潮汐不息也以道，决行激跃也以勇，潆洄平一也以法，盈远通达也以察，沁泓鲜洁也以善，折旋朝东也以志。其水见任于瀛潮、溟渤之间者，非此素行其任，则又何能周天下之山川，通天下之血脉乎？人之所任于水者，是犹沉于沧海而不知其岸，亦犹岸之不知有沧海也。是故知者知其畔岸，逝于川上，听于源泉而乐水也。

非山之任，不足以见天下之广；非水之任，不足以见天下之大。非山之任水，不足以见乎周流；非水之任，不足以见乎环抱。山水之任不著，则周流环抱无由；周流环抱不著，则蒙养生活无方。蒙养生活有操，则周流环抱有由；周流环抱有由，则山水之任息矣。

吾人之任山水也，任不在广，则任其可制；任不在多，则任其可易。非易不能任多，非制不能任广。任不在笔，则任其可传；任不在墨，则任其可受；任不在山，则任其可静；任不在水，则任其可动；任不在古，则任其无荒，任不在今，则任其无障。是以古今不乱，笔墨常存，因其浃洽斯任而已矣。然则此任者，诚蒙养生活之理。

以一治万，以万治一。不任于山，不任于水，不任于笔墨，不任于古今，不任于圣人。是任也，是有其实也。总而言之，一画也，无极也，天地之道也。

（上海博物馆藏《画谱》，大涤堂刻本）

附录

传序

大涤子传

嗟乎，古之所谓诗若文者，创自我也。今之所谓诗若文者，剽贼而已。其于书画亦然。不能自出己意，动辄规橅前之能者，此庸录人所为耳。而奇士必不然也。然奇士世不一见也。予素奇大涤子，而大涤子亦知予，欲以其生平托予传。或告以东阳有年少能文，大涤子笑曰："彼年少，安能传我哉？"遂造予而请焉。予感其意，不辞而为之传曰：

大涤子者，原济其名，字石涛。出自靖江王守谦之后。守谦，高皇帝之从孙也。洪武三年，封靖江王，国于桂林。传至明季，南京失守，王亨嘉以唐藩序不当立，不受诏。两广总制丁魁楚檄思恩参将陈邦传率兵攻破之，执至闽，废为庶人，幽死。是时大涤子生始二岁[1]，为宫中仆臣负出，逃至武昌，薙发为僧。年十岁，即好聚古书，然不知读。或语之曰："不读聚奚为？"始稍稍取而读之。暇即临古法帖，而心尤喜颜鲁公。或曰："何不学董文敏？时所好也。"即改而学董。然心不甚喜。又学画山水人物及花卉翎毛，楚人往往称之。即而从武昌道荆门，过洞庭、长沙，至衡阳而反。怀奇负气，遇不平事，辄为排解，得钱即散去，无所蓄。

居久之，又从武昌之越中，由越中之宣城。施愚山、吴晴岩、梅渊公、耦长诸名士一见奇之。时宣城有诗画社，招入，相与唱和。辟黄檗道场于敬亭之广教

---

[1] "是时大涤子生始二岁"，二岁误，应为四岁。

寺而居焉。每自称为"小乘客"。是时年三十矣。得古人法帖纵观之，于东坡丑字法有所悟，遂弃董不学，冥心屏虑，上溯晋魏以至秦汉，与古为徒。既又率其缁侣游歙之黄山，攀接引松，过独木桥，观始信缝。居逾月，始于茫茫云海中得一见之。奇松怪石，千变万殊，如鬼神不可端倪，狂喜大叫，而画以益进。时徽守曹某，好奇士也。闻其在山中，以书来丐画。匹纸七十二幅，幅图一峰，笑而许之。图成，每幅各仿佛一宋元名家，而笔无定姿，倏浓倏澹，要皆自出己意，为之神到笔随，与古人不谋而合者也。

时又画一横卷，为十六尊者像，梅渊公称其可敌李伯时。镌"前有龙眠"之章赠之。此卷后为人窃去，忽忽不乐，口若喑者几三载云。在敬亭住十有五年，将行先数日，洞开其寝室，授书厨钥于素相往来者，尽生平所蓄书画古玩器任其取去。孤身至秦淮，养疾长于寺山上。危坐一龛，龛南向，自题曰"壁立一枝"。金陵之人日造焉，皆闭目拒之。惟隐者张南村至，则出龛与之谈，间并驴走钟山，稽首于孝陵松树下。其时自号"苦瓜和尚"，又号"清湘陈人"[1]。

住九年，复渡江而北至燕京，觐天寿诸陵。留四年南还[2]，栖息于扬之大东门外。临水结屋数椽，自题曰"大涤堂"，而"大涤子"之号因此称焉。一日自画竹一枝于庭，题绝句其旁曰："未许轻栽种，凌云拔地根。试看雷震后，破壁长儿孙。"其诗奇峭惊人，有不可一世之概，大率类此。

大涤子尝为予言：生平未读书，天性粗直，不事修饰。比年或称"瞎尊者"，或称"膏肓子"，或用"头白依然不识字"之章，皆自道其实。又为予言：所作画，皆用作字法，布置或从行草，或从篆隶，疏密各有其体。又为予言：书画皆以高古为骨，间以北苑、南宫淹润济之。而兰菊梅竹，尤有独得之妙。又为予言：平日多奇梦，诚梦过一桥，遇洗菜女子引入一大院，观画，其奇变不可纪。又梦登雨花台，手掬六日吞之，而书画每因之变。若神授然。又为予言，初得记莂，勇猛精进，愿力甚弘。后见诸同辈多好名鲜实，耻与之俦，遂自托于不佛不老间。

嗟乎，韩昌黎送张道士诗曰：臣有胆与气，不忍死茅茨。又不媚笑语，不能伴儿嬉。乃著道士服，众人莫臣知。此非大涤子之谓耶！生今之世，而胆与气无所用，不得已寄迹于僧，以书画名而老焉。悲夫！

李子曰：甚矣人之好疑也。大涤子方自匿其姓氏，不愿人知，而人顾疑之，谓高帝子孙多隆准，而大涤子准不隆。不知靖藩，高帝之从孙也，从孙肖其从祖者，

---

[1]"稽首于孝陵松树下。其时自号'苦瓜和尚'，又号'清湘陈人'"，其中"清湘陈人"，当为"清湘老人"之误。从石涛存世作品看，他在金陵之时，有"清湘老人"之号，无"清湘陈人"之号。后者在1697年以后始用。
[2]"留四年南还"，误，当为三年。石涛在北京、天津逗留，前后不到三年。

世盖罕焉。况高帝子孙亦不尽人人隆准也。汉高隆准，光武亦隆准，至昭烈史止言其垂手下膝，顾目见耳，而不言其隆准。然此皆天子耳，尚不尽然，又何论宗室子乎！即此可知大涤子矣。而人顾疑其不必疑者，何哉？

（李驎《虬峰文集》卷十六）

瞎尊者传

瞎尊者，失其族名。广西梧州人，前朝靖藩裔也。性耿介，不肯俯仰人，时而嘐嘐然，磊磊落落，高视一切。时而岸岸然，踽踽凉凉，不屑不洁。拒人千里外，若将浼之者。弱冠即工书法，善画，工诗。南越人得其片纸尺幅，宝若照乘。然不轻以与人。有道之士勿求可致；龌龊儿虽贿百镒，彼闭目掉头，求其睨而一视不可得。以故君子则相爱，小人多恶之者。虽谤言盈耳，勿顾也。国亡即薙染为比丘，名元济，字石涛，号苦瓜，又自号曰瞎尊者。或问曰："师双眸炯炯，何自称瞎？"答曰："吾目自异，遇阿堵则盲然，不若世人了了。非瞎而何？"

乃遍游宇内山川，潇湘洞庭、匡庐钟阜、天都太行，五岳四渎无不到。而画益进，书益工。尝曰："董北苑以江南真山水为稿本，固知大块自有真面目在，若书法之钗脚漏痕，不信然乎？"其诗益豪。

尝与友人夜饮，诗曰："忆昔相逢在黄蘗，座中有尔谈天舌。即今头白两成翁，四顾无人冷似铁。携手大笑菊花丛，纵观书画江海空。灯光晃夜如白昼，酒气直透兜率宫。主人本是再来人，每于醉里见天真。客亦三千堂上客，英风飒飒多精神。拈秃笔，向君笑，忽起舞，发大叫，大叫一声天宇宽，团团明月空中小。"又为友人写《春江图》，题曰："书画非小道，世人形似耳。出笔混沌开，入拙聪明死。理尽法无尽，法尽理生矣。理法本无传，古人不得已。吾写此纸时，心入春江水。江花随我开，江月随我起。把卷坐江楼，高呼曰子美。一啸水云低，图开幻神髓。"

早得记莂。然不喜摇麈尾，拖柶栗，呼喝人天。作善知识行径云。

外史氏曰：负矫世绝俗之行者，多与时不合，往往召求全之毁。瞎尊者秉高洁之性，又安肯泛泛若水中凫，随波上下哉！宜乎为世俗所憎也。

（陈鼎《留溪外传》卷十八）

赠浮屠石涛序

予不善竺乾氏教,而与石师游,以画以书与诗。而石画尤著,盖脾睨古今,横溢矩矱者也。友人吴惊远,时为予言,石固娴于禅者。昔昌黎交大颠,以其能识道理,外形骸然。则予之得于石者亦末矣。

予闻竺乾氏之教,赘疣一切文词有为之迹,抉剔之恐不尽,区区艺能之末,乌足以重石?石顾不厌为之,倘所谓有托焉者耶!抑世之购之,聊以得食耶?虽然,古名僧众矣,贯休、齐己之诗,巨然、温日观之书,永与素之书,皆各极其诣,以不朽于身后,而不闻于禅旨得失,何如也?

儒者尤乐道焉,则艺之重也亦宜。抑日观负气谊,拒扬琏真伽而庭叱之。又题画侮朱宣慰,人皆以为狂,盖岸然愤发,不屑屑有所畏慕。予以谓无所畏慕,乃能外形骸而无所撄心者,石师诚睥睨古人,而游于尘中,其有所拟以自处也哉!

(吴肃公《街南文集》卷十一)

四种石涛诗文辑录著作中误录文字

我在整理石涛诗文过程中，发现几部重要的石涛诗文文献，皆有不少他人作品混入，其中以程霖生《石涛题画录》为最，其他几种著作也有类似情况。中国传统文献浩如烟海，凭个人之力无法穷尽其内涵。作伪者常常抓住这一特点，肆意而为，给后来的研究带来很大困难。所以整理这方面的文献，要完全杜绝此类现象的出现，并非易事。但要尽量减少这样的现象出现的几率，通过研究者的持续努力，从而接近确立一个理想的版本的目标。

现将我在阅读以下四部著作时发现的问题略呈如下，希望得到学界的指正。

一、汪绎辰《大涤子题画诗跋》

汪绎辰，字陈也，江南省新安休宁（今属安徽）人，居杭州，是一位画家、诗人，擅花卉。张庚《国朝画征续录》载其传。有即是深山馆，故其诗集名《即是深山馆诗集》。

其父泰来，字陛交，号后山，康熙五十一年（1712）进士，官广东潮州同知，是著名的花鸟画家。武叔清《清代画史》卷二十云："汪泰来，字陛交，新安人，占籍钱塘。康熙壬辰钦锡进士，授中书。善花卉，又长松石。"泰来、绎辰父子收藏有大量的石涛作品。

南京图书馆藏《画语录》汪绎辰精钞本，是现在所能见到的《画语录》最早版本，题名《苦瓜和尚画语录》。前有序言，未署著者，序言之左上有"敦诗书而说礼乐"白文印一方。下接《苦瓜和尚画语录》全文。在《画语录》之后有张沅跋。

左上有"读古人书"朱文印一方。其后接汪绎辰跋语，汪跋有"春雨草堂"白文印起首，文末名款旁有"绎辰"朱文印。其跋称："……《画语录》一册，立意既幽深窈渺，而造语又自成一家，画家不传之秘发泄于此，最可宝也。若玩其旨而扩其解，岂止为翰墨说法哉！余少时随先大夫宦游岭南，曾于刘小山先生家见此书，后求其本，了不可得。辛亥冬杪，偶从周晚崧架上检得之，如遇故友，喜不自胜，即借归手录一过。……"

《画语录》后有附录，即《大涤子题画诗跋》。汪绎辰所言之随先大夫宦游，在1712年或稍后；汪钞本后张沅跋文，作于雍正六年（1728）；而绎辰刻《苦瓜和尚画语录》并辑录《大涤子题画诗跋》，在雍正九年（1731）。

《大涤子题画诗跋》是石涛身后第一部关于他的诗文之辑录，具有重要史料价值。收石涛题画古近体诗六十一首并十余则题画跋文，内容并不多，却十分珍贵。其所著录的不少作品不见传世，唯赖此作而得知。如《古墩种松歌》，记载石涛与老友黄文钵兄弟在金陵时期的交谊；《用九先生匡山读书图》，记载石涛与来自庐山的数学家毛乾乾之间的交往。

正如绎辰后跋所云，"曾于刘小山先生家见此书"，这部辑录文字与刘小山的收藏有密切关系。其中录刘小山收藏的作品二十多条。今波士顿美术馆的十二开《山水大册》和纳尔逊-艾金斯美术馆的十二开《苦瓜妙谛册》等的题跋文字，多出现于这部诗文辑录中。

《大涤子题画诗跋》成书之时，石涛离世不久，而汪绎辰本人又是画家，也了解石涛的收藏，所以这部辑录作品从总体上来说斟酌严谨。但也有他人文字窜入。如《题画墨荷》："不见峰头十丈红，别与芳思写江风。翠翘金钿明鸾镜，疑是湘妃出水中。"此非石涛所作，而是明李东阳的《莲花》诗，见《怀麓堂集》卷六十。其中第二句"与"原作"将"。

《大涤子题画诗跋》所录刘小山收藏的作品中当有不少伪品。如其中一首："石头先生耽清幽，标心取意风雅流。万里洪涛洗胸臆，满天冰雪眩双眸。架上奇书五千轴，瓮头美酒三百斛。一读一卷倾一卮，紫裘笑倚梅花屋。急霰飞飞无断时，冻波渿渿滚寒涯。枯禅我欲扫文字，却为高怀漫赋诗。"款"冬日为石头先生年道长并正。清湘陈人阿长"。即今纳尔逊-艾金斯美术馆所藏十二开《苦瓜妙谛册》第十二开。

但北京故宫博物院藏有《原济髡残行草书翰》，五开，题作于康熙二十六年（1687）。其中有四开石涛书法，一开石溪书法。石涛的四开，每开对开双行，其中第一开前页书云："雪江先生耽清幽，标新取异风雅流。万里洪涛洗胸臆，满天冰雪眩双眸。架上奇书五千轴，瓮头美酒三百斛。一读一卷倾一卮，紫裘笑倚梅花屋。急霰飞飞无断时,冻波淼淼滚寒涯。枯禅我欲扫文字,却为高怀漫赋诗。"款"题雪江卷子。石涛济"。书法为石涛真迹。

二处对照看,诗大体相同,所赠对象一为"石头先生",一为"雪江先生";一为1700年左右赠一收藏家,一为1687年"题雪江卷子"。二者必有一伪。赠刘石头之作为伪托。《大涤子题画诗跋》尚有其他一些类似问题,兹不赘。

二、汪研山《清湘老人题记》

汪鋆,字研山,生于1816年,约卒于1887年到1888年间,江苏仪征人。工画善诗,尤长于金石之学,生平潜心整理古代艺术文献,有《十二砚斋金石录》《扬州画苑录》《十二砚斋随录》等行世。好石涛之艺,除了重刻《石涛画语录》外,又整理石涛生平文献,辑成《清湘老人题记》一书。

《清湘老人题记》,初刊于光绪九年(1883),附于《画语录》之后,并收在《十二砚斋四种》本中,民国初年吴辟疆(1879—1950)将其收在《画苑秘笈》本中。

此编搜罗鸿富,相较《大涤子题画诗跋》,内容多出数倍,不少作品仅见于是编。如石涛在真州期间(1695)所作《白沙翠竹江村十三景》,就是赖此编而为人所知。此册今不存。又如石涛1686年告别金陵友人所作之《生平行》,概括了他前半生的生活历程,也是由是编而为世所知。汪绎辰的《大涤子题画诗跋》只是对个别收藏家收藏的石涛作品的著录,而此编广收博览,是真正意义上的石涛诗文集。

《题记》对20世纪以来石涛研究影响巨大,但此编考证不精,真伪参杂,误他人之作为石涛之作者甚多。兹举数例:

1.《题记》著录一古松图,其题云:"紫璃翠玉碧苍苍,上有乔松几千尺。浓阴羃掩森昼寒,虬枝拂空根束石。互连灌莽榛欲绝,路绕松根更斜出。仙源远近不可穷,却有幽人在山泽。山泽幽人坐倚松,仰看山色出云笼。眼中溶溶霏暮霭,耳畔谡谡鸣秋风。崩崖一线削积铁,玉泉百尺飞晴虹。吴中山水清且远,老我平生素游衍。偶然拈笔写秋峦,恍似游踪出东绢。金君有癖与我同,每每神游翰墨中。赠君此幅良有以,咫尺相看论万里。"

此诗非石涛所作,而是文徵明的题画诗,见《莆田集》卷四十三,名《题画》。

2.《题记》中的第一则,录临高房山手卷之诗,其云:"春云离离浮纸肤,翠攒百叠山模糊。山空云断得流水,咫尺万里开江湖。依然灌莽带茅屋,亦复远渚通菰蒲。冈峦出没互隐见,明晦阴晴日千变。平生未省识匡庐,玉削芙蓉正当面。

宛转香炉飞紫烟,依稀梦泽分秋练。未遂扁舟客里游,酒阑独展灯前卷。问谁能事敌天工。前元画史推高公,已应气概吞北苑。未必胸次输南宫,南宫已矣北苑死。百年惟有房山耳。只今遗墨已无多,窗前把卷曾摩挲。世间吮笔争什么,扫灭畦径奈尔高公何?"款题:"戊午冬月临高尚书手卷为巨幅,并题于清湘耕心草堂,时十月二十四日泼墨。"

此作当非石涛所作,其中有明显的错误,康熙戊午在1678年,时石涛刚由宣城来金陵,并无大涤堂、耕心草堂之斋号。稍读诗中意,即与石涛生平相悖。如"平生未省识匡庐"一句,说自己没有到过庐山。其实石涛1662年前在庐山寺院中驻锡数年。诗中又说"前元画史推高公",明显不是一位清初文人的口气,而是明人的口吻。20世纪以来石涛研究中常将此作为其生平的参证资料,遂致种种纰缪。

此诗见《莆田集》卷六,是文徵明之诗,诗名《题高房山横幅》。中有文字误录。

3.《题记》著录石涛款摹南宋《明皇出游图》,其跋云:"白燕堂主所藏《明皇出游图》,南宋名绘神品也。漫临于耕心草堂,清湘老人大涤子若极漫识。"有题诗道:"开元御极垂衣裳,登三咸五凌羲皇。白环重译银瓮出,卜夜遨游离未央。香车斗风秦与虢,罗帕覆鞍真乘黄。赭袍错落缀北斗,步辇优游衔镂舫。宁王玉笛上霄汉,御路花光争月光。君臣玩狎乐莫比,清禁喜闻宫漏长。若令姚宋坐庙堂,袖中陈书神扬扬。万里桥边行幸处,后世龟鉴怀苞桑。"后又附有一跋:"歌吹开元曲,铅华天宝装。苑风吹袖冷,宫露赭袍光。闺闼连闾阁,骅骝徒骕骦。千门还欲晓,九陌乍闻香。大涤子又识。"

《永乐大典》(残卷)卷之八千八百四十四载李彭《唐明皇夜游图》:"开元御极垂衣裳,登三咸五陵羲皇。白环重译银甕出,卜夜遨游离未央。香车斗风春与虢,罗帕覆鞍真乘黄。赭袍错落缀北斗,步辇优游御镂舫。宁王玉笛上霄汉,御路花光争月光。汝阳羯鼓绢帽稳,打彻参旌低建章。太真沾醉王敬侧,力士传呼声渺茫。翠钗挂冠红粉妆,金貂贯酒白面郎。君臣玩狎乐莫比,清禁鼓闻宫漏长。若令姚宋坐庙堂,袖中谏疏神扬扬。万里桥边行幸处,后世龟鉴怀包桑。"

紧接此篇之后,又载徐师川诗《明皇夜游图》:"吕子广藏,画学博士李生所作。歌吹开元曲,铅华天宝妆。苑风翠袖冷,宫露赭袍光。闺闼连闾阁,骅骝从肃霜。千门还欲晓,九陌乍闻香。"

李彭,字商老,南宋江西诗派诗人,有《日涉园集》,所引《唐明皇夜游图》诗即出此集。徐俯(1075—1141),江西派诗人之一,字师川,号东湖居士,黄庭坚外甥。

这件石涛款《明皇出游图》，两次题识引同一文集相连之诗，而且后跋题徐师川诗，款却是"大涤子又识"，无一语己出，何以"又识"？所题李彭诗，中间落六句"汝阳羯鼓绢帽稳，打彻参旌低建章。太真沾醉王敬侧，力士传呼声渺茫。翠钗挂冠红粉妆，金貂贯酒白面郎"，致使意思不连贯。这件流传作品当为伪作。

4.《题记》录有一诗："云卧雪声集，庭树飒以秋。身同高飞鹤，心若不系舟。燕俎登松菌，匏尊奭斗涧流。芳兰日馨香，吾生已安休。不作蝼蚁梦，游神麟凤洲。仙飘行冉冉，风鸣竹修修。谅哉伐木诗，鸟嘤尚可求。"款题："广陵仲秋于一枝阁下写此，清湘大涤子石涛济。"

题此诗之画当然非石涛所作，"广陵仲秋于一枝阁下写此"一句，就暴露出这是一位对石涛生平不甚了解的仿者所为，一枝阁被挪到了广陵！

题识所题之诗乃倪云林所作，《清闷阁集》卷二《答徐良夫》，前有小序云："八月七日偕耕云叟访耕渔隐者，风雨寂寥中为留三日，日有图书笔砚之乐，九日耕隐赋诗见赠，次韵奉答。"诗云："云卧雨声集，庭树飒以秋。身同孤飞鹤，心若不系舟。燕俎登松菌，匏尊奭斗磵流。兰芳日凋悴，吾生行归休。不作蝼蚁梦，游神凤麟洲。青山澹相对，白发忽满头。仙去云冉冉，风鸣竹修修。谅哉伐木诗，鸟嘤尚相求。居吴二十载，未及兹山游。君才如鲍谢，摛辞亦云优。欢然敬爱客，能不为尔留。桑土凤所彻，户牖何绸缪。地无车马尘，路转岩穴幽。既晴引飞屐，回望林间楼。"

作伪者取诗中部分，篡改了其中的文字，如删去了"白发忽满头"——他可能也觉得对作为僧人的石涛来说，这样的句子不合；"居吴二十载"后面之句都删去，他也知道如果照录，石涛晚年就不在扬州了。

5.《题记》录一画，有两跋。前跋录七律诗一首："老去儒仙似鹤臞，归来山泽足闲居。梗楠绕屋当年树，图史堆床历代书。药圃荷锄时自剧，酒瓢缘客不教虚。青山满眼连吴越，卧看晴云日卷舒。"第二跋又云："爱尔隐居清且佳，风致宛若神仙家。白石新煮润如玉，丹火出林红似霞。岂无大田种嘉秋，亦有别涧流桃花。飘零江海未归去，笑我萧萧双鬓华。"款"丙戌秋日大涤子阿长又笔"。时在1706年，石涛在扬州。石涛当时也有"阿长""大涤子"之号。

但这两首诗并非石涛所作，而是元代诗人贡性之的名诗，收在贡氏《南湖集》卷上。伪作前一跋题诗乃贡氏《题山泽》诗，后一跋题诗则为《题清隐卷》诗。

6.《题记》载石涛临赵子昂《神骏图》，其上题诗云："赵氏画马此八骏，生气流溢鲛绡间。首先一披魏公倡，子雍一匹未敢望。子明六匹汗且奔，总不能超魏之上。骅骝骐骥世岂无，盐车枥辘嗟已瘏。我今日是相牛夫，空倚精神来按图。图中举肥传干力，骨格全无髐拥玉。尾丝不动尾长云，饱腹日撑三斗粟。圉人挽控莫敢骑，奉养知为骖乘姿。呜呼驰骤须真马，千里当教试蹄下。"款题："丁亥春日题子昂神骏图。"康熙丁亥为1707年。

后又有一题："年少公子富且强，不爱金玉爱骍骊。金珠为槽粟为粻，亲被银鞍锦绣装。东风三月试康庄，擎鹰牵狗迓秋霜。一匹当前万匹降，主人大喜累千觞，红旗飘拂风琅琅。"款题："清湘遗人大涤子次日复题于大本堂中。"

后再系数语，说明此摹本之缘由："右少陵画马赞并录以裕其后，此册得自宣城。数十年未装潢，值守虚子李氏一日过大涤堂索观时，一览便携去装潢。遇大涤子南来，问翁往我西山，方属题焉以藏，大涤宝之。瞎尊者主人再题并记。"从其中的"遇大涤子南来，问翁往我西山，方属题焉以藏"的话看，题跋者当不是石涛，而是住于西山的另一人。而从"大涤宝之"之句看，意思是让石涛好好珍藏，作画者又不是石涛，而是另一人。而最后的落款却是"瞎尊者主人"，石涛生平使用"瞎尊者"之号，从来没有加"主人"之例。这幅画为伪作。

《题记》所录初跋之"赵氏画马此八骏，生气流溢鲛绡间"，是从沈周《樊节推十二马歌》诗中脱化而来。原诗云："樊侯卷子尺一悭，谁能卷里开天闲。应闲有骏数十二，生气流溢鲛绡间。首尾一匹魏公倡，子雍一匹未敢望。子明十匹汗且奔，总不能超魏之上。骅骝騄駬世岂无，盐车辗辘嗟已瘏。我今自是相牛夫，空倚精神来按图。图中举肥传干肉，骨格全无膘拥玉。尾丝不动委长云，饱腹日撑三斗粟。圉人持控莫敢骑，奉养知为骖乘姿。呜呼驰骤须真马，千里当教试蹄下。"（见《石田诗选》卷八，《文渊阁四库全书》本）

再跋"年少公子富且强，不爱金玉爱骍骊"一诗从明末清初诗人季振宜诗中剥来。季振宜《病马行》云："忆昔主人富且强，不爱金珠爱骍骊。金玉为槽粟为粻，亲被银鞍锦绣装。东风三月试康庄，擎鹰牵狗迓秋霜。一匹当前万匹降，主人大喜累举觞。白旗黄巾起攘攘，戈矛剑戟进如墙。国恩应在此时偿，战血盈身战未央。贼肉充饥血作浆，盲风黑雨势猖狂。短兵急矢难堤防，尸横原野尸不僵。贼亦爱马挽马缰，主人之恩何可忘。不傍仇雠傍豺狼，毛黄肉削落荒冈。高山之水流汤汤，万折千盘眙夕阳。荒荒瘦影野月光，啾啾饥乌啄背疮。我愿世人屠其肠，肠同铁石当久藏。谁肯裹革埋沙场？买骨犹馀国士香。临风远忆燕昭王，黄金台前日脚黄。"（阮元《淮海英灵集》丙集卷一）

季振宜（1630—？），字诜兮，号沧苇，泰兴人，明末清初著名的藏书家、版本学家，季开生（字天中，号冠月）弟，顺治己亥（1659）进士。石涛曾有赠"雪江先生"之诗，此雪江，就是季振宜之侄季尧堃（字雪江）。

三、神州国光本《大涤子题画诗跋》四卷

　　《美术丛书》是由黄宾虹、邓实主编的一套大型中国古代艺文总纂，由神州国光社出版，自1911年春开始，一直到1936年出版了四集本，后又有增订，至1947年始终其事。《大涤子题画诗跋》收在三集第十辑，大体编定于1920年代末。前无序言，后录汪绎辰跋，并加一句编者之跋："原本甚少，现增辑为四卷。"但如何增加，编者没有说明。

　　此书分为四卷，第一卷山水，第二卷梅兰竹松，第三卷花卉人物，第四卷合作杂题。内容的确比汪绎辰一卷本增加了许多。虽然此书比稍前刊刻的程霖生《石涛题画录》（1925）选录精审，但所录赝品也不少，并有大量他人之诗窜入。现将一些明显错误胪列如下：

　　1. 卷一著录石涛款《松下清斋图》，其题识云："我坐松斋，求理胜最。遗其爱增，出乎内外。去来作止，夫岂有碍？依榻或宿，御风亦迈。云行水流，游戏自在。乃处岩居，现于地上。照胸中事，往往不昧。如波月底，光烛眹睐。是镜是灯，是火非绐。根尘未净，自相翳晦。了目所移，有如盲聩。心想之微，扁舟岂坏。囅然一笑，朝朝世界。清湘大涤子石涛济山僧。"

　　所录此作显非石涛所作。其款"清湘大涤子石涛济山僧"，将道教法号与"僧"并列，石涛无此款例。所题四言诗非石涛所作，却见于云林《清闷阁集》卷一。文字有改动。

　　原诗为云林所作《画偈》："我行域中，求理胜最。遗其爱增，出乎内外。去来作止，夫岂有碍？依桑或宿，御风亦迈。云行水流，游戏自在。乃幻岩居，现于室内。照胸中山，历历不昧。如波底月，光烛眹睐。如镜中灯，是火非绐。根尘未净，自相翳晦。耳目所移，有如盲聩。心想之微，蚁穴堤坏。囅然一笑，了此幻界。"（曹培廉辑，康熙五十二年刻本）

　　录如此长诗，不作任何说明，非石涛所可能为。文字的篡改，等同游戏，非抄录错误，而是有意所为，以敷衍其松下斋居之画面。如原诗第一句"我行域中"，此改为"我坐松斋"，因图为"松下清斋"，乃硬改原句，这就与第二句"求理胜最"形成了矛盾。原诗是说人生在世，要求最上之理；而此则成了人在松下坐的时候，要求最上之理，此理未通。又如原诗"依桑或宿，御风亦迈"，此改为"依榻或宿，御风亦迈"，亦因画为斋居之故，然而原诗表达沧海桑田的意味便荡然无存。再如原诗"心想之微，蚁穴堤坏"，意思是防微杜渐，而此则改为"心想之微，扁舟岂坏"，更不知所云了。

　　2. 卷一录《竹屋松苔》图，题诗云："白云来屋里，绿树绕溪湾。及早辞车马，

将身此处闲。"款"丙戌冬十二月写于耕心草堂大涤子"。时在1706年。

此诗非石涛所作，而是明李日华之题扇诗，见陆绍曾编《古今名扇录》。

3. 卷一录一题画诗："秋水接天三万顷，晚山连树一千重。呼他小艇过湖去，卧看斜阳江上峰。"诗非石涛所作，乃明唐寅之《题画诗》，见《唐伯虎先生集》外编续刻卷五。

4. 卷一录一诗："云为衣履石为梯，白日青虚步可跻。天近只疑三界合，烟开浑见四方低。寒松挂雪明前障，瀑水轰雷下别溪。早晚台端捐佩去，诛茆来与道人栖。"款"大涤子石涛阿长丙戌冬十二月小岁后一日写于耕心草堂"。康熙丙戌为1706年，当时石涛尚在世。

但诗非石涛所作，乃五代王元登之《祝融峰诗》，见《湖南通志》（光绪）卷十六《地理志》所引。

5. 卷一录一诗："茂林石磴小亭边，遥望云山隔澹烟。却忆旧游何处似，翠蛟峰下看流泉。"款"清湘石道人"。而所题之诗，并非石涛所作，而是黄公望之题画诗。明张丑《清河水画舫》绿字号，录黄公望《松林秋爽小轴》，题云："茂林石磴小亭边，遥望云山隔澹烟。却忆旧游何处似，翠蛟峰下看流泉。大痴画并题。"又见于《元诗别裁集》卷八。诸本文字略有不同。香港虚白斋收藏石涛款名迹《翠蛟峰观瀑图》就录有此诗，乃是伪作。

6. 卷一录一题山水之诗："盘礴万古心，块石入危坐。青天一明月，孤唱谁能和？"款"大涤子石涛"。诗颇有气势，然非石涛所作，乃金元好问之作，其《梁父吟扇头》云："盘礴万古心，块石入危坐。青天一明月，孤唱谁与和？"（见《遗山先生文集》卷十一，《四部丛刊》本）文字略有不同。

7. 卷二录《墨笔梅花》，题诗云："先生多在山中住，为爱横斜影上窗。苜发僧从深涧徙，赪肩奴过别峰扛。和羹宰相调金鼎，止渴将军拥碧幢。空谷不止如许艳，沽来村酒且开缸。"款题："甲申冬十二月写于耕心草堂大涤子石涛。"时在1704年。

诗非石涛所作，乃宋刘后村之诗。《后村集》卷五载《和方孚若瀑上种梅五首》，其中第五首即此诗。原诗第一句作"先生多在山中宿"，第七句作"空谷不止如许事"。此图当属伪迹。

8. 卷二录《赭墨松山》，题诗云："石田茅屋入云峰，一带清溪漱玉龙。隐者近从王屋至，天坛移得小虬松。"款"丙戌冬十月耕心草堂，清湘大涤子"。

此诗为明李日华之诗，见周亮工《读画录》卷一。《味水轩日记》卷四载："二十九日曝书，偶阅蒙泉杂言，知王右军以五十三书道方成，不知何据？为陆三孺图扇，用子久法，题云：'石田茅屋入云峰，夹岸清流漱玉龙。隐者近从王屋至，天坛移得小虬松。'"其中第二句,《读画录》作"一带清溪漱玉龙",与《大涤子题画诗跋》所录同,而李日华笔记所记有别。或作伪者所据为《读画录》。

9. 卷三录《重午即景》图,题诗云:"亲朋满座笑开眉,云淡风轻节物宜。浅酌未忘非好酒,老怀□□为乘时。堂瓶烂漫葵枝倚,奴鬟髯髻艾叶垂。耄耋太平身七十,馀年能补几篇诗。"款"清湘遗人己卯蕤宾于大涤堂下"。

此图民国初年曾有见,后流入日本,日本《名画宝鉴》著录。据此诗可见,此绝非石涛之作。依其款题,康熙己卯在1699年,石涛此年年五十八,而诗中说"耄耋太平身七十,馀年能补几篇诗",有明显的矛盾。此诗颇为研究界所重,曾被当作推测石涛生年的重要证据。

此诗乃沈周之诗。其《端午小酌》诗云:"亲朋满座笑开眉,云澹风轻节物宜。浅酌未忘非好酒,老怀聊乐为乘时。堂瓶烂漫葵枝倚,奴髻髯髻艾叶垂。见享太平身七十,馀年能补几篇诗?"(《石田诗选》卷一)伪作所录文字略有不同。

四、汪世清《石涛诗录》

汪世清学养深厚,世所景仰。他对石涛研究着力多,贡献大,是当之无愧的当代石涛研究的奠基者。其《石涛诗录》一书生前未出版,至2006年方由河北教育出版社出版,正如书前黄苗子序所说,此书"是历来各家辑录石涛诗最多、最完善的一本"。它从传世作品、历史文献等中录得石涛诗465首,这是前此同类著作所不曾有的。

汪先生掌握了大量石涛研究的第一手资料,对所录文字非常谨慎,一般都会交代其来源。但《石涛诗录》在真伪辨析上用力无多,又过于相信程霖生《石涛题画录》、李叶霜《石涛的世界》等作,不少诗是据伪迹录出的,并混入了不少他人之诗。

此书重复收录了前人误录的文字,如:

1. 汪绎辰《大涤子题画诗跋》之《题画墨荷》("不见峰头十丈红")诗,本是明李东阳《莲花》诗,《诗录》第150页录为石涛之诗。

2.《清湘老人题记》中误录《题子昂神骏图》二首,二诗均为宋人之作。《诗录》第32页录此二诗。《清湘老人题记》中题画古松长诗"紫璃翠玉碧苍苍"一首,本为文徵明之诗,《诗录》第42页误为石涛诗。《清湘老人题记》所录题《明皇出游图》诗,本为宋人李彭之作,《诗录》第42—43页误为石涛诗。《清湘老人题记》误录之元人贡性二诗("老去儒仙似鹤臞""爱尔仙居清且佳"),《诗录》第99页也误为石涛诗。

3. 神州国光本《大涤子题画诗跋》卷一误录五代王元登的"云为衣履石为梯"长诗为石涛所作，《诗录》第100页也重复此误，等等。

除此之外，汪先生的《石涛诗录》还有其他一些窜入文字：

1.《石涛诗录》第33页录《九龙潭》诗："涧石磊落涧水流，蜿蜒垂作九龙湫。镜开百尺清无底，铁立四壁深且幽。有客芒鞋历舟岭，俯见空潭明月影。回身直上万仞山，莫贪明月遭龙醒。"

此诗录自《南画大观》卷九一幅石涛款山水立轴。又见《神州大观续编》卷九影印之《九龙潭》图上题诗。有款云："黄山皆□立□□下皆松□万仞之间出入云霄。前纸写来，一观之即黄山也。今图中以杂树点染，另一法恐入一家言。用太室诗写之。石道人。"图今不见。

此诗为谢室之诗，闵麟嗣《黄山志》卷六录谢室《九龙潭呈谢在杭潘景升》，即此诗，非石涛所作。谢室为明末文人。

2.《石涛诗录》第80页录《题沱水家园图二首》："新构家园沱水间，渔舟晓傍蓼花湾。孤村寂寂开红树，十亩闲闲对碧山。鹭下寒塘香稻熟，犊驱夕照牧人还。应知此日秋光好，且自携童步外阛。""摇落吾徒道日非，疏情应与世相违。喜看侠客芙蓉剑，爱说幽人薜荔衣。已有青坛甘懒慢，何妨白眼看轻肥。徘徊燕市悲今昔，易水萧萧红叶飞。"汪先生注云："以上二首录自《石涛的世界》第181页影印《沱水家园图》……沱水，即沱江，亦名北江，自郫县流入新繁县，经城南入城都。《费氏先茔图》后有诸家题诗，亦有送费锡璜入蜀省墓的，知他曾返新繁。此《沱水家园图》或为费氏而作。"

汪先生著录的这件作品款题："乙酉年小阳节后，清湘遗人大涤子极。"时在1705年。题跋全以隶书写成，款下钤有"半个汉""大涤子极"二印，右下又有"搜尽奇峰打草稿"一印。此图今不知藏于何处，李叶霜《石涛的世界》（台北雄狮图书公司，1976）第181页影印此图，题《沱水家园图》。人民美术出版社1987年出版之《石涛书画集》（章东磐编）第9页录此图，题《山水轴》。

其实这件作品为伪作。二诗并非石涛所作，而是清初梁允植之诗，其《藤坞诗集》中有《秋怀》三首："遥忆家园沱水间，渔舟晓傍蓼花湾。孤村寂寂开红树，十亩闲闲对碧山。鹭下寒塘香稻熟，犊驱夕照牧人还。应知此日秋光好，兄弟飞觞共破颜。""结屋西屏冒落霞，躬耕自合问桑麻。十婢几醉燕山酒，八月空怜桂树花。大陆丹枫秋水涨，芦沟白草夕阳斜。独愁河汉催刀尺，风露偏寒处士家。""摇落吾徒道日非，疏情应与世相违。喜看侠客芙蓉剑，爱说幽人薜荔衣。已自青毡甘懒慢，何妨白眼看轻肥。徘徊燕市悲今苦，易水萧萧木叶飞。"（康熙初年刻本）

伪本《沱水家园图》所录为第一、三首。梁允植，字承笃，号冶湄，清初诗人，尤工于词，是著名词人，也善鉴画。正定人，以恩贡生拔钱塘县令（1672年到任）。年龄长于石涛。

3.《石涛诗录》第100页录《题画竹》："缘溪修竹巧临模，惨淡松烟忽著无。乱叶写空分向背，寒流篆石共萦纡。春渚云迷思鼓瑟，青崖月起集栖乌。□□文采风流甚，漫赏琳琅墨竹图。"此诗录自《南画大成》第一卷，款"粤山僧原济作于一枝阁"。

这件作品笔墨与石涛距离较大，非石涛所作。而所录之诗是从倪云林一首诗中脱胎而来，其《题赵荣墨竹》云："缘江修竹巧临模，惨淡松烟忽若无。乱叶写空分向背，寒流篆石共萦纡。春渚云迷思鼓瑟，青崖月落听啼乌。谁怜文采风流意，漫赏丹青没骨图。"诗见《清閟阁遗稿》（明万历刻本）卷七，又见清代陈邦彦《历代题画诗类》卷七十七《兰竹类》。作伪者为了掩盖痕迹，将原诗中的"没骨图"改为"墨竹图"。

4.《石涛诗录》第144页录《题扇赠江岱瞻二首》："长江秋色渺无边，鸿雁来时水拍天，七十二湾明月下，荻花枫叶覆渔船。""老木高风著意狂，青山和雨入微茫，画图唤起扁舟梦，一夜江声撼客船。"此二诗录自《南画大成》第八卷《山水扇面》中的"道济山水"，款"夏日雨中，为岱瞻先生，大涤子"。

此中第一首诗为倪云林《题画三首》之一，见清陈邦彦《历代题画诗类》卷二十四，又见《清閟阁遗稿》卷八。

第二首诗来自金诗人元好问《风雨停舟图》，原诗作："老木高风作意狂，青山和雨入微茫。画图唤起扁舟梦，一夜江声撼客床。"见《遗山先生文集》卷十一。作伪者录此诗时有所改易。

五、《石涛诗录》第144页录《蔬菜》："家谱分从泰华峰，冰姿不染俗尘红。内涵春事微微嫩，献约应知傍衮龙。"此诗录自《南画大成》第五卷影印之《道济蔬菜》，款"瞎尊者石涛"。全诗读来满溢脂粉，非石涛所可为。

明罗懋登的白话小说《西洋记》卷一有云："高张慧眼，只见西湖之上陆宣公祠堂左侧有一只小小的杂货店儿，那店儿里面摆着两路红油油的架儿，那架儿上铺堆着几枝白白净净有节有孔的果品儿，是个甚么样的果品，他：家谱分从泰华峰，冰姿不染俗尘红。体含春茧千丝合，天赋心胸七窍通。入口忽惊寒凛烈，沾唇犹惜玉玲珑。暑天得此真风味，献纳须知傍衮龙。"《南画大成》所录此《蔬菜》伪迹之题诗正由此化出。

6.《石涛诗录》第153页录《眠琴竹阴图》："扫地焚香闭阁眠，簟纹如水帐如烟。客来梦觉如何处，挂起西窗浪接天。"此诗录自《听飙楼书画记》卷四著录之八开《大涤子山水诗册》第一开。

此诗也非石涛所作,乃苏轼《南堂五首》之第五首,见《苏轼诗集》卷二十二(中华书局,1982)。第三句"客来梦觉如何处",潘季彤所录为"客来梦觉知何处"。

7.《石涛诗录》第153页录《题山水花果册三首》:"在涧幽人乐考槃,南山白石夜漫漫。空林无风万籁寂,长啸一声山月寒。""遥山近山青欲滴,大木小木叶已疏。斜日疏篁无鸟雀,一湾溪水数函书。""泽雉樊中神不旺,白鸥波上梦相亲。一鞭斜日归来晚,只有青山小慰人。"此三诗录自《听飑楼书画记》卷四著录之八开《大涤子山水花果册》第一、三、七幅。

三首诗都非石涛所作。第一首"在涧幽人乐考槃"乃赵孟頫《题孙登长啸图》诗,见《赵孟頫集》(浙江古籍出版社,2012)卷五,又见《松雪斋文集》卷五。

第二首"遥山近山青欲滴",源自黄公望《题倪云林为静远画》七绝,见清顾嗣立编《元诗选》二集《大痴道人集》。

第三首"泽雉樊中神不旺",来自赵孟頫《题龚圣予山水图》。原诗为二首,其一为:"泽雉樊中神不王,白鸥波上梦相亲。黄尘没马归来晚,只有西山小慰人。"其二为:"当年我亦画云山,云白山清咫尺间。今日看山还自笑,白头输与楚龚闲。"(《赵孟頫集》卷五)南宋末元初画家龚开(1222—1304),字圣予,原诗是子昂题龚氏山水图之诗。这里有意修改了原诗,将"黄尘没马"改为"一鞭斜日",将"西山"改为"青山"。

8.《石涛诗录》第155页录《题设色山水》:"百尺松杉贴地青,布衣衲衲发星星。空山寂寞人声绝,猿虎中间读道经。"汪先生注云:"录自《笔啸轩书画录》上册著录《僧石涛设色山水》轴,款题'丁丑冬日作,大涤子耕心草堂。'"

此诗非石涛所作,乃是唐寅《题画诗》之一,见《唐伯虎先生集》外编续刻卷五。原诗最后一句作"狼虎中间读道经"。

9.《石涛诗录》第155页录《题画五首》,第一首为:"一卉能令一室香,炎天犹觉玉肌凉。野人不敢烦天女,自折琼枝置枕旁。"此诗也非石涛所作,乃宋刘后村《茉莉》诗,收于《千家诗》卷十一《竹木门》,又见《后村集》卷九。

10.《石涛诗录》第159页录《白鹅图》:"眠沙卧水自成群,曲岸残阳极浦云。那解将心怜孔翠,羁雌长共故雄分。"汪先生注云:"录自《石涛题画录》卷一著录《白鹅精品小立轴》,款署'清湘老人'。"

此诗为李商隐《题鹅》诗,见《李商隐诗歌集解》(中华书局,1988),又见《佩文斋咏物诗选》卷四百六十四。

11.《石涛诗录》第136页录《墨竹》:"院竹繁教略洗,鸣琴酌酒看扶疏。不图结实来双凤,且要长竿钓巨鱼。"汪先生注云:"录自《支那南画大成》第一卷影印《释道济墨竹》,款题'甲申冬十月写于耕心草堂。大涤子石涛。'此诗或甲申十月所作。"

此诗非石涛所作,出自唐王贞白《洗竹》诗:"道院竹繁教略洗,鸣琴酌酒看扶疏。不图结实来双凤,且要长竿钓巨鱼。锦箨裁冠添散逸,玉芽修馔称清虚。有时记得三天事,自向琅玕节下书。"见《全唐诗》卷七百一,又见《佩文斋咏物诗选》卷三百二十八。伪作者截取前四句为题。

小 结

以上所列四部著作中误录的他人文字,只是我目前所发现的部分,可能还有其他一些类似的情况。相比来说,误录前代诗人作品,这样的情况尚有踪迹可寻;有些题识诗文是作伪者自己所作,或录同时代未刊诗,要发现这样的非石涛之作,就更加困难了。正因此,编辑一本像石涛这样本无诗文集的艺术家之诗文集,对其传世作品的鉴定是最为重要的事情,没有这样的工作,只是罗列前人文献合而为一人之别集,往往难以获得理想的结果。

我所编辑的这本《石涛诗文集》,也会出现类似本文所言之错失,敬祈识者正之。